JN045408

Ronso Kaigai
MYSTERY
273

赤いランプ

M. R. Rinehart
The Red Lamp

M・R・ラインハート
板垣節子［訳］

論創社

The Red Lamp
1925
by M.R. Rinehart

目次

主要登場人物

ウィリアム・A・ポーター……大学教授
ジェイン……………………ウィリアムの妻
エディス……………………ウィリアムの姪
ウォレン・ハリデイ………エディスの恋人
ホーラス・ポーター………ウィリアムの伯父
クララ………………………ポーター家の家政婦
アニー・コークラン………ツイン・ホロウズの家政婦
トーマス……………………ツイン・ホロウズの庭師
ベテル………………………ツイン・ホロウズの借家人
ゴードン……………………ベテルの秘書
ベンケリー…………………郡保安官
グリーノウ…………………郡警察の刑事
スター………………………オークヴィルの巡査
キャロウェイ………………スターの副官
ヘミングウェイ……………地方検事

赤いランプ

ウィリアム・A・ポーター（文学士、文学修士、哲学博士、文学博士等々）による日記への序文。

一九二四年六月三十日

数週間前のディナーでのことだ。日刊紙で報道されたものの、未解決になっている衝撃的な事件についての議論が持ち上がった。正確に覚えている内容と言えば、様々な事件の発端が報じられ、結末についても数多く伝えられているが、その間の経緯についてはほとんど語られていない、ということだったと思う。

テーブルを囲んでいた人々の関心をわたしに向けさせたのは、ペッティンギルだった。「きみの奇妙な事件について取り上げてみようじゃないか、ポーター」と彼は言った。「もちろん、きみ自身のことじゃない。二年前にきみの避暑地の近くで起こった出来事のことさ。そこでいったい何が起こったんだ？　ぼくとグレイスは、どちらが先に朝刊を手にするかを競って、寝ずに夜を明かしたんだぞ。ところが――何一つ載っていない。それっきりで、何の情報も伝わってこなかった」ペッティンギルは挑発的な目でテーブルについている人々を見回した。

ヘレナ・リアがテーブル越しに意地の悪い視線を向けてきた。

「話してよ、ウィリー」わたしのことをウィリーと呼ぶのは、世界中で彼女一人だ。「身の毛もよだつような細かい部分もみんな。本当は全部あなたの仕業なんじゃないかって、ずっと密かに思っていたんだから」

沸き起こった笑いに紛れて妻を盗み見る。身体が強張り、微笑みも消えていた。真っ白な顔で、花や蠟燭越しに食器棚の上の薄闇を見つめている。まるで、そこに何かがいるかのように。

わたしにはわからないし、これからも理解できないだろう。ペッティンギルがそっと妻を窺っていた。妻の視線を追って、わたしの背後にある食器棚の上を見つめている。でも、わたしは振り向かなかった。ひょっとしたら、それは単に、つまらない会話から引き起こされた記憶の一部に過ぎなかったのかもしれない。ほんの一瞬ではあるが、背後で冷たい風が渦巻いているように感じたのは……。

そのときふと、国中の人々が、我らがオークヴィルでの事件に強い関心を持ち、それが未解決であることに同様の苛立ちを感じているのかもしれないと思った。それだけではない。三角を囲んだ丸(魔法円)について、わたしが披露したくだらない話を少なくとも三人の女性たちが聞いているのだ。六月の初め、新聞各紙が、殺された羊の死骸と一緒に悪魔的なシンボルが発見されたことを報じていた。わたしが披露した話を覚えているのは、ヘレナ・リアだけではないはずだ。

事件の真相を明らかにすること、未解決の事件を解決することは、大学での仕事と同様、自分に課せられた義務のように思われた――驚くべきクライマックスとともに事件の全容に説明を与えること、結果的に、関心を抱く人々、大袈裟に言えば全世界に向けて情報を発信することは。

「つまり、こういうことさ。ご存知のように事件は解決済みで、それがきみたちの求める答えというわけだよ。でも、その原因の中に未知なる要素がいくつか出てきたとしても、わたしを責めないでほしいな。Xがどう関係しているのかはわからないんだ。ただ、それがなければ問題は解決しなかっただろうけどね。Xを示すことはできる。わたしもそれを利用した。でも、説明することはできないんだ……」

　のちにご覧いただけるように、わたしは自分の日記の一九二二年六月十六日から同年九月十日までの部分を取り上げている。その前後の期間は、何事もない日々の記録に過ぎない。かなり詳細な内容になったのは、わたしもそれをピープス（イングランドの海軍行政官。宮廷生活を克明に記録した日記で有名。一六三三―一七〇三）のように、日々人間が紡ぎ出すささやかな出来事に加え、心に残るものの多くを注ぎ込むための貯蔵庫として利用したからだ。速記法で記したため、さらに細かくなった。その速記法というのは、学生時代に必要とされた技術であって、日記そのものの秘密性を保証するものではない。妻はそう信じているようだが、率直に言って、英文学を生業（なりわい）とする者すべてが有する記述様式を練習するための手段に過ぎなかった。

　文学を教えている人間を連れて来てくれれば、挫折した人間をお見せすることができる。〝自分たちにも書くことはできる。しかし、書くことが日々の糧を得るための必要条件ではない〟というのが、我々の普遍的かつ秘められた確信だからだ。ちょっと脇道に逸れたときだけ、人は作家としてスタートできる。「いつかは――」我々は自分にそう言い聞かせ、ミルトンだのドライデンだのポープだのという日々の業務に依存するのだ。田舎の美しさを求める人がそこにたどり着くために、商業的な交通手段を介して移動しなければならないのと同じように。

　しかし、時が過ぎても、我々はまだ書きだせずにいる。生きていくうちに、偉大なる思想はすでに書き尽くされていることに気づいてしまうからだ。まだ語られていないことで語らなければならないことが、そんなに多くはないことにも。常に星を見つめていれば、自分の腕の短さにも気づいてしまうのと同じことだ。

時折、創作の代替手段を見つけ出す人間がいる。伝統を前にたじろぐことがない者、旧来のやり方に無理やり新しい方法を盛り込もうとする者。そこで、人は日記を書くことになる。

そういうわけで――この日記も登場した。ひどく興奮しているときにも、平和な幕間(まくあい)にも、わたしは人が裏切ることのない友人を頼るのと同じように、この日記という手段に頼ってきた。あちらこちらに、例のミステリーと関係がありそうな会話を細かく書き込んだ。時々、内容を膨らませることもあったが、主要な部分はありのままを記している。九月十日の夜、ツイン・ホロウズの母屋にある鏡板張りの部屋で、劇的なクライマックスを迎えることになった一連の奇妙な出来事についての記録である……。

この屋敷については、物語の中でも非常に大きな役割を演じているので、二、三説明しておかなくてはならない。建物の主要な部分を占めるホールが、テラスから海側、つまりは屋敷の背面へと続き、そこから私道が延びている。正面部分にあるこぢんまりした書斎や大きな図書室は非常に古い部分だ。この部分に七〇年代、その名も忘れられた古(いにしえ)の建築家によって改修工事がなされた。ホールを挟んだ図書室の向かい側にダイニングルーム、海に面して食器室、キッチン、洗濯室が加えられたのだ。そして、その洗濯室の奥に、もともとは銃器室として作られた得体の知れない部屋がある。そこにはまだ、壁に作りつけの棚に銃を収めた箱が積まれている。

後年その部屋は、銃器室と呼び続けられているにもかかわらずかつての威厳を失い、漁師たちの用向きに使われるようになった。ホーラス伯父の時代には、庭師のトーマスが時々園芸道具を置くのに利用していた。そして、雨の日には洗濯物が干されるようになる。それでもそこは〝銃器室〟であり、この物語でもそう呼ばれることになる。

改修の際には、すばらしい決断が下されたようだ。その結果、コロニアル様式の円柱が屋根へと延びる大きな白亜の建物が、湾に向かって華麗な姿を誇っている。建物は海に面した小高い丘の上にあり、芝生が海と陸地を隔てる海水混じりの湿地の端まで続いていた。

これがツイン・ホロウズだ。美しく安らぎを与えてくれる紳士の館。キンポウゲやヒャクニチソウやバラが咲き誇り、日時計がある。広いテラスに、大きな庇がついたポーチ、古めかしい鏡板。愛らしい女性が磨き上げられた広い階段を駆け下りてくることもあっただろう。ときには日時計のある庭でバラの花を摘むため、バスケットを腕にかけ花鋏を持って――あの夜、そばに立っているとチャイムが鳴った日時計。今は、無言のままたたずんでいる。たぶん、わたしが生きている限り、ずっと音もなくそこにあり続けるのだろう。

日記の中で頻繁に語られるホーラス伯父についても、説明しておかなければならない。一八四八年生まれで、七〇年に大学を卒業した。日記が例の物語を取り上げた前年の六月、おそらくは長年苦しんできた心臓性喘息が原因で急逝している。紳士にして学者。完全な隠遁生活を送っていたため、わたしたちのあいだに親交はない。それでも時々、週末を田舎で一緒に過ごすことがあった。例の物語が始まった夏まで、彼に対する主な印象としては、かなり小柄で好戦的な老人というものだった。夜、わたしの部屋の下のテラスを、空気を求めていつまでも歩き続けていた喘息持ちの老人。甲高く乾いた咳をしていた心臓病患者。気晴らしに、不快極まる銘柄のハーブ煙草を吸っていた。

そう、あの物語が始まるまでは……。

日記についてはいつか本として出版するつもりでいたため、わたしは常に自分に問い続けてきた。

本が世に出た暁には、必ずや投げかけられるであろう問いを――あの夏の出来事は、それまでのわたしの確信にどんな影響を与えたのか？

わたしは変わったのだろうか？　今や、死が単なる薄絹に過ぎないと信じているのか？　その薄絹越しに、あたかもガラスを通してでもいるかのように、時折ぼんやりと世界を眺めているのだと？

わたしに答えられるのは、永続的な効果など存在しないことが、時の経過とともにわかってきたことくらいだ。わたしは今でも大いに疑っている。思うに、妻とわたしは、不思議なことが起こった降霊会会場から出てきた人と同じように、その出来事を通り抜けてきたのだろう。恐れおののき、一瞬信じてしまいそうになるが、根本的な疑いには何の変化も生じていない。

もし、こういうことが実在するなら、我々人類の理解力を超えているというのが本当のところだろう。わたしたちの宇宙観に要求される変革など最少レベルのものだ。そして、のちに日記が示すように、あまりにも危険で……。

「人が暮らし、苦しみ、死んでいった家はすべて、呪われている」と、わたしは日記のどこかに書いた。もし、思考が周囲に印象を与え得る実体であるなら、ひょっとしたらこれも本当かもしれない。

それでも、まだ追及すべきなのだろうか？　我々の犯罪の解決は目に見えぬ力の助けによって促されたという、そのときの確信を繰り返すべきなのか？　目的を達成したその力は、我々のもとを離れていったのか？　わからない。

Xの問題は未解決のままだ。

しかし、繰り返しわたしは認める。最近、この日記を出版に向けて編集していたときのことだが、冷たい汗にまみれて夜間目を覚ましたことを。ツイン・ホロウズの書斎に自分が立っている夢を見たのだ。赤いランプの灯を背に、ぼんやりとした人影が階段の下にたたずんでいるホールを、わたしは覗き込んでいた。

そこに存在するはずのない者の人影。しかし、確かにそれはそこにいた。

(署名) ウィリアム・A・ポーター

一九二二年六月十六日

卒業行事週間がやっと終わった。例年以上の怪我人も出ず、やれやれというところだ。野球の試合は九対六で負け。リアが食中毒で寝込む。その辺で食べたアイスクリームが原因だろう。恒例になっている老人たちの同窓会は、ポーターたちがスーツケースでよろめくやらなんやらで、年々賑わいを増しているようだ。

それにしても、老人たちは常にわたしを感動させてくれる。同期卒業生の日に、病的なほど興奮した年配者たちが、七〇年の卒業生として球場へ行進した。ホーラス伯父が亡くなり、今年は八人だけだったという。残念なことだ！

それで、行進する老人たちの中に、伯父の姿を見たような気がするとジェインが言っていたことを思い出した。ジェイン、素晴らしき女性！　想像力には乏しいが、非常に細かい神経とそれなりのユーモアセンスの持ち主。それでも彼女は、気の毒なホーラス伯父を苔むした墓石の下から引きずり出し、球場へと行進させたのだ。わたしが笑うと少し不機嫌になった！

「眼鏡を持っていったほうがいいと言っただろう、マイ・ディア」わたしは言った。

「グループは何人だったの？」ジェインが硬い声で尋ねる。

「八人。頼むから声を下げてくれないか」

「わたしには九人に見えたのよ、ウィリアム」立ち上がり、卒業生が行進する写真を取りにいったとき、彼女は震えていた。

　ジェイン、奇妙な女だ……。

　終わってしまった一年について、今さら何を言う必要があるだろう？　少しばかり増えた通帳の預金額、何事もない日々を綴った日記帳、王党派詩人について、知っているかもしれないし、何も知らないかもしれない数百人の学生たち。そして、イギリス文学がシェイクスピアから始まるわけではないことを、わずかながらに知っているほんのひと握りの学生たち。

　何が期待できる？　何の予定もない三カ月の夏休み――ラーキンがすでに準備をしてくれていたら――おそらくはツイン・ホロウズで過ごすことになる三カ月――そしてまた、同じ仕事の繰り返し。ミルトン、ドライデン、ポープ。アディソン、スウィフト。

「『老水夫の詩』の作者は誰だと思う、スミス君？　『老水夫の詩』って、聞いたことがあるかな？」

「ワーズワースだと思います、教授（本当はコールリッジ作）」

　それでも、独断的で偶像破壊的な無気力に陥ってしまうのを恐れているわたしとしては、さほど不満を感じているわけではない。棘のある発言をやめようとするのは精神衛生上よろしくない。と言うのも、わたしが次に目指しているのは〝ハシブトガラスのような皮肉っぽい老人〟だからだ。『プリンス・オットー（一八八五年発表。ロバート・ルイス・スティーブンスン作）』に登場する、こちらの発言に文句ばかり言う嫌な奴らに囲まれた老人のような。

しかし、自分が求めるものはいったい何だろう？　ささやかながらも決まりきったやり方というのは心地よいものだ。どっぷりと浸っているため、身体中がそれに慣れきっている。安楽椅子を読書ランプの脇に置くこと。何冊もの本を一度に運ぶのに親指と人差し指のあいだを目いっぱい広げること。わたしは自分の習慣に浸りきっていた。

昨日、リアを訪ねたときのことだ。彼がすぐに趣味について話し始めたところからすると、わたしは自分の所在なさを口にしてしまったのかもしれない。彼のベッドの上には、封を切った封筒が散らかっていた。

「それに勝るものはないよ」とリアは言った。「人生の安全弁、中高年の慰めさ」

「安全弁を必要としている実感はないんだけどな」その答えに、リアは疑わしげな眼を向けた。

趣味だって！　切手収集でもすべきなんだろうか？　本来来るべきところではないところから来た手紙について調べてみる？　でも、そんなものがいったいどこから送られてくるのだろう？　あるいは、ジェインからカメラを借りて、どうでもいいような人がどうでもいいようなことをしている写真を撮る？　それとも、リアが最後に勧めてくれたように、釣りにでも出かけてみるとか？　水中から釣り上げた魚が、空中で大きく口をあけて弱っていくのを見つめる。それが、大冒険にでもなるというのか？　まさか！

「脳を休めるのに一番いい方法が」とリア。「釣りなのさ」

「脳を休める必要なんて感じていないんだけどな」わたしは反論した。「ぼくに必要なのは完全なる変化なんだよ」

「じゃあ、食中毒にでもなってみればいいさ」彼の冷ややかな言葉を潮に、わたしは家に戻った。

しかし、きっとリアの言う通りなのだろう。どんな三カ月休暇になるのか、うっすらと様子が見えてくる。あえて言うならわたしは、昨夜ジョックがキッチンの床で見つけた寂しいゴキブリにそっくりなのかもしれない。意を決して暖かく居心地のいいパイプ裏から出てきたものの、危険極まりない状況や不愉快な場面に遭遇する。そして、慌てふためき、ぶるぶると震えながら、退屈で安全な生活へと戻っていくのだ。

六月十七日

いずれにしろ、安全にはそれなりの意味がある。

家庭生活という分野において、近ごろのわたしはかなり懐疑的になっている！　ユーモアセンスがあり、新しい楽しみを見つけ、心の変化について思いを巡らせる思索家にとって、この世に存在できる場所などないのではないか！　実際、今日（こんにち）の世界のどこに、思索家の存在場所があるだろう。行動の時代。人は考え、それから行動する。ときには、行動のみという場合もあるが。

それでも、思索家である以上、考えなければならず……。

そんなわけで、昨夜わたしはジェインの時計を一時間進めてみた。外の世界に目を向けるのを本当にやめようと決心したからだ。排水管の裏に横たわっているような、自分の小さな領域に目を凝らすことも！

一年のうちの九カ月、わたしという人間の抜け殻は講堂からジェインの待つ家へと帰る。もしかしたら芽を出すかもしれない学生の脳味噌に、たった一つの思想を植えつけることにほとほと疲れて。

安楽椅子に身体を沈め、自分の家庭生活を受け入れる。お茶、夕食、本、ベッド。これがわたしの生活。わたしの存在のあり方だ。

しかし、春学期の終わりにあたって、自分の中でかすかな生が渦巻いているのに気づいていた。

「新しいお茶かい？」わたしは尋ねる。

「この冬中、飲んでいたお茶じゃないの」ジェインのそっけない答えが返ってくるはずだ。

昨日が休暇の初日で、夜、家のことを考えていた。自分の持ち物を眺め回し、改めて再発見をしたような気持ちでいた。

「例のクッションカバーは仕上がったのかい？」

「クリスマスまでにはね」わたしにちらりと目を向けながら、ジェインは答えた。わたしも彼女に視線を返す。

男には時々、自分が妻のことを何も知らないのではないかと感じるときがある。もちろん、表面的な特徴や心の状態、秩序に対する感覚はわかっている――ジェインは几帳面な女だ。金銭に対する考え方も――倹約的な女性。確か、そうだったはず！　それでも突然、彼女のことを何も知らないのではないかという思いが沸き起こってくる。

ジェインは、永遠に続きそうなクッションカバー作りに専念している。いつの日か、それが椅子に取りつけられたら最後、わたしは二度とその椅子に座ることができなくなるのだろう。しかし、さほど注意力を必要とする仕事ではない。とにかく彼女は今、無表情な顔をうつむけ、その仕事に取り組んでいる。

「何を考えているんだい、ジェイン？」わたしは尋ねた。

「別に何も」

そんな答えが返ってきたからと言って、わたしがジェインの心を読み違えたわけではないし、彼女を批判しているわけでもない。すばらしく心根のいい女なのだから、まったくもってその逆だ。それでも時々、ジェインがわたしにはない性質を持ち合わせていることに気づくことがある。例えば、同期卒業生の日のジェインのように、ホーラス伯父を見たと思い込むことは、わたしにはできない。完璧な視力を持たない人間の多くのように、わたしにも目の錯覚に惑わされることはある。故に、ホーラス伯父を見たという彼女の言葉を否定することはできないのだ。正直さを示す様々な言動から、彼女の中で何かがかすかに変わったことも。

それなら、ジェインの心とわたしの心のあいだにある違いは何なのだろう？　彼女には奇妙な能力が備わっている。ジェインはそれを七つの大罪のように隠しているし、その存在のせいで、彼女が時々、一緒に暮らすには面倒な人間になることも事実だ。

自分の同窓会の日のことは、すでにこの日記にも記している（一八九六年のことだ）。パンチボウルに残った酒を全部混ぜ合わせて別れの盃にしようと言い出した奴がいた。その結果、わたしはひどく酔っ払って帰宅することになったのだ。

しかし、こっそりと家に入りベッドに潜り込んだあとで、ジェインがわたしの部屋にやって来たことは書いていなかったと思う。

「あら！　帰っていたのね！」と彼女は言った。

「ああ、なんとか戻ってきたよ」

そのときの彼女も、彼女が立っていたドア口も、ぐらぐらと揺れているように見えたことは記録する必要はないと思ったし、実際に書き残すこともなかった。しかし、ひょっとしたら書いておくべきだったのかもしれない。と言うのも、ジェインは一瞬、冷たい視線をわたしに向けて、こう言ったからだ。

「三十分前のことだけど、ウィリアム、あなたが礼拝堂を支えていたの？　それとも、礼拝堂があなたを支えていたのかしら？」

「何のことだかわからないな」

「そうなの？」ジェインはそう言うと、本棚の上からわたしの靴を下ろし、静かに出ていった。

しかし、自分が束の間礼拝堂の脇でひと休みしようと足を止め、ジェインがどういうわけかそのことを知っているという恥ずべき事実は厳然として消えない。

あるいは、昨年六月二十八日付でこの日記に記した出来事について取り上げてみよう。七時にわたしを起こしにきたジェインが、ツイン・ホロウズの図書室の床に、亡くなったホーラス伯父が倒れているのが見えたと言ったときの話だ。

「夢というのは」眠たげにわたしは答えた。「単なる願望の顕れだよ。もう少し眠ったほうがいい。伯父さんなら大丈夫さ」

「眠っていたわけじゃないわ」彼女の声は冷静だった。「すぐに、夢でなかったことを証明する電話がかかってくるから」

そして、まさにその通り、ジェインが口を閉じる間も置かず、アニー・コークランが電話を寄越してきたのだ。七時に、図書室の床に倒れて亡くなっているホーラス伯父を発見したと（注記：出版のためにこれらの記録を整理しているときに、非常に強く沸き起こった思いがある。つまり――死後数時間経ってからやっと、妻の幻視——ほかにどう呼んでも構わないが——が現れたのは奇妙ではないか、ということだ。もし、心への呼びかけのようなものが訪れたのだとしたら、なぜ、伯父が亡くなる瞬間に起こらなかったのか？　こうした現象の一般的なタイプとしては、そのほうがずっとありそうだし、その後にわかに大ごとになったミステリーの解決にもずいぶん役立ったはずなのに。

今回の出来事で偶然の一致以外の可能性を認めるなら、テレパシーというものの存在に関わる事実を受け入れるほうがずっと易しい。言い換えれば、朝七時に死体を発見したアニー・コークランという使用人が、その瞬間、ジェインのことを思い出し、彼女に現場の様子を投げかけた、ということだ。しかし、これは単に、ほかにも存在する謎のうちの一つを説明したにすぎないことは認めざるを得ない）。

それでわたしは、ジェインがゆったりと飽きもせず、完全にリラックスした状態で布に針を突き刺しているあいだ、考えていたのだ。それならばあの夜、ジェインのどの部分が身体を抜け出し、礼拝堂の壁に縋りついているわたしの姿を見たのだろう？　あるいは、人里離れたあの場所に密かな軽蔑を抱き、忌み嫌う家であるにもかかわらず、ツイン・ホロウズまで行って倒れているホーラス伯父を発見したというのか？

非常に興味深い。暇を持て余していたわたしは、嬉々としてその考えをこねくり回した。それならば、夜、手を伸ばせば触れることのできるジェインという女は、単なる抜け殻なのかもしれない。その間、本物のジェインの精神（スピリット）は冒険に出かけているのだ！　わたしはじっくりと考え込んでいた。その可能性があることは、誰しも認めざるを得ない。そのとき、ジェインが顔を上げてわたしを見た。

「何を考えているの？」彼女は尋ねた。

「ぼくはね」真面目な顔をして答える。「心配しているんだ」
「何について？」
「きみのことを」
「わたしなら何ともないわよ」とジェイン。「もちろん、どこかに逃げ出したいとは思っているけど」
「それこそ、ぼくが心配していることなんだよ！」その答えに彼女は怪訝な顔をしたが、何も言わなかった。

少しも進まないフォン・フンボルト（ドイツの自然科学者、旅行家、政治家。一七六九—一八五九）の一冊を膝に載せたまま、再びジェインの心に思いを戻す。意味はともあれ、彼女は本当に千里眼の持ち主なのだろうか？ あるいは、テレパシーというのが答えなのか？ 彼女はスコットランド人で、スコットランドの人々は時々、〝千里眼〟と呼ばれる能力について口にすることがある。自分に与えられた特殊な能力について、彼女が自覚していることは知っていた。ほかの人間には知覚できないものを見たり聞いたりする奇妙な子供だったという話だ。彼女がその能力を恐れ、嫌っていることも知っていた。どういうわけか、彼女はそれを不信心なものと思っているらしい。

それでも——彼女は本当にそんな力を持っているのか？

すぐに答えなど出ないので、再び本に目を戻す。ほどなく、こんな文章に出くわした——〝本当かどうかを確かめることもせずに事実を退けてしまう頑固な懐疑主義は、不合理な軽信よりもまだ質が悪い〟

ある意味、挑戦的なフレーズだが、こちらには検証すべき事実もない。わたしにわかるのは、ジェインがテレパシー的な印象を記録する良質な記録機器であるということくらい。あるいは、多少肉がついてきてもまだ充分に魅力的な肉体を時々抜け出し、空間を移動する事実を受け入れられるという程度のものだ。それでも、沸き起こった好奇心から、〝千里眼〟という項目を辞書で調べてみた。そこには、通常の感覚を通さずに物事を知覚できる能力と記されていた。

つまり、〝目を通さずにものを見る力〟。

フルーツを載せた皿を手にクララが部屋に入ってこなければ、そんなちっぽけな情報で満足していてもよかったのに。フルーツというのは、わたしが季節を表すときによく使う材料だ——冬ミカンやバナナが徐々に、春を告げる早摘みのイチゴに代わってとか。クララの姿にジェインは時計を見た。その視線の動きが即座に、わたしの失敗と成功につながった。簡単な実験を試みて〝事実を検証してみよう〟と思いついたのだ。

「ジェインは」とわたしは考えた。「毎朝、自分の寝室にある時計で目を覚ます。時間はぴたりと正確だ。しかし、彼女が時計を見ることはない。それなら、もし、その時計が一時間進んでいたとしたら——？」

それで、ジェインが寝入ったあと、時計の針を一時間進めてみたのだ。その針が七時半を示した瞬間——実際には六時半なのだが——ジェインは目をあけ、時計を見ることもなく起き上がると使用人を呼んだ。

つまり、ジェインは時間を知るのに自分の目を使っていないのだ。クララは一日中不機嫌で、わたしは大変な不興を被ることになった。

「まったく、ウィリアムったら」この午後、ジェインはため息混じりに言った。「休暇中のあなたって本当に面倒な人になるんだから」

「面倒って?」

「わたしの時計を進めたんでしょう?」

「どうしてぼくがきみの時計を進めなきゃならないんだ?」

「悪ふざけのつもり?」

「一時間も早く起こされるなんて、楽しくもなんともないと思うけどね」

それでも彼女の目は疑わしげで、わたしに対する態度も冷たかった。こうしてわたしは、真実の追及者というめぐり合わせに苦労している。愛しいジェインは自分の目を使わなくてもものが見える。しかし、その不思議な能力をもってしても、わたしが時計を進めた理由については理解できない。クララが今晩供した焼け焦げたビスケットを食べたあとでは、わたしも理解できなくなっている。

しかし、もしジェインが目を使わなくてもものが見えるのなら、通常の感覚に頼っている我々に見えないものが彼女には見えるのなら、先週の火曜日、同窓会の先頭に立って行進していたホーラス伯父を見たという彼女の言葉も受け入れるべきではないのか?

六月十八日

今夜は、牛の尾っぽをつかんだら最後、決して放そうとしない男のような気分だ。そしてまだ、完璧に辻褄の合う説明ができると信じている。

問題なのは、ジェインにうまく伝えられないことだ。もし、それが事実だとして、例の写真が二重写しでないなら、彼女を怖がらせることになってしまう。わたしが発するいかなる質問にもあきれ、監視されているように感じるだろう。ジェインは今日になっても、時計の一件について忘れていないのだ。

しかし、事実としては非常に興味深いものがある。彼女は、同級生たちと一緒に球場へ行進するホーラス伯父を見たと思った。写真を撮ろうと立ち上がったものの、極度の動揺でカメラを持つ手が震えた。そんな状態での撮影だったため、七〇年度卒業の八人が九人になってしまったのだ。

彼女自身にもそれはわかっている。そうでなければどうして写真をどこかに隠し、なくしてしまったふりなどするだろう？　わたしに不信感を抱かせたのはその点だった。

「あとで探しておくわ、ウィリアム」ジェインはそんなふうに言った。「今は忙しいんでしょ？」

「休暇という輝かしい辞書には忙しいなんていう言葉は存在しないけどね」ほがらかにそう答える。普段なら、わたしのささやかな努力に微笑んでくれる彼女だが、今回は完全に無視を決め込んだ。

つまり、ジェインは写真をなくしてしまったというわけだ。自分のクローゼットは恐ろしいほど几帳面に整理し、わたしの衣服だって暗闇の中でも探し当てられるほどきっちり整える彼女が。ただ、この日記でも記したように、一度だけ例外がある。学長宅のディナーで、ハンカチ用の収納箱から持ってきたハンカチを広げたところ、キッチン用の布巾だったことが。

そのあとすぐ、普段は家事以外に運動などしない彼女が散歩に出かけた。かわいそうなジェイン。今夜はそんなふうに感じている。説明できない出来事に直面し、七つの大罪のようにそれを隠そうとしているなんて。

写真には九人の人物が写っていた。それは動かしようのない事実だ。影の薄さといい輪郭の不鮮明さといい、九番目の人物がほかの人々の写り具合とはかすかに異なることは否定できない。ジェインの読書用眼鏡を通してもそれは変わらなかった。距離のせいではっきりはしない。しかし、ブロケード地のガウンを羽織り、豪快な音を撒き散らしながら前かがみになって咳き込むホーラス伯父の幽霊を想像できるなら、確かにそれはそこに存在する。

追記・その写真をリアに見せたところ、彼は間違いなく二重写しだと言った。

「ほかに何が考えられるんだ？」超常現象となると決まってある種の苛立ちを示す人々と同じような口調だった。

「彼女が伯父の写真を撮ったことなどないはずなんだけどね」

「ふん、ほかの誰かが撮っていたんだろうさ」そう言いながら、彼は写真を戻してきた。「ぼくの言うことが信じられないなら、カメロンのところに持っていけよ。そういうことにかけては専門家だからな（注記：カメロンとはわたしの大学の交換教授だ。心霊研究協会のメンバーで、学生たちのあいだでは〝変人カメロン〟として知られている）」

しかし、わたしがその写真をカメロンに見せることはなかったし、そんなことをするつもりもなかった。彼とはほとんど面識がなかったのが一つ。もう一つには、リアの言う通りだったからだ。大学側は、時折そんな事柄に手を出す教員たちに懐疑的な目を向けている。

「個人的には」とリアは言った。「二重写しだと思うね。でも、そうだろうとなかろうと、これだけははっきりと言える。そいつについては、あまり騒がないほうがいい」

六月十九日

あることを考え始めると、思いもしなかった機会にそれと遭遇するのは奇妙な話だ。

今日の午後、ジェインのブリッジ・パーティのあとで、お茶を入れようとダイニングルームに行ったときのことだ。ヘレナ・リアを中心に降霊術の話で盛り上がっており、ジェインが居心地の悪そうな顔をしていた。

「あら！」わたしに気づくとヘレナが声をかけてきた。「我らが皮肉屋さんの登場だわ。きっとあなたも、自動書記なんて信じないんでしょうね？」

「そんなことはないさ」大真面目な顔でわたしは答えた。「自分の教室で、何十人もの学生がトランス状態でノートを取っているのを見てきたからね」

「でも、霊魂なんかは？」

「信じているよ。お告げの煙も死の粉も」

ヘレナはぽかんと口をあけ、ジェインはさっと顔を赤らめた。

「ほかにもまだある」たぶん、その場の緊迫感にちょっと調子に乗り過ぎたのだろう。わたしは続けた。「もし、ここにチョークがあったとして——チョークなんてあったかな、ジェイン？——この床に魔法円を描いたとする。中に三角形の入ったやつだよ。そうすれば、どんな邪悪な霊もぼくに近づくことはできない。チョークを貸してみろよ——悪魔一匹だって寄せつけないから」

笑い声とともにその話は終わった。しかし、ヘレナ・リアはお茶を手渡しながら悪戯っぽい目をわたしに向けた。

「あなたが魔法円だなんてね！」彼女は言った。「ここにいる女性たちの大半が、そんな話の半分だって信じていないのがわからないの？」

「きみも信じないのかい？」

「自分だって信じていないくせに」

「それでも」と、フォン・フンボルトを思い出しながら、わたしは答えた。「ぼくは懐疑論者ではないよ。テーブルの下で電気掃除機みたいなふりをしているジョックが、ぼくには見えもしなければ聞こえもせず、臭いさえわからないものを感じ取る力を持っているのは認めるつもりだからね。でも、だからと言って、あいつが精神世界と交信できると信じているわけではない」

「でも、彼にはあなたに見えないものが見える。それは認めるのよね」

「その通り。彼は、ぼくよりももっと深く物事を見ているのかもしれない」

「じゃあ、いったい何を見ているのかしら？」ヘレナは勝ち誇ったように言った。

うまい具合に話題が逸れて無事に逃げ出すことはできたが、立ち去る彼女が浮かべていた笑みにはかなり謎めいたものがあった。あいつが何を見ているかなんて、わたしにはわからない。それがわかるなら、ありがたい限りだ。

六月二十日

ジェインは、わたしがその写真を見たことを知っている。そしてそれが、夏の休暇にツイン・ホロウズに行きたがらない理由なのだと、わたしが気づいていることも。今日、最終的な書類にサインを終え、ラーキンの事務所から戻ってきたとき、彼女が頑としてここから動かない肚を決めているのがわかった。

「これで準備は完了だ」わたしは言った。「あとは、アニー・コークランが少し掃除でもしておいてくれれば――」

「もし、行かないって言ったら――」ジェインは本当に悲しそうな顔で答えた。「あなたはとてもがっかりするのかしら?」

「でも、手配はもう済んでしまったんだよ。エディスだってそのために戻ってくるんだし(注記:この日記でいう〝エディス〟とは、わたしたちと一緒に住んでいる姪のことだ。このとき彼女は、あちらこちらのハウスパーティに呼ばれて留守にしていた。非常に魅力的で、今も昔も誰からも好かれている娘だ)」

「わたしたちには広過ぎるわ」ジェインは言い張った。「夏には休養が必要なのよ。手入れのいる大きな屋敷ではなくて」

会話をそれきりで終わらせたジェインの言葉には、ある意味、動かし難いものがあった。結果として、二人のあいだで意見の相違があるときのお決まりのコースに突入する。終日、お上品に沈黙を守り続けるという態度に逃げ込むのだ。結婚生活における、いつもの武装中立。気まずい状況がエディスの不在でさらに悪化した。彼女がいてくれれば、明るい口調で二人のあいだの溝を埋め、ついには和解に持ち込んでしまうのだが……。

例の写真のことをリアがカメロンに話していた。今日の夜、ジョックの散歩中に出くわしたカメロンは、改めて自己紹介をしてくれた。日中の抑圧の反動か、しゃべり過ぎのようにも感じたが、彼は黙って話を聞いてくれた。

言葉少なではあったが、彼にはジェインがツイン・ホロウズに行きたがらないことについて、ある種の理解があるようだ。

「家というのはときに奇妙なものですからね」というのがカメロンの意見だった。

しかし、写真のこととなると、がぜん興味を示した。

「心霊写真の証明には確かな説得力が必要なんですよ、ポーターさん。もちろん、奇妙な写真のすべてが――わたしのところには、そんな写真が山ほど送られてくるのですが――実態のない霊的存在によるものだとするのはバカげています。でも、そこには何かがあるんです。それが何なのかは、わたしにもわかりませんが」

ジェインは口をきかぬまま寝室に引き上げてしまった。わたしは二つの問題を抱え一人残された。一つには、どこで夏を過ごすのか。もう一つには、ジェインはなぜ、ツイン・ホロウズの家にカメロンが奇妙と称するものを見い出すのか？

あの家に対するジェインの感情からすると、甘過ぎる言い方だ。実際には、彼女はあの家を嫌っている。ずっとそうだった。あの家を所有していることに何の誇りも感じていない。ホーラス伯父が集めたアーリー・アメリカン様式の家具の一つでさえ、決して持ち出そうとはしないのだ。わたしは今、自分には不似合い極まりないアーリー・アメリカン様式の机でこの日記を書いている。それが彼女の好みだから。ジョックもまたこの瞬間、ウィンザー・チェアの堅いシートの上で身を丸めている。なぜなら、それも彼女の好みだから！　にもかかわらず、ジェインは決して、ホーラス伯父の素晴らしいコレクションからは何一つ持ち出そうとはしないだろう。

ジェインはまた、あの屋敷の古い一角が、そこで殺された男に呪われているなどというアニー・コークランの話に耳を貸すタイプでもない（注記：消費税局から逃れて身を隠していた男が以前、そこで撃ち殺されたという根も葉もない言い伝えがあるのだ。実際、後日そこで暮らしたわたしたちが、そんな話を裏づけるような経験をしたこともない）。

彼女があの家を嫌う理由があるとすれば、ホーラス伯父が買い取る前に住んでいたリッジスという女性に関係があるのかもしれない。しかし、そこにもまた疑問が残る。このリッジス夫人という人物は、けち臭い詐欺で逮捕されただけで、そこまであの家を忌み嫌う理由としては考えられないからだ。

六月二十一日

エディスが戻ってきた。今朝、家に入ってくるなりジョックとジェインとわたしにキスをし――ジョックが一番先だった――山ほどの朝食と家中のお湯を要求した。そして三十分後、いつものバスソルトやボディパウダーの香りに包まれ、燦然とした輝きを振り撒きながら、上機嫌で食卓に下りてきた。

「それで？」と彼女は、猛然とメロンを口に運びながら尋ねた。「呪われた家にはいつ出発するの？」

「叔母さんに訊いてごらん」

エディスはちらりとわたしを窺うと、素早くジェインに目を向けた。

「まったく、もう！」そう声をあげる。「出かけることに問題が出たなんて言わないわよね？」

「まだ決まったわけじゃないけれど」ジェインの声は不安げだ。「大きな家なのよ、エディス。それに——」

「出かける理由なら、たくさんあるわ」メロンを食べ終えたエディスが、かわいらしい腕を突き上げて言う。「芝生でしょう、それに花と海。わたし、泳ぐんだから」彼女は続けた。「ウィリアム・パパは釣り、ジェインはすてきな縫物。そして、夜にはさ迷い歩く幽霊たち。きっと、楽しいことばかりだわ」

エディスはわたしに顔を向けた。

「ウィリアム・パパは幽霊を信じているんですものね？」

どういうわけか、エディスの陽気さがジェインにも伝染したようだ。「魔法円について訊いてみるといいわ」そんなことを言いだした。

「何、それ？」エディスが尋ねる。

「きみの周りに描かれた円の中の三角は、悪霊たちを遠ざけるんだ」厳かな顔で説明する。「きみだって知っているだろう？」

「なんて——便利なのかしら！」

「月のない夜に殺した四匹のカエルの皮を帽子のように被れば、透明人間になれるとか？　精霊たちは当然のことながら——陰謀などではなくソロモンの封印に従う！　コンドルの目とフクロウの耳羽のシチューを食べれば、賢者の夢も凌ぐほど賢くなれるってことも？」

「誰が賢くなんかなりたいのかしら？」とエディス。「でも、続けて。パパの話、聞きたいわ」

「大変、結構」ジェインを見つめながら、わたしは答えた。「じゃあ、五という数字を例に挙げてみよう。五というのは魔法の数字なんだよ、七ではなく。我々には五本の手指があり、五本の足指があり、五つの感覚がある。星のとんがりも五つだ。今年更新した運転免許証のナンバーが五五五だったときのわたしの興奮は、きみも気づいたんじゃないかな」

ジェインが立ち上がった。くだらない話が功を奏したようだ。彼女は、この数日間で初めて微笑んでいた。

「もし、あなたが明日出かけて、あの家を見たいと言うなら」と彼女は言った。「一緒に行ってもいいわ」

ひょっとしたらエディスも、この理解し難い状況を感じ取っていたのかもしれない。ジェインにキスをし、わたしが部屋を出るときには、買い物ついでにカエルの皮とフクロウの耳羽を手に入れてきてと妻に頼んでいたからだ。

そんなわけで、この午後は状況が明るくなったように感じている。こんなふうに、人は自分を欺いていくのだ！　ぼんやりとした意気込みに満たされていたのは、ほんの三日前のことだ――この日記に、決まりきったやり方は楽ちんだが恐れてもいると書いた。〝水中から魚を釣り上げて、そいつが空中で大きく口をあけて弱っていくのを見つめるのが、大冒険にでもなるのだろうか？〟と記したはずだ。

それでも、ツイン・ホロウズに行かないことを考えただけで、パニックにも似た怯えを感じた。どこかのマウンテン・ハウスに慰めを求めるとか、西部で馬を走らせるとかを考えただけで。

本当に、ゲンゴロウ並みだ……。

今夜、町は静まり返っている。時折、トランクを高く積み上げたトラックが走り過ぎていくものの、学生たちによる例年の集団的大移動もほとんど終わっていた。リア夫妻はここに残る予定だ。サルツァーとマッキンタイアーはスコットランドの湖水地方に出かける。カメロンは聞くところによると、もうすぐカナダに出発するらしい。きっと、役立たずの幽霊たちとボートで夏を過ごすのだろう。

今日、彼に写真を送っておいた。写真がなくなっていることに、ジェインが気づかないことを願うばかりだ。

人はどうしてもカメロンのような男のことが気になってしまう。彼とはごくわずかの、ほとんどないに等しいくらいの親交しかない――今でも、町ですれ違っても気づかないだろう――どことなく、スコットランド人風の陰気さがある。煙草も酒もやらない。質素な一人暮らしをしている。厳格な研究者という評判。マサチューセッツのサバスデイ湖畔に建つ家に憑りついた幽霊の正体を暴いたのは彼だ。

それでいて信心深い人間とも言える。死後の魂の存在を信じているのだから。そして、ここで、自分と考えを同じくする者のグループを形成しているのではないかと、わたしは睨んでいる。その中に、あのペッティンギルがいる。自分が死んだあと、世間でよく言われているように、あのペッティンギルの奴にぐいと引き寄せられ、赤いランプが灯る中、テーブルを持ち上げてみろなどと要求されるのは、考えるだけでも屈辱的だ。

ウォレン・ハリデイがエディスと一緒にベランダにいる。姪っ子のはじけるような笑い声と、ウォレンの低く静かな声が聞こえてくる。いつかはあの娘を失う心構えをしなければならないのだが、辛いことだ。

しかし、そんなに急ぐことでもない。ウォレンは一文無しだし、姪っ子とて同じ状況だ。もし、わたしが大金持ちなら、恋人たちに財産分与だってしてやれるだろうに。

だが、大学のシステムが今一つ充分ではないのだ。職員に配偶者手当を支給するのにも、かなりの時間がかかる。ハリデイは二十六歳。戦争に二年取られている上に、あと一年、法律上の縛りがある。エディスには本当に、コンドルの目とフクロウの耳羽が必要なのかもしれない。

六月二十二日

〝人が暮らし、苦しみ、死んでいった家はすべて、呪われている〟ということは、すべての家が呪われていることになる。ならばなぜ、ジョックは今日、ツイン・ホロウズの屋敷に行くのを嫌がったのか？　出発間際まで、臆病な駄々っ子のように車の下で丸くなり、居座り続けたりして？

わたしが今、この日記を書いている古い屋敷は、間違いなく一世代以上の人間の生涯を見てきたはずだ。それなのにジョックは、誇らしげに尾を上げ、頭を垂れることもなく、安心しきった様子で歩き回っている。今夜の態度も、普段に比べるといくぶん興奮気味だ。まるで、日中怯えているように見えたのは、人間側の誤解だったとでも言いたげに。車の下にもぐっていたのも、単なる暑さ凌ぎのためだったのだと。

「彼は、ぼくよりももっと深く物事を見ているのかもしれないね」先日、ヘレナ・リアにそう言ったのだが、彼女はこう答えた。

「そうね。じゃあ、彼はいったい何を見ているのかしら？」

鍵を持ったトーマス老人とオークヴィルで落ち合い、我々は屋敷へと向かった。ジェインは足を踏み入れることを躊躇っているようだったが、果敢にもその気持ちを押しやり、我々は自分たちの入居用物件としての家を調べて回った。修繕が加えられ良好な状態だ。図書室や奥の書斎の家具にかけられた白いカバーが、かなり薄気味悪く見えたのは事実だが。ジェインはおざなりに各部屋を見て回ると、中は寒いからと言って、すぐに外の陽の下に出ていってしまった。

一方エディスのほうはすっかり魅了されたようで、自分でもそう言っていた。恥ずかしげもなく老トーマスの手を取り、家の中を踊るように歩き回っている。わたしたちそれぞれに寝室を振り分け、クローゼットの中を覗き込み、二階の窓から湿地の向こうの水際に立つボート小屋を眺めているところをやっと捕まえた。

「あれは何？」エディスが訊いた。「部屋はあるの？」

「昔、スループ帆船が現役だったころ、船長があそこで寝泊まりしていたんだ」そう答える。

「何部屋くらいあるのかしら？」

「二部屋かな。それにちょっとしたキッチンと」

「家具もついている？」

問われた老トーマスはもちろんだと答えた。エディスの顔に、何か考え込むような謎めいた表情が浮かぶ。それが、彼女の言うところの〝閃き〟なのはわかっていた。しかし、それが何であれ、彼女は口にしなかった。エディスに自分の寝室を選ばせる。そして、その〝閃き〟がもっとましな目的のために役立つよう、充分な時間が取れるように彼女のもとを離れた。

エディスにとっては、環境も家族も非常に大切なものだ。それでも、自分に何も与えられそうにないハリデイを彼女が愛していることは、わたしにもわかっていた。

ツイン・ホロウズのように、ホーラス老人が死んでから何の変化もなく、主の姿を見い出すこともなかった家にいるのは、実に奇妙な感覚だ。図書室の暖炉の脇には伯父の大きなアームチェアがあり、その部屋で唯一モダンな存在であるフラットトップの机には、今は亡き主の万年筆がそのまま残っている。伯父が読んでいた本も、机の書棚に収まったままだ。もし、わたしが大声を出したりしたら、伯父のスピーチ前にはお決まりだった小さな咳払いが、奥の書斎から聞こえてくるのではないか。そんな奇妙な感覚に、今日は一日中捕らわれていた。

その書斎も変わらぬままだ（注記：元々は古い屋敷のキッチンだったみすぼらしい部屋を、すぐ外の船着き場に停泊した船から運び込んだと思われるアーリー・アメリカン調の古びたピューター製品でいっぱいの宝物庫のように、伯父は造り替えていた。時を経た鏡板の壁には、伯父がどこかから見つけてきて飾ったのだろう、額入りの特許証やイギリス国王の署名が入った不動産証明書などが飾られている。古風で趣のある椅子、長椅子や古びたチェスト、床に張られた敷物、そして、古いガラスの燭台）。

机を覆っていたカバーを外し、その前に座ってみる。死をもたらした発作が襲いかかったとき、伯父は十中八九、ここに座っていたはずだ。死んでしまいそうだと伯父は思ったのかもしれない。しかし、気の毒なことに、助けを請える人間は誰もいなかった。わたしたちは、さほど親しい仲ではなかった。しかし、そのときの伯父を思うと、ひどく胸が痛む――本を読んでいるか書きものをしている最中に、ふと違和感が走る。すぐに何が起こっているのかを理解するが、そのまま終わり。

わたしとしては、伯父は本を読んでいたのだと思う。机の上には、ほかの本と一緒に、しおり代わりに紙切れを挟んだ本が混じっていた。ページの端に鉛筆で線を入れ、ある段落に印をつけている。

それが、伯父に対するわたしの見方に新しい方向性を与えてくれた。地元では呪われていると噂されていた家、リッジスという女性が借りたことでかなり有名になっていた家を伯父が買ったのは、真っ当なカルヴァン主義の明確な現れだと思っていたのだ。

しかし今夜、わたしは考え込んでいる。件の段落は『ウージェニア・リッジスとオークヴィルの怪奇現象』と題されており、わたしはそれを家に持ち帰っていた。実に気味の悪い内容で、この日記に書き写しながらも、ついつい背後を窺ってしまうほどだ。

〝部屋については、常に念入りな下準備が必要だと肝に銘じている。壁はすべて漆喰で固められ、(写真でおわかりの通り)小部屋のそばにはドアも窓もない。さらなる用心として、しっかりと施錠されたすべての出入口には、小さな鈴をつけた紐が渡されていた。

霊媒については、常に人から注視される心構えが必要だ――この役割はしばしばマダム・Bが引き受けてくれた。闇から突き出る手が参加者全員にはっきりと目撃され、近くにいた人の肩に触れ、最後には小部屋にあった柔らかい石膏を詰めたボウルに手形を残していった夜もあった。

支配霊が拒むとき以外は、常に霊媒の姿がはっきりと見えるくらいの明かりが灯されていることも忘れてはならない。邪魔にならない程度の小さな赤いランプが用意され、慣習的に使われてきた。

稀に〝インチキ〟も存在した。しかし、本物の怪奇現象も存在したのだ〟

最後の数語には傍点が振ってあった。

それで今夜、わたしは考え込んでしまったのだ。人は生きていくうちに、永遠の平和など否定してきた孤独な人間の魂でも、あの世での生活に平安を求めるようになるのだろうか? 例えばわたしなら、信心深い純粋な人たちの前でペッティンギルが用意したテーブルを持ち上げて見せるために、わざわざあの世から戻ってこようなどとは思わないのではないか?

六月二十三日

家族内で意見が分かれていた。エディスは、彼女風の言葉で言えば〝羽を伸ばす〟ために、ツイン・ホロウズの母屋で過ごすプランにこだわっていた。そして、ウォレン・ハリデイにはボート小屋で休暇を過ごさせるのだと!

「い、い、賃貸しするっていう意味かい?」朝食のベーコンを前にわたしは尋ねた。

「賃貸しですって?」そう訊き返したエディスは憮然とした顔をしている。「今にも倒れそうなあんな小屋で、お金を取るつもりじゃないでしょうね? もっとも、そんな非情なこと、叔父さんにはできないと思うけど」

エディスは時折、ひどくぶしつけになることがある。

しかし、ジェインのほうは、いくら金を積まれてもあの家には絶対に住まないと決めているようだ。昨日の態度にもその決意がありありだったし、今でも、口元の険しい表情は消えていない。二人に挟まれたわたしは風見鶏も同然だった。

もしジェインがもっとオープンだったら、事はずっと簡単だったと思う。わたしのそばに来て、あの家が怖いのだと言ってくれれば、彼女を安心させることもできただろう。あのおかしな写真のことがまだ気になっているのかもしれない。それにしてもなぜ、彼女は昨日、家の中にいることさえしなかったのか? そそくさと庭に出て、見捨てられた花を摘んでいたりしたのだ。

「飾ってあげないなんて、かわいそうだもの」色の失せた惨めな顔でそんなことを言うものだから、わたしは彼女を抱き寄せた。

「ここに住むことを強制されていると感じるのなら」とわたしは言った。「ぼくは本当にひどい夫なんだろうね。きみとジョックに逆らうなんて、ぼくはいったい何様なんだ？」

しかし、彼女は笑わなかった。

「ここがいいなら」わたしの気持ちを痛々しい譲歩にすり替えて、彼女は言った。「ロッジじゃなぜいけないの？　本当に素敵なところよ。そうすれば、ここを人に貸せるし」

「こんな状況でモラルに反しないかな？　家の状態のことを言っているんじゃないよ」慌てて言い足す。「単に疑問に思っただけさ」

「家賃を安くすればいいじゃない」

時々思うのだが、男と女では倫理観が基本的に異なるのかもしれない。ジェインにとっては、あの家の状態がどれほどひどくても、家賃を下げれば問題はないらしい。〝家具つきの家。幽霊が出ると評判〟。そんな宣伝文句など彼女はおくびにも出さなかった。それどころか、安い家賃で勧誘し、住まわせることに成功したら、あとから言えばいいと思っている。「だからどうだと言うの？　これだけ家賃が安いんですもの。確かに都合の悪い部分もあるわ。あなたがそれに悩まされているならお気の毒だけど。でも、お金の節約にはなるはずだわ」

こうした見方は別にしても、アイディア自体は悪くなさそうだ。ロッジでなら快適に過ごせるだろう。それに――この日記では常に正直でありたいと思うのだが――限度というものがあるにせよ、時折顔を出す冒険への憧れというものがあったのかもしれない。昨日、わたしが立ち去ったあとで、トーマス老人とのあいだで交わされた会話としてエディスから聞いた話が、その憧れの存在をはっきりと自覚させてくれた。

エディスのほうは逆に、この状況を〝本当にスリリング〟と見なしているようだ。

「いい家ですよ」とトーマスは言ったらしい。「この家が好きな者にとっては。わたしとしては、こんなところで真夜中に一人で死にたくなどありませんけどね」

「そうならないことを祈っているわ」エディスは答えた。

「これだと指摘できるものはないんですよ」とトーマス。「ただ、ノックの音やラップ音がするとか、ドアが勝手に開いたり閉じたりするだけで。わたしとしては、それだけで充分ですけどね」

「充分だと思うわ」エディスが答える。「もちろん、ネズミの仕業なんでしょうね」

「閉じているドアをあけるなんて、よほど大きなネズミじゃないと。椅子を動かせるネズミにも、まだお目にかかったことはありませんし。それどころか、赤いランプが好きなネズミなんて聞いたこともありません」

「もう、トーマスったら」エディスは独り言のように言った。「しゃべり過ぎるか説明不足かのどっちかなんだから。赤いランプって何？　スキャンダラスなことじゃなきゃいいけど！」

余計な脚色をそぎ落とすと以下のようなことらしい。二年ほど前、ツイン・ホロウズの書斎に小さな赤いランプが持ち込まれた。トーマスとしては、理解を超えるほどの恐ろしい恨みの念に対する恐怖から壊してしまいたかったそうだが、今もそれはそこにある。

「わたしが見た限り、明かりを得るためではなかったんですよ、お嬢さん」トーマスは言った。「ご主人様がそのそばで読書をしているところも見たことはありませんし。それにアニー・コークランによると、そいつが初めて持ち込まれた夜、何かが彼女の部屋に忍び込んで、ベッドから布団を引き剝がしたというんですから」

「まあ――なんて恥知らずな！」とエディス。

「それだけじゃありません」トーマスは感情のない声で続けた。「一晩中、家具が家の中で動き回っていたんです。翌朝、彼女は薬缶が食料貯蔵庫にあるのを見つけたそうです。ティーポットにはお茶がすっかり用意されていたとか」

「でも、彼女はそのかわいそうなものにお茶を出し渋ったりはしなかったんでしょう？　家具を動かしたり、せわしなくものを叩いて回るなんて、喉が渇いたに違いないもの」

「アニーは薬缶をコンロの上に置いておいたんですよ。だから、そこにあるべきだったんです」トーマスは頑固に言い張った。

判事に対して、夫への〝愛着を失っただけ〟と語った女性のように、わたしのそのランプに対する愛着も薄れ始めている。しかし、その邪悪な噂は、〝邪魔にならない程度の小さな赤いランプが用意され、慣習的に使われてきた〟という、リッジス夫人の時代の生き残りなのではないだろうか。

六月二十四日

エディスが負け、ジェインが勝った。この夏はロッジで過ごすことになりそうだ。

しかし、いくら自分の言い分が通ったとはいえ、ジェインがそれで喜んでいるようには見えなかった。ロッジに行くことさえ、覆い隠された不安に対する譲歩のようだ。さらに、こうしたことのほとんどがどれだけ根拠のないことかを示すと、今朝、クララがひどく落ち込んでいて、そのわけを尋ねているジェインの声が聞こえてきた。

「昨日、歯が抜ける夢を見たんです」それがクララの答えだった。「それって死の前兆なんですよ、奥様」

エディスのほうはしかし、ある意味では勝利を収めたことになる。ウォレン・ハリデイがあのボート小屋を使うことになりそうなのだ。

今日、わたしたちは二人揃って出かけた。わたしは、ロッジの様子をより詳しく調べるため。ハリデイのほうは、夏休み中の仕事の見込みを視察するために。髪をきちんと刈った本当にいい若者だ。ハンサムとは言い難いが男らしく、戦争でも優秀な成績を残している。ただ、休暇中の仕事を見つけられずに、ひどく落ち込んでいた。

「何でもやるつもりなんですよ」彼は言った。「必要ならネクタイ売りだって！　でも、そんな仕事さえ見つからない。ネクタイに関してなら――」ハリデイはにやりと笑って言い切った。「いい趣味をしているのに！」

道すがら、彼には屋敷の経歴について説明しておいた。その家に対してジェインが神経質になっていることも少し――と言うか、ごくわずかだけ。

「もちろん」とハリデイは答えた。「ナンセンス極まりない話ですね。でも、驚くほど多くの人間が、そういう話に夢中になるんです」

「非常に不愉快なナンセンスではあるがね」

「それだけではありませんよ、先生。危険でもあるんです。一般民衆のそうした迷信がどんなことに繋がるか、想像してみてください。少しでも自分たちの手に負えなくなってくると、すぐさま投げ出してしまうような人間のことを！　それが引き起こすかもしれない犯罪のことを。そして戦争だ。人の生き死になど誰も気にかけなくなる。文明の進歩なんかを語り合いながら！　まったく、愚かな民衆はいったいどうなってしまうんでしょう！」

そんな会話に比べると、そのあとトーマス老人からロッジで聞いた話は興味深いものだった。ホーラス伯父の死は自然なものではなく、それをもたらすような〝ものを見てしまった〟ことが原因だというのだから。

実際、老人の話には、審問の際にはどういうわけか見落とされてしまったか、少なくとも重要だとは思われなかった、かなり奇妙な事実が含まれていた。

例えばその一つに、心臓発作が襲いかかったとき、伯父は机で書きものをしていたという話がある。ペンは床の上に転がっていた。しかし、伯父が書きものをしていたという形跡は何一つ残っていないのだ。真新しい吸い取り紙に、伯父が何かで汚したような染みが残っている以外は。しかし、トーマス老人によると、一番奇妙なのは明かりの件だという。

翌朝、アニー・コークランが伯父を見つけたときには、机の上の明かりも、傍らの床に置かれた照明もすべて消えていた。

「でも、赤いランプだけは書斎の中で灯り続けていたんです」トーマス老人はそう話した。「大して明るくもないので、医者が来るまで誰も気づきませんでした。気づいた医者が消したんです。デスクランプを消したのが誰なのかは、あなたにお任せしますよ」

トーマス老人の話から、赤いランプに関する誤った噂が田舎中に広まったことを嫌というほど実感した。あの屋敷は最初から評判がよくなかった。リッジス夫人の居住でその名誉が回復されることはなく、加えてアニー・コークランと赤いランプだ。賃貸しできる見通しはかなり薄い。

トーマス老人によると、我々があの屋敷に住むかどうかにかなりの関心が集まっているらしい。決定事項を告げたときになって初めて、老人の顔に安堵の色が浮かぶのを見たような気がする。ハリデイの言う通り、アニー・コークランやトーマスに、心霊現象と呼ばれるものには赤いランプが最適だという話を聞いたことがあるかどうか確かめてみるのは、興味深い実験かもしれない。

ロッジはどんな天候でも大丈夫そうで、いい状態にあることがわかった。ボート小屋のほうも、母屋からいくつかものを運び込めば、充分生活できそうだ。ただ、蚊の侵入を防ぐために、しっかりした網戸が必要だろう（注記：物語の進行のために、ボート小屋について説明しておく必要がある。建物は、干潮時に水面から顔を出す高さに積み上げられた土台の上に建てられており、冬場には小屋の下層部に収納される平底船（ドーリー）とカヌーが付属している。もう何年も使われていないスループ帆船はこの時、入江の中の百ヤードも離れたブイに留められていて、風や波にもまれ揺れていた。

塩分を含んだ湿地の向こうには芝生の端から一段高くなった木道が伸びていて、ボート小屋と水際を結んでいる。この木道をたどると今にも崩れそうな桟橋へと続き、その桟橋から別の木道がまた木造りの浮桟橋へと続いていた。わたしたちが視察に行ったとき、この浮桟橋はひどく傷んでいて修理が必要だとわかった。桟橋を支えている樽がいくつか、ぼろぼろになっていたのだ。

のちに説明することになるが、後日わたしのトラブルの始まりとなるものが発見されたのは、ハリデイがこの浮桟橋を修理しているときのことだった）。

だいたいにおいてジェインの計画は現実的だったが、エディスは落胆も露わな顔をしていた。

「あのテラスは最高にすてきなのに！」彼女はそう言い、わたしに顔をしかめて見せた。

エディスには、彼女が言うところのトーマスから聞いた戯言（たわごと）については、ジェインに話さないよう頼んでおいた。同意はしたものの、彼女はわたしのことをひどいやくざ者となじり、単にジェインのせいにしているだけだと言い張った。

しかし、エディスは内心喜んでいるはずだ。ボート小屋でエプロンを着け、熱々だがつつましい家庭生活の図を若きハリデイに披露することで、相手を意のままに操っている自分の姿を思い描いているのだから。エディスのことなら何でもお見通しだとすれば、彼女はハリデイと結婚するつもりでいる。そしてもし、ハリデイのこともすべてわかっているとするなら、彼は自分で養えない相手とは誰であれ結婚などしないだろう。

面白い夏になりそうだ……。

あの気の毒な老人が亡くなった夜、机の上にあったランプについては奇妙な点が残る。もちろん伯父は、発作が起こりそうだと感じてランプを消し、二階に上がろうと立ち上がったのかもしれない。しかし、もしそうなら、ペンを先に置いたのではないだろうか？　人は普通、無意識にそうするはずだ。

吸い取り紙台が処分されてしまったのは実に残念だ。

六月二十五日

ホーラス伯父が死んだ夜、最後――あるいはほとんど最後に書いた言葉は〝危険〟だった。

しかし、わたしがその言葉に重みを置く必要がどれほどあるだろう？　わたしたちは風邪をひく危険性について語る。講堂で軽率な発言をしてしまう危険性や、ロブスターにアイスクリームを添えてしまう危険性についても。気の毒なホーラス老人には、根を詰め過ぎる危険性があった――そういう一般的な意味では、彼はいつも危険に晒されていたのだ。しかしそれは、彼が軽々しく使いそうな言葉ではない。

では、伯父を脅かすどんな危険が存在したというのか……？

今朝、自分たちの集団移動に先んじて机周りを整理していたわたしは、古くからのごまかしに頼ることにした。すなわち、机を覆う大きな吸い取り紙をひっくり返し、染み一つないきれいな面を表に出すことにしたのだ。そのとき、ふと閃いた。吸い取り紙がきれいだったというでっち上げは、こんなふうに何の苦労もなく成されたのではあるまいか。そしてそれは、アニー・コークランによるものではないだろうかと。

昼食後、わたしは車の後ろに山のような荷物を積んでツイン・ホロウズへと出発した。壊れやすい洗面道具一式、ランプが一、二台、かなりの数にのぼる食器類。ロッジの鍵はあいていて、アニー・コークランが張りきって掃除をしていた。わたしは繊細な荷物をその場に下ろすと、ぶらぶらと母屋に向かって歩いていった。

トーマスが、古い馬引き用草刈り機のために借りてきた牝馬と一緒に芝を刈っていた。地元の大工でもあるオークヴィルの巡査スターは、水際へと続く木道で古い板を新しいものに取り換えていた。きらめく陽光の中、通り過ぎるモーターボートのツーサイクルエンジンが立てるパタパタという音。なんでも屋たちの群れ、大きな蝶のように水に浮かぶスループ帆船、周囲の人々の動き。そうしたもののせいで、古い屋敷を見る目のない賃借人に引き渡してしまうことの愚かさが、自分の中で拡大していった。

「ロッジのほうに住むんだって？」横木に唾を吐きながらスターが話しかけてきた。

「わたしたち家族には母屋では広過ぎると妻が言うものだからね」

スターは鋭い眼差しをわたしに向けた。

「ああ。確かに大きな家だよな。まあ、おれとしては、そっちのほうに一ドルだな」

「一ドルって？」

「あんたたちがあの家には住まないってほうに賭けるのさ」そう言って鋸で引くための印を板につけた男の目には、茶化すような光がかすかに浮かんでいた。

「これはわたしの考えなんだがね、スター」と、わたしは返した。「この屋敷に悪い評判を立てたのは、この辺りの住人じゃないかと思うんだが」

「まあ、そうかもしれないな」どっちつかずの答えが返ってくる。

「ホーラス・ポーター氏はあそこに二十年住んでいた」

「そして、そこで亡くなった」男は確認のように言い足した。

「喘息性の心臓発作で」

「医者はそう言っている」

「でも、あんたたちはそう思っていないというわけかい?」

「頭に一撃食らっていたっていう話だぜ」

「転倒したときにぶつけたと思っていたんだけどな」

「ふん、きっとそうなんだろうよ」男は、この話はもうこれで終わりだと言わんばかりに鋸を引き始めた。わたしは続きを待っていたが、相手は明らかにしゃべり過ぎたと思っているらしい。そのあとの話は極端に用心深くなった。発作が起こったとき、ポーター氏が書きものをしていたのかどうか、彼は知らなかった。それどころか、現場にいち早く到着した身でありながら、紙の一枚すら見ていなかった。


我々があの家に住まないほうに賭けることに何か理由があるのか、彼自身、何かおかしな経験をしたことがあるのかと尋ねても、男は首を振るばかりだった。しかし、わたしが道を戻り始めると、彼は声をかけてきた。

「本当のことかどうかは知らんが」と男は言った。「連中は言っているんだ。静かな夜、屋敷の周りで呟き込む声が聞こえたって。おれ自身は聞いたことはないけどな」


それで、トーマスはホーラス伯父が死を恐れていたと思い、スターは伯父の死因が殺人だとほのめかしたわけだ。一年前、そんな噂がこの辺りの住人のあいだで渦巻いていたわけだが、わたしの耳には一切入ってこなかった。審問検死は行われなかった。覚えている限りでは、ヘイワード医師が単に電話で検視官に知らせ、器質性心臓疾患が死因だと告げただけだ。

正直なところ、今日母屋に戻ってみて、わたしは驚いていた。自給自足をしているような小さな共同体が外部からの情報不足のために陥りそうな傾向については、わたしも承知している。テラスにたどり着くころには、強打に関するスターの話も、真夜中に聞こえたという咳の音と同じ程度の話なのだろうと納得していた。芝生の斜面を見下ろしながら立っていると、ずっと都会暮らしをしていたころのホーラス伯父の言葉が甦ってきた。

「わたしにはいつも夢があった。さほど広くはない少しばかりの土地、そこに庭と噴水。家のそばに尽きることのない水の流れ、両脇には小さな森。天は有り余るほどのことをしてくれた。わたしにはもったいないほどのことを」

天は、わたしにも望んだ以上のことをしてくれたのだと思う。海に向かって左手に小さな私有林――ロビンソンズ・ポイントの向こうまで三十エーカーにも渡って広がっている。噴水はないものの、庭と呼べるものもあった。古代ローマ人が想像もしなかったような船もある。古びたスループ帆船が、通り過ぎる引き船が立てる波に跳ねるように揺れていた。

わたしは踵を返し屋敷の中に戻った。アニー・コークランが吸い取り紙をひっくり返したのかどうかを確かめるために。気の毒な老人が最後に書いた言葉が〝危険〟であったのかどうかを確かめるために。

六月二十六日

女とは奇妙な生き物だ。この冬のあいだ中、ジェインにとって何よりも重要だったのは、自分のティーカップが古いロイヤルチェルシー製のものだったり、ホールテーブルの上の鏡が本物のアーリーコロニアル様式のものだったりすることだった。わたしにすればそんな鏡など、右目をちょっと上げて見せるだけのものなのだが。彼女の寝室にあるクイーンアン製の椅子やダイニングルームに置いてあるアダム様式のサイドボートは、明らかにジェインの愛情をわたしと分け合っていた。シェラトン様式のチェストに傷でもつけようものなら、わたし自身が同じような怪我をするよりもはるかに大きな騒ぎになるだろう。

今夜、わたしたちはロッジに落ち着いた。ロマンチックな外見についてエディスが何と言おうと、内部がひどい有様なのは否めない。ただただ、コテージなるものがこんなものであってはならないという言葉に尽きる。一階に置かれた古いパーラーオルガンから、二階にある真ん中がへこんだベッドに至るまで、ぞっとするものばかりだ。それでも、今夜のジェインは満足そうだった。

わたしが夕食用の堅苦しい服装から解放されたいと望むように、女性たちが自分の身の回り品から解放されたいと望むことなどあるのだろうか？　わたしの場合、古い釣り用の服に袖を通すと解放感に包まれる。それなら、例えばパーラーオルガンや安っぽい家具が、それと同じ感覚を彼女たちに与えることができるのか？

それとも、ジェインはただほっとしているだけなのだろうか？

今夜、不動産屋のラーキンが持ってきた母屋の資料を前にして、わたしは認めざるを得なかった。自分が偽物を売ろうとしているような気がすること。そればかりか、自分自身も密かに偽物に対するあこがれを抱いているような気がすることを。

「休暇用の貸出物件。オークヴィルから三マイル。入江に建つ家具つきのゴージャスな屋敷。立地条件良し。三十二エーカー、景観良好。花壇及び菜園あり。廉価」

それでも、まずまずの結果と言うべきだろう。いずれにしろ、野望の燃え尽きるときはやって来るのだ。恋に掻き乱れる心が鎮まるときも。最終的に人の心が声を限りに求めるものは平和だ。わたしは今、その平和を感じている。

一年中読もう読もうと思っていた本をここに運び込んでおいた。おかげで、わたしの小さな部屋の床はそうした本でいっぱいだ。この日記のための予備のノートが数冊。たぶん釣り上げた魚の重さとか、日々の晴雨計の記録などを書き込むことになるのだろう。揺るぎない愛情を感じさせてくれるジェイン。人生の喜びを与えてくれるエディス。そして、友情を楽しむためのジョック。

しかし、時間が経つにつれ疑問が募っている。ジョックがわたしを見捨てたのだ。たとえ、彼のお気に入りのシートがわたしの部屋の窓際の椅子にきちんと広げられていたとしても、ジョックがそこで寛ぐことはないだろう。最初にそれを広げて見せたときには素直に椅子に飛び乗った。しかし、母屋に面している窓から外を見ると、長々と悲しげな遠吠えをあげた。そして、絶対に説得など受けつけないという態度で、幹線道路に面するジェインの部屋のベッドの下に潜り込んでしまったのだ。月明かりの下、浜辺を散歩するときにも、母屋の前を歩かせることはできなかった。

ジョックは、湿地を抜ける独自の遠回りルートを通って、母屋の前にいるわたしに合流した。しかし、決して喜んでという様子ではなかった。

その後、大騒動が起こり、やっと今、落ち着いたところだ。クララがすでに地元の噂話を耳にしていたのは確かだ。

十一時、屋根裏にあるクララの寝室からもの凄い悲鳴が響き渡ったのだ。わたしたち三人は、様々な部屋着姿で駆けつけた。クララは閉めたドアの外に立っていた。ヒステリー状態でガタガタと震え、ベッドの下に青い光が見えるのだと言い張る。

わたしはドアをあけ、真っ暗な部屋に入って屈み込んだ。確かに、青く光るものがある。気味の悪いぼうっとした光を発している。頭皮がジンジンと痛んだ。外に女性たちがいなければ、犬のように遠吠えをあげたことだろう。最悪なのは、それに目があることだ。大きな目が、これでもかというほどの敵意を込めてじっとこちらを見つめている。

落ち着いた声を出せるようになるまで、しばらくかかった。

「誰か、明かりを点けてくれないかな」

スイッチが見つかるまでしばしの間。その間、青い光はわたしを見つめ、わたしはその光を見つめていた。エディスが横に屈み込み、小さな悲鳴をあげた。クララは外ですすり泣き、もうこの部屋には入らないと言っている。二度と決して。

ジェインが明かりを点けた。ベッドの下にあったのは、死んだ魚の青光りする頭部だった。ジョックが浜辺で捕まえ、用心深くそこに隠したものだ！

六月二十七日

ホーラス伯父の手紙が見つかった。それはある意味、非常に奇妙な出来事だったが、二つの解釈ができるように思う。第一——わたしにはどういうわけか、その手紙が引き出しの奥に存在することが無意識にわかっていた。しかし、その解釈を受け入れるのは躊躇（ためら）われる。生来、整理整頓好きなわたしは、伯父の死後、彼の机に向き合った。引き出しの奥で引っかかるかすかな紙の感触に、そこを探してみたというところか。

第二――テレパシーを受け取った。そういうメッセージの訪れ方として常に考えているように、それは外部からではなく内部から沸き起こったものだ。直接、何かを聞いたわけではない。とりとめのない漠然とした心に、はっきりとした形を持たず、これといった動きもなしに湧き上がったもの。

“右側の一番下の引き出しを引っ張り出してみろ”

しかし、もしそれがテレパシーだとするなら、その手紙の存在を知っているのはわたし一人ではないという考えを受け入れなければならない。事の状況からすると、それは恐ろしい可能性を含んでいる。誰がそんなことを知っていて、なおかつ口を閉ざしていたというのか……？

どういう経緯（いきさつ）でそんなものが引き出しの奥に入り込んだのだろう？　紙の端についている茶色っぽい染みが血であるなら、伯父の死後に詰め込まれたことになる。アニー・コークランもトーマスも、周囲に紙など落ちていなかったと断言している。それなら医者だろうか？　しかし、その手紙を最初に読んだのが彼だとも言い切れないのではないか？

くしゃくしゃに丸められた手紙が引き出しの中に投げ込まれていた。後日、その引き出しがあけられたときに、紙は奥に押しやられて見えなくなった。そのほうがずっとすっきりする。

しかし――伯父が倒れたあとで！

例えば――個人的な日記ゆえに、いくらでも想像の翼が広がるのだが――ほかの誰かが内容も気に留めずに手紙を拾い上げ、部屋の状況を急いで整えようとして引き出しに投げ込んだのだとしたら？　すぐ横のごみ箱に投げ入れようとして届かなかったとか？　あるいは、伯父が死んだときに一人ではなかったとしたらどうだろう？　やはり、第三者がデスクランプやほかの明かりを消し、隣室にぼんやりと灯る赤いランプを見落としたのか？　それとも、逃げ道が見えるようにわざとそのままにしておいたとか？

感情に翻弄されるべきではない。殺人など考えるのも恐ろしい言葉だし、ヘイワードの心不全という診断もある。しかし、尋常ならざるショックや殴打がそれを引き起こしたのかもしれないし、恐怖も考えられる。あの手紙を書いていたとき、気の毒な老人は怯えていた。しかし、震えてはいても決然とした態度だった。それは、いかにも伯父らしい。

〝自分の不愉快な立場については充分に理解している。もし、きみが意見を曲げないのなら、その危険性についても。しかし――〟

しかし、何だと言うのだ？　しかし、それにもかかわらず、わたしは警告した通りのことを行う、とか。

わたしは今夜、大いに動揺している。互いに愛情を感じるような仲ではなかった。それでも伯父は孤独な老人で、何かとてつもなく邪悪なものに脅かされていたのだ。それがどういう邪悪さなのかは誰にもわからない。しかし、今夜のわたしには、伯父がその邪悪な存在のために命を落としたのだと充分に信じられる……。

今朝、エディスと一緒に母屋に行った。彼女は、ハリデイを迎えるのに備えて、ガラクタをいくらか集めるために。わたしは、図書室の机を空（から）にして、ロッジへと運び込むために。

正面玄関の鍵をあけたとき、エディスは上機嫌だった。そして、大真面目な顔で、昨夜クララのベッドの下で青い光を見たことを、同行していたトーマスに話した。ところが彼は、何の驚きも表さなかった。

「そんな話なら地元の人間から嫌というほど聞いていますよ」という返事。「最初に聞いたのはロッジの中でしたけどね」

「まあ！」エディスが心持ちたじろぐ。「じゃあ、光も存在するのね」

「そうですよ、お嬢さん。アニー・コークランがここで一度見ています。銃器室の向こうのシャワー室辺りでゆらゆらと動き回っているのを。外でもたくさんありますよ。入江でトロール網を仕掛けている連中が、沼地の上でよく見かけるんです」

「沼気じゃないのか」わたしは口を挟んだ。

「たぶん」トーマスはどっちつかずの返事を返し、わたしたちは屋敷の中に入った。

そこでエディスやトーマスとは別れた。図書室の鎧戸を上げ、机の前の椅子に陣取る。銃器室の奥にあるシャワー室を見てみたいとエディスが言い張っているのが聞こえた。その二人の声も遠ざかり、わたしは再び机の中身を調べる作業に取りかかった。伯父の死後、大切な書類はすべて回収されていたから、引き出しの中にはそういう場所にありがちなごく普通のつまらないものしか残っていない。古い鍵とか大昔の小切手帳とか。その半券には、ホーラス伯父のきっちりとした文字が書き連ねられていた。

当然のことながら、わたしは伯父のことを考えていた。もしそれが心霊好きな友人たちの慰めになるなら、わたしは多少なりとも伯父のことに集中していた。心臓発作に襲われたとき、彼はまさに、わたしが今座っているこの椅子から転げ落ちたのだ。そして、机の角に頭をぶつけ、ひどい裂傷を負った。最後の引き出しを閉め、机の上のガラクタの山を調べているときに考えていたのは、それだけだった。

伯父が死んだ夜のことを無意識に再構築していたのだと思う。今も吸い取り紙にくっきりと逆向きに残る〝危険〟という文字を、伯父が書き綴っていた瞬間のことを。机の上に、リアが岩屑と呼ぶものが積み上がっている場所を求めて書斎にふらりと入っていったときに考えていたのも、そのことだった。しかし、その部屋に入ったことや、そこにあった赤いランプを無意識に点けたことが、そのとき受け取ったような気がするメッセージと何らかの関係があったとは少しも思えない。〝右側の一番下の引き出しを引っ張り出してみろ〟

こうした類のことを信じる人々が、こういうメッセージの特異な意味合いを力説するのは聞いたことがある。今回の場合は、まさにその通りだった。右側の一番下の引き出しを動かそうとしたとき、心の中に少しでも疑問があったとは思えない。しかし、わたしはここに、心霊好きな友人たちなら別の世界の存在を裏づける証拠と見なす、かなり奇妙な出来事について記録しておかなければならない。

エディスが戻ってきたようだ。図書室に入ってくる物音が聞こえた。

「アニー・コークランの青い光の元を見つけたのよ」彼女は声をかけてきた。「燐光性の木片。この辺りは間違いなく呪われているんだわ！」エディスはトーマスを後ろに従えて部屋に入ろうとし、不意に足を止めた。

「まあ！」と声をあげる。「なんて面白い影！」

「影だって？」

彼女は笑い声をあげ、自分の目を擦った。

「見間違いだったみたい。入ってきたとき、天井の下に雲みたいなものが見えたような気がしたの。もう、消えてしまったわ」

トーマス老人がひっそりと横に立っていた。

「たくさんの住人が影を見ています」と口をひらく。「赤かったという者もいれば茶色ぽかったと言う者もいます。わたし自身は見たことがありませんから、なんとも言えませんが」老人は背を向けた。「たぶん、その青い光もそれなんでしょう!」そう言って、ぞっとするほどひっそりと、上機嫌に身を震わせながら出ていった。

引き出しの奥に手紙を見つけた(注記:もともとの日記には、その手紙の写しは残していないので、ここに記すことにする)。

ホーラス・ポーター氏から未知なる人物に宛てた未完成の手紙。日付は彼が亡くなった日。昨年の六月二十七日だ。

『わたしは今、かなりがっかりした気分でこの手紙を書いている。感じているのは正真正銘の怒りだ。自分で提案した計画の邪悪さにきみが気づけないとは、まったくもって信じられない。

自分のとんでもない考えについてよく考えてみるよう、心からきみに訴える。わたしの態度を理解しようとしないきみのことだ、たぶん自分の考えに従って行動してしまうのだろう。そのような場合、警察に通報するだけでなく、社会に対して広く警告を発することが、わたしの義務だと思う。

自分の不愉快な立場についてては充分に理解している。もし、きみが意見を曲げないのなら、その危険性についても。しかし——』

手紙はそこで終わっていた。

六月二十八日

昨夜はほとんど眠れなかった。今朝になって、例の手紙を持って町まで出かける言い訳を捻り上げた。ラーキンがカメロンからの依頼で、屋敷について問い合わせたいことがあると電話をしてきたので、それが口実になった。最初はジェインも一緒に行きたがっていたのだが、エディスがボート小屋の掃除を手伝ってくれるよう、うまく説き伏せてくれた。それで、わたしは一人で出発した。

ラーキンは件（くだん）の手紙に興味を持ったが、必ずしもホーラス伯父の死と結びつけようとはしなかった。

「結局」と彼は言った。「きみだって、彼の死因は心臓疾患だという医者の診断書をもらっているわけだしね。死ぬほど怯えていたとしたらだって？　それだって法律的な意味では犯罪にはならない。それに、あの老紳士がかなりの癇癪持ちだったことは覚えているだろう？　あのときの彼ときたら、ぼくの政治観について凄まじい剣幕で攻撃してきたんだから！」

「警察を連れてきて脅したわけじゃないだろう？」

「まあね。彼はきっと療養所でも勧めていたのさ。誰宛の手紙なのか、見当はつかないのかい？」

「まったく。ぼくの知る限り、伯父に親しい友人なんていなかったからね。リヴィングストーン家の人たちくらいかな。あの家から六マイルほど離れた大きな家に住んでいる、とてもきちんとした人たちだよ。あとは主治医とぼく自身――そのくらいかな」

「〝とんでもない計画〟」ラーキンは再び手紙を読み始めた。「これは、新しい毒ガスのことかもな。あるいは、新聞記者が常に追いかけているような殺人光線とか。偏執的な考えに囚われた奴、それならきみにもわかるんじゃないか」

「それじゃあ伯父にとって何の危険にもならないよ」

「偏執的な考えに囚われた人間っていうのは危険なんだよ」ラーキンはそう言ってわたしに手紙を戻した。

「もちろん」と先を続ける。「隅に付着した染みについては、いい点を突いているな。それが血痕なら、彼が再び起き上がって、きみが見つけた場所に自分で押し込んだ、なんてことはありそうもない。でも、これを見つけた使用人が興奮状態で――彼女、何ていう名前だっけ？――引き出しに投げ込んだっていうのはあり得るんじゃないか？　そんな状態の人間はたいてい、自分のしていることがわかっていないから。それでも、もし、きみがお望みなら、その染みを検査させて正体を調べてみるよ」

わたしは手紙の端を切り取り、ラーキンに注意深く封筒に収めさせた。その彼が、帰り支度を始めたわたしをちらりと見上げた。

「きみが自分の周りに秘教めいた線を描いて悪魔を遠ざけているっていう話を聞いたんだが、それはいったい何なんだ？」彼は尋ねた。「ぼくもその中に入れてもらいたいな。そのうち避難場所が必要になりそうだから」

永遠の徳を訴えながらも決して耳を傾けてもらえない男が、それでもくだらないおしゃべりをだらだらと続けるには、世界一周旅行が必要だ。

にもかかわらず、ラーキンとの会話はわたしにとってはよいことだった。たぶん、家の女性たちとあまりにも深く接し過ぎていたのだろう。世界一男らしい男でも、ときには女々しくなることもある。それに、あの家を貸すことについてのラーキンの態度は、しごくまともでもあった。

「あれこれ言わずに貸し出してみろよ」と彼は言った。「十中八九、借りた人間は平和な夏を過ごせるから。でも、きみが主張するように、あの家には呪われている噂があるなんてことを借主に告げてみろ。最初っから、湧き起こる蚊の群のように幽霊でいっぱいになってしまう」

ラーキンが屋敷の写真が欲しいと言うので、明後日までに用意すると約束し……。

わたしたちはここでの生活に、非常に快適なルーティンを取り入れていた。毎朝、肉づきのいい農家の娘が卵とミルクを届けてくれる。いかにも元気そうな赤い頬をしたマギー・モリソンという娘で、小さなトラックを運転してやって来るのだが、帰るときにはロッジの前で方向転換をし、決して母屋の周囲を回ろうとはしない。

「いくら何でも」と、昨日彼女に訊いてみた。「明るいときにあの屋敷を怖がったりはしないよね?」

「怖いわけではないのよ」と彼女は答えた。「でも、ぞっとしてしまうの」そして、死人が出た場所は好きになれないのだとお茶を濁した。冷たくなった鶏の死骸を無慈悲に扱っているにもかかわらずだ。彼女は、肉の柔らかさを見せるのに哀れにも強張った羽根を引っ張り上げたり、まだ若鶏だったことを示すのに動かなくなった胸を折り曲げて見せたりした。

芝を刈り低木の剪定をすると、屋敷の周りはかなりさっぱりした。干潮の浜辺は、取り残された海の不思議な生き物でいっぱいになる。赤や白のヒトデ、ウニ、ぐちゃぐちゃになったクラゲの残骸。カモメがイガイをくわえて岩の上に舞い上がる。それを平らな岩に落とし、割れた貝を目指して急降下するのだ。ほかのカモメたちが近寄らないように威嚇の声をあげながら。

今日の午後は水がよく澄んでいたせいで、古いスループ帆船を漕ぐわたしからも船側を覆うフジツボや、貼りついたケルプが緑色のもつれた髪のように長く水中に伸びているのが見えた。細い腕を剝き出しにしてカヌーを漕いでいたエディスが、見定めるような目でその周囲を巡る。

「髭を剃って髪を切る必要があるわね」彼女はそう断言した。

ボート小屋ではハリデイを迎える準備が整っていた。エディスはそこに目いっぱいの愛情とわたしの大切な私物の何点かを運び込んでいた。

「あれってもしかして、わたしの煙草台じゃないか？」

「でも、この夏はあまり煙草を吸わないようにするんでしょう、ウィリアム・パパ」そう言って彼女は、わたしの腕に手を絡めた。「自分でそう言っていたわよ」

居間と寝室と小さなキッチン。浴室はなし。

「あの人なら海で充分よ」ことも無げにエディスは言った。「石鹸を一つ持っていけばいいんだもの」

「そして、そこで自分を洗う」そう言ってから、わたしは彼女に向かって眉をひそめた。たぶん、そんな品のないジョークを言う年でもないと思ったのだろう。

ジェインはとても穏やかだ。縫物を手に小さなベランダに座っていると、時々、目を上げて母屋のほうを見ることがある。でも、彼女は何も言わないし、わたしも何も尋ねない。マギー・モリソンと同じように、彼女もあの家にはあまり近づかないことには気づいている。どうやら、無干渉主義という態度をとることにしたらしい。

しかし、ラーキンが求めた屋敷の写真を撮ることは断固として拒否した。はっきりとそう言ったわけではないにしても。

「このところ、カメラに関してはついてないのよ」彼女はそんなふうに言い訳した。「あなたが撮るか、エディスに撮ってもらって」

協力体制の結果としてこの午後早くに起こったことは、いまだに信じられない。ジェインが今夜、写真を現像してくれると言いだしたのだ。

かくして生活は続いていく。わたしたちは早々と寝室に引き上げる。わたしは通常、エディスのお休みのキスによって、ほのかなコールドクリームの香りを漂わせながら。クララも早くに引き上げる。たぶん、ベッドに入る前にその下を覗き込んでみるはずだ。そしてジェインは、わたしが毎夜この日記を書くあいだ、座って縫物をしている。おそらくは、嫉妬とかすかな疑惑をともに感じながら。

十時ごろ、ジョックを外に出してやる。彼は、母屋のほうを見てから門を抜け、幹線道路へと走っていく。そこで三十分くらい、ウサギを追いかけたり、ひょっとしたら熊を探していたりするのかもしれない。十時半、ジョックが玄関のドアを引っ掻く。わたしたちが中に入れてやると、自分の寝床へと駆け上がっていく。排水管の裏へと！

追記・ショックとも言えるほどの驚きに襲われている。ジェインが、写真の現像というミステリアスな儀式にいつも使う黒い漆塗りのカンテラと赤いスライドガラスを忘れてきたことに気づいたのだ。それで、母屋に行って、例の赤いランプを使おうと言いだした。

「あのランプならここに運んでくるよ」

「わたし、あの家についてまったく無頓着だったわ」意を決したかのようにジェインは言った。「とにかく、あそこの食器室のほうがいいの。あなたはキッチンにでも座っていればいいわ。本でも持っていって」

かわいそうなジェイン。彼女は、あの日、ヘレナ・リアのキッチンで起こったこととまったく同じ状況を作り出そうとしているのだ。ジョックに追い詰められたそいつが覚悟を決めたように出てきて、まっすぐにジョックを見据えた状況と。

六月二十九日

ジェインは今日、寝込んでいる。わたしのほうも、なんとか午前中に適当な写真を一、二枚、ラーキンに手渡したものの、まったくもって調子が悪い。

冷血で無神経な人間が相手なら、敵や危険、理解不能なあまたの悪い兆しに囲まれて理性も吹っ飛んでしまうような状況から生還した者の恐怖を語るのは、何の問題もないだろう。馴染み深い者の姿がひょいと現れれば、そんな恐怖や迷信も瞬く間に消えてしまうことも。

人が勇敢でいられるのは頭の中でだけだ——肚の奥では常に恐怖に怯えている。

それでも、余計な装飾——音ばかりが反響するがらんとした家、囁かれる噂、自分勝手に想像しているそこでの悲劇——を除けば、恐怖の大方は消えてしまい、極めて妥当な説明が可能になる。

つまり、ジェインは実際に食器室の窓の外にいる誰かの姿を見たか、自分の想像力が生み出した実態のない幻影の犠牲になったかのどちらか、ということだ。

時間に沿って昨夜の出来事を並べてみよう。

十一時。わたしは母屋の赤いランプを書斎から食器室に移し、コンセントに繋いだ。キッチンの明かりを点け、持参した『カヴールの生涯とその時代』を手に腰を下ろす。そんな状況下でも安全で、興奮とは程遠い本だと踏んだからだ。

食器室のドアの向こうで、ジェインは順調に作業を進めているようだった。こちらが声の届く範囲内にいることがわかれば安心だろうから、ずっと口笛を吹いていようと自分で言いだしたのに、しばらくすると忘れてしまった。すっかり本に夢中になっていたのだ。

十一時十五分ごろだったと思う。冷たい風がどこから入ってくるのか確かめてと、ジェインの緊張した声が響いた。わたしとしてはそんな風など感じなかったのだが、キッチンのドアを閉めた。それから数分もしないうちだ。突然、彼女の低い呻き声が聞こえ、床に倒れる音が続いた。

食器室のドアをあけると、ジェインは窓の下で完全に気を失っていた。意識を取り戻したあとは、ホーラス伯父の姿を見たと言い張った。

彼女の話をまとめると次のようになる。屋敷に入ったときには特に何も感じなかった。〝嫌な予感はしていたけど〟。食器室で作業を始めたときも大丈夫だった。ただ、冷たい空気に異質なものを感じていた。〝ぞっとするような感じ〟。身も凍るような冷たさだったと彼女は言う。

それは、わたしがキッチンのドアを閉めたあとも続いていた。

冷たいだけの風ではなかったので、彼女はわたしに声をかけたらしい。しかし、自分のすぐ近くから吹きつけているような気がしたし、カーテンが窓の外へ吹き流れているようにも見えた。赤いランプが映っているのだから下の窓は閉まっている。上の窓のサッシが下りているかどうかを確かめるために、ジェインは窓に近寄った。

外が真っ暗なせいで窓ガラスは鏡のようになっていた。そこに映る自分の姿に、彼女は一瞬ぎょっとした。部屋にいるのが自分一人ではないとわかったからだ。彼女の背後、右肩辺りに、はっきりと人の顔が映っていた。

それはすぐに消えた。しかし、ジェインがそれをホーラス伯父だと認識したことには密かに疑いを抱いている。たぶん、あとからそう思い込んだだけだろう。それでも、彼女が何かを見たことは認めざるを得ない。外から覗き込む人間の姿であったにせよ、彼女の興奮した想像力の産物だったにせよ。

ジェインのそばを離れても大丈夫になると、わたしはすぐに外に飛び出した。誰もいない。今朝になって窓の下の地面を見てみたが、自分の足跡がそこに残っていたかもしれないものを完全に踏み消してしまっていた。

ジェインはホーラス伯父だと信じている。しかし、わたしには、彼女がぼんやりとした顔の印象以上のものを見たかどうかはわからない。それなのに、彼女は今朝になって、伯父の死が自然死ではないと疑ったことはあるかと尋ねてきて、わたしをひどく驚かせた。

「なんだって、そんなことを考えなきゃならないんだ？」

殺された人間の霊は、穏やかに亡くなった人間の霊よりも出現しやすい。悲劇の様相について多くの人に知ってもらいたいという欲求は計り知れないものなのだ！　説明を強く求めても、彼女はそんな話を聞いたことがあるからと答えるばかりだった。

最もありそうな説明としては、彼女が例の奇妙な才能で、わたしの中のかすかな不安を嗅ぎつけたというところだろうか……。

ラーキンが試験所から得た報告書によると、手紙の隅についていた染みは血であることが判明した。いやはや。血の跡であるばかりか人間の血であることも報告されている。加えて、付着してから一年くらい経過したもので、人の指跡であることがわかった。しかし、身元を割り出すにはひどく滲んでいるところからすると、まだ乾ききらないうちにつけられたものかもしれない。

昨今では科学が警察に協力する時代になったというわけだ。やれやれ。

報告書を読むわたしをラーキンはじっと見つめていた。

「わかっただろう?」と、わたし。「やっぱり人間の血だ」

「そうじゃなきゃ何を期待していたんだ?」

「まあ、何かを示しているっていうことにはなるだろうね」

「確かに」彼はあっさりと認めた。「ひょっとしたら犯罪かもな。これからどうするつもりだ? 指紋は役に立ちそうもない。犯罪だったとしても――世間が警戒すべき人間を当たって世界中を歩き回るなんてできないぞ」

「まあ――」かなり弱々しい声でわたしは答えた。「無理だろうね」

事務所のドアまで送りに出てくれた彼は、わたしの肩に手を置いた。

「こんなところからは脱出して、みんな忘れてしまえよ」そんなアドバイスをしてくれる。「かなりショックを受けているように見えるぞ、ポーター。小屋の周りに魔法円でも描いて、その中に閉じ籠ってしまうことだな! 去年、あそこで何があったにしろ、今さらどうしようもないことなんだから」

彼の言う通りだ。明日、釣り道具でも引っ張り出してみよう。ひょっとしたら、エディスが時々ハリデイ青年を貸してくれるかもしれない。あの若者は、エディスが以前、昨今の品のない若者言葉で表現したように、〝ドアノブほどの心霊能力しか持ち合わせていない〟から。

六月三十日

今日初めて、地元住人のわたしの家や、とりわけ赤いランプに対する感情とじかに向き合うことになった。まったくもって驚きだ。

今朝、まだ朝食を摂っているような時間に、トーマスがスター巡査を従えてやって来た。巡査はトーマスの後ろできまり悪そうな顔をしている。ロビンソンズ・ポイントの向こうの牧草地で昨夜、半ダースもの羊が喉を掻き切られた状態で見つかったのだという。飼い主は動き回っていた羊たちが急に走りだした音を聞いた。黒い人影が牧草地から飛び出し、ロビンソンズ・ポイントの先端でうちの森に駆け込むのを目撃したそうだ。

逃亡者が逃げ込む先を確認したナイリーという名の農民は追跡を諦め、死んだ家畜のもとに戻った。羊たちはきれいに一列に並べられていたらしい。

「何時ごろのことなんですか?」わたしは尋ねた。

「十一時かそのくらいです」

「犬はどうなんです? 野犬の仕業じゃないんですか? 首辺りに噛みついたとか?」

「犬はナイフでぐさりなんてことはしませんからね。そもそも、この辺にはいませんし」スター巡査は答えた。

訪問の表向きの理由としては、わたしが昨夜、不審な物音を聞かなかったかどうかを確かめるためだった。しかし、どういうわけか、その事件とジェインの奇妙な経験は即座には結びつかなかった。

「いいえ」と、わたし。「ひょっとしたら、そのナイリーという農夫をよく思っていない人間がいるんじゃないんですか？　以前に解雇された雇い人とか」

スター巡査はすぐに帰っていった。しかし、立ち去り際にトーマスと交わしていた視線からすると、今朝の訪問には何か裏があるようだ。ほどなくトーマスが教えてくれた。森の端まで犯人を追いかけていったナイリーは、そこで躊躇したのだという。あの森にも、屋敷と同様おかしな噂が囁かれているのだろう。森の入口で立ち止まった農夫は、無人であるはずの屋敷から赤いランプの不気味な光が漏れているのをはっきりと目撃したというわけだ。

わたしのユーモアセンスは誤解を受け易い。まさにジェインの言う通りだと思う。しかし、どうしてもここでトーマスをからかいたい気持ちに勝てなかった。今では、戦術を誤ったことに気づいているのだが。

「本当に？」わたしは尋ねてみた。「ナイリーは間違いなく見たと言っているのかい？」

「間違いありませんよ。あなたがわたしの言葉を信じないのはわかっていますが――」

「信じてるよ。で、その赤いランプが何だって？」

「ええ」トーマスは説明を始めた。「あのランプが不吉だというのは有名なんです。人によって言うことは様々ですが、ほとんどの人間がその点では意見が一致しています」

「それが羊殺しとどう関係するのか、わからないな」

今でも、その関係性についてははっきり理解できていない。たぶん、あのランプは有害な影響を及ぼすというのが、地元民のあいだで信じられている話なのだろう。おそらく、邪悪な霊も解き放ってしまうのだと。言葉でそう言われているわけではない。近いところでもせいぜい、あのランプは不吉だくらいの表現。そして、ジョージが戻ってきたと。

　集団ヒステリー、迷信的な恐怖、そして、トーマスが十分くらいで教えてくれたこの土地で起きた不幸な出来事の数々。そうしたものごとの奇妙なごちゃ混ぜからわたしが理解できたのは、せいぜいその程度のことだ。話は、例のランプが屋敷に持ち込まれたのちに、アニー・コークランから始まり徐々に周辺の土地に広がっていった。奇妙にも月足らずで出産するようになった牛たち、近くの原野に落下した隕石、波の穏やかな日の入江で見つかった無人の漁船——持ち主はいまだに発見されていない。葉枯れ病に疫病の流行。地域で死人が出るようになったこと。その期間は、リッジス夫人があの屋敷にいた最後の数カ月と重なっている。そして、リッジス夫人が特定の霊を呼ぶために赤いランプを使ったという噂。

「〝ジョージ〟というのがその霊の名前だったんです」トーマスは続けた。「あの男は次から次へと我々にトラブルを持ち込みました」

「ちょっと待ってくれよ、トーマス」わたしは口を挟んだ。「きみはその〝ジョージ〟だかが戻ってきたと思っているのかい?」

「そんなことは言っていません」いつもの用心深さで彼は答えた。「でも、そういう噂が広がっているんです」

「それで、あの羊たちを殺したと?」

「そんなことも言っていません。でも、昨日の夜、あの森に入って屋敷に向かった人間など、男でも女でも子供でも、この辺りにはいないでしょうから」

　こんな話はもう充分だと思ったわたしは、昨夜、あのランプを点けていた事情を説明した。しかし、こちらの話をすぐに理解した様子にもかかわらず、トーマスの赤いランプに対する態度は一瞬たりとも変わらなかった。

「じゃあ、結局は」と、わたしは結論づけた。「うちの奥さんは、ナイリーが追いかけてきた男を見たというわけだ。そいつが食器室の窓から中を覗き込んでいたところを」

「それが〝ジョージ〟だったんですよ」トーマスはそう言い残し、ぎしぎしと床を鳴らしながら部屋を出ていった……。

午前中の陰鬱な空気を活気づけるかのようにハリデイが到着した。騒がしいほどの上機嫌で、自分に用意された住まいを見ると雄叫(おたけ)びでもあげそうな勢いだった。

「こんなに親切にしていただいて」そうは言うものの、言葉はジェインに対してだったし、視線はエディスに向けられていた。

わたしたちは揃って彼をボート小屋に招き入れた。トーマスは旅行鞄を運んでやっている。わたしはコート、ジョックは新聞。ウォレン本人は食料品や缶詰を詰め込んだ箱を抱えてよろめいている。おそらくそれで自炊するつもりなのだろう。食事ならこちらでご一緒にというジェインの申し出を、彼はきっぱりと断った。

「缶切りを手にしたら、ぼくは世界一の料理人ですからね」彼は自慢げに言った。「ベーコンや豆類に飽きたら、施しを求めて顔を出しますよ」

ハリデイが荷をほどいて置き場所を定めているあいだ、わたしたちは周りに立っていた。エディスの臆面のなさときたら目も当てられない。自分が衣装箪笥の上を整理するんだと言い張り、さも愛おしげな手つきでヘアブラシなどを並べている。かわいそうなエディス。あまりにも愛に素直で、愛さえあればそれで充分だと頭から信じている。そのため、食料だとか隠れ家だとか、彼女がごく当然と見なしているものが自動的にいつまでも続くものと信じているのだ。

その後、わたしたちは水上に張り出した小さなベランダでお茶を飲み、ハリデイが専門家並みの目で古いスループ帆船を調べてくれることになった。

「残念ながら、かなり傷んでいてね」

「どんな船でも良い船ですよ、先生」彼はさっと笑みを浮かべて答えた。「あなたが船長（スキッパー）でぼくが見習い将校。甲板長は厳しく、乗組員は――ところで、この船の名前は？」

船の名前についてエディスと新しい水夫のあいだで長々と議論が続いていたが、最終的には〝チーズ〟と呼ぶことで決着がついた。

「どうして？　穴なんか一つもあいていないのに」わたしは抗議した。

「中にチーズバエ（スキッパー）の幼虫がいることになるからよ」エディスがきっぱりと言い切った。

女性たちが立ち去ったあと、わたしたちは三方がボート小屋の壁で囲まれた小さなベランダに座り、煙草を吸った。ハリデイが自分の状況について話してくれた。あと一年はかかる現在の課程を終えるだけの金はある。そのあとは、ボストンにある法律事務所に下級職員として就職する。

「でも、それがそもそもどういう意味なのか、あなたにはおわかりですよね」ハリデイは言った。「事務仕事をちょっと高尚にしたようなものです。独立するまでには、かなりの時間がかかると思います」

彼が言いたかったのは、結婚できるようになるまで、という意味なのだろう。またしても、恋人たちへの財産分与について考えてしまう。人の生活を守るための基金は多く存在するが、実際に役立つものはそんなに多くない。しかし、エディスには言っておかなければならないだろう。この青年をこれ以上惨めな気持ちにさせることは無意味だし、彼が自分に課している抑制を打ち砕くことにも意味はないと。

「ぼくは戦争で二年無駄にしているんです」ハリデイは言った。「それで遅れを取っているんですよ」

「無駄だったとは思わないけどね」

「ええ」と、彼は頷いた。「生き延びたなら、そこから何かを学ばなければなりませんから」

話題はすぐに、母屋のことや今朝トーマスが語ってくれたことに移っていった。屋敷の歴史やリッジス夫人についても。

「面白いものですね」と彼は答えた。「そういう人々が現れては繁栄し、やがて詐欺行為が発覚する。でも、それで子孫の信用が傷つくことはない。結局、根こそぎ摘発されても、また最初から同じことが繰り返されるだけなんですから」

しかし、赤いランプの話は彼の興味を引いたようだ。

「そのうち」と言いだす。「夜に出かけていって、そのランプを擦ってみましょうよ。悪霊を呼び出せるかどうか確かめるために……」

夜、八時半、ジョックを連れて、羊が殺されたというナイリーの牧場まで散歩に行ってみる。現場を見つけ、ふらりと中に入ってみた。驚いたことに柵の端からショットガンを手にした男が立ち上がり、わたしの前に立ちはだかった。ジョックが今にも飛びかからんばかりに毛を逆立てている。

「何の用だ?」男は不信感もみえみえに尋ねた。

「その銃を下ろしてくださいよ。わたしはポーターといいまして、ちょっと散歩をしているだけなんですから」

男は、ジョックの首輪をつかんでいるわたしに、ぶっきらぼうな口調で詫びた。羊が殺された場所を指し示す様子には横柄さこそないが誠意は感じられず、敵意さえ垣間見えた。

七月一日

昨夜、また羊が殺された。リヴィングストーン家では純血種の家畜を十数頭も失い、ほかの農夫たちもそれなりの被害を受けていた。

やり口はどのケースでも同じだ。羊たちは頸静脈を見事に一突きされ、きれいに一列に並べられていた。

これでは地元の肉屋からマトンを買えなくなってしまう！

トーマスには今朝、昨日の夜は赤いランプを点けていないと話してみたが、にこりともしない。どうやら彼は、わたしが自分ではコントロールできない悪霊を呼び出してしまったと信じているらしい。

それでも、事件を調べるために、郡保安官の指示で州の刑事が町から派遣されてくると教えてくれた。これには確かにほっとした。象徴的な示威行為を行う宗教的狂信者が関わっているような気がしていたからだ。羊は古(いにしえ)の時代から、多くの宗教で犠牲として捧げられている。

この確信はトーマスからの情報でさらに強まった。最初のケースを除いてどの場合にも、近くの石、あるいはフェンスの上などに、秘教的なマークがチョークで無造作に描かれていたというのだから……。

午後八時。わたしは今、恐ろしくグロテスクな生き物の夢を見て、目覚めたときにそれが自分のベッドの支柱に留まっているのを発見したような気分になっている。

郡保安官ベンケリーによって派遣された刑事が到着していた。グリーノウという名で、がっしりとした体格の人物だ。態度は申し分ないが、実に嫌な笑い方をする。抜け目のなさをたっぷりと含んだ笑い方だ。

当然のことながら、彼は地元の迷信話も収集していた。わたしが所有する赤いランプについては笑い飛ばしたい気分だっただろう。それでも仕事熱心なグリーノウは、わたしのところにやって来た。

「精神病患者の仕業ですよ」と、彼は言った。「そして、そういう病人というのは、どんな共同体にとっても要注意人物です。ナイフを持っているような場合は特に」

宗教的狂信者というわたしの説は、大いに刑事の関心を引いたようだ。

「その可能性もありますね。まったくもっておかしな時代ですよ、ポーターさん。現実から逃れるためなら何でもできるし、どんな空想をすることも可能だ。それと狂気を装うこととは、さほどかけ離れたものではありません」

その言葉にわたしは驚いた表情を浮かべたのだろう。刑事は微笑んだ。

「これでもかなり勉強しているんですよ。わたしの仕事はなにしろ、九割方が心理学ですから。犯人の考えを理解しなければなりません。そして、犯人のように考えてみるんです。取り調べというのは心理学の応用でしかないんですよ」刑事は再び微笑んだ。「でも、羊殺しとはかけ離れ過ぎていますね。そこで、二、三、伺いたいことがあるんです。魔法円というものについて聞いたことはありますか？」

思わずぎょっとしたのだと思う。刑事が眼鏡の奥から、ずる賢くこちらの反応を窺っているような印象を即座に受けた。しかし、彼はさっとポケットに手を入れ、鉛筆と封筒を取り出した。「こんな絵なんですが」そう言いながら、ゆっくりと入念に邪悪なシンボルを描き、わたしのほうに差し出した。

どうしても手の震えを押さえることができなかった。ぶるぶると震える封筒に刑事の目が注がれていた。

「聞いたことがあるかというのは、どういう意味なんです?」わたしは尋ねた。そしてすぐに、そのバカげた質問がかろうじて相手の耳に届く程度のものであったことに気がついた。刑事がカマをかけただけだということも。「そういうことですか!」呻くような声が漏れる。「つまり、あなたも偶然それを見つけたというわけですね!」

「では、それについて何かご存知なんですね?」刑事は低い声で尋ね、身を乗り出してきた。「それでしたら、知っていることをお話しいただけませんか?」

彼はカマをかけたわけではなかった。態度もこちらを見る目つきも妙に切迫していて、それはわたしがバカげた話を披露するあいだ、ずっと続いていた。下手な話だったと思う。筋も通っていなかった。すなわち、わたしはどこかで黒魔術に関する本を見つけたのだが、うたい文句のいくつかと魔法円という邪悪なシンボル以外、中身はすぐに忘れてしまった。愚かにも女性のグループ相手にそんな話を繰り返していたのだが、今となっては話題にも上らないと思う、というような内容だ。

「たぶん、リア夫人が町中に広めたんでしょう」そう説明を続ける。「降霊術のようなものに興味本位で手を出していますから、そんな話に想像力を掻き立てられたのかもしれません」

「誰かの想像力を掻き立てたのは間違いないでしょうね」刑事は答えた。「羊殺しが残したシンボルがそれでしたから」

帽子を上げ立ち去ろうとする刑事の態度は誠実そのものだった。わたしに手間をかけさせたことを詫び、いわくつきの家を所有していることに同情の意を示す。わたしがその家の悪い評判に晒されているのを知っているのだ。しかし、彼もほかの人々と同じ態度を取ることだろう。幽霊の存在は信じなくても、恐れてはいるのだから。

私道に向かう刑事はまた、この数夜で四十数頭もの羊を殺したのはわたしだと疑っていることも確信させた。おそらくは、わたしの病的な精神が生み出した黒ミサのようなものの儀式の一環だろうと。

七月二日

ラーキンによれば、あの家に借り手がついたそうだ。彼からの電話を、午前中、町まで出かけることの口実にした。ベテル氏は不在だったが、彼の秘書が在宅していた。顔色の悪い痩せぎすの若者で、頭に絵具を塗ったのかと思うほど髪の毛をべったりとポマードで固めている。話しているあいだ、ひっきりなしに煙草をふかしていた。

明日、天気が良ければ、ベテル氏が車で屋敷を見にいく。どうやら、健康状態があまり良好ではないらしい。それが無理なら、秘書であるゴードンが一人で向かう。秘書自身は地元の出身だが、特にそれを誇りに思っているわけではなく、ベテル氏は西部の出身だという。カメロンはその人物を手紙でラーキンに紹介しただけで、身元を保証しているわけではない。それでも、前金で家賃を払うと言っているのだ。ラーキンの言う通り、身元の証明など重要な問題ではないのだろう。秘書の話からすると、その老人は物書きで、邪魔の入らない環境を望んでいるらしい。秘書の選び方からしても、まさにその通りなのかもしれない。

ラーキンによると、ディナーの席でヘレナ・リアから魔法円について聞いたことはあるが、そんな話が広まっているとは信じられないということだ。羊殺しがそれを使ったのは単なる偶然だという彼の見解に、大いにほっとする。

それでも、リア夫妻の家を訪ね、そこで昼食を摂った。ラーキンに話した以外には広めていないというヘレナの言葉に、さらに胸を撫で下ろす。リアはその上、わたしが送りつけた写真を見たカメロンが、単なる二重写しだと思っていることを教えてくれた。

「二重写し。そうでなければ思い込みだね」リアは言った。「彼自身、感光板におかしなものを写し出すのに成功しているんだ。一時間も粘って数字の五という字を写し出したんだとさ！　ドイルの妖精話（一九一七年、コティンググリー事件。英国ヨークシャー州ブラッドフォードのコティンググリー渓谷で二人の少女が撮った妖精の写真をコナン・ドイルが本物だと語った）について訊いてみたが、笑うだけだったよ」

今日になって、昨夜は過度に心配し過ぎていたのだと感じている。天気は最高だった。ニッカーボッカーにセーターを着込んだエディスが一日中、浮桟橋を修理するハリデイのために釘を持って立っていた。屋敷周りの花壇の手入れをトーマスから引き継いだジェインは、午後いっぱいそこに張りついて、雑草抜き器や鍬を手に忙しくしていた。わたし自身は、ロッジの屋根裏部屋でスループ帆船用の帆を見つけた。白カビが生えているが、まだ充分に使えそうだ。

昨夜は羊が殺されることもなかった。グリーノウがすべての農場の羊の群れに見張りを置き、離れた農場にも同様の指示を出していたらしい。マギー・モリソンが今朝、さほどの関心もなさそうに、彼女の家もそんな状況だったと話してくれた。彼らの大部分は心の底から、銃弾など羊殺しには何の役にも立たないと信じているのだ。

「ジョー・ウィリングがね」とマギーは話した。「二、三日前の夜、自分の牛舎で何か動いているものを見つけて銃を撃ったの。でも、駆けつけたときには何もいなかったのよ」

それにもかかわらず、昨日この辺りを通りかかったスター巡査によって、興味深いニュースがもたらされた。リヴィングストーンの地所からさほど離れていない牧草地には、何年も前から大きな石が二つ転がっている。それがともに動かされ、直立させられていたというのだ。二つの石の上には平らな岩板。さらに発見当時、その岩板の上には、きれいな砂で小山が築かれていたそうだ。

当然のことながら、羊殺しと同じ精神異常者によって建てられた祭壇だと考えることができる。しかし、供物は捧げられていなかった。

追記・ハリデイが夕刻ロッジに来ていた。わたしたちは連れ立ってボート小屋に戻った。彼の話によると、そこに泊まった最初の夜、三百フィートほど離れた湿地の上で光が動いているのを見たと言うのだ。

ボート小屋の三方を壁で囲まれた小さなベランダに座り、ぼんやりと湿地を眺めていたところ、光が見えた。湿地の上、三、四フィート辺りに浮かんで、瞬いていた。

最初は懐中電灯かランタンを持った人物が砂浜に向かっているのだと思い、好奇心から見つめていたそうだ。その日の午後の早い時間、彼自身も湿地の脇を歩き、通り抜けるのは無理だと思っていたからだ。しかし、湿地の途中で光は動きを止め、消えてしまった。

「誰かが立ち往生しているんだと思ったんですよ」ハリデイは言った。「それで、声をかけてみたんです。でも、応えはありませんでした。光がまた現れることも」

「たぶん、沼気か何かだろう」わたしは説明した。「メタンC・Hとか」

「沼気が燃える光は薄い青じゃありませんか？　あれは小さな、白っぽい光だったんです。一時間くらい待ってみましたけど、もう一度出てくることはありませんでした」

ロッジに戻ってから、母屋の机の上で見つけたオークヴィルでの怪現象についての本を調べてみた。重要とは言えないが興味深い話が見つかる。リッジス夫人が小部屋から、東の間の光を発生させたというのだ。ときには青みがかった緑色の光を。さらには、通常なら夫人の頭近くになるが、きらめく光の点を出現させたこともあるという。しかし、ある程度持続する光や一定のコースをたどる光の記録は、どこにも見つからなかった。

七月三日

賃貸契約が成立した。今朝は雨が降っていたので秘書が一人でやって来たが、非常に満足した様子だった。

しかし、最後の最後になって良心が咎めだした。たぶん、こちらの動機が完全に純粋ではないからなのだろう、相手が何か疑っているような気がして怖くなったのだ。秘書は、この広さの物件にしては家賃が安いようなことを言った。そのとき、こちらの顔をちらりと窺ったので、わたしは思わずしゃべりだしてしまったのだ。

「たとえ、こちらの損になるとしても、正直にお話ししたほうがいいでしょうね。この家の家賃が安いのは――そのう、借りるにしては不都合な点が多いからです」

「周囲が寂し過ぎるとか？」

「それもあります。ほかの理由としては――この家の一部はとても古くて、長年、近所でいろんな噂が流れているんですよ」

「幽霊話ですか？」

「そうとも言えます」

秘書は警戒するよりも面白がっているようだ。にっこりと笑って煙草を取り出す。

「幽霊ならちっとも構いませんよ」いかにも得意げな顔で若者は答えた。「どんな幽霊なんです？」

「何かを見たなんていう人間の話は一切信じていません。報告のほとんどは、ラップ音とかいろんな種類の物音です」

わたしの告白話に、秘書は奇妙にも密かな喜びさえ見い出したようだ。

「それはすごい！」そんな返事を返してくる。「まあ、ぼくはラップ音なんて気にしませんし、ベテル氏は耳が遠いですから。夜、そいつがちょっかいをかけてきたとしても、逆にうんざりするだけでしょうね」

そんなわけで、こちらの責任はきっちりと果たしたうえで、予期せぬことが起こらない限り、あの屋敷を貸し出すことになった。しかし、正直なところ、わたしはあの秘書にかなりの嫌悪感を抱いている。エディスのほうも、ちょっとした問題を抱えることになるかもしれない。と言うのも、屋敷を離れる直前、あの若者は浮桟橋の上にいる彼女を盗み見て、こっそりと品定めをしていたからだ。

「とてもいい場所のようですね」そう言って水面に手を伸ばしながらも、目はしっかりとエディスに注がれていた。

使用人に関するゴードンからの問い合わせについては、アニー・コークランに母屋での以前の仕事に戻る気はないかと打診した。日没後もあの家にいるのは嫌だと彼女は言ったが、わたしとしてはうまくいくだろうと思っている。明日にでも、屋敷の準備を始めてくれるだろう。

田舎でのニュースが広がる速さというのは不思議なもので、あの屋敷に借り手がついたという話はすでに知れ渡っていた。そのため、今日の午後は突然のにわか人気で忙しく過ごすことになった。最初の訪問者はヘイワード医師だ。いつものようにカリカリとして落ち着きがなく、終始襟元をいじっていたが、一瞬口をつぐんだときには、ぼんやりと爪の先を噛んでいた。この人物の耳に入らない話はない。往診で近所を回りながら、自分の小さな調剤室にある薬を配り歩くのと同じ熱心さで、周辺のゴシップを集めて回っているのではないか。時々、そんなふうに思うことがある。そして、その情報も、彼の薬と同じようにきちんと整理されて心の中に保管されていくので、必要なときには手際よく取り出すことができるのではないかと。

ヘイワード医師はもっぱらジェインに話しかけ——医者の中には、女性陣に気に入られることでその家の主治医に納まるタイプがいるようだ。男性陣よりは女性たちと一緒にいるほうが気が楽というタイプ——一番の関心事にたどり着くのに遠回りな話ばかりしていた。ツイン・ホロウズに病身の老人が住むことになれば、いずれ医者が必要になるのではないか、という見込みについて。

しかし、どうでもいいような話をしながらも、医者が探偵のような目つきでこちらを観察していることには気づいていた。その途端、グリーノウと一緒にいたときのような自意識過剰に陥ってしまった。わたしが目を逸らすと、こちらに目を向け、じっと様子を見つめている。それが、わたしを怯えさせたというわけだ。その結果、ティーカップをひっくり返してしまった。ジェインが布巾を取りに走っていくと、医者が尋ねてきた。

「少し動揺なさっているのではないですか?」

「そんなことはありません。たまたまティーカップをひっくり返すのが得意なだけです」

「よく眠れていますか?」

「それはもう」いくぶん反抗的な返事だったはずだ。それでも医者は動じなかった。襟元をちょっと引っ張っただけで、わたしの言葉を聞き流した。

「夢を見たりしますか?」そう尋ねてくる。

なんということだ! あの医者はわたしを観察するだけではなく、分析もしていたのだ。今夜思い返してみると、我が身をトラブルに引き込みかねない奇妙にひねくれたユーモアで、わたしは答えていた。夢などめったに見ないし、お気軽で安穏な生活という恵み深い望みを抱いているわたしが。

「それはもう、恐ろしいくらいに!」

医者は椅子の背に寄りかかり、爪を噛み続けながらわたしを見つめた。「〝恐ろしいくらいに〟というのは、どういう意味です?」そう尋ねてくる。しかし、相手の質問の意図に瞬時に気づいて、わたしは吹き出した。

「失礼、ヘイワード先生。こらえきれなかったものですから。わたしは夢なんか見ませんよ。少なくとも覚えているような夢は。でも、あなたがあまりにも職業的な口調でお訊きになるものだから――」

ジェインが戻ってきたため、医者は口に出そうとしていた言い訳を引っ込め、近隣の噂話に話を戻した。一度、羊の件を持ち出してみたが、彼はかなり巧妙にその話題を避けた。そしてようやく、屋敷を貸すことに話を振ってきた。しかし、グリーノウがわたしのことで医者に会い、こちらの精神状態について尋ねているのは確かだった。

そのあとは用心してかかった――この上なく正常な態度を取ろうと決心したのだ。しかし、自分の正常性に疑問が持たれるということ自体に動揺していた。人は普通、無意識に人目を気にした態度を取るものだ。それが今夜はなぜか、そういう習性から見捨てられていたのだとしたら、笑えてしまう。煙草をティーカップのソーサーに置き、スプーンを暖炉の火床に投げ込んでしまう失態。自分の行動にはっと気づき、大慌てでスプーンを取り戻そうと飛び上がる。スプーンを手に暖炉から戻ってきて、〝雨傘をベッドに押し込んで、自分が代わりに壁に寄りかかっているおかしな男みたいだ〟と呟くわたしに注がれるヘイワードの真剣な眼差し。彼には、微笑んでみせる余裕もなかった。

リヴィングストーンがやって来て、ようやく医者は立ち去った。

「すてきな旦那さんの面倒をちゃんと見てあげなくてはなりませんよ、ポーターさん」ジェインの手を握りながら、彼のようなタイプにはありがちな偉ぶった態度で医者は言った。「少しばかりお疲れのようですから」結果、ジェインは自分の縫物越しにわたしを静かに観察し、今夜は、気を鎮めるために鎮静剤を呑んだほうがいいなどと言いだす始末だった。

自分に対するのと同じくらいヘイワードにも苛立ちながら、わたしは医者を車まで見送った。そして、図書室で例の手紙を見つけて以来ずっと気になっていた質問を投げかけてみた。

「ところで」と、わたしは切りだした。「あなたはうちのホーラス伯父のことをよくご存知だったんですよね。最後のころはわたしなんかよりもずっと。伯父には友人が多かったのでしょうか？――つまり、この近所で、という意味ですが」

医者は、ぐいと引っ張るようにネクタイを直した。

「わたしが知る限りでは、親しくしていた人間は一人もいませんでしたね。わたしも、ほかの人たちと同じ程度にしか知らないんですよ。リヴィングストーン夫人のことはかなり気に入っていたようですが、夫のほうには何の関心もなかった」

「では、質問を変えましょう。亡くなる直前、伯父は誰かと口論をしていたようですか？」

「それなら簡単に答えられます。実に多くの人間と言い争っていましたよ。あなたにもご想像がつくと思いますが」

「誰かと決定的に意見が対立しているなどという話はしていませんでしたか？」

夜になってそのときの会話を思い返してみると、医者には思い当たる節があって、今にもその答えを口に出そうとしていたのだと思う。ところが、不意に彼は気を変えた。訪ねてきた目的を思い出したのに違いない――バカげた円についてのグリーノウの話、それに対するわたしのへたな言い訳、そして、わたし自身が巻き込まれてしまったとんでもない騒動について。

「どうしてそんなことをお知りになりたいんです？」彼は、代わりにそう尋ねてきた。

「何かあって警察を呼んだなんていう話も、あなたにしたことはないんですね？」

「ありません。あなたの言わんとしていることがわかってきましたよ、ポーターさん」医者は続けた。

「あのとき、わたしの頭にも同じようなことが過(よぎ)りました。でも、検死解剖の結果が死因を明らかにしています。殺されたわけではありません」

「では、頭部の強打は無関係なんですか?」

医者はさっとわたしを見た。

「もし、強打が原因だったとしても」と言い返す。「問題は何も変わりません。わたしとしては、倒れたときに頭を打ったのだと考えたいですね」医者はそこで少し躊躇った。「違いますか?」

「そうなんでしょうね」わたしは素直に同意しておいた。

しかし、「違いますか?」の前のわずかな間には明らかな含みがあった。それがいまだに心に引っかかっている。グリーノウが医者を訪ねたことやわたし自身が発した質問からすると、まるで気の毒な老人の死には何らかの責任がわたしにあり、安心できる材料を必死に探しているように見えるではないか……。

午前一時。まったく眠れない。そのため、あらゆる抑圧に押し潰されそうになっている。人が羊を数えるように、わたしは自分専用の決まり文句を何度も繰り返した。「ミルトン、ドライデン、ポープ。ミルトン、ドライデン、ポープ。ミルトン、ドライデン、ポープ」しかし、効き目はない。その呪文にも似たような決まり文句にも催眠効果はまったくなく、輝かしく夜が明けるころまでには教室という教室を回りきってしまっていた。

夜、ナイトガウンにスリッパという恰好で家を抜け出し、幹線道路に向かう道をぶらついた。途中、農作物を山ほど積んだ地元農民の車に出くわしひどく驚いたが、向こうでもこちらの正体に気づいたと思う。もし、今夜また羊が殺されでもしたら!

赤いランプについてはどのように考えればいいだろう?

あらゆる場面に必ず関わっている。ホーラス伯父が亡くなったとき、あのランプは灯っていた。手紙について奇妙な予感が過(よぎ)った日、雨戸が下りた閉ざされた書斎で、わたしはそのランプを灯していた。ラーキンからの依頼で屋敷の写真を現像するためジェインがそのランプを使った日には、ナイリー家の羊が殺された。その上ジェインは、窓の外あるいは食器室の彼女の背後にいた人間の顔を見ている。初めてあの屋敷に持ち込まれて以来、何事もなく十八年が過ぎたころになって、かつての幽霊話が蒸し返されている。ラップ音、歩き回る足音、移動する家具。

グリーノウの判断が正しくて、わたしにはどこかの病院の精神病棟が必要なのだろうか？　こうして次々と起こる出来事は現実なのか、想像の産物なのか？　それでも、わたしは完全に正常だ。ここでの夜のいつもの音が聞こえている。隣にあるジェインの寝室で、ジョックが落ち着きなく動き回る音。浮桟橋へと続く橋が立てるリズミカルな軋み――潮が押し寄せるたびに、樽の上の橋が前後に動くのだ。囁き声は聞こえない……。

今日の午後では、リヴィングストーン夫人が最も露骨な人物だった。明らかに無神経、年齢とともに急速に脂肪を増殖させたのと同じ無頓着さ、そしてたぶん、想像力にも欠けているのだろう。そうでなければ、お茶には砂糖ではなくレモンを使ったはずだ。彼女は居間に座り込み、必死に話題を変えようとする憐れな夫を無視して、大真面目な顔で母屋を貸し出すことに反対した。

ジェインは顔を強張らせていた。これまでのところわたしはなんとか、あの屋敷に関する近所の噂や赤いランプについては、ほぼ完璧に彼女の耳に入らないようにしてきたのだ。それが今、粉飾され尾ひれがついた話をすべて聞いてしまった。悲しげにわたしを見つめているジェインと目が合う。

「もうどうにもならないの、ウィリアム？」彼女は尋ねた。「どうしてもあの家を貸さなければならないのかしら？」

「書類にはもうサインをして送ってしまったんだよ」わたしは答えた。「でも、まだ大丈夫さ。明日の朝、鉈を持っていって粉々にしてくるから」

リヴィングストーン夫人がケーキをひと切れ、口に運んだ。

「はっきりと、あなたにそうする許可を与えるわ」夫人はそう言った。「あなたのホーラス伯父さんにも言ったけど、わたしにはそうする権利があるのよ」

「ひょっとして、ご自分の手に取り戻したいんですか？」

「とんでもない！」夫人は慌てて言い返した。

「なあ、頼むから」リヴィングストーンが苛立たしげに口を挟んだ。「もっとほかのことを話そうじゃないか。お庭を見せていただけませんか、奥さん？」

夫人はこうなることを望んでいたのではないかと、ふと思った。ひょっとしたら、夫にこっそりと合図を送って。と言うのも、二人が外に出ていった途端、夫人はゆったりとソファの背にもたれかかり、言わば戦いの火ぶたを切って落としたからだ。

「あなたは心霊主義者ではないんでしょう、ポーターさん？」

「〝わたしは皮肉屋。ハシボソガラスだ〟」わたしは引用した。しかし、夫人には何の意味も成さなかったようだ。ひょっとしたら、内心面白く思っていたのかもしれない。それでも、彼女はいくらか身体を強張らせ、素早く攻撃のポイントを変えた。

「前から思っていたんだけれど」ゆっくりと、そう話しだす。「あなたは伯父さんの死を――不自然なものだと思っているんじゃないかしら」

「あなたはそう思っているという意味ですか？」

「個人的には」まっすぐにわたしを見据えながら夫人は言った。「あの人は死を怖れていたと思うの」そこで躊躇う。彼女にとっては不愉快な部分に到達したという感じだ。「そうじゃなきゃ――」一瞬、口をつぐみ、また急いで話し始める。

「うちの人は、この話題については触れたがらないの。でも、わたしは、どうしてそんなふうに思うのかを説明するわね。そうすればあなたにも、どういうことかわかるでしょうから。伯父さんが亡くなった日のことだけど、あなたは覚えているかしら？　二人でここまでやって来たとき、奥さんの具合が良くなかったこと。夕方には、奥さんを連れて家に帰ってしまったこと。ええ、あの夜、アニー・コークランが一人で残りたくないって言うものだから、わたしが一緒にいてあげたのよ。なんだかとても――変だったの」

「変って、どういう意味なんです？」

「あの夜、誰かがあの家にいたのよ。あるいは、何かが」

「あなたはそれが〝誰か〟ではなかったと思っているわけですか？」

「わたしにだってわからないわ」押し殺したような声で彼女は答えた。「皮肉屋を自称するあなたのことだから笑うかもしれないけど、わたしには同じことしか言えないの」

彼女の話を要約すると以下のようになる。以前は信じていなかったのだが、その夜の屋敷はかなり不気味だったというのだ。二人は、部屋中の明かりを点けてキッチンに座っていた。午前二時、二階に当たる頭上のホールで誰かが歩き回る足音がはっきりと聞こえた。ドアが開いたり閉じたりしているようだ。そしてついには、ダイニングルームのどこからか〝両拳をテーブルに叩きつけるような〟大きな音が聞こえてきた。アニー・コークランが駆け出して、ダイニングルームを見にいった。明け方になって戻ってきた彼女は、キッチンから走り出た直後、書斎の向こうの部屋で光の玉が浮いているのをはっきりと見たというのだ。

「そして、そのあいだずっと、赤いランプは点いていたんですか？」

「それが一番不思議な点なのよね。夕方、あの階を見て回ったときには点いていなかった。でも、明け方には点いていたのよ」

もちろん、わたしにもできることがある。到着したベテル氏に会って、目論見をすべて打ち明けてしまうことだ。それには相当な覚悟がいるだろう。家を手に入れ到着した途端、血走った眼をした家主がこの家は呪われているからと追い返そうとしたらどんなふうに感じるか、自分にだってわかる。あるいは、夜間の不可解な訪問者を理由に……。

告白の際にハリデイを連れていこうか？　この件には間違いなく先入観のない目が必要だ。羊の殺害を赤いランプやホーラス老人の死と関係づけようとする地元民の考えを、明らかにバカげていると捉える人間の目が。

七月四日

平穏な一日。ただし、あれだけの警戒にもかかわらず、またも羊が殺され、この朝、グリーノウがまたやって来るのではないかと死ぬほど怯えていたこと以外は。でも、ひょっとしたらモリソンは――あれはモリソンのトラックのように見えた――わたしに気づかなかったかもしれない。

しかし、あらゆることをいっそう面倒にしたのは、犯人が今回、あの忌々しいチョークのマークを残さなかったことだ！　あれこれ調べ回っていたグリーノウが、先の面談でわたしが用心したと思うかもしれないではないか。やれやれ！

近隣の住人たちは恐慌状態に陥っている。町からやって来た捜査官をもってしても羊殺しを止められなかったことが、事実とごちゃ混ぜになった迷信的な恐怖を増幅させたのだ。しかし、もう少し知恵のある農夫たちは、ライフルやら鳥撃ち銃などを持ち出している。犯行に及んでいる犯人を見つければ、容赦なく撃ち殺してしまうだろう。

人々の意見は、悪魔の仕業か危険な狂人による犯行に分かれているようだが……。

いずれにしても、わたし自身は昨夜の精神的な動揺から回復していた。今日、ベテル氏のために屋敷の掃除を始める。あとは成り行きまかせだ。わたしの話を聞いて彼が滞在をやめたとしても、それはそれで結構。それでも借りると言うなら、ベテル氏にとっても良いことなのだろう。

朝食の席でジェインが尋ねた。「あの人に来てもらうの、ウィリアム？」

「全部話してみるよ。あとは彼次第だ」

「それで？　もし、あの人に何かあったら？」

「いったい何が起こるって言うんだい？」少しばかり苛々して訊き返した。「彼があの忌々しいランプを点けることはないよ。いずれにしろ、壊してしまうつもりだから。ほかのことに関しては神頼みだね。羊だとか、羊を刺し殺している奴のことは」

しかし、ランプを壊すことについてはいまだに確信が持てずにいる。

今朝、箒とバケツを手に屋敷に向かうアニー・コークランにした打ち明け話のせいだ。

わたしが思うに、彼女はこの地域でも教育的な面では最下層に属する人間の一人だし、ランプに対する迷信的な恐怖についても、大方の責任は彼女にあると言っていい。しかし、それでも、彼女の態度がこの辺りの住民の一部を代表するものなのだ。もし、わたしがあのランプを壊したりしたら、間違いなくこれから何世代にも渡って、この地域で起こる災厄の原因はわたしに帰せられることになるだろう。

つまり、アニー・コークランは、あのランプの中に悪霊が潜んでいると信じているだけではなく、それを壊してしまうことは、その悪霊を永久に解き放ってしまうことになると思っているのだ。信じられないというのだろうか？　普通なら、こんな話など笑い飛ばしてしまうくせに、二重写しに過ぎない写真を手にリアのもとに駆けつけたり、ペッティンギルがテーブル叩きくらいしか起こらない降霊会に自分を呼ばなかったことを密かに根に持っているわたしが？　あるいは、アニー・コークランや彼女と同じ考え方をする人々に敬意を表し、あの赤いランプを慎重の上にも慎重を期して、悪霊が決して抜け出せない場所——母屋の屋根裏部屋にある戸棚の中に鍵をかけてしまい込んでしまったわたしが？　もしくは、今この瞬間、受け取ったばかりの霊的なメッセージにいくぶん気を滅入らせているわたしが？　カメロンの秘書が手紙を寄越してきたのだ。

種類ではなく程度の違い。

精神的な世界から届いた初めての手紙だった。それも、サレム（聖書におけるカナンの古都）から。やれやれ！　奇妙な郵便物なら何度か受け取ったことがある。ここ数年、見ず知らずの人間が時々、トランプのカードを封筒に入れて送ってくることがあるのだ。従って、朝食のベーコンエッグを食べながらスペードの2のカードを受け取ったり、お茶の時間にダイヤのジャックが届いたりするのは特別なことではない。しかし、今回のケースはさらに際立っていた。

カメロンが不在のため、秘書が送ってきた手紙だった。

『ポーター様

カメロン氏が休暇で留守のため、わたしが代理で送り主の要望に従い同封の手紙をお送りいたします。我々なら必要とされる人物を探し当てられるだろうと、絶大なる信頼を置いている人物からの手紙です！

こちらにも、過去にこの若い女性とのやり取りはありませんし、少なくとも、記録の中に見つけることはできませんでした。しかし、カメロン氏が不在の今、わたしがこんなことを申し上げても、あなたなら気になさらないだろうと思います——すなわち、彼は常に、こうしたウィージャボードによる交信を単純に潜在意識に由来するもの、言い換えれば、潜在意識レベルのインチキであると見なしていると申し上げても』

同封の手紙は非常に長く詳細なものだった。室内の家具の配置や照明についてまで書かれている。彼女がどうして赤いランプのことを見落としたのかは、わからない。徐々に予測はついてきたのだが！　しかし、こちら側でそれを行う際の光の加減を操作するわけではないことは、自分が感じそうな後ろめたさを軽減してくれた。内容の正確さに至っては面食らうほどだ。名前はイニシャルまでぴったり。数日前までは自分でも予測していなかったロッジでの夏。そして、そこが危険だと警告されているのだ。今朝になって——エディスが言いそうなことだが——危険なのはミドルネームまで記されていることだと感じている。

手紙の送り主によると、彼女ともう一人の参加者――天真爛漫に自分の婚約者だと彼女は説明している――は、二度にわたってウィリアム・A・ポーターという名前を受け取ったそうだ。それから、〝支配霊〟が次のように文字盤の字を示したと断言している。

〝ほかの場所に移るよう、お前とジェインに勧める。ロッジは危険だ〟

正直、大切な一言を省いた電報でも受け取ったような気分だった。人はしばしば、当たり前のようにつけ加えられる〝愛を込めて〟という言葉を期待してしまう。しかし、その手紙は警告以外の何物でもなかった。

つまり、ロッジは危険であり、ジェインとわたしはほかの場所に移るよう忠告されているわけだ。もう、どうしていいのかわからない……。

我が家でのラブストーリーは順調に進んでいる。わたしはその方面でも、他の分野と同じく何の影響力も持てないでいる。エディスは率直かつ巧みに、ちょっとした媚とごく自然に見える誘惑に全身全霊を傾けている。若いハリデイは、そんな彼女に魅了されながらも尻込みをしていた。

今日、二人は、この夏の避暑地の周辺区域に加え、牧草地で起きた様々な悲劇の現場から石の祭壇までを巡るドライブに出かけていた。その間に、二人のあいだで議論は頂点に達したのだと思う。帰宅後のエディスがひどく饒舌だったのに対し、ハリデイのほうはほとんど口を開かず、かすかに青ざめていたからだ。

そして今夜、ハリデイが水上でローマ花火や流星花火を打ち上げているあいだ、ボート小屋のベランダに座っていたエディスがわたしに尋ねた。彼女が働いて収入を得るのをどう思うかと。

「金を稼ぐだって？」わたしは訊き返した。「何のために？　金の心配をしているきみなんて、見たことがなかったんだけどね」

「ええ、でも今は、そうしようかと思っているの」エディスはぽつりと答え、また沈黙の淵へと落ちていった。ほんの一瞬ではあるが、彼女が脱却しようとした心境——金など諸悪の根源で、もし自分がこの世の創造主なら、そんなものはいらないと思う心境へと。

わたしは自分の立場が難しくなってきたのを感じた。それでも、有能な男なら自分の妻に生活を支えてもらうのを良しとしないだろうと言ってみた。彼女はその言葉を完全に無視し、本を書こうと思っているのだと答えた。エディス曰く、大金を稼げる本を。そうすれば、〝誰一人、何の心配もする必要がなくなるから〟と。

「それに、ウィリアム・パパなら、その本を出版させることができるでしょう？」と彼女は言う。「パパの名前を知らない人なんていないんだもの。それに、綴りの間違いだって直してもらえるじゃない？　そこが一番心配なところなのよ」

あの娘は本当にそうしようと思っているのだろう。彼女の部屋のドアの下から、今もまだ明かりが漏れている。

七月五日

郡保安官は、羊殺しを捕らえ有罪判決を言い渡せるよう一千ドルの懸賞金を出すことにした。その知らせはただ、我々住人の家の郵便受けに貼りつけられただけだったが、グリーノウのユーモアセンスを大いに刺激したことだろう。もし、あの男がそんなものを持っていたらの話だが。リヴィングストーンは、さらに五百ドルの懸賞金を個人的に出すことにしていた。

ベテル氏と秘書は明日到着する予定で、屋敷の準備はほぼ整っている。ただし、アニー・コークランが怯えたウサギのように、わけもなく周囲をうろつき回っていることを別にすれば。彼がやって来たらすぐにでも会わなければ。

ハリデイは今日にも浮桟橋の修理を終え、スループ帆船のほうに取りかかってくれるだろう。最初の数日間の堅苦しい〝先生〟に代わって、今はわたしのことを船長（スキッパー）と呼んでいる。

昨日に比べると目に見えて上機嫌だ。将来の希望がどれほどはかなくても、昨日の〝決定的対決〟――エディスなら間違いなくそう呼ぶだろう――で、彼女の自分に対する愛情を確信したのに違いない。今日、クララとこんな会話を交わしているのが聞こえてきた。

「さてと、そろそろ始めなきゃ」とハリデイ。「今日は洗い物の日なんだ」

「洗い物の日？」クララが疑い深そうに訊き返す。「あなたが洗った衣服なら、ぜひ拝見したいものですね」

「洗濯だなんて誰が言いました？　今日は、ぼくが食器を洗う日なんですよ。月曜の朝は、毎回ぼくが洗うんです」

わたしは、彼が誇らしげに頭を上げ私道へ向かうのを見ていた。ハリデイのことが大好きなジョックは、しかたなく別れの挨拶をしている。そちらの方向には、いくらハリデイでも、あとをついていこうとはしない。

若者は、ジェインが微笑みながら立っているそばで、クララを言いくるめて食料まで調達しようとしていた。昨日、食器室の窓の外を歩いていた彼が突然立ち止まって、中のテーブルを見つめていたのを、わたしは目撃していたのだ。

「すみませんが、クララ」と彼は話しかけた。「あれはカスタードパイですか?」

「そうですよ。でも、あなたには何の関係も――」

「本当に、正真正銘のカスタードパイ?」

「料理本にはそう書いてありますけど」

「もうちょっと近寄ってみてもいいですか、クララ?」と、そんなことを言いだす。「耳にしたことはありますが、味わうどころか目にしたことさえはるか昔のことで――」

「切り分けるにはまだ早過ぎるんですよ」クララが徐々に懐柔されていくのが傍目にもはっきりとわかる。

「あとで戻ってきてもいいんですよ」ハリデイが柔らかな声で言った。「帰って、寂しくボート小屋で座っています。なんとか命を繋いでくれている缶詰に囲まれて、パイのことを考えながら。そのあとで戻ってきますから」

　ハリデイがわざわざ戻ってこなくても、三十分後にはクララが、きちんとナプキンにくるんだパイを彼のもとに運んでやっていた。

　今日になって初めて、ハリデイを全面的に信頼できるようになった気がする。ずっと判断しかねていたのだが、部屋着の一件が決定的になった（注記：もともとの日記では、その件について何も触れていないことが判明した。事実は以下の通りだ）。

　ジェインの指示で母屋に出向いた。クローゼットなどにそのままになっているホーラス伯父の衣服を、屋根裏部屋のトランクに移すためだ。食器室での一件から、彼女は決して母屋に足を踏み入れようとしない。防虫剤を手に屋敷に向かう途中でハリデイに会い、二人で一緒に中に入った。

わたしたちは無言で作業した。物言わぬ衣服に気が滅入ってきたからだ。その沈黙が、生前の持ち主を思い出させる衣類など、いずれ処分しなければならないことを痛感させた。

そんなことを言うと、青年はちょっと皮肉っぽい笑みを浮かべた。

「そんなに悪いことではありませんよ」と彼は言う。「ここに保管しておくよりはずっといいんじゃありませんか。バローズが言ったように――バローズでしたっけ？――〝死者は墓所に横たわってはおらず。嘆き悲しむ者、すべて不滅にはあらじ〟なんですから」

「じゃあ、きみは不滅を信じていないのかい？」

「そんなことはわかりません」彼は答えた。「ぼくに言えるのは、惨めな現世を埋め合わせるのに来世ではきっと幸せになるんだと言われても、何の役にも立たないということです」

その直後だった。気の毒なホーラス老人が発見されたときに着ていた部屋着を見つけたのは。裾近くに血の染みがついていた。

「ちょっと尋ねたいんだが」わたしはハリデイに声をかけた。「心臓発作に見舞われた人間が、倒れたときに頭を打って出血した。彼は夜間のその時刻から朝の七時までそこに横たわっていた。だとしたら、かなりの血痕が残っていたんじゃないのかな？」

「そうでしょうね」

「でも、ここには何も残っていない」

老人が倒れていた場所を示したわたしを、青年は不思議そうに見つめた。

「おっしゃっていることがよくわかりませんね、スキッパー。亡くなったあとで動かされた、という意味ですか?」

「つまりだ、老人は誰かに殴られた。立ち上がって、なんとか手にしていたものを隠した。人に見られたくないものをね。そして、その後、心臓発作に見舞われた。これが、わたしの見解だよ」

ハリデイは部屋着を取り上げ、窓辺に近寄った。

「説明してください」静かな声でそう言う。

わたしたちはどちらも心臓についてはまったく知らなかった。致命的な発作が起こったときにどうなるかについても。しかし、ハリデイの考えが正しい可能性もある。つまり――異変を感じた老人は立ち上がり、手にしていた手紙をわしづかみにした。デスクランプを消したところで倒れ込んだ。しかしその後意識を取り戻し、なんとか立ち上がった。そこに、致命的となる発作が襲いかかり、老人は再び倒れ、二度と起き上がることはなかった。

「伯父さんが一人ではなかったと言い切れる理由は何もありませんね」ハリデイは言った。「でも、リヴィングストーン夫人がほのめかしたように、彼が〝何かを見た〟と信じる理由もない」

しかし、わたしが引き出しの奥で見つけた手紙には興味を持ったようだ。ハリデイはそれを書き移し、調べるために自分の部屋に持ち帰った。

「〝自分のとんでもない計画についてよく考えてみるよう、心からきみに訴える。わたしの態度を理解しようとしないきみのことだ、たぶん自分の考えに従って行動してしまうのだろう。そのような場合、警察に通報するだけではなく、社会に対して広く警告を発することが、わたしの義務だと思う。自分の不愉快な立場については充分に理解している。もし、きみが意見を曲げないのなら、その危険性についても。しかし――〟

しかし――何だって言うんでしょうね？」ハリデイは言った。「〝しかし、もし、きみが意見を曲げないのなら、警告した通りの行動に出る〟とか？」彼はわたしの顔をちらりと見上げた。「羊殺しではなさそうですよね？」

「ああ」わたしは仕方なく認めた。「違うだろうね」

七月六日

こんな状況がこれからも続いたら、わたしは間違いなく監獄行きになってしまう。羊殺しのためだけではない。ここでの悲劇がなかったとしても、今日すでに充分な兆しが見て取れるのだ。ここ数週間で起こった事件に、わたしはすっかり巻き込まれてしまっていた。

昨夜、スター巡査から副官に任命されていたキャロウェイという若者が、うちの地所の裏手にある幹線道路を担当地区として割り当てられていた。彼は羊殺しに備えて三十口径のウィンチェスターを携えていたのだが、それが今朝、うちの門からさほど離れていない生垣の中で発見されたのだ。

仕事を開始した午後九時から深夜までの行動についてはわかっていない。午前零時少し過ぎ、キャロウェイは銃を持たずに町の船着き場に息せききって現れ、浮桟橋に繋がれていたモーターボートに飛び乗ると入江に向かって船をスタートさせた。

そのとき、ピーター・ガイスという高齢の漁師が自分の船でパイプをふかしていたのだが、耳が不自由な老人にはキャロウェイが何か叫んでいたとしても聞こえなかった。しかし、間接的な証言がある。キャロウェイが途中でベネットハウスに飛び込んだ際、そこにいた夜警に、グリーノウを起こしてうちの浮桟橋に駆けつけるよう伝言を残したというのだ。例の羊殺しがそこに繋がれていたボートを奪い、水上のどこかにいるはずだからと。

副官の目論見は、逃亡者を岸に引き戻すことだったのかもしれない。沼地なので船を泊める場所もなく、犯人は仕方なくうちの船着き場に戻ってくることになるだろうから。

グリーノウはすぐさま駆けつけた。パジャマの上にコートを引っかけ、拳銃を摑むと通りに停まっていた車を勝手に使い、キャロウェイが水上に出てから十分もしないうちにうちの浮桟橋に現れた。そしてここでもまた、わたしは最近ずっとつきまとわれている不運に捕まってしまった。ちょうど浮桟橋から戻ってきたところをグリーノウに見つかったのだ。

不運が、無力な個人を犠牲者として選び取ることは確かにある。そして、その人物の魂の救済のために、本人が仕方がないと思うまで叩きのめすのだ。彼にはそれだけの罪がある。それが何であるかは別にしても。

グリーノウと出くわしたわたしも、きっと罪人だったのだ！　それでも、そのときの状況にはいくぶんユーモラスな面もあった。夜気の冷たさにすでに震えていたわたしはガチガチと歯を鳴らしていた。そこに突然、幽霊のような男が目の前の木道に現れ、わたしは咄嗟に背を向けてしまったのだ。その幽霊が手を上げろと命じたときには、恐怖の質が変わっただけの話だ。

しかし、声には聞き覚えがあった。それでなんとか、そんな状況でも気さくな態度を装えた。

「懐中電灯以外は何も持っていませんよ」わたしは言った。「それでも、もし――」

グリーノウは一瞬戸惑った。そして、なんとも感じの悪い笑みを浮かべ、こちらに近づいてきた。

「出歩くにはずいぶん遅い時間なんじゃないですか、ポーターさん？」と彼は尋ねた。今度はこちらが戸惑う番だ。

「カヌーを浮桟橋に引き上げに来たんですよ」やっと、そう答える。「潮が満ちてきていると家内が言うものですから」

「もっともなことですね」刑事は答え、自分の懐中電灯を点けた。鎮まり返った水面を照らし、その光を、浮桟橋に裏返しに引き上げられ、まだ水を滴らせているカヌーに向ける。

グリーノウが懐中電灯を点けたのは、結局こういう意味なのだ。モーターボートで岸に追い詰めた犯人を、暗闇の中でこそこそと待つのはもうやめたということ。精神のバランスを欠き、がたがたと震える英文学者という姿を借りた犯人が今、目の前にいるのだから。

そのときの彼は、モーターボートのエンジン音に耳をそばだてているように見えた。今朝知った情報からすれば、間違いなくそうしていたはずだ。しかし何の音も聞こえてこない。それが、今日、この辺りの住人をみな当惑させているのと同じように、グリーノウをも当惑させていたのだろう。わたし自身はさほど注意深い質（たち）ではない。それに今、この状況でどんな証言をしたところで、はなから疑われてしまうのは目に見えている。しかし、わたし自身の記憶としては、芝生を横切るときに、入江のどこかからエンジン音が聞こえていたように思う。そしてそれは、水辺に着いたときには止まっていた。

グリーノウは明らかに困惑していた。これで事件も解決だと踏んでいたのだろう。キャロウェイが到着して、わたしが犯人だと認めることを期待していたのだ。彼の証言がなければ、いかにグリーノウといえども、どうすることもできないのだから。そしてたぶん、キャロウェイが海上のどこかでエンストでも起こしているると思ったのかもしれない。口元に両手を当て、大声で部下の名前を呼んだ。
「おーい！　ボブ！」そう呼びかける。「ボ、ー、ブ、！」

返事はなし。代わりにハリデイが走ってきて、何かあったのかと尋ねた。グリーノウはかなり苛立っているようだ。不機嫌そうに、それでも目だけは油断なく光らせて黙り込んでいる。わたしががたがたと震えながら、もうベッドに戻ってもいいかと尋ねたときにも反論はしなかった。わたしは、二人をその場に残してロッジに戻った。ハリデイは、ボートを見つけようとでも思ったのか、船を出す準備をしていた。

今朝、キャロウェイのボートが、サーチライトを手にすみやかに捜索に出たグリーノウによって発見されたのを知った。深夜一時、潮に流され岸から二マイルほどのところで漂っていたそうだ。ボートは空。キャロウェイ青年の姿はなし。曳いている平底船もなかった。ここに至って、我らがミステリーは明らかに悲劇へと転じた。

そして、わたしが疑われている。そう書き記したわたしは、目を見開いて事態を静観している。本当にその通りなのだ。思い描いていることが、今にも現実になるのではないかと怯えている。グリーノウが私道に現れ、集めて回った山ほどの証拠をわたしに突きつけようとする――魔法円。わたしたちがロッジに到着してから始まった羊殺し。農作物を積んだトラックを運転していたモリソンが路上でわたしを見かけた夜。そしてなによりも、昨夜の出来事だ！

グリーノウに事実を話してみたらどうだろう？　妻が不思議な能力を持っていること。その能力に従って、彼女が昨夜、わたしを起こしてこう言ったこと――うちの浮桟橋からボートを持ち去ろうとしている男の姿が見える。だから、すぐに見にいったほうがいい。何か、とても嫌なことが起こりそうな気がすると。まったくの事実を話してみたら？　すなわち、そこですぐに、エディスが水上に放置していたカヌーを見つけたこと。几帳面な人間であるわたしは、安全な場所にそれを引き上げたこと。そんな話を奴が信じるだろうか？　おそらくは――。

今回のことにジェインを巻き込みたくないという思いは別にしても――なんと言っても、彼女はわたしにでさえ、自分の能力を示すのを嫌がるくらいなのだから――こんな話は実際のところ、こちらの正常さをさらに疑わせるだけだろう。

それに、状況の危うさをさらに増大させるかのように、ハリデイが別の要因を加えていた。彼自身には何の非もないのだが、彼はあの忌々しい情報を昨夜、刑事に与えてしまっていた。

昨日、ハリデイが浮桟橋の修理をしていたときのことだ。一番上の樽と桟橋を形成する厚板のあいだに、真新しく切れ味の鋭いナイフを見つけていたのだ。

「あえてあなたには報告しなかったんですよ、スキッパー」彼はそう説明した。「怯えさせてはいけないと思って。それに、単純な話なのかもしれませんし。大工仕事の最中にスターが誤って落としたとか」

最初は面白がっていた彼だが、わたしを絡め取ろうとするような企みに怒りを露わにし始めた。

「もちろん、連中には何もできませんよ。現行犯でもない限り」

自覚はないのだろうが、その発言のおかしさにわたしは思わず噴き出した。ハリデイもすぐに気づき、気まずそうな笑みを浮かべる。「事情はご理解いただけますよね」そう言い訳をする。「もし、あなたがお嫌じゃなければ、ある意味、それも悪くないですから」

説明を迫られてハリデイが明らかにしたところによると、彼自身も報奨金を狙うことにしたらしい。

そして、キャロウェイの一件がその決意を固めさせた。

「報奨金があってもなくても、です」と静かに話しだす。「少しばかり訓練を受けたことがあるんですよ。ドイツに派遣されていたときは諜報部に所属していたんです。犯人を捕まえるためには、誰が自分を追っているのかに気づかれないことが鉄則です。それにもし、警察に目をつけられているのがあなただと犯人が知っているなら――もちろん、そいつにはわかっているはずですけどね。警察の動きに目を光らせているんですから――そいつは少しばかり大胆になるかもしれません。わかったものじゃありませんよ」

口には出さなかったが、彼にはもう一つの理由があった。なんとしてもわたしを守ると、ハリデイは肚を決めたのだ。わたしを守ることで、エディスを守ると。

七月七日

一日が過ぎた。わたしはまだ捕まらずにいる。自由の身――おそらくは、また月のない暗い夜に、チョークと別のナイフを手に――なぜって、前に使ったナイフはグリーノウが持っているからじゃないか？――羊を殺しに繰り出すための自由――もし本当に、これでもまだ殺戮が足りないというなら。あるいは、不運な船乗りを突き刺し、海に放り投げるための自由。

我が身を守るために、このバカげた状況に自分の行動が左右されないようにしなければならないのだが、うまくできない。常に、自分がムカデみたいだと感じてしまう――たくさんの足をどうやって使うのかと問われ、突然、足のことが気になりだして溝に落ちてしまうようなムカデだ。

例えば、今日の朝食のときには、大真面目な顔でジョックの皿に、使い残しのクリームではなくコーヒーを注いだりした。そして、その現場をしっかりとエディスに見咎められた。

「心ここにあらずなのね」と彼女は言った。「かわいそうに。あんなに素敵で、前は知的でもあったのに！」ジェインに向けて言葉を続ける。「悲しいわ。伯父さんの理性が少しずつ失われていくのを見るのは。でも、心のほうは大丈夫よね。もし、これ以上悪いことが起きても――」

「わたしの心のことなんか放っておいてくれ！」思わず言い返し、すぐに後悔した。「朝食の時間にはユーモアを解せなくてね。すまない」

しかし、事実は単純で、わたしはひどい不安に陥っていたのだ。以前にはいとも簡単で明確な義務だと感じていたこと――今夜、母屋に赴き、到着したベテル氏に正確な状況を説明すること――でさえ、終日心にのしかかる心配事になっていた。これまでは、大したことでもないと思っていたのだ。こんなふうに言うつもりでいた――「あなたにこの家をお貸しすることにした者です。ええ、この家にまつわるある種の好ましくない状況については、秘書の方に説明してあります。でも、あなたにも直接お話ししておく必要があると思いましてね。この建物には呪われているという噂があるんです。わたしとしては、そんな話など信じていませんし、あなたも同様だとは思いますが、やはりお伝えしておかなくてはと思いまして」

あるいは――。

「ほかにも、最近この辺りで頻発している羊殺しが、どういうわけかこの家の呪いと関係しているという噂が好んで――いやいや、眉をひそめてと言うべきでしょうか――囁かれていましてね。警察はそんなふうには考えていませんが、この辺りの無学な住人はそう信じています。もし、気味が悪いということでしたら、お支払いいただいた家賃をお返しする用意があります」

まったく同じではないにしても、これに近い率直さで、やって来る間借り人との関係を透明なものにするつもりでいた。ところが、ここに来て何が起こっている？　例えば、あのグリーノウだが、わたしが百パーセント無関係であるなどと信じるだろうか？　一度ならず、頭が完璧にどうかしている印象を与えてしまったわたしのことなど、まったく信じないのではないか？　数週間前なら自分だって、そんな話をする人間など信用しなかったはずだ。

いずれにしてもゴードン青年には話してある。何か起こったとしても、少なくともそれが自分の救いになるだろう。でも、わたしはいったい何を書いているんだ？　何が起こるというのだろう？「悲しいわ」とエディスは言った。「伯父さんの理性が少しずつ失われていくのを見るのは」たぶん、それは……。

ベテルには会ったが、結局何も話せなかった。弱々しい外見にもかかわらず、自分のことは自分で面倒を見られる人間だという印象を強く受けたからだ。今夜の経験以降も、彼にはぜひともそうしてもらおう。ラップ音でも足音でも聞けばいいし、床に移動している薬缶や食器室の窓に映り込む自分の顔を見ればいい。冷たい空気に凍え、自分の責任で苦しんでもらおうじゃないか。わたしとしては、自分の責任は果たしたのだから。

ベテルの車は八時半にやって来た。わたしは、そのあとを追って私道に入っていった。アニー・コークランは同意した条件通り七時までしか待っておらず、その後、決意を曲げることなく帰宅していた。それがベテル氏の、目にも明らかな不機嫌を引き起こしたらしい。屋敷に入る彼を秘書が手助けしていた。わたしが見つけたときには、明かりが一つ灯っただけの図書室にいて、家具の覆いに囲まれた椅子で身体を丸めていた。わたしは自己紹介をしたが、ろくに返事もしてもらえなかった。

「家政婦はどうしたんだ?」いきなり怒鳴りつけてくる。「女性か誰かがいると思っていたのに」

「非常にいい女性なんですよ」わたしは答えた。「でも、暗くなる前には帰るんです。つまり――」と言葉を変える。「早い時間に。秘書の方には説明してありますが」

「その家政婦は火をつけておいてくれたのか、ゴードン!」老人は秘書を呼んだ。「暖炉に火が入っているかどうか見てきてくれ。それに熱い湯だ」

老人はポケットを探ると、サイコロ状の肉片かスープの素のようなものを取り出し、手に持ったまま座っていた。

「この家はどっちの方向に面しているんだ?」突然、そう尋ねてくる。

「東です。入江に向かって」

「それなら奥のほうの部屋がいいな。朝日というのが嫌いなんだ。朝に関するものはすべて」老人はそう言って、眼鏡越しにわたしを見上げた。

ゴードン青年が湯を入れたカップとスプーンを手に戻ってきた。ベテル氏はわたしにほとんど、いや、まったく関心を払わない。片方の手が不自由で、老人がスープの素を湯に入れてかき混ぜているあいだ、秘書がカップを持ってやっていた。この間、彼が直接わたしに声をかけたのは一度だけだ。立ったままのわたしをぼんやりと見上げ――老人はわたしに椅子を勧めることもしなかった――不意に言ったのだ。

「この辺りでは最近、羊殺しが数件起こっているんじゃないかね?」

わずかに頬が紅潮したのではないかと思う。それでも、わたしの顔を見つめているにもかかわらず、老人がそれに気づいたかどうかは疑わしい。「ええ」とだけ、わたしは答えた。

「新聞で読んだんだ」老人はそれだけ言うと、自分のスープに関心を戻した。

そのときが思いきって話を切り出すチャンスだったとしても、自分の生活を守らねばならないわたしにはできなかった。老人は、部分的な痺れを軽減するために片脚を前に投げ出し、震え続ける片手を膝の上で縮こまらせ、秘書が促すままにスープをすすっている。青白い顔をした若者は、老人の白髪頭の上からわたしに笑いかけていた。好戦的なくせに子供じみている年寄りに、こちらが提供すべき情報を披露したところで何の理解もできないだろう。それに彼は、それ以上の機会も与えてくれなかった。スープをたいらげた老人は、もう二階に上がると言いだしたのだ。わたしのほうに一度頷きかけただけで、身体の不自由な側をゴードンに支えられながら、よろよろと部屋を出ていった。

手を貸そうかと声をかけた。しかし、自分の身体の状態を知られるのも、彼にとっては煩わしいだけなのだろう。案の定、老人は何も答えなかった。たぶん、忍耐力が足りないだけではなく、常に怒りをたぎらせているような、生まれながらの気難しい性質なのだと思う。それでも階段の下までは二人についていった。階段を上り始め、ひと息つくために立ち止まったとき、老人はまだそこにいるわたしに気づいたようだ。振り向いて、こちらを見下ろした。

「あの羊殺しの裏には何があると思う?」ただ、それだけ。お休みでもなければ、屋敷の感想でもない。わたしの存在についてでもなければ、ロッジに戻ろうとする相手にかける言葉でもなかった。

「誰の仕業なんだ?」ざらざらとした声で老人は尋ねた。

「頭のいかれた人間でしょうね」

「頭のいかれた人間だと!」声を荒げ、ゴードンに支えてもらいながら、こちらの様子がもっとよく見えるように身体の向きを変えた。「宗教的な戯れ事じゃないのか？　子羊の血さ！」

老人はわたしを見下ろしながら、冷ややかな笑い声をあげた。そして背を向けるとそれ以上は何も言わず、階段を上がっていってわたしの視界から消えた。

七月八日

ハリデイの忠告で、わたしはこの地所から離れずにいる。そして可能な限り、トーマスの目が届く範囲にいることにした。そんなわけで今日は、ジェインのために花壇の草取りに精を出し、ガレージの戸をあけたままこれ見よがしに車のオイル補給などをしていた。夜になってからはテーブルをわざわざ窓際に移し、こちらの動向に興味を持ちそうな人間の目に丸見えになるよう、そこでこの日記を書いている。

監視されているのは明らかだった。昼間、仕事をするためにちょこまかと動き回るトーマス老人の姿がやたらと目についたし、夜になっても、こちらの行動に興味を持つ何者かが外にいて、この窓を見張っている気配がはっきりと伝わってくる。ジョックも同じように感じているようだ。わたしの部屋の前の廊下を落ち着きなく行ったり来たりしているし、首の後ろの毛を逆立ててわたしのそばに立っていたりするのだから……。

キャロウェイの失踪について、ハリデイが今日、新たな情報を伝えてくれた。

「ホテルの従業員が桟橋まで走っていったんです」と彼は話し始めた。「何度かエンジンの音を聞いたそうです。ビーチにボートの姿は見えなくても入江にはいるような音を。ちょうど、犯人が自分よりも先に船を出したと思ったキャロウェイが、入江を渡って追いかけているみたいな。でも、そのうち、聞こえなくなってしまったそうです。あるいは、音自体がやんでしまったのか。

従業員は三十分ほど桟橋の上で待ち、その後ホテルに戻りました。ちょうどそのころグリーノウがやって来てスター巡査を呼び出し、二人で町の桟橋まで出向いたそうです。でも、キャロウェイは姿を現さない。それでグリーノウは、自分たちで彼のあとを追うことにしたんです。

ボートは入江の中で見つかった――ちょうど干潮時だったんです――ただし、空っぽの状態で。できる限りの範囲を二人で探し回りましたが、結局、スターがそのボートに乗り込み、桟橋まで戻ってくることになりました。でも、ここに、彼らが公表していない部分があるんですよ――ピーター・ガイスの話では、グリーノウが布切れでエンジンボックスの表面から何かを拭い取っていたと言うんです」

「その男は、それが何だったのか見ていないのかい？」

「二人は彼をボートに近づけなかったそうです。でも、またあのサークル模様だったと彼は言っています」

ほかの細々とした話はどうでもよかった。かわいそうに、ボブ・キャロウェイは間違いなく死んでしまったのに違いない。そして、グリーノウや彼の密偵が私道からわたしを見張っているあいだにも、犯人はさらなる悪魔の所業を繰り返しているかもしれないのだ。

ハリデイによると、この田舎町は紛れもないパニック状態に陥っているということだ。その点については、こちらにも確たる証拠がある。ロッジの向かい側にある道路は、いつもなら対の照明で照らされているが、今夜は真っ暗で静まり返っている。遠く水上からにぎやかなピクニック・パーティのざわめきを伝え、時折歌声なども運んでくるボートの姿も、今日は一艘も見えない。午前三時には船を出す漁師たちも命の危険を感じて武装していた。そして、誰もが自分以外の人間を疑っていた。

わたしの立場はこの上なく危うい。この日、ジェインが言った。

「今日、オークヴィルで肉切り包丁を買ってきてくれない、ウィリアム？」

「肉切り包丁ってどういう意味？」

「とても鋭利なナイフっていうだけの意味よ」と彼女。「刃渡りの長い」

「あのねえ」とわたしは答えた。「今日、オークヴィルでそんなナイフなんか買ったら、瞬く間に牢獄行きだよ。個人的にはカミソリの刃が欲しいんだけど。でも、そんなものを買う前に、うちのスループ帆船みたいに髭を伸ばさなきゃな」

「町で注文しておけばいいわ」

そんな注文などもっての外だとは言えなかった。

この数日間のジェインの状況には非常に興味深いものがある。例えば、わたしに浮桟橋の様子を見に行かせた夜、彼女にはキャロウェイの死に対してはっきりとした予感があったと断言しているのだ。その予感がわたしにとっては最も重要かつ不愉快なものであるとは夢にも思っていないようなので、今日、彼女に訊いてみることにした。

「その予感って、どんなふうに感じるんだい？」

「さあ、どうかしら。たぶん、眠っていたんだと思う。ええ、確かに眠っていたんだわ。それがどういうわけか目が覚めて、船着き場の様子を見ていたんだと思う。そこに誰かいたのよ。跪いて」

「跪いて？　祈りでも捧げるみたいにっていう意味？」祭壇のことを思い出しながら尋ねた。

「その人、浮桟橋の下の何かを探っていたんだと思うの」

この発言には確かに偶然の一致が見られる。その人物は目撃され追跡された。どういうわけか、持っていたナイフはその場に残したまま。いや、むしろ、ハリデイが発見して取り出すまでは、そんな場所にはなかったのかもしれない。気の毒なキャロウェイがあとからではなく、我が家の船着き場で殺されたのかもしれないのは、そのせいではなかったのか？　しかし、ナイフは消え、逃走という事実しか残っていない。


その逃走がどこから始まったのかは誰にもわからない。ハリデイがすぐそばにいるのに、その人物が自分のボートをうちの船着き場の近くに繋いでおくというのは考えられない。ビーチに向かってまっすぐ逃げていったと考えるほうが無難だ。そして――いや、死者を悪く言うなかれだ。ひょっとしたら、わたしの考えが間違っているのかもしれない。それでもキャロウェイにとっては、時間のロスを考えれば、彼が取った方法よりもうちの船着き場から手漕ぎ船の一艘でも持ち出すほうがずっと簡単だったはずだ。

しかし、わたしなら、たかが羊殺しでも犯人を丸腰で追いかけたりはしなかったと思う。まずは急を報じ、援護してくれる人間を確実に確保してからでなければ。


「でも、わからないな」わたしはジェインに言った。「どうしてきみは、自分の夢を不吉だと思ったんだい？」

「理由もないのにそんな夢を見ることはないからよ」

「じゃあ、教会の壁に寄りかかっているぼくをあんなにひどく責めた理由は――」

「ちゃんとあるわよ」彼女は冷たく言い返した。「自分で行って、あなたを助けなきゃと本気で思ったくらいだったんだから」

こうした迷信的なことにも、ある種の拠り所はあるのかもしれない。食器室で赤いランプを点けた夜以降、一度ならず――。

深夜。驚くべき事態が発生する。まだ、震えが止まらないくらいだ。

何気なく窓の外を眺め、母屋の書斎の窓に小さな赤い灯がはっきりと見えたときには、発すべき言葉も見つからなかった。

あのランプはしっかりと屋根裏部屋に隠してある。だから、最初に思ったのは火だった。書斎のすぐ上に位置するベテル氏の部屋の明かりが消えたのを確認したのはかなり前のことだ。そのすぐ後で、ゴードン青年の部屋の灯も消えた。

すぐさま窓から身を乗り出した。真っ暗な夜で、その明かりは外に垂れ下がったくすんだ色のカーテンのように見えた。あっと言う間に消えてしまっても、わたしはしばし虚空を見つめていた。そのとき突然、階段を下りたジョックがこの世のものとも思えない遠吠えをあげた。

次の瞬間、屋敷に続く木々のあいだから聞こえてきたのは、心臓性喘息患者の短く乾いた咳だった。そして、ホーラス伯父が吸っていたハーブ煙草の癖のある香り。

十分ほども自分に言いきかせていた。自分にとっては不利な証拠ばかりだ。グリーノウがわたしを見張っているかもしれないし、人に見張らせているかもしれない。どこかの気の毒な男が夜気にむせ込んでいるだけだ。あるいは、眠れずにいたベテル老人が、木々に囲まれた深夜の空気を吸いに部屋を抜け出してきたのかもしれないし。

しかし、わたしは確かにあのランプの灯を見た。そしてそれは、屋根裏部屋の鍵をかけた場所にしまい込んである。わたし自身がそこにしまい、この瞬間もわたしがその鍵を持っている。

七月九日

今朝、アニー・コークランに言い訳をして、母屋のキッチンの階段から屋根裏部屋に忍び込ませてもらった。ランプはわたしがしまい込んだ場所にあり、クローゼットの鍵もかかっていた。そんなわけで今日は自分に問いかけている。夜間には時折、遠近感が奇妙に狂うことがあるものだ。わたしは昨夜、遠くのランプの明かりではなく、すぐ近くにある火のついた煙草の先を見ていたのではあるまいか。

借家人に対するアニーの報告はまずまず満足できるものだった。秘書のことはさほど気にならないが、老人については〝噛みつかれるよりは吠えられるほうがまし〟ということらしい。朝、朝食のために階下(した)に下りてくる——と言うより、人の手を借りてやっとと言うべきか。アニーが老人のために食べ物を切り分けてやる——秘書の若者がするのは気に入らないようだ。新聞を読み、仕事に出かける。

「仕事に?」わたしは訊き返した。「仕事って何の?」

「本を書いていらっしゃるんですよ」

しかし、老人はどうやら文字を書く以外の方法で本を書いているようだ。文章を書き取らせているのだ。そして、彼がこの場所を選んだのも、ここの人気(ひとけ)のなさが理由らしい。アニーが受けている指示は、誰一人として訪問者を受けつけるなというものだった。

ゴードン青年のほうは、あの家を調べに来たときにわたしに信じ込ませたほど勇敢ではないようだ。〝物音を聞いた〟らしい。

「どんな物音？」

「おっしゃらないんですよ。でも、昨日の夜この家にいたかって、わたしに今朝尋ねました。『もし、わたしを夜ここで見つけることがあるなら、硬直して動けないからですよ』って言ってやりましたわ。『ご忠告までですが、もし何か聞こえたなら、うろうろ歩き回らないことですね』って」

「そりゃあ彼を大喜びさせたことだろうね」

「さあ、どうでしょう。あの方はわたしを見てこう言っただけです。『いったい何のゲームなんだい？　間違いなくきみも加担しているんだろうな』って」

エディスが我々を驚かせてくれた。この数日間、彼女の最大の関心事が手紙だということにはわたしも気づいていた。もっとも、ここにいるハリデイとエディスのあいだで交わされる手紙なのだが。大抵は繊細な便箋に若い現代女性に特有な大きな角張った文字で書かれたものだ。話題と言えば、この季節のホームパーティとか夏の避暑地のこと、そしてエディスが、チックとかバドとかカーリイというあだ名で呼んでいる様々な若い男たちの噂話だ。

しかし、今朝の手紙の中には飾り気のない事務的な封筒が混じっていた。エディスは白やローズやモーヴ色の封筒を押しのけ、その手紙に飛びついた。そして、ぱっと立ち上がるや否やテーブルを回り込み、大真面目な顔でわたしにキスをした。干潮時に現れる岸辺のように、髪の生え際から徐々に広がってきた額と呼ばれる頭部の一部分に。

「一人の文学的芸術家からもう一人の芸術家へ謹んでご報告を」そう言って彼女は、わたしの前に二十ドルの小切手を置いた。

エディスはここでの羊殺しを主題にした記事を書き、売っていたのだ。

「たったの二時間しかかからなかったのよ」彼女の声は自慢げだ。それから不意に黙り込む。一日四時間書いて週に六日、それでいくら稼げるのか。たぶん、そんな計算をしているのだろう。それなら年に一万ドルだ！

「わたし以上の稼ぎだね、エディス」わたしは厳かに答えた。そして、彼女が考えていた自分で稼ぎ始める方法が正しかったことに気がついた。

エディスはすぐにボート小屋に駆けていった。しかし、すっかりうなだれた様子で戻ってくると、わたしに自分の問題をぶちまけた。

「あの人にわたしを養えるだけのものがあるか――」と彼女は言った。「わたしがものを書いてお金を稼げれば――」

「女性に支えられるのではなくて、自分が女性を守りたいと思う男性の本能と闘うことはできないよ」

「それだと何年も待つことになるのよ！」エディスは訴えた。「その間にわたしたちの人生の一番いい時期は過ぎてしまう。そして――どうにもならなくなるのよ」

「でも、そのことについてはよくよく考えてきたんだろう？　今回の件のように売れる話題が常に見つかるわけでもないし」

「話題ですって！」彼女は蔑むように言い返した。「この土地になら山ほどあるじゃない」

エディスは次に何をトピックスとして選ぶのか？　わたしとしては、そんな不安に一日中ざわざわと囚われることとなった。夕食の直前に彼女が発した疑問にも同様の不安を感じた。「あのリッジスという女性はどうなったのかしら？」彼女はそんなことを尋ねたのだ。「まだこの辺りにいると思う？」

「そうは思えないけどね。どうしてだい？」

「ちょっと気になっただけ」エディスはそう言うと、ベランダの一角へと出ていった。離れてはいるが、充分にボート小屋がよく見える場所へ……。

ひょっとしたらハリデイの提案が正しいのかもしれない（注記：彼は、ジェインと二人で例のスループ帆船に乗って、二、三日海岸沿いのクルーズにでも出かけたらどうかと勧めていたのだ）。留守中に羊殺しやもっと深刻な事態が起これば、グリーノウのわたしに対するバカげた疑惑を払拭できるし、完全なアリバイにもなる。同時に、ジェインにとっては骨休みやちょっとした娯楽になるだろうし、わたしの精神状態も改善するかもしれない。

ピーター・ガイスが船長として同行してくれるだろう。小型テントに寝泊まりして、船室はジェインとわたしに明け渡してくれるはずだ。

七月十日（スループ帆船上にて）

若者たちの着想と行動の速さときたら驚くばかりだ。今夜、ジェインとわたし――それにピーター・ガイス――は、ひっそりとバス・コーヴに錨を下ろした。波が穏やかになる入江の奥深く。ただし、蚊の攻撃を避けるために陸地からは充分離れた位置に。昨日はまだ、ハリデイと二人で暖めていたぼんやりとした計画でしかなかったのだ。具体的な実態を持たない単なる絵空事だった。

この日記を膝に載せ、籐椅子に腰を下ろしてゆったりと寛いでいることに大いに満足している。夜も充分に休めた。時折、物憂げに手を伸ばして釣り糸を確かめる。片方の端はわたしの椅子の肘掛に結ばれ、もう片方は、明日の朝食を釣り上げることを期待して未知なる深みへと延びている。

船の状態も上々だ。航海にだって充分に耐えられる。船腹は今日、ブラシできれいに磨き上げられ、わずかに白カビが生えた帆も、遠目から見れば結構いい。

「あの小さな帆は何て言うんだい？」わたしはピーター・ガイスに大声で尋ねた。「前の方にあるやつだけど」

「何ですって？」

「あの帆だよ。何て呼ぶんだい？」指さしながら繰り返す。「名前だよ」

「まあ、何と言いましょうかねえ」ピーター・ガイスは答えた。「あのご老人はこの船の帆布にはずいぶんお金をかけましたから」

じきにわたしにも、船首三角帆だの先斜檣（せんしゃしょう）三角帆だのについてわかってきた。食事用の器を眺めるにつけ、海水でものを洗うことが不適切であることも。

「どうしてナウシカア（ギリシアの叙事詩『オデュッセイア』に登場する王女）は」とジェインに訊いてみた。「自分の衣服を海で洗ったんだろうね？　すぐ近くに川があるのに」

「さあ、どうしてかしら」彼女はアルコールランプの料理用コンロを見つめながら、ぼんやりと答えた。「あの時代って、ぜんぜん衛生的ではなかったからじゃない？」

しかし、ジェインがナウシカアの時代について詳しいとは到底思えない。

船には小さな船室があり、作りつけのベッドが四つついている。そのうちの二つは就寝のためにきっちりと整えられていた。ジェインの小さな戸棚はあらゆる種類の食料でいっぱいだ。整然と並んだ缶詰やパラフィン紙の包み。もし、沖に流されたとしても、刻みハムの辛味焼きやサーディン、チーズなどで何日も生き延びられるだろう。それに、わたしの釣り糸も常に活躍のチャンスを待っている。

おっと！　引きが来たぞ！

七月十一日

考え事をしなくて済むように、今日は一日ソリティア（トランプの一人遊び）をして過ごした。と言うのも、余計な考えの侵入を防いでくれるのと同時に、心を自由に解き放してくれるのがソリティアの長所だからだ。

心配事はすっかり消えていた。ヘレナ・リアがエディスと一緒にいてくれる。ジョックよりはよほど頼りになるハリデイが、番犬のように目を光らせて二人がいる家の戸口を守っているはずだ。グリーノウに対する心配がいかにバカげていたのかも、別の見方をすれば理解できた。無実が証明されるまでは、すべての人間を疑うのがあの男の仕事ではないか。それにわたしのほうでも、今はこうして我が身の潔白を証明しているところではないのか？

しかし、問題は残っていた。それを解決しようとするのは、カードが完全に揃っていない状態でソリティアをするようなものだ。実を言うと、わたしはクラブのジャックをなくしてしまっていた。それがなければゲームは進められない。

殺人者とホーラス伯父の手紙には明らかにつながりがあるとハリデイは信じている。言い換えれば、羊殺しの裏には奇妙な、あるいはぞっとするような思惑が潜んでいると彼は信じているのだ。そしてそれは、伯父が手紙に書いていたのと同じ思惑であるかもしれないと。

「裏に何かあるんですよ」とハリデイは言った。「それを守るためには人を殺すのも辞さないと信じている――あるいは、すでに一人、二人殺してしまっている――人間にとっては、極めて重要な何かが」

しかし、その思惑もしくは確信の本質については、彼は巧みに逃げを打った。

「で、そのぞっとするような思惑というのは、羊を殺したり石の祭壇を建てたりするためのものなのかい？」

「それが単なる贖罪の生贄ではないなんて、どうしてわかるんです、スキッパー？　真の目的のための準備のようなものとか？」

「じゃあ、その真の目的というのは？」

「社会に対する最も邪悪な犯罪って何だと思います？」

「人の命を奪うことだろうね」

「その通り」

しかしこれは、ハリデイが自分でも言う通り、彼の個人的な見解でしかない。それでも、この推論によってある結論に導かれたのだと彼は慎重な口調で言った。すなわち、起こっている出来事の裏には明確な思惑があるのだと。

「じゃあ、頭のおかしな人間の仕業ということ？」

「そうとも言い切れませんね」ハリデイは否定した。「あなたのホーラス伯父さんも、頭がどうかしているると思っている人間に手紙を書いたわけでもなさそうですし……」

ピーター・ガイスは、憐れなキャロウェイの死について独自の考えを持っていた。彼が言うには、キャロウェイは例のボートを見つけ出したのだろうということだ。自分の船のエンジンを切り、オールを漕ぐ音に耳を澄ませることで。そして、暗闇の中、その音に向かって進んでいった。おそらくは、その人物を岸に引き戻そうと思ったのだろう。しかしピーターも、丸腰のキャロウェイがその人物を直撃したとは考えていない。

「可能性としては」と今日、彼は言っていた。「こっそりと相手のボートに忍び寄り、跳び移ったんでしょうね」

「でも、相手のほうも武器は持っていなかったはずだよ」うちの船着き場に隠されていたナイフを思い出しながら、わたしは言った。

その言葉にピーターは、驚きを隠しきれなかっただけでなく、ちらりとこちらを盗み見たように思えた。

「オールは持っていましたよ」それだけ答えると、いつもの寡黙な老人に戻ってしまった。

すばらしい夜が続いていた。今夜は船室からマットレスを持ち出し、星を仰いで寝ることにしよう。

船はパイレート・ハーバーに錨を下ろしていた。宝物を埋めるためにたびたび掘り返されたせいで、あばたのように穴ぼこだらけになっている小さな入江だ。

前方の帆柱には停泊灯が下がっている。本当は白い灯りのはずだが、今晩、有り余ったエネルギーを消費するため食器磨きに精を出したついでにそのランタンも磨き上げていた。そのせいで、赤く光っている。わたしたちの船の赤い停泊灯。それが、家のランプを思い出させた。光について一般的なことを考える。いったい何が考えられるだろう？　波動。振動。人の感覚ではある一定の範囲内のみで知覚されるもの――周波数が赤外線以下や紫外線以上になると、人間の目では捉えられない。だとすれば、我々の周囲のいたるところに、人の感覚では捉えられないものが存在することになる。それは、どこまで広げられるのか？　目では捉えられないものから目には見えない存在まで、そんなに離れていないはずだ。

何が現実で何がそうではないのか？　わたしたちに見えて聞こえるものだけが現実なのだろうか？　触ることができ、味わうことができるものだけが？　しかし、それはバカげている。思考は現実だ。ひょっとしたら、思考のみが唯一の現実なのかもしれない。

しかし、肉体と切り離したところで思考は存在できるだろうか？　心霊主義者たちなら可能だと信じるだろう。そして、宇宙は間違いなく音なき音で満ちている。この世界の音は何世紀ものあいだ、我々の感度の悪い耳の周りで鳴り響いていた。そして、その電磁波の周波数がある特定の範囲に達して初めて、こちらの耳に届き始めるのだ。

だが、その電磁波も特別な受信器を必要とする。我々が普通感知できないものや音についても同様だ。もしかしたら、ジェインはそういう種類の受信器なのかもしれない。ひょっとしたら、小型テントの中でいびきをかいているピーター・ガイスも。わたし自身でさえ――（注記：ここで寝入ってしまったため、これより先の記述はない）。

七月十二日

昨夜、ピーター・ガイスはいったい何を見たというのだろう？

もし、この船に乗っている三人を心霊能力の高い順に並べるとしたら、ジェインが一番でピーターが最後になる。

彼は実利主義者だ。宇宙に関する様々な論争などという興味深い抽象概念は彼のためのものではない。精神の成長、魂の問題など彼の目には映らない。食料、煙草、風向き、潮流。ピーターの思考と心配はそうしたものに限られる。しかしそれでも――彼は昨夜、何かを見た。

午前零時ごろだったという。ピーターは〝何かまずいことになっている〟という思いに捕われて目を覚まし、小型テントから這い出した。「足先を冷たい風が吹き抜けていったんです」起き上がった彼の目に、赤いランタンが暗く灯っているのが見えた。忍び足でわたしの脇を通り過ぎ、燃料の缶を保管している物入れに近づく。そこで背を伸ばしてみると、舳(へさき)、ランタンの真下に、ぼんやりと人影が見えたというのだ。

最初はわたしだと思ったそうだ。しかし、その途端、仰向けに寝ていたわたしに躓(つまづ)き、燃料の缶が崩れてごろごろと転がった。その物音に前方の人影が動じることはなかった。ピーターはその姿をまじまじと見つめ、ハイエナの遠吠え（ハイエナの吠え声は悪魔の笑い声にたとえられる）のような悲鳴をあげた。その声に、わたしははっきりと目を覚まして飛び起きた。

人影が消えたのはその瞬間だった。「風にさらわれたみたいにいなくなったんですよ」とはピーターの言。わたし自身がその姿を見ることはなかった。

その後、彼が寝床に戻ることはなかった。舵輪のそばにうずくまり、空しく前方を――恐ろしき老人の奇怪な姿を見つめていた。わたしが同じくらい動揺していたのは言うまでもない。

ピーターによると、ナイトガウンを着た老人の姿だったという。「年老いた紳士のように見えました」そう言うことで彼は、それがホーラス伯父だと暗に示していた。

七月十三日

エリスの荷揚げ場。

悪いニュースを受け取る。そのためそこで上陸し、車で家に戻る準備をしているところだ。ハリデイが怪我をしたという知らせをエディスが寄越してきた。詳細は不明。

七月十四日

有難いことに、ハリデイの状態はそんなに深刻ではなかった。

家に着いてみると、エディスとヘレナが彼のことでやきもきと大騒ぎをしていた（注記：ハリデイはロッジのわたしの寝室で寝ていた）。襲われたのではなく、自分が運転していた車の脱輪による鎖骨の骨折。

つまり、強盗による間接的な犠牲者というわけだ。

十二日の夜、オークヴィルの駅までヘレナ・リアとエディスを車で迎えに行く途中のことだった。彼女たちは、女性特有のミステリアスな用事で終電近くまで町をうろついていたのだ。

ハリデイが車で出発したのが午後十一時。まだ時間に余裕があったので、田舎を抜ける遠回りの道を選んだ。サンガーズ・ミルとリヴィングストーンの地所の脇を通る道だ。リヴィングストーン家に入る私道近くでのこと、銃身を短くした散弾銃を持った男が車を呼び止め、町まで乗せてくれと頼んできた。その男の言葉によると、羊殺しを見張っているスター巡査の特任副官の一人だという。

ひどく暗い夜で、ハリデイにはその副官の輪郭がかろうじて見えただけだった。しかし、同じように武装した男ならたびたび見かけていたので——「フェンスの角という角は、そういう男たちでいっぱいでしたからね」とハリデイは言った——さほど気にも留めず、相手に乗るように言った。

「相手の様子は見えませんでした」とハリデイ。「でも、だいたいの印象ならつかめたんです。わかるでしょう？　ごつごつとしたいかつい体型。その男も、そんなタイプにはよくあるように、ゆったりとした揺るぎない動作で車に乗り込んできました。火はつけてないけど、葉巻をくわえているんだろうと思いました。本人も、そんなようなことを言っていましたし」

車に乗り込んでしまうと、男はいっさい口を開かなくなった。ハリデイが一、二度話しかけても、唸るような返事が戻ってくるだけで、彼も次第に居心地が悪くなりだした。男の身体全体がぴりぴりと緊張しているように感じたという。しゃべらないことで何かこそこそとした動きを覆い隠そうとしているような。「あるいは何かを」と、ハリデイはかなり曖昧な言い方をした。

「それに、もちろん男は銃を持っていたんですからね。ぼくからも見えるように膝に載せて」

そのころまでには一マイルほども走っていたが、そのうち、奇妙な臭いが気になり始めた。

「こちらの感覚を麻痺させようとしていたわけではないんですよ」ハリデイは言い切った。「奴はそれをポケットに入れていたんですが、何か具合の悪いことでも起こったんでしょうね――例えば、栓が抜けるとか。いずれにしても、スターの副官がエチルエーテルを持ち歩くなんて奇妙だなと、すぐに思い当たったんです。それに、何か面倒なことに巻き込まれてしまったようだとも」

ハリデイは密かに左手をハンドルから放し、拳銃を入れておいた左側の物入れを探り始めた。物音は立てなかったはずなのに、男はコウモリ並みの耳を持っていたのに違いない。銃を上げたかと思うと、ハリデイが座るシートの背に銃身を押しつけ発砲したのだ。ズシンという嫌な音が響く。

それでもハリデイはなんとかハンドルを切った。その途端、車体が一瞬宙に浮く。必死にしがみつこうとしたが時はすでに遅し。車がぐるりと反転した瞬間、前方に対向車のヘッドライトが見え、二人に向かって突進してきた。車はフェンスに激突し、ひっくり返った。

ハリデイは、対向車に乗っていた人々によって車の残骸の中から意識のない状態で発見され、ロッジに運び込まれた。同乗者が発見された様子はない。

この話自体、奇妙で不気味だが、今日、わたしが受けた衝撃に比べればさほどのことはない。車は修理に出す前に保険会社の調査を受けなければならず、ここの小さなガレージに入れておいたのだが、わたしがそこに足を運んだときの衝撃に比べれば。

今回の事件のポイントは次の点に尽きると思う――すでに怪我人と面会していたグリーノウが、ハリデイのことをよくある強盗事件に巻き込まれた被害者だと断定した点だ。

「通常の強盗事件との唯一の違いは」と刑事はハリデイに言った。「武器を携帯したこの辺の住民は、犯人にも大っぴらに銃を持ち歩くチャンスを与えてしまったということでしょうね。車に乗せてもらう恰好の言い訳も与えてしまった。この辺りの住人なら昨今、ちょっとやそっとのことで車を停めたりはしない。でも、当然のことながら、副巡査なら乗せてしまうでしょう」

「生憎、ぼくはあなたほど犯罪に詳しくはないものですから」とハリデイは言い返した。「でも、今どきの強盗の見分け方って、ほかにどんな点があるんです？」

「連中がどんな方法を使わないかを即座に答えるのは難しいですね」グリーノウは真面目くさった顔で答えた。「絹の靴下を振り回したりはしないとか」

たぶん、思わず口から零れ落ちたジョークだったのだろう。

そんなわけでグリーノウは、ハリデイの災難と未知なる犯罪者との関連を完全に切り捨ててしまっていた。つまり、いくら留守にしていても、わたしに対する彼の疑いは微塵も変わることはなかったということだ。二者間の関連を三十分もかけずに見せてやろうと申し出ても、彼の確信を変えることはできなかっただろう。

わたしの車の右座席のクッションには――車を引き上げる作業中、上下逆さまになって後部座席に投げ出されていたのだが――小さな魔法円がチョークでぞんざいに描かれていた。それで、グリーノウを呼びにやったのだが……。

追記・真実への道は本当に険しい。

刑事が到着したとき、ヘイワード医師がハリデイの午後の往診に来ていた。グリーノウがその医者を大いに信頼しているのはわかっていたから、二人の上に同時に小さな爆弾を落としてやれたのは痛快だった。しかし、今夜わたしは、鉄の檻に閉じ込められたバニヤンの著書の登場人物のような気分でいる。〝今やわたしは絶望の人。絶望の淵に囚われている（J．バニヤン『天路歴程』より）〟

刑事がやって来たとき、エディスはゴードン青年と一緒にベランダにいた。わたしの留守中、エディスと親しくなろうとやっきになっていたようだが、彼女のほうはその青年を完全に嫌っていた。ジェインから聞いたところによると、彼女は青年に〝小細工男(シフティ)〟とあだ名をつけたそうだ。

ヘイワードがまだ二階にいるあいだ、わたしは親切にもグリーノウに数分を割いてやった。旅行のあいだ中、いい天気でしてね。釣りの成果もまずまずでしたし。そんなときに呼び戻されるなんて残念で仕方ありませんよ。ええ、でも、こんなことが続くようなら、家にいたほうがよかったんでしょうね。

「こんなことというのは？」刑事が尋ねた。

「二度も凶悪な事件が起こっているじゃないですか？　一つは成功したが、もう一つは不首尾に終わった」

「ということは、あなたは今回のハリデイ青年のつまらない事故を、もう一つの事件と同じものと見なしているのですか？」

「違うんですか？」

「二つを結びつけるものが見つかるまでは、そんなことは信じられませんね、ポーターさん」

ヘイワードが戻ってきた。戸口に入ったところで立ち止まり、爪の先を齧りながら耳を傾けている。

「でも、もし、二つの事件を結びつけるものが見つかったとしたら？」

「例えば？」

「お伺いしたいことがあるんですよ。キャロウェイが姿を消したボートのエンジンボックスの上に、何か描かれていたんですか？　何もなかったんですか？」

「どうしてそんなことを知っているんです？」グリーノウが射るような目でこちらを見た。わたしは愚かにも、ピーター・ガイスを守るために、こんなふうに答えてしまった。「そんなことはどうでもいいでしょう？　わたしが知りたいのは事実なんです」

「何か描かれていたとして、それで何が証明されるんです？」

「じゃあ、わたしが似たようなものをお見せできるとしたらどうです？　ハリデイを襲った人間が、彼を撃つ前にわたしの車に残したマークを？」

グリーノウが身の毛もよだつような気味の悪い笑みを浮かべたのは、そのときだった。

「そこにあるんですね？」刑事はそう言ってヘイワードを見た。「そこに残っているわけだ」

その笑みを浮かべたままグリーノウは立ち上がり、わたしの顔を見据えた。

「おかしいですね。あの車なら、移動される前の溝の中で調べているんですよ、ポーターさん。その後、ヘイワード先生と一緒にここまで運んできた。もし、あなたの言うようなものが存在するなら、昨日の午後以降に描かれたことになる」

そのときになってやっと、自分が置かれている立場を理解した。彼らは信じきっているのだ！　わたしが、自分の留守中に襲われたハリデイを発見させることで、その襲撃者と羊殺し、ひいてはキャロウェイの死を結びつけ、自分の立場を有利にしようとしているのだと。言い換えれば、自分の留守中にも恐怖の支配が続いていたことを証明しようとしているのだと。

溺れかけた男が丸太に向かって必死に泳いでいくが、指先が触れた途端、その丸太が沈んでしまう。その衝撃は、グリーノウの嫌らしい笑みと医者の探るような目に晒されて立っているわたしのショックとさほど変わりはないだろう。

「行って見てきたらどうです」消え入りそうな声でわたしは言った。「まだ、そこにありますから」
わたしは二人に同行しなかった。エディスとゴードンが彼らのあとについて出ていった。わたしは座り込み、自分が置かれた立場と向き合った。

これはもう、どう考えても忍耐の限界を越えている。キャロウェイの死体が発見されなくても、殺人の罪でわたしを告発することができなくても、わたしが有罪であることを確信している刑事の手にどれだけの力が握られているかは、想像に難くない。わたしを刑務所に入れることはできないかもしれないが、わたしの評判に傷をつけることはできるのだ。たかが、大学でのわたしの地位であっても。あの男は、わたしがよく知っていて適合している唯一の生活からわたしを追い出すことができる。排水管の裏の暖かい場所から。

ハリデイには形勢挽回のチャンスもあると言っておけば充分だろう。でも、それはいつのことだ？ハリデイは今、身動きができないし、わたしの行動も見張られ疑われているというのに？　加えて、ほかの状況も似たり寄ったりなのに、どうやって？　ハリデイと同様わたしにも、ゴードン青年がガレージの芝刈機の裏で見つけたチョークにどんな手がかりが潜んでいるかなどわからない――例のマークを描いたと思われるチョークだが、ヘイワードとグリーノウが帰ったあとでエディスが報告してきた事実だ――あるいは、発見されたチョークをくるんでいた紙切れにも。一つには、その紙に書かれていた内容についてのエディスの記憶が間違っているかもしれないのだから。わたしの状況を知らないのであれば、彼女だってさして重要とも思わなかっただろう。

クララによると、昨日の午前中に車が戻ってきてからそばに近づいたのは、アニー・コークランとトーマス――二人とも車が戻ってきたときにその場にいたのだ。医者がハリデイを診ているあいだガレージに留まっていたグリーノウ。診察のあと車の様子を見にふらりと入ってきたヘイワード医師。クララ曰く、ことさら車に興味を持ち、残酷なほど嬉々とした顔をしていたゴードン青年。そしてリヴィングストーン夫妻だけだ。いやむしろ、リヴィングストーン氏一人と言ったほうがいいかもしれない。彼が煙草を吸いながらガレージのドア口に立ち、まじまじと車を観察していたあいだ、夫人のほうはゼリー状にしたブイヨンの壺を手に二階の怪我人を見舞っていたのだから。

しかし、ガレージのドアは一晩中施錠されていた。従って、こんな推測は役に立たない。

エディスが悪意のある悪戯について話していた。

「村の子供たちが、フェンスというフェンスにチョークで魔法円を描いて回っているのよ。それに、昨日ここに来たスター巡査の背中にも。教えてあげたら卒倒しそうになっていたわ」

チョークをくるんでいた紙とそこに書かれていた文字に対する彼女の説明は、いたってシンプルだった。それ自体が、自分の意見を証明していると彼女は結論づけた。「子供がタイプライターで遊んだような字面だったのよ」と言うのだ。彼女は自分の記憶からできるだけ正確な文字を書き出していたが、グリーノウが持ち帰ってしまっていた。

エディスの話ではタイプライターによるもので、おかしな具合に大文字と小文字が混ざり合っていたらしい。紙のほうは、ルーズリーフ式のノートのようで、片側に穴が並んでいた。破り取られた紙片に、タイプされた文字の一部だけが残っていたという。

残っていた文字とは以下の通り。

GeLTr.K.28.（注記：すぐに判明したように、エディスの記憶は素晴らしく正確だった。この暗号文での間違いは一つだけ。最後の28という数字は、当然のことながら24だった）

今夜、ハリデイと長時間話し合った。ピーター・ガイスが幽霊を見た時間は、彼が襲撃された時間とほぼ一致するようだ。しかし、この事実は、わたしほどにはハリデイの興味を引かなかったらしい。

「思い出してくださいよ、スキッパー」と彼は言った。「あのガイス老人はこの数週間、正気を失うほど怯えていたんです。その恐怖が、キャロウェイの事件で彼の領域内にまで及んでしまった。すなわち水上に、という意味ですが」

「じゃあ、どうして彼はキャロウェイを探さなかったんだろう?」

「さあ、どうしてでしょうね」そう言いながらハリデイは肩をすくめたが、激痛にすくみ上がった。「ぼくが気になるのは、どうして誰もキャロウェイを探さないのか? ということなんですよ。八日も経つのに死体さえ上がっていない」

別れる数分前、彼は、ガレージで見つかった紙切れの内容をエディスが記憶を頼りに書き留めたメモと鉛筆を手に、ベッドの背に寄りかかっていた。

「元の紙があればもっとよかったんですけどね」とハリデイは言う。「それを打ったタイプライターを近辺で見つけるのは、そう難しくないはずですよ。グリーノウが頭に血をのぼらせてどうにかなっていなければ、今ごろ探し回っているでしょうけど」

わたしは、テーブルの上に据えた自分の携帯用タイプライターに目を走らせた。わたしの視線の先を追ったハリデイが微笑む。

「もしこれが何かの暗号文だったとしても、あなたには立派なアリバイがあるじゃないですか。ぼくとしては暗号文だと思いますけど」

彼には暗号に関してちょっとした知識があるらしい。大文字と小文字の混ぜ合わせから、そうに違いないと信じているようだ。しかし、解読にはいくつかのキーワードが必要だ。

「それがなくても」とハリデイは答えた。「ある程度の量の文面があれば解読できるんですけどね。でも、この紙切れだけじゃなあ――！　それに、加えるべき数字がわからない」

わたしとしてはこの手の暗号文は、十三文字のアルファベットを含み、人があまり使わないような単語をいくつか利用するものだと思っている。最初に小文字で書かれた単語がアルファベットの前半十三文字の小文字を示し、次に大文字で書かれた同じ単語が残りの十三文字の大文字を示すのだ。"subnormal diet"という言葉なら次のような仕組みになる。

subnormaldiet　SUBNORMALDIET
abcdefghijklm　nopqrstuvwxyz

しかし、"subnormal diet"というのは我々が思いついたキーフレーズでしかないし、当然のことながら、これでは問題の暗号文には合わない。それでわたしは、まだ鉛筆の端を齧っているハリデイを残して部屋を去り、この日記を書いているのだが……。

ルナン（十九世紀のフランスの哲学者、歴史学者、思想家。一八二三―九二）は言う――個人的な日記を書くような人間に宇宙の広大さは理解できない。しかし、わたしはルナンに言い返したい――日記でも書かなければ溢れ出る思考を見失ってしまいそうな状況にいる人間は、破裂して粉々の破片と化し、広大な宇宙にばら撒かれるのがおちなのだと。

七月十五日

決して飽きが来ない喜びの一つは、教会に行かなくてもいいという喜びだ……。以前にも一度書いたことがあるが、平和な朝が再び訪れている。今のところ、わたし自身も概ね平和な心境だ。ジェインが外出しているのだ。時折、この教会通いという形で神にのめり込むジェインに疑問を抱くことがある。ほとんど全能者との取引に等しい行動だ――「わたしはこうする代わりに」とジェインは自分に言い聞かせる。「あれこれお願いする権利があるのよ」

それでもジェインの望みなどささやかなものだ――静かな生活、平和。そして、たとえ活気はなくても、若かりしころの熱い日々のあとに訪れる満ち足りた幸福。今朝、ジェインが彼女の取引の一部でもある、いかにも安息日にふさわしい慎ましやかな恰好で出かけていったとき、わたしは先に述べたささやかな祈り以上のものを感じた――多くを願わない彼女が、どうか望む暮らしを得られますように。

それに、ジェインは心配していた。何も知らないにもかかわらず、あらゆることを疑っている。つまり、彼女なりの奇妙な方法で、自分の周りでよくないことが起こっているのを察知しているのだ。こちらが彼女を見ていないときに、ジェインはじっとわたしを見つめていた。おかしなことに、心の奥底ではヘイワード医師を嫌っている。それに、病的なほどの熱心さで、エディスの恋に協力しようとしていた。

ハリデイがここに運び込まれてから、わたしはジェインの寝室に移っている。今朝、カラーのボタンを留めながら彼女に言った。

「できるだけ早くハリデイをボート小屋に戻したほうがいいな」

「どうして？」喧嘩腰とも言えそうな口調で彼女は訊き返してきた。

「きみがそのう、目の前で何が起こっているのかわからないというなら――」

「どうしてそうならないのかのほうが理解できないわ。この世の中には愛が満ち足りているわけではないのよ」

「パンとチーズもね」

「わたしたちが結婚したとき、あまり多くのものには恵まれていなかったわ」寂しげな顔でわたしを見上げながら、ジェインは言った。

「今でもそんなに恵まれているわけではないけどね」そう答えて、わたしはジェインにキスをした。

しかし、単純な事実は、ジェインの神経がかなり参っているということだ。彼女はエディスの生活が落ち着くことを望んでいた。もし、それですぐにでも町に戻れるなら、二人が即座に結婚することさえ期待している。この場所に対する以前からの憎しみと嫌悪は、着々と息を吹き返していたのだ。そして、ハリデイへの襲撃事件が、彼女の抵抗力を次第に弱めてしまった。

人生はすべて、絶え間ない圧力に対する見えざる自己の抵抗である。これまでずっと守られた日々を過ごしてきたかわいそうなジェインは、この絶え間ない圧力を発見したばかりで……。

追記・気の毒なキャロウェイの死体が発見された。この二日間、午後の潮が異常に低く引いた。それで、バス・コーヴから湾を横断していた小型漁船がうつ伏せに浮いている死体を発見し、難なく回収したのだ。男は、アンカーロープの端に縛りつけられ、アンカーごと海に投げ捨てられていた。それでこれまで、死体は非情にも縄に繋がれ、海面からほんの数フィート下の海中でゆらゆらと揺れていたのだ。

午後の往診に来た医者から詳細が聞けた。死体が運び込まれてすぐに呼びつけられた医者は、慌ただしく検死を行ったそうだ。それによると、キャロウェイはまず頭を殴られ、それから海に投げ捨てられたらしい。

「投げ込まれたときにはすでに死んでいたと思いますよ」とはヘイワードの見解だ。「まあ、検死解剖で証明されるでしょうけど。中耳や肺に水が入っていなければ、そう言い切れます」

しかし、この午後、スループ帆船から自分の荷物を持ち出したあとに辺りをぶらついていたピーター・ガイスからは、別の話を聞いている。すなわち、彼はこう宣言したのだ。キャロウェイを殺害した人物は船乗り、あるいは、船乗り流のロープの扱い方を知っている人間だと。

ハリデイがこっそりと囁いたように、これは喜ぶべきニュースである。航海術的な知識を鑑みれば、我が友がわたしを責めることなどできないからだ。

死体の手首は二つの半結びで縛られていたそうだ。そこからロープは足首に延び、そこでも同様の半結び。そして、その先に錨が結びつけられていた。こんなやり方ではかなり時間がかかるんじゃないかというわたしの疑問に、ピーターは違うと答えた。

「半結びを二つというのは一番早くて簡単な方法ですよ」との説明だ。「それに、ものを縛っておくには一番いい方法です。一つがほどけても、もう一つが用を足しますから」

事細かなピーターの説明には、ある種の趣があった——話し方における好みとでも言うべきか。古代ギリシア人のように、彼の学識もしゃべることだけ。そして偶然にも、叙事詩的な事件に遭遇したというわけだ。

死体の発見は地元住民のあいだに激しい議論を巻き起こした。これまでは、キャロウェイの死は事故によるものだと信じる人々がいたのだ。何かの拍子につまずき、ボートから転落したのだと。そして、この説を裏づけるために、水辺に住む人々の多くがそうであるように、キャロウェイが泳げなかった事実を持ち出していた。

一方、ある種の超常的な力が働いたのだと考える人々もいた。すなわち、キャロウェイはまさに、どこか別世界からの暴力によって殺されたのだと。しかし、こういう迷信深い人々でも、今回ばかりは赤いランプを責めることはできない。キャロウェイは、オールを振り回して彼を殴った者の手によって殺されたのだから。〝もし、一つがほどけても、もう一つが用を足す〟半結びで彼を縛った者の手によって。

錨は唯一見込みのある手がかりを与えてくれそうだが、決して有力なものとは言えない。キャロウェイが持ち出したボートに錨はなかった。その一方で、その錨が六月の終わりごろに自分の小型帆走ヨット(ノックアバウト)から盗まれたものかもしれないというヘイワード医師の曖昧な供述もあるのだ。

「まあ、ああいう錨なんて、みんな似たり寄ったりなんですがね」彼はこの午後、そう言っていた。「でも、サイズも種類も同じ釣り針を見分けられる波止場の連中が、あれはわたしの船のものだと言うんだから……」

郡警察とオークヴィルのベンケリー保安官がようやく重い腰を上げた。うちの浮桟橋を調べるという口実でグリーノウが保安官を外に連れ出した。パジャマから着替えたハリデイが二人に同行し、ナイフを見つけた場所を見せる。帰り道、彼らはここにも立ち寄り、わたしの車を見ていった。

戻ってきたハリデイは顔を強張らせて黙り込んでいた。エディスがなんとかいつもの明るさを取り戻させようとするが、うまくいかない。何があったのかは知らないが、夕食の席で、ずっと怪我人のふりをしているんだという彼の話を聞いて、わたしにも充分な推測ができた。

「そろそろ床を離れる時期なんですよ」ハリデイはそんなことを言った。

ベンケリーは郡の報奨金を二千五百ドルに引き上げた。これで、リヴィングストーンの分を合わせると三千ドルになる。その結果、驚くべきことに、付近は夕暮れまでにはにわか捜査官でいっぱいになった。アニー・コークランによると、母屋の生垣付近をこそこそと調べ回る者まで出現し、それを見つけたベテル氏が追い払っていたそうだ。

あの常にカリカリとした排他的な老人が、この状況をどう理解しているのかはわからない。わたしたちのトラブルについてはゴードンから聞いているだろうに、何の反応も示さなかった。そう頻繁にではないが、時々テラスに立っている彼の姿を見かけることがある。あちらからもわたしの姿が丸見えなのだとしても、わたしはそのことにまったく気づかなかった。

どんな種類であれ一貫性というものは常に尊敬される。あの老人の徹底した不機嫌さにも、敬意を払うべきなのか……。

今日の進展によって、わたしの立場は弱くなるどころか、かなり強まった。グリーノウはきっと途方に暮れていることだろう。わたしは船乗りでないばかりか——明らかに船乗りなどではない——肉体的にも強靭な人間では決してないからだ。英文学教師という職業で酷使するのは、筋肉よりはスーツ。この十年間というもの、わたしが年に一度肉体を酷使したのは、四月に網戸を取りつけることぐらいだった。

人を絞め殺すどころか、子牛を捻り倒すことだってできない。

もし、グリーノウがこれほど先入観や憶測に囚われていなければ、簡単に理解できたはずだ。それに、殺人犯の特徴リストだって、毎日少しずつ増えていったはず。その中にわたしが有するものは多くない。例えば――。

殺人犯は強靭な肉体を持っている。わたしはそうではない。殺人犯（少なくともハリデイを襲った犯人）は、柔らかく暗い色調の帽子を深々とかぶっていた。わたしはここに、ゴルフキャップと夏用の麦わら帽子しか持ってきていない。殺人犯は船乗りが使うロープの結び方を知っている。わたしには、ロープについてのそんな知識はない。月曜日に洗濯ものを干すのに使う程度にしか。

条件つきではあるが、殺人犯の特徴にわたしが合致するのは二点だけだ。犯人はこの土地の地理について知っている。ただし、わたし程度の知識ではなく、もっと詳しく。それに、ハリデイによれば、車に乗り込んできた男は若いというよりは中年の域に達していた。わたしも中年の部類――それがまだ目前には迫っておらず、到達さえしていないなら、ある一夜のうちに今の年代を通り越して老人になってしまったと気づく日までは、この中年期を都合よく誇りに思って過ごすことだ。

七月十六日

わたしは今、めったにないほど迷っている。すなわち――明日に迫ったキャロウェイの葬儀に出席すべきかどうか？　ということに対して。こんな状況ではどうするのが一般的な礼儀なのだろう？　この付近にいるはずなのにまだ見つかっていない唯一の人間、故人の殺害者と疑われている人間はおとなしく欠席したほうがいいのだろうか？　あるいは、かろうじて慎ましく見える程度の関心を用心深く浮かべて出席し、自分の吐瀉物に戻ってきた犬のように疑いの目で見られるべきなのか？

古くから言われている説がある――もしできるなら、この点についてはグリーノウに訊いてみたいのだが――殺人犯は自分の仕事に貪欲なまでの興味を抱く。そして、あらゆる危険を顧みず現場に戻ってくる。こんな状況下で、わたしはどうしたらいいのだろう？

妥協策としてはたぶん、予算以上の花を贈り、家に留まっていることだろう。昨日、想像してみた同様の妥協策としては、ジェインの食器収集に普段よりも豪華なプレゼントを用意し……。

今日、死体の発見以来近所をうろついている記者の一人が、キャロウェイ殺害とハリデイ襲撃の関連について尋ねてきた。その記者はガレージから出てきたのだが、座席のクッションに描かれていたシンボルはグリーノウがすでに用心深く消していた。重要なものは何一つ見つけられなかったはずだ。

丁寧な口調で投げかけられた質問に、できる限りの逃げを打つ。

「でも、あなた個人としては、何らかの関係があると思っていらっしゃるんじゃないですか？」と記者は食い下がった。

「関係があると言うなら、それなりの証拠が必要でしょうね」

「そんな証拠は一つもないと？」わたしをじっと見つめながら記者は尋ねた。

「あなたはこの件について、わたしほどご存知ないと思いますがね。何か見つかりましたか？」

ひょっとしたら、わたしの態度が気に障ったのかもしれない。あるいはただ、新たな発見をすることにプライドを持っていただけなのかもしれないが、記者は何も書かれていない黄色っぽいメモ用紙を下ろし、微笑んだ。

「ぼくは何の関係性も見つけていませんよ」と記者は答えた。「でも、警察が見落としていたものを発見したんです、ポーターさん。事故のあと、対向車のドライバーたちがハリデイ氏を救助していたとき、犯人が身を隠していた場所なんですが」

しかし、その発見についてわたしが違和感を覚えたのは、犯人が隠れていた場所のことでも、グリーノウがその場所を特定できなかったことでもなかった。実際、グリーノウがその場所を探していたかどうかさえ疑わしいのだ。ハリデイを襲った人間は単に事故車から脱出し、闇に紛れて逃亡した。彼はそう信じきっていたのだろうから。

いや、わたしが気にしているのは、そして、わたしと話していたときにハリデイが気にしていたのは、事故が起こった場所に対する犯人の素早い認識と、その利を活用しようとした判断の速さだ（注記：現在のわたしの知識からすると、これは間違いだと思う。状況として考えられるのは、犯人が地下を通る排水路の入口近くに投げ出されたということだ。やって来た車のヘッドライトでそれに気づいただけだろう）。

その記者によると、車が横転した場所から十五フィートほど進んだところに、道路を横切る小さな排水路があるというのだ。排水路とも呼べないような代物で、道路を挟んで高い土地から反対側の低い土地へと排水を流すために作られた土管である。

「その土管を調べてみたのかい？」わたしは尋ねた。

「中を覗いてみました。つなぎでも着ていれば潜り込んでみたんですけどね。今着ている服が一張羅なもので――」そう言って再び微笑む。「フェレットならおあつらえ向きの仕事でしょうけど」

記者は渋々諦め、立ち去る準備を始めた。

「つまりあなたは、今回の件は普通の強盗事件だと思っていらっしゃるんですね？」そう尋ねてくる。
「とてつもなく不愉快な強盗事件だと思っているよ」そう答えると彼は帰っていった。しかし、記者がいなくなってから、わたしはずっと考え込んでいる。

今の世の中、どれほど〝普通〟という言葉の使い方が乱れていることだろう！　かつては強盗など起こらないのが当たり前だった。肉体的な暴力や殺人は、人をなぎ倒さんばかりのショックを巻き起こしたものだ。それなら、直近の戦争中にもあったように、人民を人殺しに駆り立てられない者が、危機的状況が終わった途端に人の命ほど貴重なものはないと主張しだすのも納得できるのではないか？　グリーノウが〝おかしな時代〟と言ったのも、この辺りが原因なのだろうか？

だとすれば、犯罪はすべて、単なる現実逃避に過ぎないということになるのか？

しかし、それがどうして〝犯罪〟という言葉になるのだろう？　この日記の六月十六日に、現実からの逃避について記したのはほかならぬわたし自身ではなかったのか？

〝しかし、自分が求めるものはいったい何だろう？　ささやかながらも決まりきったやり方というのは心地よいものだ。どっぷりと浸っているため、身体中がそれに慣れきっている……〟

この午後を、わたしは自分の遺言作りに費やした！　〝親愛なる妻ジェイン・ポーターに遺言として以下のものを遺す……〟

遺言書作りには不思議と心を落ち着かせる作用がある——あたかも最後の儀式をやり終えた満足感に浸り、やがて訪れるものに向き合うような安らぎ。自分の死と葬式を机の引き出しに封じ込めて、わたしは『白鯨』の中のイシュメイルのように自分の肉体よりも生き永らえる。〝居心地のいい一族の地下納骨所の格子の中に座っている、はっきりとした意識を持った静かな幽霊〟のように。

幽霊たちの中に、またしても別の幽霊。わたしはそんなことを感じ始めていた。いくら無視しようとしても、徐々に積み重なる手元の証拠には確かな重みがある――こちらに影響を及ぼし始めたある種の重みと密度が。間違いなく認めなければならないだろう。もし、死を超えて生き残る意識について理解できるとするなら、ここ最近の出来事の中に気の毒なホーラス伯父が存在していた事実も理解できるはずだと。

　ベルを鳴らしたり、暗闇の中で女性をつねったりして善良な市民を怖がらせているのは、トーマスが言うところの――リッジス夫人に呼び出され今なおランプの中で生きている――〝ジョージ〟の魂でもなければ、どこぞの悪霊でもない。わたしが持っているのと同じような精神(こころ)――ただ、より多くのことを知っている点で、わたしよりもいくぶん偉大ではあるが――、そして、肉体のない状態で必死にその知識をわたしに伝えようとしている精神(こころ)なのだ。

　証拠を数え上げてみると驚くような数になる。

(a)同期卒業生の日にジェインが撮った写真。

(b)ジョックが母屋に入ろうとしなかったこと。今回はかなり頑固だった。

(c)伯父の手紙に関してわたしが受け取った、テレパシーのような奇妙なメッセージ。

(d)食器室で赤いランプを灯したときのジェインの体験(疑わしくはあるが)。

(e)ハリデイが目撃した沼地の上の明かり(これもまた疑わしい。ボート小屋に人がいるのを知って、ビーチへの道を探していた未知なる人物の物かもしれない)。

（f）ホーラス伯父の独特な咳音を聞いたわたし自身の体験。伯父の喘息用トローチか煙草の臭いもした。
（g）同じときにジョックが見せたおかしな行動。
（h）ピーター・ガイスがスループ帆船で見た幻影。そして彼は、それが誰であるかを特定した（しかし、ピーターは〝ジョージ〟の熱心な信奉者だ。当然見るはずもないジョージの姿がそんなふうに現れることを、彼は期待していたのだろうか？）。
（i）そして、この幻影の出現がハリデイへの襲撃と時間的に一致していること。

記憶を呼び起こそうとするこの試みの中には、キャロウェイが殺された夜のジェインの予感や、彼女のこの家に対する嫌悪や疑念は含まれていない。リヴィングストーン夫人やアニー・コークラン、トーマスによって語られるおかしな幽霊話についても同様だ。後者に関しては、わたし自身がそんな経験をしたこともなければ、おかしなものに遭遇したこともないというだけのことではない。こんな言い方が許されるなら、そんな幽霊たちには現れる動機が存在しないということなのだ。

ジェインについても、時計を見なくても朝になればちゃんと目を覚ます能力など、わざわざ超能力を使うまでもなく身につけた力だろう。普通なら見たり聞いたりできないものを知覚できる能力を彼女が持っていることは確かに認める。多くの犯罪者や一般人の中でもごく少数の人間が有する能力だ。しかし、それと同じ能力をジョックも持っていることを考えると、別の世界に通じる覗き穴というよりは、一般的な意味での能力の境界という問題であるように思われる。

一方、ジェインこそが、これまで記録してきた現象の核であることは無視できない。わたしが実態を持たないものに対して強烈な印象を受けた経験は二度あるが、そのどちらのときにも彼女がそばで眠っていた。写真に関しては、母屋の食器室で現像をしていたのはジェインだったたし、窓ガラスに映る自分の背後に何者かの顔を見たのも彼女だった、などなど。

ある状況においては、ジェイン自身がこうしたものの顕現の媒体になっているのではないかと思うことがある。あるいは、普通には存在することのない、実態を持たない憐れなものが拠り所とするような余分な生命力を、彼女が持っているのではないかと。

しかし、そんなふうに考えることは心霊主義者の理屈をそのまま受け入れることになり、わたしにはとてもそんな度胸はない——つまり、カメロンやペッティンギルと同じような考え方をすることは、とてもできそうにないということだ。心霊主義的な見地から人の死を捉え、物理的な重量の消失をそのまま魂の重さの消失だと主張したり、暗闇の中でともに座り、実態を持たない存在に物理的な現象を起こさせようとするなんて！　自分たちの永遠への信仰を雇われ霊媒師の手を握ることにすり替え、黒糸の引かれ具合で神の意思を測ろうとするなんて。

それで今日の昼食の席での興味深い会話を思い出した。ボート小屋に戻るハリデイとの最後の食事だった。

「その霊媒師たちって、結局どうなるわけ?」エディスが出し抜けにそんなことを尋ねたのだ。

「じゃあ、ヘアピンって結局どうなるんだろうね?　死んだ鳥たちは?」わたしはさして面白くもない問いを返した。

「だって、変だわ」エディスが言い張る。「そういう女性たちって、やって来てはひと騒動起こして、突然いなくなっちゃうんだから」

「彼女たちは見い出されては消えていくんだよ」ハリデイが答えた。「それにもちろん、いくら霊媒師だっていつかは死ななきゃならないんだし。もちろん実際に死ぬわけじゃない。単に四次元の世界に移行するだけなのさ」

「じゃあ、四次元の世界って何なのよ?」

「おいおい、わからないのかい?」彼は訊き返した。「世界一単純なことじゃないか。立方体を三乗にした世界のことだよ。一度入り込めば、手袋みたいに自分を裏返しにすることができる。それが何の役に立つのかはわからないけど、面白いかもしれないじゃないか」

エディスはどうやら、霊媒師たちに関する記事を書くことにしたらしい!

七月十七日

ゴードン青年のことは、どうも好きになれない。自分のために使う時間をほとんど持たない男――たぶん、ベテル氏が昼寝をしている昼食後の一時間くらいしか自由時間がないのだろうに、そんな時間さえここに来て過ごしている。

エディスは鼻であしらっているが、入江でごろごろしているネズミイルカと同じくらい神経の太い男なのだろう。

「ねえ、そんなに賢いなら――」今日、彼女がそんなことを言っているのが聞こえてきた。「どこかに出かけて何かしたりしないの? 自分の頭を使って」

「自分の行動には充分頭を使っていますよ」ゴードンは答えていた。「忘れないでほしいな」

しかし、彼のしていることと言えば、慎重に沈黙を守っていることだけなのだ。雇い主が本を執筆中でも、その件についてては巧みに言葉を濁す。ベテル氏にたっぷりとミステリアスな雰囲気をまとわせることにも喜びを感じているらしい。

「ボスは今日、発作を起こしていましてね」例えば、そんなことを言いだしたとする。

「どんな発作なんです?」

「それはちょっとお答えしかねますね」ゴードンはずる賢くそんな言い方をし、わざとらしく話題を変えるのだ。

極めて女性らしい好奇心の持ち主であるエディスはアニー・コークランに尋ねたが、充分な答えは得られなかった。つまるところ、病人の体調がいつもよりも芳しくなく、一日の大半をベッドで過ごしている日が発作の日ということなのだろう。しかし、アニー・コークランには彼女なりの説明があった。発作が起こるのは決まって〝ジョージ〟が至極活発に動き回った翌日のことで、いくら耳の遠いベテル氏でもよく眠れなかったのだろうと彼女は信じている。

その証拠として、空のままコンロに載せておいた薬缶に、翌朝には水がいっぱい入っていたことが二度ほどあると彼女は言う。ベテル氏は人の手を借りずに階段を下りることはできないし、秘書も夜間には断固として部屋を出ない。そうなればアニー・コークランとしても〝ジョージ〟の仕業と考えざるを得ないし、証拠はなくても周りの人間もそれを認めざるを得ず……。

気の毒なキャロウェイは昨日、この辺りの歴史上では、最も大きな葬儀のあとに埋葬された。これで、我々のドラマの第一章が幕を下ろした。つまり、彼に関わる章はこれで終わりということだ。次に何が起こるのかは誰にもわからない。

確かに、周辺の緊張は和らぎつつある。この八日間、一匹の羊も殺されていないし、野原に建てられた祭壇に供物も捧げられていない。いまだ、そこに忌まわしき生贄を発見することを早朝の散歩の目的にしている避暑客が数人いることは事実だ。しかし、それも無駄足に終わっている。毎朝、その脇をトラックで通るマギー・モリソンが日々クララに報告を入れ、その情報が我が家にも伝わっていた。

「祭壇には今日も何も置かれていなかったってクララが言っていたわ」

「彼女は自分で鶏でも捧げたいんじゃないのか。汎神論者みたいな雰囲気があるからね」

ジェインは――おそらくエディスも同じだろうが――汎神論の意味を考えて黙っていた。

わたしたちに近所のニュースをあれこれ伝えてくれるのもマギーだ。例えば今日は、刑事が引き上げたことを教えてくれた。〝荷物を全部まとめて〟ホテルから出ていったそうだ。ひょっとしたら、今日の日記の筆致が軽いのもそのせいかもしれない。これで、わたしに対する刑の執行も猶予されたというわけだ。少なくとも、また別の羊が殺されるまでは。

追記・今日の夕方、ハリデイとわたしは、未知なる襲撃者が事故のあと隠れていたという排水路、もしくは土管のようなものを調べに行った。午後になるとうちの裏手の道路をこそこそと行き来する車を避けるために――まあ、離れてさえいれば問題はないのだが――遅い時間を選んだのだ。

その点ではうまくいった。と言うのも、わたし自身と同じように、人々の気持ちもちょっとひと息といったところなのだろうが、日が暮れてから気軽に出歩くような人間はまだまだ多くはなかったからだ。オークヴィルの監督教会、聖ジュードの教区牧師であるローガン氏が、それを象徴するような経験をしている。信者の臨終で夜遅くに呼び出された彼は、家まで六マイルほどの幹線道路でガソリンを切らしてしまった。凄まじいスピードで走りゆく車を、牧師は何台も停めようとした。しかし、昨今の恐ろしい状況の中、彼を乗せてやろうとする者は一人もいない。動転したドライバーの一人に発砲されてやっと諦め、教会まで歩いて帰ったそうだ。

こそこそとした大急ぎの作業。特に、泥だらけで木の葉や雑草にまみれて土管から這い出したわたしは、大いに人目を気にしなければならなかった。ハリデイにいたっては、速やかに潜るには肩幅が広過ぎるだけでなく、怪我をしていることもこの作業には災いした。土管の真ん中辺りで、大笑いをしている声が聞こえてきた。

しかし、間違いなく誰かが先に潜り込んでいたということ以外、何もわからなかった。こんなことに長けている人間は、痕跡とか潜行などに関する本を読み込んでいるのに違いない。それは決して、わたし向きの書物ではなかった。

少しずつ後退し、脚は土管から出たものの残りの部分はまだ穴の中という状態のとき、ハリデイが叫んだ――「車が来た」。選択肢は三つ。一つは、このみっともない体勢のままじっとしていること。二つめは、土管から出て、タールを塗りたくられたような顔を公衆の面前に晒すこと。最後は自分の巣穴に逆戻りすること。

わたしは土管の中に戻った。つきまとう非運に常に同座するあの奇妙な悪意とともに、わたしの真上で車が停まり、スター巡査の声が響いた。

「自分の災難の現場を調べているっていうわけか?」

「警察が見つけられなかった手がかりを探しているんですよ」ハリデイが愛想よく答える。

スターが鼻を鳴らすのが聞こえた。車をスタートさせながらあげた乾いた笑い声も。「何か見つけたら、その都度一ドルくれてやるよ」巡査はそう言って走り去った。

ハリデイの合図でよろよろと這い出し、立ち上がる。「間一髪だったな」

しかし彼は、遠ざかる車の後ろ姿を見つめていた。「ええ。でも、まずかったかもしれませんね。あなたがいることを話したほうがよかったのかもしれない」

調査の最終的な結果はぱっとしなかった。確かにハリデイは、土管の外で眼鏡のレンズのかけらを見つけている。しかし、それが襲撃犯のものだという証拠はどこにもない。一方、わたしのほうは、重要な事実をいくつも発見していた。ハリデイは、自分が乗せた男はがっしりとした体形だったと言っている。厚みのあるごつごつとした体つきの男。

しかし、わたしの体験は、あまり図体の大きな男ではあの土管に潜り込めないことを示している。結果として、犯人像を描き直さなければならなくなった。中くらいのサイズの男。肉のつき具合からすれば、引き締まった体型と言えばいいのかもしれない。

今夜、この日記を書いていて、万年筆をなくしたことに気がついた。イニシャルが入っているから、明日、見つけなければならない。スターが土管の中でそれを見つけたがってじりじりしているような状況下では、非常にまずいことになる。

ハリデイが襲われたとき、わたしはスループ帆船の前方で幽霊探しをしていたと、ピーター・ガイスはきっと証言してくれるだろう。しかし、警察が告訴しない限り、こちらは一切の自己弁護ができないという不利な状況に立たされている。用心深く待つという憎むべきやり方は、グリーノウの心理学的な作戦だ――犯罪者には、自分の首をくくるのに充分な長さのロープを与えるという作戦。

七月十八日

エディスとハリデイが今朝、万年筆を探しにいった。わたしの反対にもかかわらず、エディスは土管に潜り込んでみると言い張った。そのため、わたしが車磨きやオイル交換をするときに着るつなぎを着込んだのだが、その姿は本当にかわいらしかった。

しかし、万年筆は見つからなかった。泥に埋まったキャップはあったが、ペンの本体は見つからなかったそうだ。まるで、あのスターが一秒たりとも時間を無駄にしなかったようではないか！

エディスは間違いなく何かを疑っている。ここのところすっかり大人びて物腰も落ち着いてきた。細やかな愛情表現や心遣いで、わたしを信じ、愛していることを示そうとしてくれる。それでも、何かがおかしいことには気づいている。

それに、どうやらハリデイと喧嘩をしたらしいのだ。今日、戻ってきたときには、そんな様子は見られなかったが、ハリデイは彼女からの昼食の誘いを断った。わざとらしく口笛を吹きながら、ベーコンと豆の缶詰が待つ自分のボート小屋へと戻っていった。午後、ベテル氏の昼寝中にカヌーを漕ぎに出かけようというゴードンの誘いをエディスは受け入れた。そして、まさに気の毒なハリデイの鼻先とも言えそうな場所から、大胆にもカヌーを持ち出していった。ジェインに言わせれば、もっとびくびくしていてもよさそうなものなのに。

つまり、ジェインとハリデイのあいだには、きちんとした約束は成立していないということなのだろう。

「彼女のことは――大好きなんですけどね」ロッジでまだ怪我人扱いをされていたときに、ハリデイがわたしに話したことがある。「でも、ぼくの立場がどういうものか、あなたにもわかるでしょう、スキッパー？――自分の身以外に差し出せるものができるまでは、彼女を拘束することなんてできないんですよ。エディスはまだ若い。その若さにつけ込むことなんてできないんです」

「でも、彼女のことが好きなんだろう？」

「好きかですって？　まったく、もう！」ハリデイはそう言って呻き声をあげた。気の毒な男だ。三年か四年。彼はそう見積もっている。「うまくいって三年ですね」エディスが理解できないのは、その待ち時間について彼が決して自分を信じてくれないことなのだ。ハリデイが抱える焦りはエディスのそれとはまったく違う。エディスのほうは情熱と愛情。ハリデイのほうは強く若々しい野望。やれやれ！

ほんの一万ドルでもあれば、こんな痛みなどすべて無にすることができると思う男がいる一方で、その金が単に新しい車を買うための費用でしかない人間もいる――これまた、やれやれだ！

昨夜ハリデイが、母屋の図書室の後ろにある書斎で赤いランプが灯っているのを見たと言っていることを書き忘れてはならない。彼はその詳細を今朝、エディスがわたしのつなぎを着るのを待つあいだに話してくれたのだ。

事故以来、初めてボート小屋で過ごす夜で、彼は眠れずにいた。

「結構痛みがひどかったんですよ」と彼は言った。「深夜一時に起き上がって外に出ました。母屋の図書室の窓から、ぼんやりとした赤い光が漏れていたので、しばらく眺めていたんです。本当にかすかな光で、最初は火事なのかと思いました。でも、ちっとも大きくならないので、何か別の種類の光だろうと思ったんです」

赤いランプの話はハリデイも知っているし、わたしがそれを鍵のかかる場所に封じ込めたことも知っている。それで彼は母屋に向かって歩き始めた。芝生を半分ほど進んだところで、じっと見つめる彼を残して明かりは不意に消えてしまった。

それでも納得のいかないハリデイは近づいていった。建物の周囲をぐるりと周ってみたが、内部には何の動きもなく物音も聞こえてこない。それで彼は踵を返し、ボート小屋に戻ることにした。明かりは図書室ではなく書斎で灯っていたのだと彼は信じている。なぜなら、見えていたのは、まるで背後から漏れているような赤っぽい光だったからだ。テラスに面した三つの細長いフランス窓を通しても、その光の元はわからなかった。

それならこれが、多少の違いはあるにしても、数日前にわたしが経験した出来事の裏づけとなる。と言うのも、わたしは明かりそのものを目にしたからだ。ささやかな風が一瞬書斎の窓にかかる重いカーテンを押しあけ、すぐに閉じたかのような、束の間の灯。

ゴードン青年がその明かりを見ていないことは確かだ。そうでなければ話しているはずだ。あの家の薄気味悪さについては饒舌極まりない男なのだから。二階の部屋に閉じ籠っているベテル氏が、そんなことを知っているとは考えられない。それでもここに、明らかに自然発生的で原因のつかめない明かりを、異なる時間帯に異なる状況で見た人間が二人いる。

カメロンによると（注記：数日前に取り寄せた『心霊現象における実験』という彼の本の一節だが）、光の出現は非常によくあることなのだそうだ。彼は、メアリー・アウトランドとの実験で発生した青みがかったグリーンの光やリッジス夫人のきらめく星のような白い光、ポーランド人の霊媒師マーコウィッツの頭上にしばしば現れた光彩などの例を挙げている。

しかし、赤い光が出現したというケースはない。そして、こういう光が自然に発生する現象は、常に霊媒が介在する場合だけに起こる。

例えばマーコウィッツの場合、彼に関する記述の中にこんな文章がある。

〝普通、光の出現のあとに霊が現れる。ときには、霊媒が目の前にいてしっかりと手が握られている状態のときに、小部屋のカーテンのあいだから――大きな白い顔が現れたりする。さらに小さな手と腕が続く。しかしそれはカーテンのあいだからではなく、カーテン生地そのものから出ているのだ〟

しかしこれは、これから寝ようとする者向けの描写ではない。いずれにしても良好な精神状態とは言えないのだが、そよ風が部屋のカーテンを揺らしただけで、思わず何か非常に気味の悪いものが現れるような気がしてならないのだ。

七月十九日

突然の大嵐。風の唸りに加え、波が岸を打つ音が聞こえてくる。ハリデイが電話で、浮桟橋が危険な状態で、壊れてばらばらになってしまったと報告してきた。しかし、どうすることもできない。たった今、外から戻ってきたところで、もう一度ずぶ濡れになる気はない（注記：嵐の接近でジェインの気が立ってしまい、ヘイワード医師のところまで車を飛ばして睡眠薬をもらってきたのだ）。

ジョックもジェイン同様ひどい状態で、彼にも薬が必要だったかもしれない！　落ち着きなく動き回り、時々気が滅入るような遠吠えをあげている。クララは不安そうな顔で階段の下に座り込んでいなのだ。

た。この家で金属が周りにない場所はそこだけなので、雷に襲われる危険も少ないだろうという考え

本当に悪事にはもってこいの夜だった。凶悪なことを考えるのにも……。

自分に向けられた容疑を晴らす材料は何かあるだろうか？　どうしてヘイワードが――彼は、産気づいた患者のために出かける準備をしていたのだが――新たな罪深い考えをわたしに引き起こさせることになったのか？　もちろん、この世のすべての人間のように、彼にも持っていて当然の権利はある。グリーノウの二の舞にならないよう気をつけなければならない。犯人を見つけるために必要不可欠なものを、自分の思い込みで見失ってしまわないように。

それでも、ヘイワードならすべての条件を満たしていると思わずにはいられないのだ。この界隈で、夜間、何の疑いも持たれずに動き回れるのは彼だけだ。ホーラス伯父のことを〝世間並みに〟知っていた。それに――間違っていたら申し訳ないのだが――半結びの効用と結び方についても、船乗りと同じくらい詳しく知っている。

ほかにもまだ挙げられる点はある。わたしと同年配、むしろ年上かもしれないが、がっしりとした体格をしている。それに、田舎におけるすべての開業医同様、外科医であることも自認していた。それなら、羊の頸静脈を見つけることもわけのないことだし……。

ここまでの部分を読み返してみた。結局、まともなのはグリーノウで、わたしのほうが少しおかしいのかもしれない。だって、どうして羊なんだ？　羊に石の祭壇なんて！　それに、ほんの一時間前に、いかにも医者らしい口調で言っていたのはあの男ではないか――「たっぷりの水と一緒に呑むよう奥さんに伝えてくださいね。あまり効果を急がないように。この手の薬は効き始めるのに一時間ほ

どかかりますから」

〝自分のとんでもない計画についてよく考えてみるよう、心からきみに訴える〟気の毒なホーラス老人がそう書いたのは一年以上も前のことだ。しかし、羊殺しがいかに不愉快で、悲しい事件であったとしても、そのこと自体はさほどの大罪とは思えない。春先に子羊たちの足先を通り過ぎるとき、将来そんな悲劇が待ち受けていると思う人間はいないし、キャロウェイを殺した犯人だって、あの手紙で語られているほどの非難には当たらない。あれは自己防衛の結果だ。

あの手紙が示す可能性の中で一番近いのは、ハリデイへの襲撃だろう。しかし、その犯人が羊殺しと同一人物なら、なぜ、あの悪魔的なシンボルを、襲撃前のおとなしく車に乗っているあいだに残さなかったのか?

どうしてあとから忍び込んでまで、あんなものを残したのか?

しかし、ここでまた思ってしまう——ヘイワード医師は、グリーノウが調べ終えたあとで、あの車に近づいている。クララによると、一人で車に乗り込み、しばらくそこにいたそうだ。

それなら、以前ハリデイが頭を悩ませていた暗号を打ち出したのも、あの医者のタイプライターなのだろうか? GeLTr.K.28という暗号を。

七月二十日

昨夜、マギー・モリソンが姿を消した——嵐によって地球の表面から吹き払われたかのように、いなくなってしまったのだ。

今朝七時、リヴィングストーンが電話で知らせてくれた。わたしはハリデイとともに車を出し、一日中、捜索隊と一緒に探し回ったが、成果はなかった。

昼食後、その時間になってやっとニュースを聞いたベテル氏によって送り出されたゴードンが捜索に加わった。わたしたち三人にできたのは、自分も加わろうとするエディスを押し留めることだけだったが、これにも効果はなかった。

夜になってもまだ捜索は続いている。スター巡査は副官を増員し、地域一帯がざわついている。ジェインは終日具合が悪く、寝込んでいた。

七月二十一日

今夜も不運な娘の足取りはつかめず、彼女が生きて見つかるという希望も徐々に薄れつつある……。今回のミステリーについて、わかっている事実を書き留めておこう。

十九日、マギー・モリソンは買い物をするためにオークヴィルに出かけ、夕食までトーマス夫妻と一緒にいた。嵐が来そうだというトーマスの予測にもかかわらず、彼女は映画を見て帰ると言い張った。結果、彼女が農場用のトラックで一人町を出たのは十時半ごろになった。

マギーはリヴィングストーン家の門扉から二百ヤードほどのヒルボーンロードまでたどり着いていたが、それ以外は何もわかっていない。トラック自体は昨日の朝明るくなってから、モリソン農場の早朝労働者によってその場所で発見されている。しかし、一昨日の嵐の夜、そこに乗り捨てられたものと思い込んでいた労働者は、報告を怠っていた。

家族のほうも、娘は町にいるものと思っていたため、農場自体には何の騒ぎも起こらなかった。しかし、牛乳配達を始める時間になっても彼女が姿を見せないため、捜索が始まったというわけだ。トラックに争いがあった形跡はなし。行方不明になった娘の札入れが、いつもの定位置である後部座席から見つかった。従って、何が起こったにせよ、強盗が目的でなかったことは明らかだ。

わたしたちが現場に着いたときには、数人の副巡査によって接近を阻まれた地元民グループ同様、グリーノウと保安官も到着していた。にわかに結成された捜索隊がすでに近くの森を当たっている。しかし、何か証拠が残っていたとしても、嵐がすべてを掻き消してしまったことだろう。チョークで書かれた例の忌まわしいマークもない……。

ハリデイが自分の経験から事件を再構築していた。

「犯人は待ち構えていたんですよ」と彼は言う。「そして彼女を呼び止めた。ぼくが車を停めたときと同じように。あんな嵐の中で往生している人間を無視するドライバーなんていないことがわかっていたんです。男は車に乗り込んだ。嵐がすっぽりと犯行を隠してくれる。そして、彼女にも抵抗のチャンスはなかった」

つまりハリデイは、我々が懸念している性犯罪という一般的な見方はしていないのだ。ただし、その〝一般的〟という言葉もすべての人間に当てはまるわけではない。無学な人々のあいだには、あの夜の異常なほどの暴風雨と――本当に悪魔の所業かと思えるような夜だった――不運な娘の失踪を結びつけて考える人間がいることはわかっている。そうした思い込みや迷信的な恐れから、あの娘の死体が決して発見されないだろうという考え――完全な神隠しに遭ってしまったのだという考えを、彼らが増幅させていることも。

それに、おかしな点もある。昨日の朝から、少年たちも含めて五百人にものぼる男たちが辺りを隈なく探しているのだ。事件が起こった田舎は遮るものもない見晴らしのいい土地だし、何かを隠すには絶好な海やその手前の沼地も、トラックが見つかった道路からはゆうに六マイルは離れていて……。

今日ロビンソンズ・ポイントの突端にある灯台から伝えられた話について、いろいろなことが語られている。予想通り、迷信的な人々はその話を極めて重要視している。わたし個人としては、たとえそんな考えでも、充分に考察することなしに切り捨ててしまうことはしたくない。

伝えられた話とは以下のようなものだ。

事件があった日の夜、飛んでいた鳥か何かが、灯台のライトを保護している窓の一つを破壊した。灯台守とその補佐はできる限りの修繕を施したものの、風の勢いに不安を感じ、その後も監視を続けていた（注記：ある種の灯台には、建物の各階を突き抜ける細い縦穴が存在する。ライトが回転するたびに、ぜんまい仕掛けの重りがその穴をゆっくりと下りていく仕組みになっているのだ。ロビンソン・ポイント灯台の灯りが、十秒ごとに明滅する赤い光だということも記しておくべきだろう）。二人の灯台守は、地上高く、ライトのすぐ下にある部屋に待機し、時折、何の問題もないかと上部を見上げていた。嵐は激しさを増し、潮が満ちてくるにつれ、下の岩を打つ波音も雷鳴に負けないほどになってきた。満月の満潮時の常で、岬から陸へと続く低い土地や灯台守たちの家、機械小屋やボート小屋、燃料貯蔵タンクはすぐに、荒れ狂う海の細い帯を隔てて陸地から切り離されてしまった。

それにもかかわらず二人のいる場所は心地よく、嵐が不意に静まった十一時には、補佐のほうがうつらうつらし始めたほどだった。わたし自身もよく覚えているが、暴風雨の最中（さなか）に不気味なほど静かな小休止が訪れたのがそのときだった。決して平和の兆などではなく、風や海や空が最後の凄まじい試みのために力のすべてを掻き集めているかのような静けさだった。

そして、その小休止のときに、灯台守のワードが塔の下の階から聞こえる物音に気がついたのだ。部下の肩に手を置き立ち上がる。そのときは二人とも、五階分下の一番低い階から伝わる足音をはっきりと聞いた。

塔の中にいるのは二人だけだ。押し寄せる満潮で陸地から切り離され、荒れる波のせいでボートが着岸することもできない。外には、嵐そのものよりも不気味な、この世のものとも思えない静けさが広がっている。二人は動くことも話すこともできなかった。しかし、灯台守はしっかりと記憶している。足音が紛れもなく上階（うえ）に上がってくるにつれ、小さな円形の部屋に冷たい風が渦巻き始めたことを。そして、赤いライトを見上げたことを。

見るという行為は死ぬまで続く行いだ。階段にいるものへの恐怖で身を凍らせながらも、彼は上を見上げた。

二階に上がりきったところで足音が止まり、二人の灯台守は息を潜めた。乾いた咳が聞こえ、三階へと上る足音が再び聞こえ始める。

上へ上へ。階段は塔の内側をらせん状に巡っている。面と向かい合うまで相手の姿が見えないことは彼らにもわかっていた。その場に座り込んだ二人の目はドアに釘づけになっていた。足音が最後の階段を上ってくる。相手が何であれ、もうすぐそばにいるはずだ。足音が最上階に達した。あと一歩で相手の姿が見えるはず。

そのとき、再び嵐が牙をむいた。凄まじい強風で堅牢な塔さえも揺れ、その瞬間、部屋の明かりが落ちた。

補佐の灯台守によると、そのとき何かが彼に触れたそうだ。何か冷たいもの。本当であろうとなかろうと、部屋全体が先ほどの触れた冷たい風で満ちたのは間違いなさそうだ。

主任の灯台守の話は信用したい。ワードは冷静な男だ。彼はこう話している。

「怖いのはややまやまだったが、部屋の明かりが消えたとき、おれは上のライトを見上げたんだ。灯油で灯す明かりは、ちゃんと点いていた。〝信頼すべき友人〟と呼べるだろうな。つまり、そんなときでさえ、おれたちは真っ暗闇の中にいたわけじゃないのさ。赤い光が上からわずかに落ちていて、ジムの立っている場所が見えた。奴の姿が見えたわけではないが、ジムの立っている場所はわかったんだ。それに、部屋の中に第三の人物がいることも。階段口のドアのすぐ脇にね。一分くらいだったかな。すぐに消えてしまったんだが」

二人はすぐに追いかけることはしなかった。規定のやり方で、上階に上がりライトを点検した。ワード曰く、〝まったく問題はなかった〟。嵐でオークヴィルの電力会社がサービスを提供できなくなるのはよくあることなので、二人は蠟燭を持っていた。ぴったりとくっつきながら塔の階段を下りていく。発見できたものは何もなく、外に出るドアもしっかりと閉ざされ、錠がかけられていた。

詳細でしっかりとした供述から、わたしが最初に抱いていた疑いの根拠は手痛い打撃を受けることになった……。

今、我々が持っている能力を際限なく使えるとしたら、どんな変化が起こり、どんな世界へと導かれるのだろう？　と言うのも、実際に物を見ているのは脳だからだ。人間の目は世界のほんの一部を見るための不完全な窓に過ぎない。耳もまた様々な音のごくわずかな部分を捉えているだけだ。脳が単に、身体を不完全に使うための道具に過ぎないことを覚えておけば、すべてを聞き、すべてを見ることができる。おそらくは、この世のすべてを知ることも。

それなら、そうした無限の能力を手に入れたとき、誰が感情というものを無視できるだろう？　悲しむこと。愛すること。ひょっとしたら憎むことも。そして誰に、哀れな亡霊を笑うことができるのか？　すべてを知り、すべてを忍び、必死にこの世の邪悪さから目を背けようとしている亡霊を？　伝えようのないことを、肉体という厚い外被を通して伝えようとする存在を無視できるのか？　犯罪が続き、必要のない悲しみにこの世が包まれることに手をこまねき、傍観するしかできないでいる者のことを？

形あるものとして存在する肉体が個人そのものを表すことはできない。肉体の裏に存在するもの、肉体的なものより高い次元に存在するもの、それが心だ。心は、肉体の属性と重なるものではない。

七月二十二日

死体はまだ発見されていない。保安官は懸賞金を五千ドルに引き上げた。これで、リヴィングストーンが羊殺しにかけていた五百ドルと合わせると――それは、十中八九同一人物と思われる殺人犯の発見者に渡ることになるのだが――五千五百ドルになる。

しかし、今日、ハリデイによってもたらされた情報が、捜索現場を海辺の沼地や入江に変えることになった。そして今夜、わたしの部屋の窓からは、母屋の向こうに広がる沼地で動き回り、海辺を行ったり来たりするランタンの明かりが見える。ジェインがコーヒーを落とし、海辺からこちらに戻ってくる捜索隊の人々がうちに立ち寄っていった。

保安官によると、隈なく捜索した郡の森林地帯からは何も発見されていない。明日は入江付近を徹底的に洗うらしい。

捜索活動を続ける人々の反応には奇妙なものを感じている。警察はもちろん、そんな態度には何の疑問も感じないようで、黙々と事件を追っている。しかし、常に迷信的である漁師たちの行動には、どこか心ここにあらずといった観が拭いきれないのだ。

灯台から伝えられた話が、この辺りで広がっている悪霊伝説に対する彼らの確信をさらに強めたのだろう。さらに、通りがかった車の運転手たちからの新たな証言もある。十九日の深夜、母屋で例の赤いランプが灯っているのを見たというのだ。

海辺の沼地から引き上げてくるときに、母屋に近づかないよう遠回りをする人々が少なからず存在した……。

ハリデイが今日、証拠品を発見するまでの経緯は以下の通りだ――彼は、トラックが呼び止められて停車するまで、そして、リヴィングストーン家の私道の入口からさほど離れていない場所に戻ってくるまで、どのくらいの距離になるかを測っていた。すでに、大勢の捜索隊や血気盛んなハンターたちによって、残っていたかもしれない証拠も掻き消されていたことだろう。しかし彼は、例の門から二十ヤードほど離れたところで、泥道に残るタイヤ痕を見つけたのだ。それは、トラックがその地点に戻ってきたのみならず、そこで方向転換をし、オークヴィル、そしてその先の入江に向かっていったことを示していた。

トラックがどこで再び道を外れたのかは、まったくもってわからない。ハリデイはタイヤから擦れ落ちたものを見つけ、分析してみるよう進言しているのだと思う。そこに何か怪しいものを感じているのだ。しかし、それが何なのかはわからない。

今日は一日、家の補強に費やした。クララを含め家の女性陣は誰も、暗くなってから一人で外に出ようとはしない。押し入られた家など一軒もないのだが、ハリデイとわたしは今日の夕方を丸々、窓という窓に鍵をかけ、必要と思われる場所に閂（かんぬき）を据えつけて過ごした。

その時に、あの医者に対する疑念をハリデイに話してみた。あまりに驚いた彼は窓枠から手を放してしまい、わたしはしこたま指を挟まれることになった。

「先生がですって！」彼は叫んだ。「あり得ませんよ、スキッパー」

証拠と思われる点を数え上げてみても、彼はまだ疑わしげな顔をしている。

「確かに、その点は驚くほど重要でしょうけど――」ハリデイの口調は慎重だ。「ぼくを呼び止めたのはあの医者じゃありませんよ。暗くたって、彼かどうかぐらいはわかりますから」

「わたしだって確信しているわけではないんだよ、ハリデイ。でも、マギー・モリソンだったら、と思ったんだ」

「マギーだったら、と言うのは――？」

「あの娘が知らない人間のために、夜、トラックを停めるとは思えないんだ。彼女の性格を考えてみろよ――ある種のことについてはウサギみたいに臆病な娘じゃないか。迷信的でもあるし。きみの事件があったあとなんだ。特別な理由でもない限り、彼女は通り過ぎたんじゃないかな。だから、あの娘には相手の正体がわかっていたんだと思う。稲光のせいでね。実際、ひっきりなしに光っていたわけだし。それで、彼女は車を停めた」

「たぶん、一つのことについてはあなたの言う通りなんでしょうね」ハリデイは答えた。「彼女には車を停める理由があった、という点では」

エディスはかなり頑固に、家を離れてはならないという意見に抵抗していたが、最後には理解してくれた。

「記事が書けるわ」諦めたように彼女は答えた。「正直、全然取りかかっていないんだもの」

しかし、裕福になりたいというエディスの夢がゆっくりと消えかかっている事実は、何にも増して明らかだった。『干潮時のビーチ』という記事は彼女の元に送り返されてきた。モリソン失踪のミステリーについても、給料をもらって書くことを日々の仕事にしている記者たちの手で、現地ニュースとしてそこここに溢れている。

ジェインの体調はすっかり回復していた。夫婦にとっては日常性のバロメーターとも言えるクッションカバーの刺繍を、今日から再開している。わたしにとっては嬉しくもなんともないことだが、今夜、リヴィングストーン家での夕食会に出かけることにも同意していた。

「夕食にいらっしゃらない？」リヴィングストーン夫人がそう電話をしてきたのだ。「ブリッジでもやりましょうよ。この三日間、恐ろしいことばかりだったから」

「夜会の身支度の一部として拳銃を持っていっても構いませんよね？」

「みんな、そうしているわ」夫人は言った。「この家も兵器庫になっちゃったみたい」

しかし、死に囲まれている状況でも我々は生きている。昨夜、わたしのベッドのマットレスをひっくり返そうとしていたクララが、下から突き出ている二本の足を見て凄まじい悲鳴をあげた。

言うまでもなくそれは、急いで乾いたものと取り替えるために捨て置かれたわたしのブーツだったのだが……。

追記・今夜、ヘイワード医師が往診の最後にジェインを訪ねてきた。その際、衝動的にホーラス伯父の手紙を彼に見せてしまった。ひょっとしたらこちらの勘違いかもしれないが、手紙を読み返すふりをしながら医者が時間稼ぎをしているような印象を受けた。

「奇妙ですね！」手紙を戻しながら医者は言った。「どう解釈します？」

「最後の部分は極めて明瞭でしょうね。伯父は危険な状況にいて、自分でもそれがわかっていた」

「ほかの部分は？」ヘイワードが重ねて問う。「どういう意味なんでしょう？〝とんでもない計画〟というのは。どういう計画だったんでしょうね？」

「あなたに思い当たる節はないんですか？」

「いいえ」医者の口調は慎重だ。「ないですね」

しかし、相手の緊張は不意に和らいだ。「実際」と医者が話しだす。「最初は自分宛の手紙かと思ったんですよ。彼が亡くなる少し前、わたしたちはずっと安楽死について議論していたものですから――わたしは、そんな不道徳な考えはこの世界から抹殺すべきだと信じていたんだが、彼は違った。もっとも、最終的にはわたしの考えで落ち着きましたけどね」

医者は笑い声をあげた。親指の先を噛み、少し迷ってから自分の帽子に手を伸ばした。

「〝危険〟！　〝警察〟！　いや、わたし宛の手紙ではないな」

「では、あなたはまだ、伯父の死因が心臓疾患だと信じているんですか？」

「そう、心臓のせいですよ」そう言って医者は出ていき、大儀そうに自分の車に乗り込んだ。どこかうわの空で、こちらの挨拶にも応えなかった。

この事実を、わたしは好きなように解釈できる。医者の態度に後ろめたさはなかったが、その一方で非常に不自然でもあった。用心深い上に自意識過剰。それに、あの医者が手紙を繰り返し読んでいたとは思えない……。

今夜、夕刊紙の一紙が、うちのガレージで発見された暗号文の写しを掲載していた。それを解読できた者には懸賞金まで出している。

エディスの記憶は一箇所だけ間違っていたようだ。掲載された暗号文は以下のようになっていた

——GeLTr,K.24.

七月二十三日

リヴィングストーン夫人は考えるべきことを与えてくれた……。

気持ちのいい夕食だった。ジェイン曰く、田舎での〝家族揃って〟の食事にしては多少贅沢でサービス過剰ではあったが。

「常に裕福ではなかった、というのはわかってしまうものなのね」今まで裕福だったことのないジェインが冷めた優越感を交えて言う。

しかし、ブリッジのほうは苛々の連続だった。まったく別のことに心を奪われている四人が卓を囲み、カードを並べること自体が間違いなのだ。かくして結果は次のようになる——例えば、わたしがカードを配りスペードのエースを宣言したとしよう。リヴィングストーンが自分のカードを吟味するのを辛抱強く待つ。その間にも女性たちのおしゃべりがやむことはない。やっとリヴィングストーンが口を開く。

「誰がカードを配るんだ？」

「わたしがもう配りましたよ」できるだけ感情を抑えてわたしが答える。「そして、スペードのエースを宣言したんです」

「じゃあ、わたしはハートのエースだ」

「ハートの2なんじゃないですか？」

「ああ、そうだな」渋々彼が認める。「ハートの2だ」

それからまたしばしの待ち時間。リヴィングストーン夫人がおしゃべりを終え、自分のカードを手に取る。

「ええと」おもむろに彼女は口にする。「誰が何をしたんでしたっけ？」

「わたしがカードを配って、スペードのエースと――」

「あなたが配る番ではないんじゃない？　直前の一番でわたしが配ったもの」

「あまりいいカードじゃないんですよ」忍耐強く説明。「それで、わたしはスペードのエースを宣言し、ご主人はハートの2を宣言しているんです。もし、あなたも何か宣言したいなら――」

「いいえ、結構」夫人は即座に言い返し、持ち札を広げ始めた。わたしたちはそんな彼女を必死に押し留める。ジェインは呆れ顔だ。

「ごめんなさい、ちょっと混乱してしまって」夫人は言い訳し、夫に向かって「あなたはスペードの2を宣言したのよね？」

二時間もそんなことの繰り返しで、わたしは今にも席を立ち、ポーチの台脚にでも食らいついてやりたい気分だった。しかし、ジェインがちょうどいいタイミングでゲームを終わらせ、そんなことにはならずに済んだ。

それでも、この晩に興味深いことがまったくなかったわけではない。リヴィングストーン氏がジェインを温室に案内しているあいだ、夫人と二人きりになる機会があった。そこでわたしは彼女から、このミステリアスな事件の全容を捉える上で、新たな視点とも言えるものを与えられたのだ。

夫人とは二人で図書室にいて、わたしはぶらぶらとリヴィングストーン氏の蔵書を見て回っていた。人が普通、自分の書棚に揃えておくべきだと思うような本、しかし、年を取ってからゆっくり読むつもりで取っておくような本が並んでいた――ダーウィン、ハクスリー、ヘッケル、(英語版の)モーパッサン、テニソン、ワーズワース、シェリー。そしてもちろん、エマーソンなどなど。

しかし、別の一角には、まったく趣の異なる書物が並んでいた。大判で擦り切れた心霊現象に関わる本。その書物から目を上げると、リヴィングストーン夫人が真面目な顔つきでわたしを見ていた。

「こうした事柄について何を信じればいいのかわからないなら――」とわたしは声をかけた。「他人の意見も聞いてみるべきですよね」

「それで、あなたは?」夫人は訊き返した。「皮肉屋さんのままなの? ハシボソガラスのまま?」

わたしは振り返り、彼女と目を合わせた。

「自分が何者かなんて、わかりませんよ」

「まあ! 灯台の話は聞いたでしょう?」

「ええ」

夫人はしばらく何も言わなかったが、やがて違うことを尋ねた。

「新しい借家人についてはどうなの? ベテルさんだったかしら? あの方は何の文句も言ってこな

いの？」

「今のところはまだ。実際のところ、彼と話をしたのは一度切りなんですけどね」

「それって、どんなことを――？」

「お湯とビーフスープの素についてくらいですね。それと、あの家が向いている方角について。ひどく怒りっぽくて実質的な人間という印象でしたよ」

「怒りっぽくて実質的ねえ」夫人はぼんやりと繰り返した。「あの人が例の赤いランプを使っているっていう噂、あなたも聞いていると思うんだけど」

「赤いランプなら鍵のかかる場所にしまい込んであります。そんなものがあること自体、彼は知らないと思いますけどね」

どういうわけか彼女は戸惑っていた。

「でも、灯っているのが目撃されているのよ」しばしぼんやりと考え込んだあとで、そう言い返してくる。

「あれなら屋根裏部屋のクローゼットに鍵をかけて閉じ込めてあるんですよ、リヴィングストーンさん。鍵はわたしが持っていますし。それに、そんな噂を聞いたあとに自分でも調べているんです。しまい込んでから動かされた形跡はありません。もちろん、彼が似たようなランプを持ち込んでいる可能性はありますよ。それなら、状況はかなり変わってくるんじゃありませんか？」

「アニー・コークランなら知っているかもしれないわ」

「お望みでしたら彼女に訊いてみましょう。でも、もし彼女がそんなランプを見たとしたら、悲鳴をあげて逃げ出していると思いますけどね」

夫人は傍らの編み物を取り上げ、物思いに耽りながら手を動かし始めた。

「以前に話をしたときから、ずいぶん変わったのね」しばらくしてそんなことを言いだす。「いったい何があなたをそんなに変えてしまったのかしら、ポーターさん？」

「あれから、いろんなことがありましたからね」

彼女は探るような目でわたしを見上げた。

「灯台のことも含めて」

「ええ、灯台のことも含めて」大真面目な顔でわたしは答えた。すると、リヴィングストーン夫人は編み物を脇に置いた。

「なぜ彼は戻ってきたのかしら？」じっとこちらを見つめながらそんなことを尋ねる。「どうして、この世のことがそんなに気になるのかしら？　何か思い当たる節はある？」

「〝この世のことが気になる〟っていう意味がわかりませんね」

「わたしが言わんとしていることは、あなたにもわかるはずだわ」

そう答えるとすぐに、彼女は好奇心に満ちた目でわたしを見つめながら、編み物にまた手を戻した。口元には微笑みを浮かべている。

「いつだって理由があるのよ。おかしかったら笑ってもいいわ。夫は笑うもの。でも、わたしにはよくわかっているの。彼らがこんなふうに戻ってくるときには、いつだって理由があるのよ。ちゃんとした理由が」

しかし、彼女はそれ以上の説明はしなかった。〝戻ってくる〟という発言にそれなりの根拠があるのかどうかも、わたしにはわからない。

このときの会話は、事件全体の様相と変わらぬくらい奇妙だったと記憶している。学問のある二人の大人――男と女――が、ヨーロッパから友人が戻ってきたかのように、霊魂の帰還について語り合っていたのだから。

「何が彼を呼び戻したのかしら?」

「さあ! やりかけの仕事か何かでしょうかね」

帰り道、不意におかしさがこみ上げてきて、決してバカにしているわけではないのだが笑い声を漏らしてしまった。

「何を笑っているの?」ジェインが尋ねる。

「あんな状況から解放されて、心からほっとしているんだよ」

リヴィングストーン夫妻は常に裕福だったわけではない。ジェインがそう言ったのは、そのときだった。

七月二十四日

ハリデイの分析によると、トラックは厚い腐植土の上を通過したらしい。しかし、明け方近くに降り始め、今もまだ続いている二度目の土砂降りにはがっかりさせられる。その上、捜索隊や夏の旅行者の車が事実上、手がかりを見つけるのを不可能にしてしまったのだ。

ハリデイは自分が見つけた情報や調査結果をグリーノウに提供していたが、あの紳士は助手など必要ないと思っているらしい。

「もし、あんたたちのような素人が邪魔をしなければ――」と刑事はぼやいている。「この事件の目星もつくんだがな。そのうち、あんたたちの一人でも行方不明になったりすれば、こっちは仕事が増えるだけなんだぞ」

この発言からグリーノウ氏の考えが窺えるだろう。我々はまだ、この不穏な状況から脱してはいないのだと。

グリーノウ自身は明らかに戸惑っていた。密かな見張りによって、わたしがあの悲劇の夜一人で外出したのは、ヘイワード医師を訪ねただけだということを認識しているのかどうか、わたしにはわからない。あるいは、この新たな大失敗を羊殺しと関連づけているのかどうかも。

しかし、今日会ったときの態度は、これまでに比べるとずっと丁寧だった。ただし、まだ用心深く見張られている気はする――夜間には特に。それに、万年筆をなくして以来、彼の警戒心がより高まっている気も。

グリーノウは間違いなく、わたしとキャロウェイを結びつけている。そして、再びわたしを追い詰めるには、直近のミステリーと先の事件のつながりを見つければいいだけなのだ。

ハリデイ曰く、実際のところは死体が見つかるか、前述のようなつながりを見つけ出さない限り、彼には誰一人法的に裁くことはできないらしい。

「死体がない殺人事件なんて存在しないんですよ」とハリデイは言う。「〝罪体法〟というやつです。キャロウェイのときのように期待をこめてモリソン嬢の死体を見つけるか、失敗するかのどちらかなんです」

この午後、ハリデイとエディスは車で出かけた。ジェインはひどく心配しているが、わたしは大丈夫だろうと思っている。

旅行をするのに最適なのは、列車事故のすぐあとなのだ。

七月二十五日

現状はいったいどうなっているのだろう？

もはや、キャロウェイを殺害しハリデイを襲った人間が失踪事件を引き起こし、ほぼ間違いなくマギー・モリソンを殺害していることは疑いようがない。

ハリデイにはそれがわかっている。エディスもわかっている。わたしとて同様だ。しかし、自分たちにわかっていることを言い立てたところで何の役に立つだろう？　例えば、わたしの深刻かつ滑稽な立場にどんな効果があるのか？　疑いだけでグリーノウはわたしを逮捕できるのか？　ハリデイは笑い飛ばすものの、多少の不安は感じているのだろう。グリーノウは近々、誰かを逮捕するか何かで人々を満足させなければならなくなる。それは、わたし同様、ハリデイも感じている。そして、あの刑事に告発できるのが、わたしだけであることも。

今日の午後、ジェインが昼食後の昼寝をしているあいだに、我々三人はボート小屋で作戦会議を開いた。このとき初めて、エディスは秘密の全容を知ることになる。少し青ざめてはいたが、信頼の証にわたしの手を握ってくれた。

「この世で一番優しい心を持った人が――」と彼女は言った。「浮桟橋の下にナイフを隠して、夜、ボートで人を殺しに行くなんて！　オールさえまともに漕げない人が、どうして！」

小さな笑いが、全員の気分を救ってくれた。

昨夜の実験は以下の通りだ――ハリデイはトラックが見つかった場所で車を降りる。エディスは車をバックさせ、町の方からゆっくりと道路沿いに近づいて来る。状況は、雨が降っていないこと以外、失踪事件があった夜とほぼ同じだ。

ハリデイは、未知なる犯人が木々に紛れて隠れていた場所を探していたらしい。人に見られる心配はないが、近づいてきたトラックのヘッドライトが見える場所。かつ、その車が通り過ぎてしまう前に、道路まで駆け出して行くのにちょうどいい距離の場所を。

二、三回の実験ののち、彼はここぞという場所を見つけた。そして、懐中電灯を使いながら綿密な調査を始めた。エディスは車に残り、ほかの車が近づいてくるとライトを消すよう合図を送る役目だ

（注記：たぶんここで、数日前にハリデイと交わした会話について記しておいたほうがいいだろう。

その中で彼は、あとから誰が加わろうと、最初に事件を引き受けた者が捜査の先導的な役割を果たすのだと言っていた。その人物のやり方次第で状況は良くもなれば悪くもなる。捜査が袋小路に突き当たり、主導権がほかの人間に代わるまで、同じ方向を貫き通すのがフランス警察の弱点だと彼は主張していた。一方、ロンドン警視庁の強みは、立ち上げた捜査本部にあらゆる所から見つかった証拠品を集め、分類と切り捨てを行う点だという。

「グリーノウの間違いは――」とハリデイは言う。「死体を見つけさえすれば必要な証拠がすべて揃うと期待して、全精力をそこに注いだことなんですよ。それはそれでいいとしても、時間ばかりかかって時は過ぎ去り、結局、何も見つからないまま。そうこうしているうちに雨が有力な証拠を消し去り、殺人犯は自由に次の犠牲者を探しているというわけです」

何かしら証拠が見つかるはずだと彼は言い張っていた。

「完全な犯罪なんて存在しないんです。それにもちろん、証拠というものが理解し難く摩訶不思議な珍品だという一般人の考えも戯言(たわごと)です。証拠なんて本当は、いつだって些細なものなんですよ。なぜって、犯罪者が見逃すのは些細なことだけですから。目立つものには気をつけても」

ハリデイがもっと早くに――捜索の対象が海辺や沼地に移ってしまう前に――この調査を始めなかった理由も書き加えておいたほうがいいだろう。つまり、トラックが発見された付近はいまだ人々の関心の的で、巡査や好奇心に満ちた見物人の群れが存在しない時間などめったになかったからだ)。

ハリデイが目星をつけたのは、その木の真下ではなく、十数フィートも離れた地点だった。そこで彼は、踏みつけられて地面に食い込んでしまった小さな錫製のネジ蓋を見つけた。エーテル缶などに使われ、裏にコルクがついているものだ。

「ぼくのときには、ついていなかったんでしょうね」ハリデイは説明した。「奴は同じ手順で、ぼくを呼び止める前に缶の蓋を外した。でも、そのときにコルクも外れてしまったんですよ。今回はもっとついていた」

殺人者が残した悪魔のシンボルを発見したことについては、ぐっと口数が少なくなる。周りの木々も調べてみたほうがいい。そんな〝直観〟が働いただけだという。

「〝直観〟というのはどういう意味なんだい?」

「さあ、どうでしょう。ちょっとした閃き、みたいな感じでしょうか」

「木の上に何かあるかもしれないと感じたのかい?」

「何を思ったかなんて覚えていませんよ、スキッパー。懐中電灯を点けてみたら、そこにあっただけなんですから」

間違っているかもしれないが、その説明で満足できないのはわたしだけではなく、彼も同じなのではないだろうか。あれだけ頭が切れるにもかかわらず、彼にはどこか型にはまったところがある。その〝直観〟が目に見えない世界からの導きであると認めるのは、男としての沽券にかかわると感じているのだろう。

しかし、魔法円は存在した。道路から三十フィートも離れた木の上に。

七月二十六日

母屋には赤いランプも赤いランタンもございません。アニー・コークランは言い切った。

今朝、彼女を引き留めて訊いてみたのだが……。

捜索もいくぶん機械的になってきたモリソン事件は今日、何の進展もなかった。捜索隊の人数は日に日に減り、漁師たちも自分の投げ網や底引き網に戻っていった。入江で可能性のありそうな場所をさらうのも、たぶん今日が最後になるだろう。

今回、錨に繋がれたロープは以前よりも短くされ、海底の軟泥にしっかりと繋ぎ止められた死体は潮が最大限に退いたとしても現れない。今ではそう考える人間が多くなっていた。

しかし、外で何の進展がなくても、我が家では今日、いくつかの事件があった。

一つには、今朝の郵便で、以前オハイオ州のセーレムに住む若い女性に送ったお礼の手紙が配達還付不能郵便取扱課を通して戻ってきたことだ。文面の率直さから相手が偽名を使っているとは疑いもしなかったので、この出来事には以前にも増して困惑している。

もう一つは、ジェインがついに密かに抱えていた秘密を明かしたこと。彼女は、十九日の夜、千里眼でマギー・モリソンの姿を見たと言うのだ。そして、二十日の朝、さらに興味深い体験をしたらしい。ここには、ホーラス伯父が亡くなった時間と、図書室の床に横たわる伯父の姿を彼女が知覚した時間の差という、まったく同じずれが存在している。

マギー・モリソンはたぶん、十九日の夜十一時ごろに失踪している。ジェインの幻視は二十日の午前三時ごろ。約四時間後のことだ……。

ジェインは今日十一時ごろ、何日かぶりにロッジを出た。ウォレン・ハリデイの服の具合を調べ、繕いの必要があるものを引き取ってくると言い訳をして。

「そういうことに関しては、ぼくもちょっと注意が必要だな」わたしはそう意見した。「クッションカバーの刺繍と競い合うのは構わないよ――所詮それは芸術で、ぼくが関与できる分野ではないからね――でも、自分よりも若くてハンサムな男と競い合うのは嫌だな」

彼女は、この世の妻たちが長く連れ添った夫のくだらないジョークに向けるような笑みを残して出ていった。わたしは家で読書をしていた。

しかし、一時間経ってもジェインは戻らず、だんだん不安になってきた。ハリデイが入江に出かけているのはわかっている。こんなときだからこそ、いつもとのほんの小さな違いでも心配になってしまうのだ。わたしは彼女を追ってボート小屋に向かい、居間にもベランダにも姿が見えないのを確認して愕然とした。しかし、声をかけてみると下の方から返事が聞こえる。階段を下りていくと、ボートの合間に彼女の姿が見えた。

「そこにいたのか！　釣りでも始める気なのかい？」

「ちょっと歩いていただけ」彼女は答えた。「もう一艘、ボートがあったんじゃない？」

「ハリデイが乗って出かけているけど、どうして？」

ジェインは聞こえないふりをして階段を上り始めた。そのときもあれこれと言い訳をして、すぐにはロッジに戻ろうとしない。彼女がボート小屋に入ると、狭い居間をあちらこちら片づける音が聞こえてきた。そして、それ以上することがなくなるとやっと外に出てきた。

「ここのところずっと自炊はしていないみたい」ジェインは言った。「帰ってくるのを待って、うちの昼食に誘ったほうがいいんじゃない？」

彼女はジェインであって女優ではない。わたしにも徐々に、彼女がここでハリデイの帰りを待つ決心をしていることがわかってきた。そうすることには彼女なりの理由があることも。そんなわけで、ジェインがようやく自分の秘密について話し始めたのは、ボート小屋のベランダに座っているときのことだ。非常に細かい内容の話だった。

「マギーがいなくなった夜のことは覚えているでしょう？」と彼女は話し始めた。「ひどい嵐で、わたしの神経が参ってしまった夜のこと。変な感じがしたのよ――うまく説明できないんだけど、ウィリアム。何というか、予感のようなものを感じたんだと思う。眠ってしまいたくなかったの。調子が悪いと言うと、あなたはヘイワード先生のところまで薬をもらいに行ってくれた」

「わざと眠らないようにしていたわけ？」

「そう。時々怖いことがあると、瞬きをするのも恐ろしくなるのよ。目を閉じているあいだに何か起こるんじゃないかって思えて。あのときもそんな感じだった。

エディスは部屋に閉じ籠って書き物か何かをしていた。あなたが出かけてしまったあと嵐がひどくなって、わたしもそわそわと落ち着かなくなってきた。一階の窓の辺りを行ったり来たりしていたの。しばらくしてから居間に入って、座ってあなたの帰りを待っていたのよ」

「ええと、それが何時ごろのこと？」

「十時ごろだったはずだわ。十時を少し過ぎたくらい。それから――こんなことを話すのは嫌なのよ、ウィリアム。すごくバカみたいな話だから」

「ぼくだって、最近はバカげたことばかり考えているよ」大真面目な顔でわたしは先を促した。「さあ、続けて」

「居間に入った瞬間からジョックの様子が変だったの。しゃがみ込んだと思ったら、例の古いパーラーオルガンをじっと見つめて。わたしは――」

「パーラーオルガンだって！　なんだってそんなものを――」

「パーラーオルガンよ」彼女は断言した。「部屋の反対側から、オルガンの上や後ろのほうをじっと。しばらくしたら、わたしもそこに何か見えるような気がしてきて」

「〝何か〟って、どんなものが？」

「うまく説明できないわ」ジェインはぶるりと身を震わせた。「つまり、実態としては存在しないもの。霧みたいなものよ。わたしには、そこに何かいたと言えるだけ。ジョックが頭を上げて唸り始めた――自分が上階に上がったことも覚えていないのよ、ウィリアム」

さて、ここまでは極めてまっとうな展開だ。奇妙ではあるが、ごく普通の奇異なものの組み合わせ――それにしても、パーラーオルガンとは！――暴風雨の接近によって神経を高ぶらせた人間と、何もないところをぼんやりと眺め、吠えに吠えまくる準備をしていたジョック。

　以前の平均打率からすると、熟考の価値があるのは後半部分の話だ。

　彼女は寝るために上階（うえ）に上がり、無意識の底まで沈んでいった。それが午前三時に突然目が覚め、ベッドの上で身体を起こした。しかし、彼女がいたのはベッドの中ではなかった。座っていたのはボートの上。マギー・モリソンも一緒にいて、彼女の足元に横たわっていた。少しして――それがどのくらいの時間だったのか、ジェインには見当もつかないらしい――視界がぼやけ始め、気がつくと自分のベッドの上で身体を起こしていたというのだ。

　ジェインから引き出せた詳細は以下の通りだ。

「ホーラス伯父さんを見たときも同じような状態だったのかい？」

「目が覚めた状態ということ？　そうよ」

「同じような光が差していたんだろうか？」

「いいえ、光じゃないわ。どこからも光は差していないの。それについてはうまく説明できない。わたしが見たのは光を発するものだったわ」

　しかし、彼女の記憶にも明らかに限界があるようだ――ボートの話はしても、それが止まっていたのか動いていたのか、まったく覚えていない。マギーと二人きりだったのかという問いには、違うと思うと答えても、それがなぜなのかの説明はできない。なぜマギーは死んでいると思ったのか？

「死んでいるように感じたから」と彼女は答え、さらにつけ加えた。「だって、こういう幻影は誰かが死んだときじゃなきゃ現れないもの」

　多くの一般的な証言と同じように、こうした言い分は錯覚なのだろう。しかし、今回のケースでは、ジェインに一般的な状況など通用しない。わたし個人としては、彼女がモリソン嬢を見たと言うなら、その言葉通り、死んでいる娘の姿を見たのだろう。

マギーの身体にもボートの中にもロープはなかった。娘の身体に傷らしきものもなかったという。

「とても穏やかな顔をしていたのよ」ジェインの言葉に、わたしは思わずぞっとした。

しかし、ある一点については、かなりはっきりと指摘している。ボートのオール受けに布が巻きつけてあったと言うのだ。「白い布なんだけど」少し考えたあとで彼女はつけ加えた。

「どうして布なんだ?」

「オールが音を立てないようにするためじゃない」ジェインは言った。これまでの人生でも、せいぜい五回ほどしかボートに乗ったことのないジェインが!

ハリデイがボートで戻ってくるまで、わたしたちはベランダに座っていた。おそらく独自の捜索活動にでも出かけているのだろう。その間、密かに恐怖を感じていたことを認めなければならない。彼が使っていたボートのオール受けが、〝音を立てないよう〟白い布でくるまれているのを、折悪く発見してしまうのではないかと。だからといってそれが、犯罪の証拠になるわけではないのだが。

「どうして――」ハリデイがボートを繋ぎ、軽やかな足取りで木道を上がってきたとき、わたしはジェインに尋ねた。「こんなところまでうちのボートを見にきたんだい?」

彼女は少し情けなさそうな顔をした。

「わからないのよ、ウィリアム。見に行かなきゃならないという気がしただけ」

どうしてこんなにも長いあいだ、自分の経験を黙っていたのかは訊かなかった。そんな秘密を抱えたまま朝食のコーヒーを注ぎ、一日を過ごして、夜には自分の寝室に向かって階段を上っていく。丹念に髪を梳かし、ジョックの寝る準備を整えてやる。エディスにお休みのキスをし、彼女を白いベッドに押し込む。そして、自分の部屋のドアを閉め、その秘密とともにひっそりと夜を迎える。話してしまっても構わないのに、後ろめたさを常に抑え込んで。

自分の経験を疑うよりも強く、マギー・モリソンがすでに殺され、消音処置を施したボートから海に投げ込まれていることを信じていたから。しかし、その確信が知れ渡ってしまうことへの恐れとともに、自分が持っている何かしらの能力を恥じる気持ちもあったから。

かわいそうなジェイン。

七月二十七日

またしても殴打事件。しかも今回は、我が家のすぐそばで起こった。殺人事件に至らなかったのは、犯人側の意図の欠如というよりは仕上げの甘さのせいだろう。わたしは一日の大半を、エディスとジェインに町に戻るよう説得することに費やしたが、成果はなかった。

「あなたと一緒でなければ帰らない」ジェインは頑なに言い張り、わたしはエディスと視線を交わし合った。

実際、昨夜の事件でわたしの立場はこれまで以上に悪くなっている。ここでどんな行動に出ても自ら墓穴を掘るだけのことだろう。一刻も早い犯人逮捕が望まれると、グリーノウは記者団に向かって声明を出していた。どうして彼がまだ押しかけてこないのか、不思議でたまらない。

我が身を救う唯一の事実は、ハリデイが襲われた日時にわたしがスループ帆船に乗っていたことをピーター・ガイスが知っていることだろう。その点ではグリーノウも頭を捻っている……。

昨夜の奇妙な出来事を順に記していこう。

近ごろでは慢性的な状態なのだが、わたしは眠れずにいた。それで、たぶん真夜中ごろだと思うが、階下に下りて外に出た。本当に真っ暗な夜だった。最初のうちは、ロッジからあまり離れず私道を行ったり来たりしていたのだが、徐々に目が闇に慣れるにつれ、移動の距離を伸ばしていった。

二十分ほど経ったころだろうか。母屋に向かって速足で歩いていると、奥のほうから物音が聞こえた。立ち止まって耳を澄ます。防犯用の低木林付近だったので、木々のあいだに入り聞き耳を立てていた。しかし、その後は何の音せず、踵を返して戻り始めた。

ところが、方向を見失ってしまい、しばらくのあいだ、ぐるぐると歩き回っていた。やっと日時計にぶつかったことで自分のいる場所がわかり、方向転換をしてロッジに向かった。

ベルの音を聞いたのは十フィートも進まないうちだった（注記：母屋のキッチンポーチについている大きなベルで、電話が取りつけられるまでは庭師を呼ぶのに使われていた。付属の紐を引っ張るとベルが鳴る仕組みになっている）。

二度強く鳴り、不意に止まる。突然の静寂が、悲鳴のあとの静けさのように、どこか不気味な感じがした。

母屋に明かりはついておらず、何の音も聞こえない。たぶん、そんなときの人間は、考えるのではなく機械的に動きだすのだろう。誰かが〝頭ではなく、脊髄で〟と言っていたように。何か考えていたかどうかは思い出せない。覚えているのは、木々を抜ける道を探していたことだけだ。そして、ある方向に走りだしたものの、少しのあいだ部分的に意識が抜けていたことも。

母屋はまだ真っ暗で静まり返っていた。低木林沿いに用心深く道を探り、やっとキッチンの階段へ続く柵を見つける。より安全な場所にたどり着いたわたしは、自信満々でドアに向かう小さなポーチを通り抜けた。ところが、そこで何かに躓き、転びそうになる。相手の正体はすぐにわかった。頭はいつも通りに動いているものの、急に気分が悪くなる。〝肚の底ではみな臆病者〟というところか。それでもナイトガウンのポケットからマッチを見つけ、足元にうつぶせで横たわるものの傍らに屈んで火をつけた。ゴードン青年だった。一撃を受けて頭から血を流し、意識がない状態だ。ロープでしっかりと縛られている。屈み込んだまま別のマッチを探っていると、懐中電灯で顔を照らされ目が眩んだ。その光は一瞬わたしを照らすと、床にのびた青年に移った。やっと少し動けるようになっている。

「どうしたんです？」背後から声が響き、医者だとわかってほっとする。

「怪我をしているようなんです」ふらふらと立ち上がりながらわたしは答えた。「頭を殴られたみたいですね」

「ドアをあけて明かりを点けてください。中に運び入れますから」

まだ少しふらついていたが言われた通りにする。青年を床に横たえた医師が身を起こしたとき、自分に注がれた目に敵意と疑いが浮かんでいることに気がついた。

それでも医者はすぐに青年に注意を戻した。まずは怪我人の状態を調べ、ロープを外す。

「気を失っているだけですね」そう言って、怪我人をその場に横たえたまま部屋の中を歩き回り始めた。ドアを入ってすぐのところにキッチンレンジの突つき棒がある。医者はそれとロープを用心深く脇に置き、外に出ると、懐中電灯でベルを調べ始めた。

「事が起きたとき、あなたはどこにいたんですか、ポーターさん？」

「ここの敷地内ですよ。日時計の脇です。眠れなかったものですから。ベルの音を聞いて駆けつけたんです」

「ベルを鳴らしたのはあの青年なんでしょうか？」

「さあ、どうでしょう」

医者は患者のもとに戻り、頭の傷を調べ直した。それから手当てに取りかかる。そのころまでには青年も動いたり呻いたりするようになっていたが、意識はやっと少し戻り始めたところだ。わたしは水を取りに行くなど、できる範囲の手伝いに精を出した。医者は手当てを終えると姿を消し、クッションを手に戻ってきた。青年を仰向けにし、頭の下に据える。そうして彼は立ち上がった。

「ここのご老人にも知らせておいたほうがいいでしょう。もしよろしければ、わたしがここに残りますから」

こちらを見る目つきから、医者がわたしとゴードンを二人きりにするつもりがないことが見てとれた。

書斎の上にある部屋に向かい、階段を上がる。何度かノックをしてやっと気づいてもらえた。驚いたベテル氏の大声に、入ってもいいかと尋ねる。ベッドから出るのに難儀している物音が聞こえ、老人はやっと閂を外した。数インチあいたドアの隙間から、こちらを睨みつけている。

「いったい何事なんです？」

「大したことではないんですよ」わたしは答えた。「階下(した)でちょっとしたトラブルがあったんです。お知らせしたほうがいいと思いまして」

「火事か！」

「いいえ、とんでもない」そう言ってまずは安心させ、事件の説明を始める。

老人の愛想は極めて悪かった。こんな時間にあの若者が外で何をしていたのかを知りたがる。すでに医者が到着していることを知ると、自分が果たすべき役割はもうないと感じたらしい。実際、彼にできることは何もなかったので、ベッドに戻るのを手伝ってやり、その端に不機嫌そうな顔でちんまりと座る老人を残して部屋を出ようとした。

そのわたしに、彼はお湯を一杯持ってきてくれと頼んだのだ！

キッチンに戻ると、青年はすでに意識を取り戻し、辺りを見回していた。中でも医者とわたしの顔をまじまじと見つめている。自分の頭を触り包帯に気づいたようだ。

「どこでこんな怪我をしたんだろう？」不明瞭な口調で尋ねる。

しばらくすると立ち上がろうとしたため、医者が椅子に座らせてやった。

「さあ、ゴードン」と、今度はヘイワードが尋ねた。「何が起こったのかね？　思い出しみてもらえないかな」

「殴られたんですよ」しばらくして青年は答えた。「あん畜生！」

「誰に？」

しかし、筋の通った説明をするにはまだ頭がはっきりしていないらしい。それでも、頭痛がすると文句を言いながらも、その後は急速な回復を見せた。殴られたときの状況について饒舌にしゃべりだす。まとまりのない長話からでも、なんとか一貫した流れをつかむことができた。

部屋の中で起こる雑音のためゴードンは眠れずにいた。彼はわたしを睨みつけた。「あなたのおっしゃる通りでしたよ」気取った口調はいつも通りだ。「この家にはよくない評判があると伺ったときのことですが。本当に、気持ち悪いったらありませんよ」

彼は起き上がり、何か食べるものを探しにキッチンに下りてきたそうだ。腹を満たし、仕方なく部屋に戻ろうとしたが、その前にふらりと外階段に出て、そこに座り込んだ。家にこそこそと近づいてくる足音を聞いたのは、そのときだった。

耳を澄ましていると、洗濯室の隣にある古い銃器室の窓が上がる音がした。そちらに向かって歩きだす。間違いなくそこに、暗い人影を見たと青年は言い張った。次の瞬間、その人影は消えた。しかし、家の中に人がいる気配は確かにしたという。

彼はキッチンの入口に戻って中に入り、侵入者の先回りをしようとしたらしい。しかし、その戸口で殴られてしまう。ベルを鳴らしたことについては最初、自分でしたことなのかどうかも覚えていないと、ひどく曖昧な話だった。しかし、あとになって、殴られたときにその紐に手を伸ばしたと打ち明けた。

ヘイワードはじっと聞いていたが、やがて、わたしに向き直った。

「それで、あなたはどこにいたんです、ポーターさん？」

「日時計のそばに。その向こう側にいたんですよ。そこから駆けつけたんです」

「ベルが鳴ってあなたが駆けつけるまでのあいだ、ゴードンを殴った男に彼を縛り上げて逃げる時間があったと言うつもりなんですか？」

「わたしは本当のことを言っているんです。暗い中、あの日時計からここまで来るのは大変なんですよ」

そこでわたしは頼まれていた用事を思い出し、薬缶に残っていた湯を見つけてベテル氏のところに持っていった。今度は老人の態度も少しはましになっていた。青年の様子を尋ね、ベッド脇のテーブルに載せた携帯用の酒瓶まで勧めてくれる。その横には拳銃が置かれていた。それに視線を向けたわたしを見て、彼はにやりと笑った。

「この家の中で聞こえる物音といい、外で起こっていることといい、できるものは用意しておいたほうがいいでしょうから」

ということは、ゴードン青年の予測に反して、老人もまた何らかの物音を聞いていたということなのか……。

医者の態度や自分が感じている恐怖にもかかわらず、今日の段階ではまだ、証拠を冷静に検証してみても自分が本当に巻き込まれることになるのかどうかはわからない。

ゴードンは銃器室の窓から侵入する男を目撃し、その人物によってキッチンドアの近くで殴られている。医者から状況を聞いたグリーノウなら、たとえわたしが何らかの理由で不埒にも屋敷に侵入しようとしたとしても、わざわざ窓から入る必要はないとわかってくれるだろう。すべてのドアの鍵はわたしが持っていて、それを使うことができるのだから。

しかし、独自の情報源を持っているトーマスが今日、そうした方面の知識不足ゆえにわたしが昨夜見落としていた事実を教えてくれた。ゴードンは、気の毒なキャロウェイと同じ方法で縛られていたというのだ。あの医者がそう報告しているらしい――手首に二つの半結び、胴体と腕をそのロープでぐるぐると巻き、足首での二つの半結びで完成。

ロープそのものは、犯行のために持ち込まれたものではないらしい。昨夜、アニー・コークランが帰るときに、洗濯籠の上に置いていったものだ。

追記・グリーノウとヘイワード医師が車で母屋へと向かっていった。ハリデイに電話を入れたところ、こちらに来てくれるという。彼の協力が必要になるかもしれない。

七月二十八日

昨日は結局、自分で思っていたよりもずっとましな状態で終わった。日時計から母屋へ向かうのは、昼間なら簡単でも夜には難しいと、あの刑事が認めたのだ。しかし、わたしの言い分には困惑しているようだ。

「わたしにとっての最大の謎は、ヘイワード先生がわたしの到着後、どうしてあんなに早く駆けつけることができたのか、ということなんですよ。自分の車で幹線道路を走っていたとおっしゃっているんですが」

「車に乗っていたからじゃないですか」

「車で乗りつけたわけではないんですよ。確か、ロッジの門を出たところに停めていたんですよね、先生？」

「どこでベルが鳴っているのかわからなかったからね」

「でも、そういうベルが母屋についているのはご存知でしたよね。この辺の住人はみな知っています。それなのに、あなたが現れたのは見事なタイミングだった。懐中電灯の光を向けられたとき、わたしにはマッチを擦って青年の様子を窺う時間しかなかったんですから」

現場に到着したときのグリーノウが何を思っていたにせよ、目の前に提示される新しい情報にすっかり戸惑ってしまったのは充分に想像できる。その点ではハリデイも同意見だ。刑事をさらに困惑させたのは、彼がやる気満々でさっそうと登場して以来、医者が顔を引きつらせ指先を嚙み始めたことだろう。

「あの青年を殴ったのはわたしだと、あなたがほのめかしているとは思いませんよ、ポーターさん」ヘイワードはそう言った。「でも、そんなふうに聞こえてしまうんです。実際のところ、わたしはあの青年を知りもしないんですよ。記憶する限り、顔を見たも昨夜が初めてですし」

「わたしは何もほのめかしてなどいませんよ。自分の立場が非常に特異だと思っているだけです。あなたこそ、わたしが昨夜、用もない場所にいたと大いにほのめかしているじゃないですか。わたしだって、あなた同様、それなりの理由があってあそこにいたんです。たぶん、あなた以上の理由で」

ひょっとしたら興奮し過ぎていたのかもしれない。しかし、わたしにはそれなりの権利がある。

「あなたが何を思っているのかの想像はつきますよ、グリーノウ刑事。身の潔白を証明できる機会ができて嬉しい限りです。キャロウェイが入江で殺された夜、どうしてわたしが浮桟橋にいたのかは妻に訊いてみるといい。彼女に起こされ水辺に下りていくまで、わたしがベッドにいたことは妻が証明してくれますから。ハリデイが襲われた時間のわたしの居場所はピーター・ガイスに訊いてください。彼がちゃんと説明してくれます。ハリデイの車がひっくり返った道路の下にある土管については、まさにこの場所でその情報を与えてくれた新聞記者に訊いてみるべきでしょう。ハリデイには、二人でその土管を調べたことや、わたしがそこで万年筆をなくしたことを。そして、あなた自身には、ここの机の引き出しにあの家の鍵をすべて保管しているわたしが、母屋に侵入するのにわざわざ銃器室の窓をあける必要があったのかどうかを自問してみていただきたい」

グリーノウは冷ややかに微笑んだ。

「疑いをかけられてもいないのに、実にみごとな弁明ですね」刑事は言った。「実際のところ、わたしはあなたの万年筆など見つけてもいないんですけどね、ポーターさん。あそこで何か見落としていなければいいんだが！」

二人が引き上げたあと、ハリデイは口にこそしなかったものの、わたしが戦術的な誤りを犯したと思っていることは感じられた。たぶん、ある意味ではその通りなのだろう。敵に対して、あれだけ自己防衛的な発言をしてしまったのだから。それだけではない。自分の証人リストがいかに貧弱であるかにも気づいている——妻、姪の恋人、ピーター・ガイス！

地元の評判によると、ピーター・ガイスは金で買収される世にも当てにならない人物だということだし……。

それにもかかわらず、わたしは大いにほっとしている。少なくとも、自分をがんじがらめにしていた状況証拠の網に穴をあけることができたのだから。そのせいであの刑事は、新しい糸でその穴を繕うために、集められた証拠群の中に慌てて駆け戻らなくてはならなくなる。

七月二十九日

今日は静かな一日だった。直近の悲劇を常に思い出させる入江の捜索船は姿を消し、ピクニックに出かける陽気な人々を乗せたボートが再び行き来するようになった。ロビンソンズ・ポイント辺りまでバタバタとエンジン音を響かせて進む船には、昼食用のバスケットや酒瓶などが積み込まれているのだろう。

エディスは、最高にかわいらしいピンク色のワンピースを着て、お揃いの帽子を手に昼食に下りてきた。食事のあいだ中、臆面もなくわたしに色目を使ってくる。この突然の振る舞いの目的は、ハリデイとともに車を出し、灯台に向けて出発する段になってさらに拡大した。海岸警備の役割に突然興味があるようなふりをしだした本当の理由については、決して語らなかった。

残りの時間については特筆すべきことはない。午後、ジェインと二人で短い散歩に出かけたとき、道路を挟んだナイルの農場で、森の木の枝を払っている男を見かけた。しばし足を止めてその様子を眺めていたのだが、妙に不慣れな手つきだった。しかしこれも、すべてのことの背後にグリーノウの影を見てしまう自分の思い込みのせいかもしれない。

それでも、ジョックが無作法にもその男に襲いかかったとき、邪(よこしま)な喜びを感じたのは認めなければならない。引き離すのにかなり手こずるほどの剣幕だった。

ゴードン青年はまだ自分の部屋に留め置かれているが、もう起き上がって動き回っているようだ。今日、彼の様子を診てきたヘイワードに、会いに行ってもいいか尋ねてみたが、医者は首を振った。「まだ興奮状態でしてね」という答えだった。「もう一日、二日、そっとしておいたほうがいいでしょう」

それでもアニー・コークランによると、気分にむらがありカリカリはしているが、青年の体調は極めて良好だという。つまり、医者にはわたしを彼から遠ざけておきたい理由があるというわけだ。しかし、自分の疑惑に振り回されることは避けなければならない。誰に殴られたのか青年にはわからないらしいとベテル氏はそっけなく言っているが、彼自身は暗にトーマスの名をほのめかしていた！

ベテル氏との昨夜の会話は興味深く、普段のものとはちょっと違っていた。礼儀正しい態度を取ることにしたらしいが、それ以上の思惑も感じられた。わたしが現れたことへの驚きがひとたび治まると、ほっとした様子で挨拶をするどころか、できるだけ長く引き留めておこうとさえしたのだ。こちらが立ち去る前に、それらしきことを言っていた。

「身体が不自由なせいで本来の性格まで歪んでしまいましてね」と老人は言った。「わたしは人の寛大さに大いに依存して生きているのです。情けないことですが」

彼が自分の身体について話したのは初めてだったので、ゴードンなしでどうしているのかとあえて訊いてみた。老人が漏らした笑い声には皮肉っぽさが混じっていた。

「雇われ人の気遣いなんて！　そんなものはなくてもやっていけますよ。難儀には違いないが、なんとかやっていけます」帰る前に二階に上がるベテル氏に手を貸そうとしたが、老人は頑として受け入れなかった。まだ上り始めてはいなかったものの、一人で上がるとなるとかなりの時間がかかるだろう。それでも昨夜は〝なんとか〟一人でやり遂げたのだ。最後に受けた印象は弱々しい老人の姿だった。しかし、薄暗い部屋の中で背筋を伸ばし、萎えた手を上向きに膝に載せ、もう一方の手を拳銃のそばに置いて座る姿は、どこか挑発的にも見えた……。

その様子にわたしは困惑していた。母屋に近づいていくときに、テラスの窓越しに見えた彼の姿に困惑したのと同じように。そのときの老人にも、何かを待ち構えているような印象があったのだ。

窓から覗き込んだとき、ベテル氏は真向かいのホールとダイニングルームのドアを見つめていた。あまりに集中していて、わたしが軽くノックした音も耳に入らなかったほどだ。その後の会話中にも、急に放心したり、じっと耳を傾けたりの繰り返しで、わたしのほうが思わず不安になってしまった。

しかし、会話の内容自体は興味深く啓発的だった。秘書やアニー・コークランを通して、最近の事件の概要についてもよく知っていた。この家にまつわる噂話や、例の赤いランプについても。

「たぶん、その赤いランプはしっかりと閉じ込められているとわたしが言ったところで」と奇妙にも老人は言った。「何の役にも立たないでしょうね。ランプの超常的な力をさらに証明するものだと連中は言うだけでしょうから」

たぶん彼も、ゴードン青年と同じように、夜間この家で何らかの物音を聞いているのだろう。しかしだからと言って、逃げ出そうとするわけでもなく、騒ぎ立てるわけでもない。わたしにはよくわからないが、彼には未知なる自然法則によって単調な生活が阻害されることに対する独自の理論があるらしい。しかし、そのあとに続いた世間一般の迷信に関する議論の中で、彼がその起源の多くをキリスト教信仰に置いていることを知って、少しばかり驚いてしまった。つまり、悪霊や魔術が世間で広く信じられているのは、現在の神学が原因だと彼は信じているのだ。さらに、聖人崇拝は多神教であり、聖遺物への礼拝はもの、、、がみ崇拝だと分類している。

妙な話だが、その瞬間わたしは、同時性を持つ左右両脳の錯覚について聞いたときの奇妙な感覚と同じものを感じていた（注記：この記述を読んだリアが教えてくれた。これは現在、誤った学説と見なされ、実際に機能しているのは脳の片側だけということだ）。

以前、どこかで――はるか昔のことだが――薄暗い部屋に座り、同じような話を聞いたことがあるように思う。そしてそのときも、本能的な不快感を抱いていた。

しかし、そんな感覚は束の間のことだった。二人の考えが合わないことを察したのか、彼は、自分が個人や宇宙の霊的な側面を無視しているとは思わないでほしいとつけ加えた。そして、大袈裟な調子でウェルギリウスの『アイネーイス』の一節、"Spiritus inter alit"を引用した。「〝魂が事物を育む〟とは！」彼はそう言った。「すばらしい思想ですな、ポーターさん。わたしも、来たるべきものは過ぎ去りしものよりも重要であると思える年齢に達したんですよ」

そうして彼は、そんな話は終わりにして、地元の状況について話を戻した。今度は犯罪そのものを取り上げてくる。彼自身は、マギー・モリソンの失踪とキャロウェイの悲劇を結びつける必要はないと考えているらしい。この点については、わたしにも彼に与えられる情報は何もなかった。しかし彼によると、ここにジェインやエディスを置いておくのは危険だと言う。それで、事件と自分との関係について、かなり詳しく説明することになった。そこから話は、グリーノウや彼の捜査方法について広がっていった。

刑事が心理的戦略を駆使しているという説明に、老人は冷ややかな笑みを浮かべた。

「心理学――」と老人は話し始めた。「すなわち人間とその動因についての研究は、それ自体立派な科学ですな。しかし、問題の紳士については失礼ながら、心理学的算段の大方は過剰な取り調べという結果になるのではないでしょうか。つまり、人を殴って無意識状態にし、相手の意識が完全に戻る前に自白を引き出すというような。わたしとしては、ボート小屋にいるあなたのお若いご友人のほうが信頼できますね。少なくとも彼なら、自分の考えで動いているようですから」

ベテル氏はそこで、これまでにも何回かあったように突然口をつぐんだ。再び何かに耳を傾けているようだ。しかし、すぐにまた話し始める。無意識という言葉でゴードンのことが心に浮かび、意識を取り戻した彼が最初に発した言葉を思い出した。それで、あの秘書には例の夜、自分を襲った犯人の正体が確認できたのか、あるいは見当がついているのかと老人に訊いてみた。ベテル氏は「いいや」と答えた。

「少なくとも、彼からそんな話は聞いていません。でも、おかしな男ですから――気分にむらがあって、不機嫌そうにしていることもありますし。秘書としては優秀ですが、冷淡な男です」

ゴードンが襲われた奇妙な事件については、彼自身も翌朝、アニー・コークランの手を借りて銃器室を調べてみたそうだ。窓の錠が壊れていたが、年月の経過によるものと考えているらしい。錠自体はすでに修理されている。

「彼の話はどうやら本当のようですね」老人は話を続けた。「あなたもおそらくご存知でしょうが、誰かが窓から侵入したと彼は証言しています。しかし、奇妙なのは、侵入者が誰であれ、家の間取りをよく知っていたということです。明かりは一つも点いていなかったとゴードンは言っています。それなのにその人物は、何の困難もなく凶器だけを――突つき棒ですが――速やかに手に取っている」老人は振り向いて、わたしを見上げた。「庭師のトーマスについては、いつごろからご存知なんです？」

「もうずっと昔から、今の仕事をしてもらっていますよ」極力穏やかな声でわたしは答えた。「そうなんでしょうね。トーマスはゴードンが好きではないんでしょうが、それが度を越してしまったということなんでしょう」

ベテル氏は自分自身の心配はしていない。少なくとも、自分ではそう言っていた。しかし、わたし個人としては、あまり信用していない。なぜなら、帰り際にテラスから振り返ったとき、彼はまたしてもホールのほうを見ていたからだ。そこをじっと見つめている――どういうわけか、わたしにはそう感じられた。

七月三十日

今日、リヴィングストーン氏の蔵書から心霊研究に関する本を借りてきた。これから、じっくりと読むつもりでいる。様々な証拠の中に事件究明の鍵があるとすれば、間違いなくそこにあると思うからだ。

一方、人の心にとって、生存への欲望が最たるものであることを忘れてはならない。今あるこの命こそがすべて。そう思う人々のどれほど多くが、その命を永らえたいと願っていることだろう。

しかし、昨夜のことを思い返してみても、寝る前にそんなことは何一つ考えていなかった。軽い夕食後、この日記を手に、ジェインが寝室に引っ込むまで一緒に過ごした。静かな夜で、眠りに落ちる前に考えていたのは、道路の向こう側にいた樵（きこり）のことだ。誰かがロッジから出ていくか、窓の一つに姿を現すかでもしなければ、妙に動かない男だった。

それでも、一つだけわかったことがある。あとになって気づいた草木の良い香りは、間違いなくその男が昨夜集めた木の葉の香りだったということだ。そしてそれは夜通し燻られていた……。うとうとし始めた真夜中過ぎのことだったと思う。ジェインが現れ、自分の部屋で一緒に寝てくれないかと頼んできた。

「長椅子で寝られるようにするから」わたしの目を見ないようにしながら彼女は言った。「どういうわけか、気分がちょっと落ち着かなくて」

わたしはすぐに寝具を引きずっていき、寝床の用意をするジェインを観察していた。顔色が真っ白で手も震えている。ブランデーでも持ってこようかという提案を、彼女はいつものはぐらかすような答えで退けた。

「大丈夫よ。一人でいたくないだけなの」

ジェインは疲れきった人のように、瞬く間に眠りに落ちた。しかし、寝床が変わったわたしはすっかり目が冴えてしまい、しばらく闇を見つめて横たわっていた。部屋の中に誰かいる。そう感じだしたのがいつだったのかはわからない。おそらく、三十分は経っていただろう。

何かが見えたわけではない。しかし、密かに見られているという感じがしたのだ。同時に、不安というよりは恐怖に近いものが襲いかかる。その感覚にわたしは凍りついていた。そのとき、何かがわたしの毛布を引っ張った。寝具が床に滑り落ちる。その途端、部屋の中を吹き抜ける一陣の風。顔の上でカーテンが舞い上がり、ホールへのドアが音を立てて開く。あとは静寂。ホールから、ジョックが憐れっぽく鼻を鳴らすのが聞こえるだけ。

この出来事のどれだけが、今日のわたしの精神状態に影響しているのかはわからない。ジェインの不安定さが影響しているのは間違いないだろう。毛布が長椅子から滑り落ちやすいというのも、また事実だ。今日、わたしは密かに実験してみた。強い風が吹き込めばカーテンだって舞い上がるし、鍵のかかっていないドアを押しあけることもある。

その一方で、これまでの確信と同じくらいの確かさで言い切れる事実もある。昨夜、ジェインの部屋に入ったとき、わたしはドアの鍵をかけたのだ。しかし、それが今朝は外れていた。

もし仮に、それが正真正銘の心霊現象だったとしても、あまりにも目的がないように思われる。正しいかどうかは別にしても、この日までわたしは、こうした不可解な出来事が起こるには――こんな言い方が妥当だとして――密かではあってもしっかりとした目的があるものだと思ってきたのだ。しかし、今回の場合、そんなものはまったく存在しない。

それにもかかわらず、昨夜は何の進展もなく静かだった。グリーノウは黙々と仕事を続けている。何をするにしても動きはすべて筒抜けという、田舎の刑事にはありがちな障害に悩まされながらも。今朝のジェインは、何事もなく静かな眠りから目覚めた。それでも元気がないのは、このひどい暑さのせいだろう。

しかし、我が家では新たな展開が見られた。しかもそれは、エディスからもたらされたものだった！

今朝、朝の往診に出かけるヘイワード医師を見かけたエディスは、彼の診療室を訪ねたそうだ。主（あるじ）は外出していると言う家政婦に、医者の事務室に入って書き置きを残してきてもいいかと彼女は許可を求めた。

「書き置きだって？」わたしは訊き返した。「いったいどんな？」

「どうってことはない内容よ」とエディスは答えた。「明日、お茶でもご一緒にいかが？　って書いてきただけ。それしか思い浮かばなかったんだもの」

しかし、実際に彼女がしてきたことは、医者のタイプライターで数行の文字を打ってきたことだ。その紙を引きちぎり小さな化粧ポーチに押し込んできた。そこに入っている白粉ではたく自分の鼻と同じくらい、彼女の一部と化している化粧ポーチに。

（ハリデイの報告によると、この向こう見ずな行動から得られた結果は、暗号文の文字は医者のタイ

プライターによるものではないということだった）
虫眼鏡を使って詳細に比較してみれば、わたしでも確認できる。つまり、また振り出しに戻ったというわけだ。

わたしの車に魔法円を描いたチョークが暗号文入りの紙にくるまれていたと信じるなら、その魔法円を書いたのはあの医者ではないということになる。言い換えれば、こちらからの反撃はまだ始めるべきではなく、当面はかなり不名誉な状況が続くということだ。

七月三十一日

ハリデイがボートを見つけた。

少なくとも、ジェインの描写と合致するボートを。彼は今日、そのボートを見せるためにわたしを連れ出した。

それは、ボート小屋から半マイルほど北に進んだ、沼地を縫って流れる小さな支流に捨てられていた。ロビンソンズ・ポイントを少し越えたところだ（注記：この支流は入江に注ぐ本当に細い流れで、雑草に覆われ、海への注ぎ口も葦で隠れて見えない。長さも数百フィートほどだろう。その最奥部分にボートはあった。沼地が終わり森が始まる部分。他人の土地ではあるが、森はうちの地所と隣接している）。

ボートは見るからに古く放置されていたものだが、最近使われた形跡がある。つまり、内部に残っていた水がほんのわずかだったのだ。ハリデイによると、このところの大雨のあとであれば、水でいっぱいになっているはずなのに。

オール受けは薄汚れた白い綿布で覆われていた。オール自体は、盗難防止のためか沼地の中に巧妙に隠されていた。あるいは、ボートそのものが持ち去られるのを防ぐためなのかもしれない。ハリデイは発見したボートをそのままの状態にしている。しかし、後日照合できるように、オール受けの消音用布地からナイフで小片を切り取っていた。

モリソン嬢の捜索が行われていたあいだに、このボートが発見され調べられていたのは間違いない。土手にかなりの数の足跡が残っているからだ。そしてそれが、ほかの証拠の発見を巧みに妨げていた。しかし、灯台がかろうじて見えるだけの――それも、かなり遠くに――辺鄙な場所で、すっかり老朽化したボートが発見されること自体がかなり怪しい。

キャロウェイに見つかった殺人犯があの夜、うちの船着き場から海に逃れたのはこのボートだとハリデイは信じている。そしてその後、このボートからキャロウェイの船に乗り込み、彼を襲ったのだと。

ボートを調べていたハリデイの顔が強張っていたのも無理はない。

それでも、人は昨今、狂気に陥らないためにユーモアを見つけなければならない。我々がそのボートに近づくために試みた慎重な遠回りにも、笑えるものがあった。わたしたちは、これ見よがしに釣りに出かける準備をして見せたのだ。ハリデイは釣り針や重りの点検に精を出し、わたしは釣り糸に絡まれ絶望的な顔を装ったりした。

その後、入江を渡って警笛ブイのそばに錨を下ろし、しばらくのあいだ粘り強く釣りに徹した。つまり、我々の支流河口への接近は極めて工作的だったと言える。しかし、ひとたびロビンソンズ・ポイントを回ると、警戒心を緩め船のスピードをあげた。

河口はびっしりと水草に覆われていた。それでもオールで水草をかき分け、砂洲の向こうのより深い部分へと進んでいった。そこで一度辺りを見回し、再びオールを漕ぎだす。もし、グリーノウが最初から最後までその様子を観察していたら、わたしへの疑いをさらに強めたかもしれない。

ハリデイのその後の発見が重要な意味を持つものなのかどうかは、わたしたちにもわからない。モリソン譲は殺害された夜、トラックで海辺まで運ばれた。その確信の上にこのボートの発見だ。ハリデイは人目につかないようにわたしを森の中に残し、一人で木々のあいだを抜けて幹線道路へと向かっていった。

三十分ほどで戻ってきた彼は、森の中でトラックのタイヤ痕を見つけたと報告した。その上、有刺鉄線の柵の一部が取り払われ、車が通り抜けられるように木の板が渡されていたことも。

以前と変わらず、犯人の確定にはほど遠い状況ではあるが、これはかなり有力な証拠と言えるだろう。ただ、不都合な点がないわけではない。自らが被った損害からもわかるように、この辺りの森林では村人たちが当然のように倒木に対する優先売買権を行使してきたのだ。タイヤ痕は単に、自宅の調理用オーブンのために燃料を探しにきた倹約家の住人が残したものである可能性もある。

それでも、ある一点については貴重な情報と言えるかもしれない。思いもよらないような主婦的な知識をたんまりと貯め込んでいるエディスによると、オール受けを包んでいた布はかなり上等な代物だというのだ。

「自分のベッドに――」と彼女は言う。「リネンのシーツを使っている人を探すべきね。それも、昨今、一組二十五ドルもするようなシーツを」

　このことからとりわけ強く感じたのは、うちのかわいいエディスは家の中にあるものの値段を常に考えているのだろうか、ということなのだが……。

　今宵、ボート小屋にある古い私物箱の一番上には、ハリデイがこの夏の余暇を過ごすために持参した法律関係の本が納まっている。これまでのところはもっぱら、風の強い日にドアをあけておくために使われているようだが——そしてまた、あの古い私物箱には現在、長期戦になると思われるグリーノウとの闘いに備えて、唯一、身を守るための武器となりそうな四つの証拠品が納められている。すなわち——

（a）半分に割れた眼鏡のレンズ。
（b）謎めいた大文字、小文字がタイプされた紙切れ。
（c）エーテル缶の小さな蓋。
（d）白い布の切れ端。

　我々が持っているべきだった五つめの武器を敵の手に渡してしまったのは、ハリデイのうっかりのせいではない。

（e）シンプルな木の持ち手がついた刃渡り六インチほどの鋭利なナイフ。

八月一日

こうした犯罪を解決するために根源的な動機を探そうとするのは、どんな場合でも間違いだと今では確信している。グリーノウが学んだ心理学も、精神病の発達の専門家でもない限り、ここでは何の役にも立たないだろう。

常軌を逸っした断片的な衝動を筋の通った全体像に繋ぎ合わせることは、誰にもできない……。

昨夜、あるいは今朝にかけてかもしれないが、ボート小屋で不審火が発生した。油を滲み込ませたぼろ切れのようなものをスループ帆船から持ち出したバケツに詰め込み、火をつけた蠟燭を投げ入れたようだ。その上には、浮桟橋を修理したときの残りと思われる木材が置かれていた。

ハリデイが眠り込んでいたら建物は全焼していたかもしれない。しかし、火事が起きたとき、彼はボートを見つけた森の中にいた。ひょっとしたら、そのボートの持ち主が現れるかもしれないと思って。離れた場所から火事を発見したハリデイは全速力で駆けつけ、なんとか火を消し止めたのだ。

彼は今朝早くグリーノウに知らせた。しかし、あの紳士の言葉は当たり障りのないことばかりだった。ポケットに両手を入れ、焼け残った灰をつま先で突いている。

「思い当たることはありますか、ハリデイさん?」刑事は尋ねた。

「見当もつきませんね」ハリデイの答えは喧嘩腰だ。

「そうなんですか?」グリーノウはそう尋ね返すと、もう一度灰を蹴り、何事もなかったかのように立ち去った。

我々にわかるのは、せいぜい次のようなことくらいだ。今回の件について、あの刑事は面倒な事件ではあるが、ハリデイとわたしの計画的な犯行であると信じていること。そして、昨夜わたしが家を出ていないことを部下の見張り人が証言できるにもかかわらず、未知なる犯人がいまだ動き回っているかのように我々が見せかけようとしたと思っていること。

それでも、そんな刑事を全面的に非難することはできない。火をつけたのが誰にせよ、犯人はそのときハリデイが小屋にいないことを知っていたのだ。そしてハリデイのほうも、ボートの件を漏らさずにその事実をはっきりと述べることができないでいるのだから。ボートの発見については、できる限り秘密にしておきたいと彼は思っていた。

黒焦げになった燃えかすから、蠟燭の上に積まれていた木材の量を測ろうとしていた刑事が不審に思ったのも無理はない。

「眠りが深いんですね、ハリデイさん！」彼はそんなことを言っていた……。

今日から新しい月の始まりだ。ピープスのように、自分自身を振り返ってみるにはふさわしい日と言えるだろう。相当な努力にもかかわらず、先月の日記には自分の心配がかなり滲み出てしまっていた。必ずしも自分に対する心配ばかりではない。コートを脱いで、一人この局面と闘うことは可能だが、わたしにはエディスとジェインというハンディキャップがあるのだ。

エディスは決して、ハリデイを残して帰ろうとはしないだろう。現状については何も知らないジェインも、わたしを一人ここに残そうとは思わないはずだ。

「あなたが町に帰りたいなら」と彼女は言う。「もちろん、わたしも一緒に帰るわ。でも、何らかのバカげた理由で、ここに一人残るなんていうのは問題外。一週間できれいなシャツがなくなってしまうんだから」

しかし、たとえ警察が早急には動かないと感じていたとしても、わたしにはここから逃げ出せない理由がある。借家人に対する責任があるのだ。

格安な家賃と魅力的な宣伝で、身体障害者の老人と若い秘書をここに呼び込んでしまっている。その問題が解決できたとしても、二件の凶悪犯罪が自分の地所内で起きている事実は消え去らない。最も軽く見たとしても、事の中心が最初からツイン・ホロウズであることは明らかなのだ。羊殺しがのどかな土地を物色しているのをナイルが目撃したのは、この地所だった。ここではないにしても隣接した土地に、例のボートがいまだ隠されている。キャロウェイを殺害した犯人が最初に逃走を試みたのは、うちの浮桟橋からだった——ハリデイがここに到着した夜、彼が見た明かりは犯人の懐中電灯だったのかもしれない。ボート小屋に人がいるのを知った犯人が、沼地から海辺に向かった可能性は大いにあり得る。

さらに最近では、犯人の行動範囲がうちの地所内に限定されてきた。秘書が窓の外にいる犯人を目撃している——そればかりか、犯人は母屋に侵入して秘書を襲ったのだ。そして、その数日後には、たぶんハリデイが彼のボートを発見したのをこっそりと見ていたのだろう、犯人はボート小屋に火をつけ、ハリデイを追い出そうとした……。

ベテル氏に賃貸契約の取り消しを打診してみようと思っている——家賃を全額返すことを条件に。そうすることで、自分の責任を少しでも軽くしようかと。

果たして老人は何と言うだろう？

八月二日

執筆と読書。そして時々ジェインの部屋を訪ねては、カーテンの陰から仕事に精を出す見張り人を観察する。あの男も偶然何かつかめれば、活動的な夏を過ごすのにより適した町へと帰れるだろうに。リヴィングストーン氏の本を読み続けているが、バカげたことばかりだ。魂の残存に意味があるなら、現実世界で生きていくことにその意味が見い出せなくなってしまう。身体を動かす神経の力が、ある人においては肉体を超えて広がることがある。その事実を受け入れるだけでは、なぜだめなのだろう?

それにもかかわらず、わたしは母屋の机の上で見つけた本を同じように持ち出している。『ウージェニア・リッジスとオークヴィルの怪奇現象』。こんな状況下ではベテル氏向けの本ではない。例えば、我々が書斎と呼んでいる小さな羽目板張りの部屋が、彼女の降霊会のために使われていたという記述が見つかる。その羽目板張り自体が疑わしい。でも、待てよ! あの時代には羽目板など張られていなかったはずだ。オーク材の羽目板を見つけたホーラス伯父が、大喜びでその部屋の壁に羽目板を張ったのを覚えている。もともとの農家では古いキッチンだったその部屋の壁に。

さらに読み進んでいくことで、たった今、記憶が修正された。写真（注記：『ウージェニア・リッジスとオークヴィルの怪奇現象』、図版I）には、漆喰の壁が写っている。その上にはぞんざいに塗られた水色の部分が一、二カ所。本文で言うところの霊魂による絵画なのだろうか。

小部屋と呼ばれるものが、普通の部屋とはまったく違うものであることも示されている。がらんとした部屋の一角に渡された太い棒から、黒いカーテンが下がっているだけだ。写真では、そのカーテンはあいていて、〝ジョージ〟の舞台用小道具が載った小さな台が見えている。鈴、何かの皿、グラス、小さな花束。幽霊の手による演奏に備えて、床にはギターも置かれている。壁は完全な漆喰塗りだ。

撮影用に立てかけられた皿の写真もある。タイトルは〝石膏に残った手形。一九〇二年十二月二日。通常の指紋や皺がないことに注目〟。かなり挑戦的な見出しにもかかわらず、何の感銘も受けなかった。むしろ、どこか隠れたところにリッジス氏がいないのかと思ったほどだ。ずんぐりとした短い親指と少し曲がった指を持っていたリッジス氏。ゴム手袋には普通、指紋も皺もないことを知らないはずはないリッジス氏が。

しかし、これはやはりベテル氏に読ませる本ではない。リッジス夫人はマーコウィッツの自宅で彼に会い、完全に相手を打ち負かしている。確かにマーコウィッツは、大きな顔と分厚いカーテン地から伸びる腕を出現させている。しかしリッジス夫人は、それ以上のことを成し遂げたのだ。彼女は暗く赤い光のもと、触れたり握ったりできる手を出現させたのだ――そんな照明のもとで不思議な現象を見たいと思っている人々にとっては、さほど衝撃的なことでもないのかもしれないが。

「手が――」と立会人の一人が証言している。「小部屋から出現して、わたしのほうに伸びてきたんです。人の姿は見えませんでした。でも、カーテンのうねりが、その背後にこの世のものではないものの存在を示していました。かなりの時間、わたしはその手を取り、握っていたんです。それがまるで解ける(ほど)ように、わたしの手からすり抜けていくまで」

手が消えてなくなっただって！　しかも、そんなにも突然に。

しかし、漆喰の壁のことも含め、この本に集められている証言をまとめると驚くような全体像が浮かび上がってくる。リッジス一家には敬意を払わなければならない。夫婦であればその二人に、手を貸していた者がいるならその人物にも。特に、窓が〝施錠された上に鎧戸が下ろされていた〟のなら。そして、〝ほんの少し触れただけで音を立てる鈴に取りつけられた細い糸が、彼らのあいだに渡されていた〟のなら。

アニー・コークランがこの本を読んでいたなら、彼女の薬缶が移動したり、毛布が破廉恥にも引き剝がされたりしても、驚くことはないはずだ。

八月三日

早起きのハリデイが今朝、興奮で髪を逆立てんばかりの勢いで朝食のテーブルに駆け込んできた。

「みなさん、おはようございます！」大声でそう叫ぶ。「本日、ピクニックはいかがですか？　ジンジャーエールにフライドチキン。ジンジャーエールならぼくが用意しますよ」

「まあ、ちょっと落ち着いて座ったら？」エディスがハリデイを見ながら言った。「ウィリアム伯父さん、彼にハーブ入りリキュールのアンモニア水割りでも持ってきてもらえるかしら？　すぐに落ち着くと思うから」

「どれだけすごいニュースが入ってきたと思う？」ハリデイが問う。

「それがいいニュースかどうかなんて誰が判断するの？」

「みなさんにお任せしますよ。グリーノウが出ていったんです。ベンケリーが昨日やって来て、奴をこの事件から追っ払ったんですよ。少なくとも、郵便局ではみんなそう噂しています。十三日間もうろつき回って、何一つ解決できなかったんですから」

「もう少し長くいてくれたら――」エディスが残念そうな口ぶりで答えた。「誰かがあの人を殺してくれたでしょうに！　本当にがっかりだわ」

ジェインにはまったくわけのわからない会話だったはずだ。わたしたちの興奮に首を傾げ、ほかの三人がどれだけほっとしているかも理解できないでいる。「警察が誰かを罷免したわけね」彼女は言った。「でも、住人を守ってくれる人がいないのは困るんじゃない？　いつまた何が起こるかなんて誰にもわからないんだし、そんなことになったら、わたしたちどうなってしまうの？」

「本当にどうなってしまうんでしょうね？」ハリデイはそう答え、エディスとツーステップを踏みながら居間へと移動していった。オルガンの前に陣取ったエディスの、へたくそな『まもなくかなたの（一八六四年にアメリカで発表された讃美歌）』の一節が聞こえてくる。

「最近のヒット曲よ」エディスは大声をあげた。「ここでは御言葉（みことば）と音楽がたったの二十五セントなの！」

「みんな、頭がどうかしちゃったみたい」ジェインはそう言って、朝の片づけに立ってしまった。

物事の展開というのは実に予想外だ。ハリデイの言葉通り、昨日、保安官がホテルにやって来て、グリーノウと一、二時間部屋に閉じ籠った。割氷を運んだベルボーイの報告によると、そのときグリーノウはむっつりとした顔でテーブルの脇に座り、ベンケリーは窓際に立って外を眺めていたそうだ。三十分後、保安官は従業員に挨拶の一つもせずに立ち去り、一時間もしないうちにグリーノウがフロントで料金を支払い、駅までのタクシーを呼んだという。

わたしたちは大いにほっとしていたが、地元民や避暑客のあいだには不満の声もあった。スターには小さな町での巡査としての仕事が山ほどあり、今回の事件が丸ごと彼の手に委ねられるのは極めて異例だったからだ。もちろん、グリーノウの代わりにほかの人間が派遣される可能性もある。しかし、たとえそうだとしても、そんな噂は少しも聞こえてこない……。

追記・ここでのニュースが広まる速さときたら驚くばかりだ。グリーノウが立ち去ったことで生じた直接的な結果として第一に挙げられるのは、この状況に対する人々の興味が復活した点だろう。警察が関与していたあいだは、住民も多かれ少なかれリラックスしていたし、彼らの仕事に依存していた部分もあった。それが再び、自分たちの退屈しのぎに逆戻りしたのだ。様々な意見、そして証言までもが、町の情報センター、つまりは郵便局で取り交わされている。すなわち――。

今朝、ヴォーンという人物の飼牛が野原の隅で群がっているのが発見された。それも、明らかに夜通し走り回されたという様相で。

(気の毒ではあるが、常識的に考えても野良犬の仕業だろう)

三日前、見慣れない人物が金物店で大型ナイフを買おうとしていた。

(のちに、リヴィングストーン家の新しい執事が、切り盛り用の大型ナイフを探していただけだと判明した)

灯台守の補佐が、あの建物は呪われていると主張して辞職した。

(辞職というのは本当の話だ。あの補佐はずっと転属を希望していたらしい。しかし、ワードによると、あの嵐の夜以降、おかしな現象は起きていない)

ヒルバーンロード付近で二度、ライトもつけずに暴走している車が目撃されている。両方とも真夜中過ぎのことだ。

（この話にはある意味真実味がありそうだ。ただし、その車は対向車が近づくまではライトをつけていた。それが、すれ違う直前に消えてしまったのだろう。おそらくは、近距離用ヘッドライトの故障か何かで）

わたし自身の安堵感は言葉にできない。今日、鏡を見たときの自分の顔が、この数週間とまったく違っていることに驚いたほど。今夜、リア夫妻が食事にやって来る。彼らの健闘に期待したい。

八月四日

昨夜のパーティは大成功だった。テーブルにはキャンドル。リアの要望で赤ワインを一瓶あけ、アニー・コークランに頼んで急遽母屋からワイングラスを六つ借りてきた。極めて陽気に盛り上がる。エディスの提案で、彼女とハリデイ、わたしの三人で〝ここにはいない者〟のために祝杯をあげた。このときばかりはリアも不思議そうな顔をしていたが、それ以外は大盛況だった。

食事のあとは三グループに分かれた。ジェインとヘレナはおしゃべりに興じ、エディスとハリデイはカヌー遊びをするためにボート小屋へ向かった。リアとわたしは葉巻を手に私道を散歩することにした。

リアの落ち着いた表情といつもの頼もしさ、それにたぶん、ここでの状況に新たな視点を獲得する必要から、わたしは現状について話し始めた。リアは言葉を挟むこともなく黙って聞いてくれた。

殺人嗜好を持つ狂人と向き合わなければならない。それが彼の意見だった。そして羊殺しはそれ以降の事件の序章、彼曰く〝贖罪のための捧げもの〟であると。

「もちろん、ぼくは精神科医ではないけどね」とリア。「でも、ほかにどんな説明ができる？」

「まったくできないな」わたしは素直に認めた。「もし、そんな連続犯罪を起こそうと思ったら、まずは自分の精神に障害を起こしたほうが有利なんだろうとは思うけどね。殺人犯と羊殺しが同一人物だと思う陪審なら、第一に犯人の異常性を疑うだろうから」

「それに――」とリアは、学者らしい冷静な口ぶりで続けた。「こんな連続殺人を始めた犯人は心の均衡を欠いている。殺人の言い訳に羊を殺す必要なんてないんだから。世間に対してはまともな顔を見せているのかもしれないな。でも、間違いなく何かが欠落している」

　この事件を超常的な面から見ることについては、リアは頭を振った。

「そんなことは議論もしたくないね。確かに、何かはあるのかもしれない。それは否定しないさ。でも、ぼくたちがああだこうだと騒ぐことではない。神がヴェールを剝がそうと思ったときには、そうしてくれるんだから。それに、ぼくは覗き魔でもないしね」

　彼はさらに、ヘレナが最近、占い板（ウィージャボード）に凝りだしたことを話し始めた。何時間も〝捕まえることができた相手〟と座り込み、聞こえはいいが何の意味もないバカげたメッセージを受け取っているというのだ。

「ここでは――」とリアは言う。「そんなことは考えないほうがいい。本当に何かつかめたと思ったら、そのときにカメロンを呼んで見てもらえばいいんだ。でも、きみ自身はそんなものには手を出さないほうがいい。毒だからな」

　リア夫妻を十一時の汽車に乗せるために送り、たった今、戻ってきたところだ。否定的な態度にもかかわらず、その後の話を聞かせてやれば彼も面白がるだろうと思う。車をガレージに入れ、ライトとエンジンを切って外に出ようとしたときのこと。わたしは再び、あの特徴的な乾いた咳とゆっくりとしたかすかな足音を聞いたのだ。さらに、生涯を通じてホーラス伯父と結びつけてしまう、あの奇妙で薬臭い香りを感じた。

楽しかった夏の夜の直後に起きたあまりにも予想外な出来事。わたしは一瞬動くこともできず立ち尽くしていた。そしてやっと、ガレージの恐ろしい暗闇から月の光が差す外へと飛び出した。そこで出くわしたのは、立ったまま煙草をくゆらせているゴードン青年だった。

「やあ」やっとしゃべれるようになると、わたしは声をかけた。「また外出できるようになったんだね」

「ええ。あの家には苛々してしまって」と青年は答えた。「事件の夜以来、神経質になっているようなんです」

具合が悪そうだったので、母屋に戻る前に少し座って休んだらどうかと促した。しかし、彼はそれを断った。

「出歩いていたのがばれたら、ひどい目に遭いますからね」優雅な口調でそう答える。

わたしは踵を返し、ゴードンと一緒に母屋に向かい始めた。こっそりにやついているのでどうしたのかと尋ねると、わたしがガレージから飛び出してきたときのことを思い出していたのだと答える。

「ぼくに騙されたんじゃないですか?」

「びっくりしただけだよ。どういう意味だい?」

「わかっていると思いますけどね」例の横目でわたしを見ながら彼は言った。「あの咳ですよ」

青年はまた、密かなくすくす笑いの発作に陥ったようだ。

「灯台のことかい?」

「いいえ、灯台のことなんかじゃありませんよ」そう言うと不意に方向を変え、木々のあいだをすり抜けていった。

このことからは、どのようにでも好きに解釈ができる。母屋の中で咳音を聞いたゴードンが、アニー・コークランに文句を言っていたほかの物音と結びつけて考えたとか? あるいは、咳の話は単に聞いていただけで、屈折したユーモア感覚からわざとそれでわたしを怖がらせようとしたとか?

肉体を失った存在はしばしば、死後も生きていたときの習慣を繰り返す——最近読んだ本の中で知った、そんな言い伝えを信じるとしたらどうだろう。猟師は馬の背に乗って甦り、田舎道で一人たたずむ姿を目撃される。足元を照らしながら寝床に向かった古(いにしえ)の淑女たちは、やはり永久に灯り続ける蠟燭を手に、この世には存在しないベッドへと未来永劫向かい続けるのか。

しかし、いくら騙されやすいわたしでも、肉体を持たない者たちがその頼りない存在を保ち続ける可能性を真剣に記録することなど、能力の限界を越えている。

八月五日

今朝、アニー・コークランにワイングラスを返しにいった。それ以来ずっと、彼女が言うことと自分たちが知っていることの帳尻を合わせようとしては失敗している……。

アニー・コークランによると、ゴードン青年には、夜、家を抜け出す習慣があるというのだ。その習慣は彼がここに来てから間もなく始まり、今もまだ続いている。襲われた夜、本当はキッチン前の階段に座っていたわけではなかった。車で外出し、家に戻ろうとしているときのことだったのだ、と彼女は主張している。

さらに、ベテル氏がそれを疑い、襲撃の夜以降は特に警戒を強めているとも信じていた。「あの夜以来、二人の仲はうまくいっていないんですよ」とはアニーの報告だ。「わたしがダイニングルームにいるあいだは、まだぽつりぽつりと言葉を交わすんですけどね。出ていった途端、牡蠣みたいに黙り込んでしまって」

彼女はまた、ベテル氏がゴードンを怖がっているのではないかとも思っていた。秘書がまだ寝込んでいたあいだ、夜、ベテル氏が二階に上がるのを彼女が手伝っていた。老人が部屋に入るや否や、鍵をかける音が聞こえたという。

「一階で夜を過ごすときには」と彼女は続けた。「自分の拳銃を二階から持ってこさせるんです。銃器室から侵入した男に対する用心だと言っていましたけど、本当かどうか」

アニーがその話を刑事にしなかったのは、極めて女性的な理由からだった。グリーノウは早くから、あの高圧的な態度で彼女の反感を買っていたのだ。それに、「あの人は事件を解明することでお金がもらえますけど、わたしは違いますから」とのことだ。

しかし、もう一つの理由は奇妙ではあるが、わたしへの忠誠心の深さを示すものだった。予想外だった上に、かなり感動的でもある。

「この家を巻き込む意味がわからないんですよ」と彼女は言った。「それでなくても評判はよくないのに。いろんな噂話が流れているんです。中には気分が悪くなるようなものまで」

わたしから目を逸らし、レンジをカタカタ震わせている彼女の様子からすると、あの樵――ちなみに今日は姿が見えない――が、気づかずに見逃したものはないということなのだろう。そしておそらく、噂を流しているのはスターかナイル。たぶん、ナイルのほうだろう。いずれにしても、アニー・コークラン、そして、この付近の住人はみな、わたしが監視下に置かれているのを知っていたというわけだ。なんとも情けない話だが、アニーの忠誠心だけは救いだった。

「襲撃された夜、どうして彼が家にいなかったと思うんだい？」

「あの人は眠れなかったと言っていませんでしたか？　それで起きだして、何か食べるものを探しに階下に下りてきた。そして、外に出たんだと？」

「そう言っていたね」

「そこでわたしが理解できないのは、あの人が上から下まできっちりと服装を整えていたということなんですよ。食料貯蔵室に下りてくるのに、そこまでする必要はないですから」

そんなことを見落としていたなんて！　ヘイワードもグリーノウもわたしも、それぞれが持つ能力の範囲で彼の話を検証していた。それなのに、そんな矛盾に気づかなかったのだ。「次の日、あの人の服をクリーニングに出したんです」とアニーは続けた。「そのときに気づいたんですけどね」

しかし、彼女の本当の貢献は――もし、それをそんなふうに呼べるなら――ガレージにあった。忍び足でホールに出て、家の奥から聞こえるベテル氏の口述の声に耳を澄ませたあと、彼女はわたしを外に連れ出した（注記：母屋の小さなガレージはキッチンの裏手にあり、その出入口からも遠くない。ガレージに近づく方法は二つある。一つは、ロッジの脇を通り母屋の周りをぐるりと回る私道を使う方法。もう一つは、わたしたちが〝小道〟と呼ぶ砂利道を使う方法だ。森を抜けてロビンソンズ・ポイントの方向に伸びている道で、はるか先で砕石を固めた高速道路にぶつかっている)。

「わたしが知る限りでは」とアニーは言う。「あの二人がいらしてから車が外に出たのは二度だけです。一度はトーマスを家に送ったとき。もう一度は、あの嵐の夜、わたしを家に送ってくれたときです。でも、それと同じように、あの車は外に出ていたんです」

「その音は老人には聞こえなかったのかな?」

「聞こえたかもしれませんし、聞こえなかったかもしれません。でも、小道を通っていったとしたらどうでしょう? それなら、あの老人の耳には届かなかったんじゃないでしょうか?」

自分の判断の正しさを証明するために、彼女は小道に残るたくさんのタイヤ痕を見せてくれた。確かに疑わしくはあるが、決定的な証拠とは言い切れない。公道だと思い込んだドライバーが小道を通って森を抜け、不意に母屋の前に出てしまったとしても何の不思議もないからだ。

しかし、こうしたことをすべて踏まえても、ゴードン青年を殺人犯と見なすのはかなり難しい。連続殺人が羊殺しと関連しているのは周知の事実だ。それはどうしても否定できない。しかし、羊が殺され祭壇が建てられたのは、ベテル氏とゴードンがこちらに来る前のことなのだ。アニー・コークランは自分の主張にそれなりの根拠を持っているが、決して充分とは言えない。

それに彼女は、あの青年を心底嫌っていた。わたしが立ち去る前に、あの青年を嫌う理由を漏らしてしまったのは、ついうっかりだったのかもしれない。

「あの若者にはおかしなところがあるんですよ」とはアニーの言い分だ。「自分が不正直だと、他人もみんなそうだと思ってしまうんですよね」

「きみについては、そんなことは言っていないよ」

「だって、あの人は自分の部屋に鍵をかけ始めたんですよ。その上、その鍵をいつも持ち歩いているんです。わたしはこれまで、人様のものに手をつけたことなんて一度もないのに」

ハリデイは今朝早くから、暗号入りの紙切れを持って町に住む知り合いの専門家を訪ねている。それで、この新しい展開についてはまだ話し合えていない。恐ろしい出来事が起こり始めたとき、ゴードンはまだここにいなかった。時間のずれはいったん脇に置くとしても、一番のネックは彼自身が襲われたことで……。

あの若者が夜間家を抜け出し、車を使っていたとしたらどうだろう？　まだ若いのに、一日中囚人のような扱いだ。毎朝、ベテル氏の口述を書き取り、昼食後、老人が昼寝をしているあいだにタイプする。そして四時にはまた、ノートと鉛筆を手に仕事に取りかかる。ここで時折エディスと過ごすわずかな時間は、密かに盗み取られたものに過ぎない。

八月六日

ハリデイの知り合いの専門家はさほど役に立たなかったようだ。しかし、そこから得られた情報は我々にとって都合のいいものだった——もし、そんなものが存在するならの話だが。暗号文はレミントン製のタイプライターで作成されていたことが判明したのだ。

予想通り、ハリデイはアニー・コークランの話をあまり真剣には受け取らなかった。しかし、自分の疑いの基盤を、ゴードンが襲撃されたことよりも、一連の事件が彼の到着前から始まっていることに置いている。

「結局――」とハリデイは言うのだ。「ゴードンを殴ったのが、あの老人じゃないなんて誰にわかるんです？　まともなほうの腕にはかなりの力があると思いますよ」

「難しいとは思うが、想像してみようか」

「ゴードンが外で立てた物音を老人が聞いたとします」彼は続けた。「青年が家に入ろうとして立てた物音です。そして老人はほかの誰かだと思った。例えば、殺人犯とか。突つき棒でゴードンの頭を殴ったとしても、充分に正当化されます」

「老人が階下（した）に下りてこられたのは認めるとしても、相手を縛り上げることはできただろうか？」

「その点がありましたね！」ハリデイは言った。「ロープのことはわかりませんが、この仮説には続きがあるんです。考えてみる価値はあると思っていただけるんじゃないかな。ベテル氏は突つき棒で侵入者を殴った。それが自分の秘書であることに気づく。それで、ベルを鳴らして助けを呼んだ。自分は部屋に戻り、眠っていたふりをした」

「ベルを鳴らしたのはゴードンだよ」

「それでしたら、ご自由にどうぞ！」ハリデイはうんざりとした声で答えた。「でも、筋が通っているうちはちゃんとした仮説なんです。それに、ぼくはまだ、見た目以上のものが潜んでいると睨んでいるんですよ」

アニー・コークランがもたらしたこの袋小路を別にすれば、わたしたちの生活は夏の初めに比べると、ずっとまともになっていた。目を覚まし、髭を剃り、風呂に入って食卓につく。たとえて言うなら〝もうだめだ〟という感覚は、もう存在しない。

ジェインは、彼女が好むこざっぱり（クリスプ）したギンガム地の服を着てテーブルについている。もっとも、目の前のベーコンのほうがずっとパリパリ（クリスプ）しているが。この数週間、ひどく心配だったのに違いない。今は、はっきりとわかるほどの安堵感を漂わせている。食事の途中、この家に一つしかない風呂の順番を待っていたエディスが、いつもの香りに包まれ軽やかな足取りで入ってきた。ジョックの頭を軽くたたき、ジェインにキスをし、郵便物の山にちらりと目を向けてから、朝刊の社会面をわたしの手から掠め取っていく。彼女の顔は、外で足音がするたびに輝いた――ベランダ掃除の準備をしているトーマスの足音だったり、気の毒なマギーの仕事を引き継いだ少年の足音だったりするのだが。しかし、それがハリデイの足音だとわかると、ひどく横柄な態度になった。

「おはよう」陽気に声をかけるものの、次のような言葉が続いたりするのだ。「そのシャツ、いったいどこで手に入れたの?」

「これがどうしたって言うんだい?」

「別に」そう言って食事を再開する。「誰かからもらったのかしらって思っただけ。わざわざお金をかけて買うようなシャツじゃないものね?」

　エディスはちらりとこちらを見て訴えかけてくる。わたしは束の間、彼らの仲裁役だ。

「すごくいいシャツじゃないか」きっぱりとそう言ってやるも、男同士の団結だの趣味が悪いだのと責められる。エディスにとっては、どちらも罪悪なのだ。

　本当に些細なことばかりだ。その些細な出来事が再びわたしたちの生活を形作り、そのことをみな喜んでいる。クララがベーコンのお代わりを運んできた。わたしたちが発するきらきらとした朝の陽気さを感じ取って、彼女も微笑みかけてくれる。ジョックでさえ、久々の笑い声を聞いて、歯切れのいい吠え声でわたしたちに加わった。

見通しの立たない未来のことは心配していない。結婚できるようになるまで延々と続くであろうエディスとハリデイの長い日々。来年も、またその次の年も——何年になるかなど誰にもわからないが——わたしは聞く耳を持たない者たちの耳に英語という言語の重要性を注ぎ続けることになる。夏休みの半分以上が終わり、これまでに得られた結果が、余分についていた体重の数ポンドが減っただけであることも。

我々はまた、安全な排水管の裏に戻ったのだ。

八月七日

エディスが今日、灯台のエピソードで十ドルという大金を受け取った。彼女が望む裕福さには程遠いが、小切手の到着で我が家は一日、大いに盛り上がっていた。

エディスは、残しておいた記事の写しをわたしに読ませてくれた。彼女らしい爽やかな語り口で、なかなかの出来栄えだ。しかし、記事の土台にツイン・ホロウズの幽霊話なるものが使われており、その所有者としてわたしの名前も出ていた。文章の中に自分の名前を見つけた不快感は別にしても、公の場で発表されたという事実だけで、これまでにはなかった実体がその幽霊話に与えられてしまうだろうという予感はした。

聞いたことに疑問を持つというのは普通の心の動きだが、読んだことを頭から信じてしまうというのは……。

アニー・コークランが投げかけた新たな方向性について、ハリデイは密かに検証を続けているようだ。ゴードンが夜出かけていることを彼は確信している。それも人目を忍び、母屋にある車を使って。「そうだとしても、彼を責めることはできませんけどね」と今日、ハリデイは言った。「車はそこにあるんですし、誰も使っていないんですから。それに――ゴードンのことはあまり好きではありませんが――ベテル氏の印象からすれば、それで少しは彼の気晴らしになっているのかもしれませんし。ところで、ゴードンは速度計を取り外しているんですよ。ほかには、これと言って何もありませんね」

ボート小屋に火をつけたのはゴードンだとハリデイは思っている。ガレージの外でぼろ切れが見つかったからだ。そこに立つモミの木の大枝に引っかかっていたそうだ。似たような布切れが、沼地からボート小屋に続く一段高くなった歩道でも見つかっていた。

「もちろん、それが証拠にはなりませんけどね、スキッパー。ひょっとしたら状況証拠にはなるのかもしれませんが。とにかく、布切れはそこにあったんですから、考えてみる必要はあります」

「でも、どうしてなんだろう？」わたしは尋ねた。「何か理由があるはずなんだが」

「思い当たる点なら一つありますよ」じっくりと考え込みながらハリデイは答えた。「ぼくがこの事件について調べ回っているのを彼が知っていたとしたらどうでしょう？　それで、なんとかぼくを排除したいと思ったとしたら。でも、それじゃあ辻褄が合わないな。ぼくが中にいるのを望んでいなかったなら、そんなことをしても意味はありませんから！　でも、ゴードンがそのつもりでいたなら、これまでの事件の犯人は彼だということになってしまう。それは違うと思うんですよね」

しかし、さらに考え込んでからハリデイはつけ加えた。

「でも、面白い事実があるんです。面白いんですが、ぼくとしては信じられないんですよ。ゴードンが使っているタイプライターは、レミントン製なんです」

八月八日

神経をすり減らすような一日だった。個人的には、もう何もかも投げ出してやると叫びたいくらいだ。こんな犯罪とは妥協してしまいたい。要するに、殺人犯がわたしたちのことを放っておいてくれるなら、こちらも彼の邪魔はしないと言いたい気分なのだ。

それでもまだ、自分が今日関わったどんな出来事にも、心が折れてしまうほどの理由は存在しない。そんな理由から、終わりにしたいと思っているわけではないのだ。がっかりしているだけ。登山に出かけ、しおれた花の花束を握り締めて戻ってくる準備はできていたのに。食後の葉巻を手にピザを広げ、大人数の前で政治について話す準備。町に戻り、ジェインがわたしの書斎用に新しい壁紙を選ぶのに手を貸す準備だって、できていたのだ。

わたしの状態はたぶん、まったくの混乱からは立ち直っているのだと思う。ただ、どうしても、ハリデイの調査がどこに行きつくのかがわからないのだ。それに、彼が本気で……。

今朝、エディスはハリデイの依頼でゴードンに電話を入れ、彼を昼食に誘った。少し迷ったのちに彼は承諾した。そして、一時になるや否や、白いフランネルの服に身を包み、髪にはたっぷりとポマードを塗って、私道をやって来た。

ゴードンが不審に思っていたのかどうかはわからない。ただ、窓から様子を見ていたわたしは、彼が私道の途中で突然立ち止まり、後ろを振り返ったのを知っている。まるで、何か口実をつけて母屋に戻ろうと思ったかのように。しかし、すぐに考え直したらしい。時計を見て再び歩きだした。

彼は、わたしたちにはさほどの関心を示さなかった。ジェインが揃えたフォークやスプーンをこそこそと盗み見るか、関心のほとんどをエディスに注いでいただけ。すなわち、ここに来た当初には誰に対しても持っていた関心のことだが。小説家が好んで〝うわの空〟と呼ぶような状態だったが、自分に関する質問が向けられたときだけは、かすかな熱意を見せた。わたしが思うに、かなりぼんやりとした状態だったと言える。

「ぼくはよく出歩く人間なんですよ」誰かの質問に対してだったか、わたしの発言に対してだったか、ゴードンは一度そんなことを言った。「自分のことを考えながら一つ所に長くいると、動きだしたくてムズムズしてくるんです。落ち着きがないんでしょうね」とつけ加える。

本当に彼は落ち着きがなかった。窓に背を向けて座っていたのだが、一度ならず振り返って外を見ようとした。狭い部屋で窮屈なのか、閉じ込められているような気分だったのか、とにかくそんな印象だ。それに、わたしをじっと見つめることが数回。こちらの目的を怪しみ、それを突き止めようとしている感じだ。

その落ち着きのなさがついにはわたしにも伝染し、ジェインまで居心地の悪そうな顔をし始めた。彼女には何のためなのかもわからないささやかな昼食会は、雲行きが怪しくなってきた。エディスだけが奮闘していた。そんな彼女もついには皿を押しのけ、テーブルに肘をつく。頬杖をついて彼女は言った。

「ねえ、襲われた夜のことを聞かせてちょうだい」

ちょうどそのときゴードンは煙草に火をつけようとしていたのだが、マッチを持った手が宙に浮いたまま動きを止めた。そして、エディスの顔からわたしへと視線を移す。

「いいですよ」歪んだ笑みを口元に浮かべて彼は答えた。「もし、ポーターさんが、どうしてあんなにもいいタイミングで先生と一緒にあの場にいらっしゃったのかを教えていただけるなら」

しかし、ゴードンはそれ以上の追及はしなかった。口調に隠れた横柄さにエディスは一瞬顔色を変えたが、口元の笑みは絶やさない。

「お話しすることはそんなにないんですよ」と彼は続けた。「家に侵入した奴がいたというだけです。ぼくは入口から中に戻って、先回りをしようとした。覚えているのはそれだけです」

「でも、まずはベルを鳴らしたんでしょう?」

助けを呼んだのを認めるのが嫌だったのか、今夜のわたしたちにはわからない理由がほかにあるのか、彼は一瞬躊躇った。

「ええ」しばらくしてそう答える。「かなり興奮していて、そうしたんだと思います」

家自体の話になると、ゴードンはより饒舌になった。その歴史にすこぶる関心を示し、ホーラス伯父の死をめぐる状況については、慎ましさなどそっちのけで根ほり葉ほり訊き出そうとした。

「コークランとかいう人がそんなようなことを言っていたんです」そんな言い訳をする。「殺されたようだとか、何とか」

心臓疾患という医者の診断について話してやると、彼はなにやら考え込んでいた。しかしすぐに、別のことを訊いてきた。幹線道路のような離れた場所で、しかも〝エンジン音が鳴り響く〟中で、ベルの音を聞いたことがあるかと。

「そんなことができたなんて、とても信じられないんですけどねえ」ゴードンは例のうっすらとした横目でわたしを見た。「あの先生はきっと、すごくいい耳をしているんでしょうね」

立ち去る前には新しい仕事を探しているようなことも言っていた。今の仕事はあまりにも自由がないし、あの老人も一緒に暮らすには難しい人だからと。「夏のあいだだけのつもりで引き受けたんです」青年は言った。「もう、うんざりしてしまって。あまりにも窮屈なものですから。それに、あの人の車だって、ぼくに運転させる前に腐ってしまいますよ」

車に関する自分のアリバイについて、そんな不器用な発言を残して青年は帰っていった。あの車が調べられていることに気づいているのだとエディスは思っている。たぶん、その通りなのかもしれない……。

ゴードンの留守中にハリデイが試みた彼の部屋の調査は、何の障害もなく運んだ。わたしの鍵とアニー・コークランの黙認によって、ベテル氏が昼食後の昼寝のために自室に引き籠っているあいだに、難なく侵入できたのだ。

最初にざっと見回したときには、特に目を引くものはなかった。アニー・コークランに小道を掃除するふりをしながら外を見張らせ、より細かな調査を始める。ベッドの上にもクローゼットの中にも何もなし。鍵のかかったスーツケースに、ハリデイは冷や冷やするほどの時間をかけた。「最後のほうには」と彼は言った。「少し震えていたくらいなんですよ。ゴードンの足音が聞こえたような気がして。それに当然のことながら、焦れば焦るほどへまばかりしてしまって」

鍵を壊すことなくスーツケースを開けたハリデイは、その中にノート見つけた（注記：もともとの日記には、このノートについての記述が漏れていたようだ。未解決の事件において重要な部分を担うノートなのだから、それなりに注目の価値があるだろう。ルーズリーフタイプの小さなノートで、日記帳のようなものだ。しかし、丁寧には扱われていない。中身の大方は暗号という特殊な状況のせいか、極めて簡潔な内容だ。しかし、びっしりと文字で埋め尽くされたページもある。そして、そのどれもがタイプで打たれていた。言うまでもないことだが、その暗号はロッジのガレージで見つかった紙切れに書かれていたものだ）。

暗号文が書かれたノートの発見で、ハリデイの興奮は頂点に達した。キーワードを探してページをめくるが発見には至らず。仕方なくノートを戻し、スーツケースも元の状態に戻した。さらに注意深く部屋の中を見て回る。

ロープの束とナイフが本棚に並ぶ本の裏で見つかった。タイプ用紙の束とカーボン紙の箱がその上に無造作に置かれ、さらに見つけられにくいようになっている。

ハリデイの時間の計算は正確だった。ゴードンが階下で正面玄関のドアをバタンと閉めたとき、ハリデイは辛うじて手にしていたものを元の場所に戻すことができた。彼はこう報告している。

「もし彼がまっすぐ二階に上がってきたら、見つかっていたでしょうね。どうにか部屋は出たんですが、ドアの鍵をかける時間があるかどうか危ないところで。でも、一階に少しいてくれたので、なんとか間に合いました」

裏の階段を駆け下りる時間はなかった。しかし、アニー・コークランがリネン用クローゼットのドアをあけてくれたので、そこに滑り込んで鍵をかけた。ゴードンが部屋の鍵をあけ、中に入る音が聞こえる。しかし、すぐにまた出てきて、自分の留守中に部屋に入ったのかとアニー・コークランに詰め寄ったそうだ。クローゼットから数フィートも離れていない場所で激しい口論が始まる。低い声ではあるが、ゴードンのヒステリカルな口調にかなりの凄まじさが伝わってきた。

ゴードンが装っていた見せかけなど、すべてばらばらに剝がれ落ちていた。部屋の中にいた証拠を見つけた日には、などというアニーに対する脅しは、とてもここには記録できないほどで……。

さて、再びではあるが、我々は今、どこまで達しているのか？ ゴードンに不利な証拠としてあげられるものは――。

（a）ナイフとロープの束。
（b）彼が夜、人目を忍んで車を使っているという我々の確信。
（c）少なめに見ても、ボート小屋に火をつけたのは彼であるらしい事実。
（d）うちのガレージで見つかった暗号文。
（e）同様の暗号が書かれているノート。思っていることを隠す必要がなければ、人は普通、こんなふうに記録を残したりはしない。
（f）オール受けを覆っていた布切れ、及び、ハリデイが今日、身を隠していた場所に保管されていたリネン類。母屋の管理簿にはリネンシーツの枚数がしっかりと記録されている。そのうちの一枚がなくなっているとすれば、ゴードンとボートを結びつける有力な証拠となる。
（g）ゴードンが自分の部屋に施錠していること。
（h）最後に、決して見落としてはならない事実として、ゴードンの人間性。ハリデイは〝退廃的〟という言葉を使っているが、わたしはまだそこまでには至っていない。

一方、上記のすべてに反するものとして把握している事実。

（a）キッチンの入口でゴードン自身が襲撃されたこと。彼を縛っていた方法がキャロウェイの場合と一致すること。
（b）羊殺しもキャロウェイの殺害も、彼がここに現れる前に起こっていること。
（c）車に乗せた人物が彼だとはハリデイにも断定できないこと。
（d）犯人が自分の犯行を証明するために残した極めて特徴的なマーク、すなわちチョークで書かれた魔法円。しかし、彼の部屋でチョークが発見されなかったとなると、さほど重要ではないのかもしれない……。

ゴードンが医者について投げかけた不明瞭な質問のことをハリデイにも話してみた。母屋のベルでの実験はできないが、幹線道路からでもはっきり聞こえるのではないかと彼は考えている。ただ、わたしが現場に着いたのとほぼ同時に、あの医者も到着したという事実には謎が残った。医者が懐中電灯の光を当てたとき、わたしはまだ一本めのマッチを擦っただけだったという事実をもとに、わたしたちは今夜、歩いて距離を測ってみた。

あの夜、ヘイワードがうちの敷地内にいたことは間違いなさそうだ。しかし、彼がグリーノウの信頼を受けてわたしを見張っていたというハリデイの考えを、そのまま受け入れるつもりはない。わたしが思うに、人はそんな用事のために仕事用の鞄を持参したりはしないからだ。あの夜、彼は仕事用の鞄を持っていた。ゴードンの頭に巻く包帯をその鞄から出したのを、わたしははっきりと覚えている。

八月九日

レオナルド・ダ・ヴィンチ曰く、〝衣服が寒さから我々を守ってくれる。寒さが増すにつれもう一枚着るものを増やすなら、それ以上寒さが人を苦しめることはないからだ。それと同じように、忍耐力もまた我々を救ってくれる〟

しかし、心のクローゼットの中にあるすべての忍耐力を動員しても、わたしの不安は治まりそうにない。

ジェインがわたしたちの村八分状態に気づいているかどうかはわからない。しかし、わたしは気づいていたし、たぶんエディスもそうだろう。その状態があまりにも露骨なので、今日、リヴィングストーン夫人にわざと愛想よく挨拶をしてみたところ、彼女はわずかにひるんでいた。

今日はほかに何もない。ハリデイは昨夜母屋を見張っていたが、外出する者は一人もいなかった。アニー・コークランによると、ベテル氏はゴードンに不信感を抱いているらしく、二人のあいだの確執はいまだ続いているそうだ。極力、秘書の手助けを断っているらしい。

しかし、夜間、家中の戸締りをすることからも、老人がまだ確信に至っていないのが窺える。「あの方ときたら――」とアニーは説明した。「わたしが家中のドアや窓の鍵をかけ終わるまで、図書室で待っているんですよ。それから、キッチンのドア以外の鍵をわたしから受け取るんです。キッチンの鍵は、わたしが朝、中に入れるように持たせてくれるんですが」

どうやら、かなりの勇気を振り絞っているらしい……。

やって来たときのリヴィングストーン夫人は、少なからず動揺していた。母屋にいる老人に自分とリヴィングストーン氏からのメッセージカードを渡そうとしたのだが、結局ドアの下に無理やり押し込んできたのだという。図書室から人の声が聞こえていたにもかかわらずだ。

それでも、地元の人々の一般的な心理状態を示す格好の例となりそうな逸話を披露できるほどには回復した。彼女によると、三日前の夜、オークヴィルで金物屋を経営しているハドリイという男が、キャロウェイの眠る墓地を通り抜けようとして、その墓の前をゆっくりと歩く人影を見たというのだ。人影は一瞬立ち止まって墓を見つめ、また歩きだすと、その向こうにある常緑林の木立辺りで闇に消えた。

ハドリイはそれ以上の追跡はしなかったそうだ！

エディスの記事が今日掲載されたのはタイミングが悪かった。明らかに複数の新聞に同時掲載され、多くの関心を呼んでいる。夏の旅行者たちを追い払うには充分な内容だった。ハドリイのように、肩越しに後ろを振り返りながら退散させるには。

八月十日

昨夜、ハリデイが窓の網戸にぶつける小石で起こされた。窓の真下に立っていて、すぐに何か着て母屋まで一緒に行ってほしいと言うのだ。

「何かあったのか？」わたしは尋ねた。

「ゴードンが出かける準備をしているようなんです。十一時に部屋の明かりが消えたんですが、少し前にまた点いたものですから」

ハリデイがその場を離れた。急いで着替え、あとを追う。彼は木の下で待っていた。合流後、忍び足で庭を抜けてガレージを目指し、その奥の小道へと向かった。そこからなら、こちらの身は隠したまま母屋の全容が窺える。しかし、部屋の明かりは再び消され、しばらくは何も起こりそうになかった。

ハリデイの計画は以下の通りだ。ゴードンが車を出した場合、わたしが徒歩で充分な距離を取りながら、小道を進む彼のあとを追う。ハリデイはうちの車へと走る。小道の分岐点で落ち合い、ゴードンが取った道を彼に教える。

二人で立ったまま、しばらく木立の中に隠れていた。かすかな風が吹き抜け、小波が桟橋の杭を打つ音が聞こえてくる。ロビンソンズ・ポイントの向こうにある警笛ブイの単調な音も。いつ聞いても気味の悪い音だ。このところよく眠っていないハリデイが欠伸をしだした。わたしも疲れを感じ始めたころ、左手の森の中にかすかな気配を感じた。ハリデイの腕を摑む。彼が緊張で身を強張らせているのがわかった。身を乗り出し、母屋をじっと見つめている。

「来ましたよ」ハリデイは言った。「しーっ！」ゴードンは細心の注意を払って窓の網戸を上げていた。それが終わってもかなり長いあいだ、立ったまま耳を澄ませ目を凝らしている。気を変えてベッドに戻ることにしたのかと思ったくらいだ。しかし、もちろん、彼がそんな行動に出ることはなかった。

このときまで、わたしは例のロープの用途など考えてもみなかったのだが、ハリデイはずっと考えていたのだと思う。自分がキッチンのドアばかり見ていたことはわかっている。時々は洗濯室や銃器室の窓――正確に言えば、そちらの方向――に目を走らせてはいたが。真っ暗で何も見えない。しかしそのとき、家の壁を擦るかすかな音が聞こえてきた。ゴードンはなんと、ロープを使って下りてきたのだ。

その様子は以前の行動と同じようにこそこそしたものだった。わたしがその音の正体を察するまでには、両手を前後させながら半分ほども下りてきていた。

周りの闇よりもさらに暗い影となってすぐそばにいるのを見るまで、地面に着いていたことさえ気づかなかった。しかし、ゴードンがガレージに直行することはなかった。銃器室の窓がある西翼の壁に沿って歩き、そこで立ち止まる。そして、注意深くその窓を一、二インチ開けた。まるで、窓の鍵が内側から外されているのを確かめるかのように。そしてまた窓を閉める。

今度はそこから、少し緊張を緩めた様子で家の角を回り、水辺やボート小屋を見渡しているようだ。上り坂の上に立つ黒いシルエット。わたしたちがやっと完全に彼の姿を捉えたのは、そのときだった（注記：以前にも書いたように、母屋は地所内のほかの部分よりもかなり高い場所に建っている）。しかし、不意に危険を感じたようだ。ハリデイにもわたしにも、何も見えなかったし聞こえなかったが、ゴードンは明らかに何かを感じ取ったらしい。そして、自分があまりにも無防備な状態でいることに気づいたのだろう。

彼は地面にうずくまった。急に相手の姿が見えなくなって思わず息を呑む。地面を這う音を聞いて、やっと彼が何をしているのかがわかった。ゴードンは撤退に時間をかけなかったし、再びロープを使うこともなかった。鍵のかかっていない窓を押し上げ、腹ばいで窓枠を乗り越えると再び窓を下ろす。驚くほどの早さと静かさだった。予想もしないうちに、彼が自分の部屋からロープを引き揚げる音が聞こえてきた……。

あの青年の異常なほどこそこそとした行動。それを考えなければどんな解釈も不可能だ。何か不法な商売に関わっているのか。そうでなければ、これまでの犯罪に関係があるのか。

家を抜け出すためにゴードンが選んだ破天荒な方法、しかも、銃器室の窓の鍵をあらかじめ外しておいたことについて、ハリデイの心は二つの仮説のあいだで揺れ動いていた。彼自身としては二つめの仮説を取りたいようだ。

「彼は単に、芝居がかったことが好きなだけなのかもしれませんね。自分の利益だけを求めて心が腐っていくタイプっていうでしょう？　あるいは——こちらのほうがありえそうですけど——ベテル老人が警戒していて彼を見張っているとか。しっかりと施錠された老人の部屋のドアが彼にそうさせたのかもしれません。ゴードンも内側から自分の部屋の鍵をかけ、ロープを使って好きなところに出かけていく。

でも——」と彼はつけ加えた。「銃器室の窓の鍵はあけておいた。必要になったら退却できるように。ぼくに推測できるのはこのくらいですね。正確ではないとしても、そんなところですよ！」

今ではゴードンに対して、一連の事件の犯人ではないかという疑い以上のものを感じている。ハリデイでさえ驚いているだろう。わたしは刑事ではないが、次のような推測はできた。羊殺しとキャロウェイの殺害で人々の興奮が頂点に達していたときに現れたゴードン。彼はここで、密やかな犯罪を行うための道がすでに用意されていることを知る。そして、いまだに発見されていない宗教的偏執者——人によってはまだ活動中だと言うかもしれない——が、自分の信仰の旗印として使っていた方法とシンボルを拝借した。

精神科医の友人たちと、戦争が与える神経症的な影響について話し合ったことがある。亡命者に対する執拗で煽情的な追及、しばしば残忍で暴力的になる密かな悦び。そして、犯罪者の神格化についても。友人たちはフォン・クラフト＝エビング（ドイツ・オーストリアの精神科医。一八四〇—一九〇二）の理論からも引用した。すなわち、殺人の本能は過去から受け継がれたものであると（隔世遺伝的で、事実上選択の余地はない）。言い換えれば、殺人の欲求は生来我々のすべてに備わっている。どんな理由であれ、精神的なバランスを欠いた者から人為的に抑圧を取り除いてしまうと、遺伝的な殺人者や暴力の行為者を世に解き放ってしまうことになるのだと。

この理論を受け入れるなら、ゴードン青年の中には彼自身の過去からだけではなく、ここに到着する以前に発生していた犯罪からも、受け継いでいるものがあることになる。そして、彼が自分の先立ちと決めた者の属性や、自分の所業の印として残したシンボルを採用することによって、犯人との同一化が緩やかに進んでいったとも考えられる。そのような場合、精神の退化が完全に人格を崩壊させる可能性があるとわたしは信じている。そうなると、あの青年は今や、キャロウェイを殺したのは自分だと信じているのかもしれない。その秘密を胸に、満足げにほくそ笑んでいるとか。

グリーノウが更迭された今、機会があるなら喜んで採用したい仮説だ。彼にとっても望ましいものだろう。

この考えを支える事実が間違いなく一つ存在する。たぶんハリデイの言う通りで、彼を襲った人間はゴードンではないのかもしれない。しかし、そうではないと思う理由もどうやら存在しないようなのだ。わたしたちが海から戻ってきた日の前日、どこかの時点でゴードンはうちのガレージに忍び込み、あの忌々しいシンボルを残しているのだから。

警察に知らせたほうがいいかどうか、今日、かなりの時間をかけてハリデイと再度話し合った。しかし、最近の経験からもわかるように、警察はどうも頼りにならない。一方、ベテル氏には知らせておいたほうがいいだろうと強く感じている。だが、ハリデイは反対のようだ。

「あの老人はもう、ある程度気づいていますよ」彼はそう言うのだ。「警戒しているし、ゴードンのほうもそれに気づいています。それに、あのゲームは今のところ、夜にふらりと外に出て、逃げ戻ってくるだけのものです。つまり、もし、あなたの言うことが正しいなら、スキッパー、これはゲームなんですよ。目的のない」

たぶんその通りなのだろう。もし、老人を襲おうとしてもゴードンにそのチャンスはほとんどない。老人との仲が悪いのは周知の事実なのだから。そんな警告は、ベテル氏にゴードンを解雇する時期が来たことを知らせるものでしかない。結局のところわたしたちにできるのは、ある程度ゴードンの好きなようにさせておいて、証拠が集まったら警察に介入してもらうことくらいなのだ。

それでも今夜、この日記を書きながら強い不安を感じている。「ぼくたちの目を盗んで、あの男がまんまと何かをやり遂げるなんて無理ですよ」そう言い切るハリデイの楽観性を、わたしはどうしても持てないでいる。

八月十一日

よく晴れた気持ちのいい日。わたしの気分もいくぶんいい。今朝、エディスは山のような手紙の束を抱えて下りてきて、信じられないというように目を見張っている。

「すごいわね」と感嘆の声。「小切手かしら！」

しかし、小切手ではなかった。彼女の記事が奇妙な事態を引き起こしていたのだ。ほとんどすべての人間が、他人に話したくて仕方のない幽霊話を持っている。かなり疑い深い人々でさえ、説明のできない出来事を記憶の中に有しているのは明らかだ。そうした戦慄と恐怖を経験した人々の何パーセントかが、灯台の幽霊について彼女に手紙を寄越してきたのだ。

今、エディスとハリデイはベランダでその手紙を読んでいる。それぞれの膝に手紙の束を載せた二人の会話が、ぽつりぽつりと聞こえてきた。

「これはすごいぞ」とハリデイ。「読んであげるから、そのあいだぼくの手を握っていてくれないかな？　なんだか首の辺りがもぞもぞするんだ」

「蜘蛛よ」エディスがそっけなく答える。「待って。こっちのを聞いてよ！」などなど……。

そう言えば昨夜、〝カッコー〟ハドリイの訪問を受けた。この町のドンファンで、自分の店のカウンター越しに、かわいらしい既婚女性相手に金物を売っている。数年前、彼の中にバイロン（イングランドの詩人。奔放な女性遍歴で知られる。一七八八―一八二四）との共通点を見い出した避暑客によって〝カッコー〟とあだ名をつけられた男だ。その避暑客は、バイロンを引き合いに出した文章を知っていたのに違いない（注記：〝そのカッコーが示しているのは狂気ではなくて鬱病。バイロンのように自分の悲哀を嘆き立て、時々他人の巣に自分の卵を放り込む（マーガレット・オリファントによる『The Cuckoo in the Nest』より）〟）。

ハドリイは少しおどおどしていた。家への帰り道が墓地の近くなど通らないことは自分でもわかっているし、その事実にわたしが気づいていることも知っている。それでも、わたしに話すことがあり、意を決してやって来たのだ。

「例の話についてはあなたもご存知だと思うんですがね、ポーターさん」と彼は話し始めた。「それをあなたがどう思うかは、わたしにも見当はつきません。でも、ちょっとした間違いがあるんです。もし、エディスさんがその話を記事にするなら、訂正しておいたほうがいいと思いまして」

どうやら、ハドリイが人影を見たのはキャロウェイの墓の前ではなく、墓地の中のもっと古い区画だったらしい。その点について、明かしていない事実があるというのだ。

墓地は白いフェンスで囲まれ、その内側に低木林がある。そのときハドリイは一人ではなく、道路で〝友人と立ち話をしていた〟らしい。もし、わたしの想像通り、その友人とやらが女性だったら、ランデヴーにはこれ以上の場所はないだろう！

光を見たのは〝友人〟のほうで、その人物がこの話の一部を隠蔽する原因となった。小さな青白い光が地上二フィートくらいの高さに浮かんでいるのが低木林越しに見えた。一七〇〇年代後半に亡くなったジョージ・ピアスの墓石の真ん前だったそうだ。

ハドリイ自身は光など見ていない。しかし、〝友人〟があまりにも強く言い張るので、林のあいだを抜けて見にいった。彼が、木立のほうにゆっくりと歩く人影を見たのはそのときだった。

幽霊を見たのだとハドリイは信じている。そして、そのことをわたしに知らせておかなければならないと思っているらしい。このジョージ・ピアスなる人物、地元の言い伝えによると、消費税局の手を逃れようとして射殺された紳士で、しかもその舞台が、現在ではツイン・ホロウズの一部となっている古い農家だったからというのが、その理由だ。

どうやら、その出来事が不可思議な世界に引き込まれていて、わたしまでその一員になっているようなのだ。霊たちの世界で朝食を摂り、昼食もまたそこで摂る。

母屋では静かな状態が続いている。

今日、ジェインとわたしはリヴィングストーン夫妻からの招きに応じた。バカげた考えかもしれないが、わたしはまだ、ホーラス伯父の手紙の中に、現在進行中のミステリーの謎を解くヒントがあるのではないかという希望を完全には捨てきれないでいる。

それで、リヴィングストーン夫人に見てもらう機会があればと、その手紙を持参した。しかし、そんなチャンスは訪れなかった。わたしたちが着いたときから引き上げるときまで、ずっとヘイワード医師が一緒にいたからだ。もしかしたら、わたしの世界が歪んでいるせいで、この宇宙もまた歪んでいるのかもしれない。

わたしたちが訪ねたときには、すでに険悪な雰囲気になっていたようだ。普段はさっぱりとして物静かなリヴィングストーン氏の顔は真っ赤だったし、夫人のほうも今にも泣きだしそうな顔をしていた。窓際に立っていた医者は、わたしたちの到着にも気づかなかったようだ。そして、わたしたちが立ち去るまでずっと、怒りに燃えた顔で爪を噛みながら立ち続けていた。

彼は確か、もうじき休暇旅行に出かけるはずだ。

八月十二日

（未記入）

八月十三日

（未記入）

八月十四日

ヘイワードによると、わたしは明日、グリーノウと再会することになるそうだ。彼がこの町を去って以来、久方ぶりのご対面だ。

しかし、いくら無罪を主張しても、こちらの罪を実証しようと固く決意しているグリーノウに対しては何の役にも立ちそうにない。でも、いったい何の罪だと言うのだ？　母屋の床に残る弾痕に対する罪？　それとも、割れた窓に対する罪？　あれ以来、何の犯罪も起こっていない。自分を取りまく網が狭められたという感覚以外、何も変わっていない。悪意に満ちた運命がその網の真ん中で蜘蛛のようにうずくまり、今にもわたしに飛びかかって食い尽くそうとしているという感覚以外には。

昨日、エディス宛の手紙を読ませてもらって、赤いランプの話以外なら、自分の経験も同じように活字にされて然るべきだと思った。驚くほど多くの人々が似たような経験をしている。しかし、それが原因でその後の人生が変わったということはないようだ。

人は何かを見ては信じ込むが、そのうちに忘れてしまう。そして、誰かが本を書くのを手伝うためや夕食のテーブルで披露するために、自分の記憶を掘り返すのだ。でも、わたしの場合はいったい何を？

わたしの唯一の望みは、グリーノウに自分が見たものを信じてもらうことだ。わたしが拳銃を撃つことになった経緯を説明すること。可能なら、一時間でも二時間でも彼をここに引き留めておきたい。例えば、訴訟事件摘要書を準備する弁護士のように自分の供述を書き出しておいて、明日、彼に読み上げてやるのはどうだろう？　そうすれば、少なくとも事細かにすべてを書き出すことができる。時間はかかるが、グリーノウも耳を傾けてくれるかもしれない……。

今日は十四日。あれは十一日の夕方のことだった。アニー・コークランが帰り際にロッジに寄り、母屋のキッチンドアに気をつけていてほしいと頼んできたのだ。

「わたしはもう帰るところなんです、ポーターさん」と彼女は言った。「お手数はかけたくないんですが、あの秘書にはもう我慢ができなくて」

「何かあったのかい、アニー？」

「ありましたとも！」彼女は鼻を鳴らして答えた。「なによりも、あの人はわたしのことを見張っているんです。わたしは二階になんか上がらないのに、しつこく詰め寄ってきて。でも、それだけじゃありません。ベテルさんにも迷惑をかけようとしているんですよ。よく聞いてくださいね。ベテルさんにもそれがわかっていて、今夜は怯えてしまっているんです」

アニーの話では、夕食の席で口論が起こったらしい。彼女が部屋にいるあいだは二人とも抑えていたが、席を外した途端、再爆発したという。アニーにわかったのは、秘書が夜間に出歩いていることや、ゴードンが好きなときに好きな方法で外出すると言い張っていることに関する争いだったという点だけ。しかし、ほかにもまだ何かあると彼女は睨んでいた。「それだけでは、あんな大騒ぎにはなりませんもの」と彼女は言う。「あの若者ときたら、殺人鬼のような顔をしていたんですよ、ポーターさん」

彼女が思うに、ベテル氏は青年を落ち着かせようとしたらしい。しかし、秘書の興奮は治まらなかった。ついにゴードンは席を立ち、食料貯蔵室のドアを乱暴にあけた。そこにアニーがいるのを見つけて、彼は言い放ったそうだ。「立ち聞きをしていたのか？　まあ、よく気をつけることだな。さもないと、とんでもないことになるぞ」それからゴードンはホールへと向かい、帽子を取ると音を立てて家から出ていった。残されたのは、彼が座っていた椅子の空しいへこみだけ。

「出ていったって？　どこに？」

「何も言っていませんでした。黙って車を出していってしまったんです」

彼女は不安そうだった。ゴードンから浴びせられた脅し文句を思い出していたのだろう。わたしは車で彼女をオークヴィルまで送ってやった。途中、短時間でもいいから雇い主のところに戻ってやってくれないかと説得する。あの家で彼女が必要になるかもしれないからと。最後にはアニーもわかってくれた。

家に戻ってきたのが九時ごろのこと。中に入ると主任牧師夫妻が座り込んでいて、一時間半も穏やかではあるが熱心なおしゃべりに興じていった。その間、わたしの不安は徐々に増していった。罪悪感と責任感も。もし、わたしたちが注意を促していれば、あの老人だって少なくとも非常事態下で自分の身を守る準備くらいはしていたかもしれないのだ。それなのに、愚かにもわたしたちは何も伝えずにいた。それどころか、近い将来、必ずそうした非常事態が起こることを予測させるアニー・コークランの大袈裟な報告を、みすみす聞き流していたのだ。

牧師夫妻は十時半に引き上げていった。床に就く支度をしているジェインと手紙の返事を書いているエディスを残し、これといった目的もなさそうな顔でボート小屋に下りていく。ハリデイはいなかった。ドーリー船がないところを見ると、どこかに出かけているのだろう。十一時まで待ってみたが、不安が膨れ上がるばかりだ。ボート小屋を出て母屋の周りをぐるりと歩いてみる。ガレージのドアはあいたままで、車も戻っていない。

建物内に少しでも人の気配があれば、ベテル氏を起こし警告をしておこうと思っていた。せめて、あの悪魔のような若者が無事に寝ついてしまうまでは、一緒にいてやろうと。しかし、老人の部屋は真っ暗で、窓も閉まっていたので考え直した。それでも、銃器室の窓の鍵がかかっているのは確かめておいた。あの若者が中に入ろうとすれば、極めてこそこそとした方法になるだろう。

ひと安心したわたしはボート小屋に戻った。ほどなくハリデイが音もなく帰りつき、船を繋いだ。例のボートがまだあの場所にあるか、確かめに行ったのだという。今のところはまだ、手をつけられた形跡もなくそのままだったらしい。

これまでのことを話して聞かせる。しかし、彼には思いのほか心配する様子はない。

「計画的なものではありませんからね」とハリデイは言う。「仮にゴードンが殺人犯だとしても、怒りから人を殺すタイプではないでしょう。あの男は冷静で慎重ですよ。まずは必要な材料を揃えてから計画を実行する。犯罪そのものにスリルを感じるタイプでもない。密かな喜びは、不可解なものの発見にあるのかもしれませんね。それに、あの男にもわかっているはずですよ――そんな口論のあとにベテル氏が階段から落ちて首の骨でも折ったりしたら、疑われるのは自分だって」

それでもハリデイは自分の拳銃をポケットに押し込んだ。特にこれといった作戦もなく二人で母屋へと向かう。ただ、ハリデイの言う〝非常事態の際〟には、どんなことをしてでもベテル氏を守ろうと決意していた。

ハリデイがはたと足を止め右の方向を凝視したとき、わたしたちは沼地を越えた遊歩道の端に達していた。

「あそこに光が見えたんです」と彼は言った。「森の中に。ちょっと待って――また現れるかもしれない」

確かに光っていた。たぶん、ロビンソンズ・ポイントの頂辺り。ボートを隠している場所に通じる、寂しく細長い森の中だ（注記：結論としては、わたしたちは森を抜けて下りてくるゴードンの車のライトの一つを見ていたことになる。夜間においては、比較的近くにある小さな光と遠くにある大きな光を区別することの難しさについて、再び言及せざるを得ない）。

ハリデイはその光を見つめていた。そして、まずは安全装置を外してから、自分の拳銃をわたしに渡した。

「どんなものの上にも落とさないでくださいよ」そう警告する。「そして、相手の目を確認するまでは撃たないこと！　ぼくはあそこまで行ってみますから、スキッパー」

ハリデイは光に向かって駆け出していったが、沼地をぐるりと回らなければならない。わたしのほうは、極めて慎重な手つきで拳銃を持ち、母屋へと向かった。

どちらかと言えばリラックスしていたと思う。ハリデイと同じように、わたしもゴードンはロビンソンズ・ポイント付近にいるのだろうと思っていた。従って、わたしの当面の役割は、ハリデイが戻ってくるまで警備に当たっていればいいだけだ。トラブルが起こった場合に、母屋に踏み込むための作戦会議が彼とできるようになるまでは。

家に入る必要が生じるかもしれないという考えには困ってしまった。母屋の鍵はロッジにある。どうしてもジェインを起こしてしまうだろう。そのため、もう一度、母屋の窓を確かめて回った。そして、以前にはしっかりと閉じられ、鍵がかかっていた窓の一つがあいているのを見て息を呑んだ。

その時点では、ガレージのドアが大きくあき、車もないままだと信じていたので、驚きも倍増した。どんな男でも自分の勇気を疑う瞬間があるのではないだろうか。タイタニック号の沈没事件のあとでは、自分がなりふり構わず我先にと救命ボートに乗り込もうとするのではないかという恐怖に取り憑かれている。しかしまた、どんな男にも、非常事態時に引き出すことのできる、予備の勇気の貯蔵池のようなものがあるのではないか。だからと言って、たとえ自分に対してでも、肩を緊張させて拳銃を確認し、勇猛果敢に窓から侵入したなどと言うことはできない。

膝を折って中に這い込む。吐き気がこみ上げてきた。さらに悪いことには、すぐ近くからゆっくりとした足音が聞こえるではないか。しかし、それはすぐに、隣の古いシャワー室で滴る水音だとわかった。

いずれにしても、ゴードンが戻ってきたのだと確信していたし、車を置いて帰ってきたこと自体が悪意のあるやり方だとも思っていた。廊下へ出るドアを手探りし、しばしそこで耳を澄ます。水が滴る音以外、何も聞こえない。シャワー室のドアはあいたまま。その前を通り過ぎるときに中を覗き込むと、ぎらぎらとした目が輝いていた。燐光性の木材についてエディスが話していたことを思い出すまで、すっかり度を失ってしまった。書き留めておく必要のある事実だが、すべては完全な闇の中で起きたことだ。

無事にダイニングルームにたどり着く。そこで、新たな考えが心を過った。老人はひどく怯えているとアニー・コークランは言っていなかったか。それにわたし自身も少し前に、用心のためという口実で老人が拳銃を用意しているのを目撃していたのではなかったか。見知らぬ人間が自分の住まいのダイニングルームから現れ、階段を上り始めるのを彼が見たとしたらどうだろう？　相手の確認は後回しにして、まずは発砲する権利が彼にはあると思う。

食器棚の脇でしばし躊躇っていたときのことだ。自分の周りで冷たい風が渦巻いているのに初めて気づいた。あまりにもはっきりと感じられたので、最初は誰かがこっそりと、わたしの背後にある廊下へのドアをあけたのだと思った。その瞬間、何か重いものがダイニングテーブルの上に落ちたかのような凄まじい衝突音。ホールへのドアが恐ろしいほどの勢いで開き、外の壁にぶつかって跳ね返る。そのあとは完全な静寂。

恐怖に震え上がった頭に浮かんだのは、銃器室に戻って逃げ出すことだった。しかし、どうにかそこで踏み留まり、この家でしなければならない本来の仕事に戻る。ドアが立てた大音響でベテル氏も目を覚ましたことだろう――もし、起きていれば、今ごろ、わたしと同じように震えているに違いない。わたしは最悪の場合に備えた――主階段は危険が大き過ぎる。

それで、廊下に戻り使用人用の階段に向かった。拳銃をしっかりと握り締め、一段ずつ慎重に上がっていく。

どのくらいの時間が経ったのか、まったく見当がつかなかった。たぶん、家に入ってから十分ほど。ひょっとしたら、もっと経っていたかもしれない。ハリデイが戻ってくるにはまだ早い。それは、ぼんやりとわかっていた。ある意味、時間稼ぎをしているだけなのだ。

使用人用の階段を上りきるとメインホールに入るドアがある。それを恐る恐るあけた。階段の踊り場に立つ背の高い時計が時を刻む音以外、家は完全な静寂に包まれていた。静けさと閉じたドアが萎んだ勇気を引き戻してくれる。ホールの壁沿いをそろそろと進み、ゴードンの部屋の近くまでたどり着いた。ドアノブを手探りし、慎重に回す。鍵がかかっていて、中からは何の気配も感じられない。このときの安堵感ときたら言葉では言い尽くせないほどだ。まだまだ危うい状況ではあるが、惨事を目の当たりにする恐れは薄れ始めていた。

あとは、ベテル氏の部屋のドアが閉まっていて鍵がかかっているのを確かめるだけ。それが終われば、決して恥ずべき行為とは言われない退却ができる。老人の部屋へとさらに進み、ドアノブを回す。鍵はきちんとかけられており、中から老人の動く気配が伝わってきた。ベッドがきしむ大きな音。たぶん、不安な気持ちのまま横たわり、青年が戻ってくるのを待っているのだろう。

わたしはしばしそこで躊躇っていた。老人に声をかけ、決して一人ではないし助けがないわけではないことを知らせるべきか。それとも、彼が目を覚ましていて、襲ってくるかもしれないいかなる危険にもちゃんと備えていることに満足して引き返すべきか。ドアの向こうからは何も聞こえなくなった。わたしは踵を返し、来た道を戻ろうとした。

そのときだった。階下（した）のどこかで明かりが点いていることに気づいた。照明ではない。しかし、先ほどまでは真っ暗だった場所が、どこか様子が違うのだ――階段の輪郭がわかる程度のぼんやりとした明かり。それも、赤い色の（注記：後日、ハリデイと行った実験については熟考の価値があるだろう。例の赤いランプを書斎で灯し、廊下に通じるドアをあけてみたのだ。この日記に記した明かりよりは強かったが、まったく同じ効果が得られた）。

階段の下に誰かいたことははっきりと断言できる。こちらに顔を向け、上を見上げていた。人影でなかったとしても、顔があったことは確かだ。明かりが弱過ぎて、身体の部分までは見えなかったのかもしれない。それが、ハリデイの言うダイニングルームや窓から逃げ出せる銃器室ではなく、顔を上に向けたまま図書室の方へと動き出した。そして、ドアを一、二歩入ったところで消えてしまったのだ。

その人影が消えたあとも赤い光は灯っていたが、やがてゆっくりと消えていった。人影を追って階段を駆け下りようとはしたが、発砲する気などまったくなかった。わたしの立場にいたらグリーノウ氏でも同じことをしただろう。もっと慎重にではあっても。引き金を引いたことに気づいたのは、銃声を聞いたのと同時だった。決して、その人影を狙ったわけではない。ハリデイやわたしと同じように、グリーノウ氏も弾痕を調べればわかってくれるはずだ。わたしが撃った弾は階段のほぼ真下、書斎に近いホールの床板にめり込んでいるのだから……。

実際のところ、発砲で終わった一連の出来事にわたしは茫然としていた。自室で叫ぶベテル氏の声が聞こえてきた。テラスからの叫び声も。ほぼ同時に、図書室の窓ガラスが割れる音。ハリデイがポーチにあった椅子で窓ガラスを割ったのだ。次の瞬間、彼はもう家の中にいて、図書室のドアの内側にある照明のスイッチを探っていた。

ホールに駆け込んできたハリデイにこれまでの経緯を説明する。彼はすぐに辺りを調べ始めた。ベテル氏がドア越しに、何が起こったのか教えてくれと叫んでいる。わたしは老人をなだめに戻った。しかし、説得してドアの鍵をあけさせるのにかなりの時間がかかった。そんなわけで、一階を最初に調べたのはハリデイだ。

照明のスイッチを探していた短い時間内に、図書室から逃げ出すなんて誰にもできない。ハリデイはそう信じている。しかも、窓近くの床が割れたガラスで覆われていたことも忘れてはならない。そんな状況下で、音を立てずに逃げ出すことなど不可能だ。同時に、書斎の窓から逃げることもできないだろう。その部屋の窓がすべて内側から施錠されていたことを、我々は確認しているのだから。

わたしとしては、侵入者は秘書ではないと信じている。実際、彼は三十分もしないうちに車で戻ってきて、家に明かりが点いているのを見ると、乱暴にドアを叩いてあけろと要求したのだから。若者はホールにいたわたしたちをきょとんとした顔で見回した。こんな状況でなければ、滑稽にも見える表情だった。さらに、侵入者が医者ではないことも確信している。ベテル氏が今にも失神しそうだったので、ハリデイがヘイワードに電話を入れたのだ。医者はすぐに電話に出た。ということは、彼はあの夜、自分の家にいたわけで、そんなことはできない……。

ハリデイとヘイワードがその後、銃器室の窓が閉じられ施錠されているのを確認した。それについては、まったく説明できない。わたしがダイニングルームへ向かっているあいだに、何者かがその窓から侵入した可能性があること以外、そして、わたしを死ぬほど驚かせた冷たい風やテーブルへの衝突音、ホールのドアが凄まじい勢いであいた事実が、その部屋を通り抜けた者の仕業かもしれないということ以外は。

同時に、あの夜の出来事が――わたし自身は認めたくもないのだが――超常現象によるものではないとする証拠も見当たらない。というのも、あの家には長年、似たような現象があると噂されてきたからだ。つまり、ドアが突然あいたことも冷たい風も、単にこれまでにあった似たような現象の繰り返しでしかないということ。わたしが見た赤い光もまた同じことだ。

人影が突然消え、完全な闇だけが残されたことも、現時点で知られている自然界の法則では説明が難しい。わたしは心霊主義者ではないが、ハリデイが割れた窓から侵入して明かりを点けるまで、ほんの数秒しかなかったという事実は覚えておかなければならない。

その間、わたしもハリデイも、動くものの気配はまったく感じなかった。割れた窓ガラスを踏んで逃げ出したのなら、必ず何らかの音がするはずなのに。前にも記したように、書斎の窓が閉められ、内側からしっかりと鍵がかけられていたことは確認されている。

（グリーノウ氏のためのメモは以上）

八月十五日

今日まで自室から出ることを禁じられていた。ジョックがほぼいつも一緒にいてくれる。それが、献身的な愛情からなのか、ジェインが運んでくれるおいしそうな食事の皿（トレイ）のせいなのかは定かではない。

後者だと睨んだエディスは、ジョックのことを老犬トレイと呼び始めた。いつも自分からトラブルに飛び込んでしまうわたしの才能をエディスは厳しく諫め、今日はかのルイス・キャロルの不朽の名言に彼女風のアレンジを加えて読み上げてくれた。

「〝あなたはもうお年なのよ、ウィリアムお父様〟と若い姪は言いました。

〝髪の毛だってすっかり白くなってしまって〟

〝それなのに、まだがむしゃらに頑張っている〟

〝あなたのお年で、それが当然だと思っていらっしゃるわけ？〟」

医者の往診に備えて、彼女は上等なシルクのパジャマを用意してくれた。その理由がまたエディスらしい。

「ズボンなしで本領を発揮できる男はいない」とは彼女のお説だ。「でも、シルクのパジャマなら道徳的にも少しは見栄えがいいんじゃない？　それを着れば少なくとも、家宅侵入者クラスからは脱却できるわ」

「とんでもない」とわたしは答えた。「昨今、家宅侵入者でも上級クラスなら、シルクのパジャマくらい買えるさ」

しかし、これは、エディスの強さとわたしの弱さを示すもので、わたしは今、そのパジャマを着ている……。

グリーノウが顔を出し、帰っていった。現時点であの男の考えていることはわからない。しかし、少なくともわたしはまだ――この日記にも一度ならず書いたことがあるように――自由の身だ。わたしが持っていた拳銃がハリデイのものであったこと、彼がそれを裏づけてくれたことが有利に働いたようだ。

一方、ゴードンに対する疑惑に関しては、事前に用意した供述を注意深く聞きながらも、グリーノウはさほどの興味を示さなかった。

「あなたもハリデイ氏も、どうしてその推論と羊殺しを結びつけるんですか？」わたしが話し終えると彼は訊き返した。「そのときにはまだ、彼はここにいなかったじゃないですか？」

「ええ。もちろんそこが疑問点なんですが」

「それに」とわたしに視線を注ぎながら、グリーノウは続けた。「彼自身も殴られて縛り上げられているんですよ。まさか、それも彼の仕業だとは言わないでしょう?」

「お話しした通り――」わたしは忍耐強く説明した。「わたしたちは真相を掴んでいるわけではないんです。単なる推論、それだけのことです。例えば、あのロープだって――」

「まあまあ、ポーターさん！　こちらは真夜中にやっとの思いで部屋を抜け出してきたんですよ。大変な夜だったのは、あなただって同じでしょう」

十一日の夜の話になると、グリーノウはわたしが事前に用意しておいた供述書に黙って耳を傾けた。ただ、彼が言うところの〝独創的な結論〟に対しては苦笑いを浮かべていたが。以下の状況説明に対してもあまり興味を示さなかった――ハリデイの母屋への侵入。二階から下りてきて図書室の椅子に座っていたベテル氏が、どこかぼうっとして失神しそうな様子だったこと。ゴードンの帰宅。それによって不意に悟った自分自身の窮地。

「窮地というのはどういう意味なんです?」

「わたしがあの家に入ったのは、ゴードンが自分の部屋にロープとナイフを隠していることを知っていたからなんですよ。もし彼がそのまま二階に上がって、それを持って立ち去ったら、わたしの立場はあまりにも悪くなってしまうじゃありませんか」

「それで、あなたは彼を一階に引き留めておいた！　彼曰く、力づくで」

「力づくなんかではありませんよ。ただ、こちらは三人で彼は一人だったというだけです」

「話は変わりますが、あなたは医者を呼んだ。でも、ゴードンが帰ってきてあなたたちを発見するまで、スターに電話することはなかった」

「そうおっしゃりたいなら、確かにそうです」

「あなたはあの家に押し入り、そこにいるべきではない人間がいることに気づいた。それなのに、警察を呼ぼうとはしなかった」

「必要なのは警官ではなく、霊媒だと感じていたからですよ」

その言葉にグリーノウは偉ぶるわけでもなく微笑んだが、極を示す方位磁石の針のように、話題を元に戻した。

「ゴードンによると、スター巡査に電話を入れたあと、ヘイワードとハリデイがどこかに消えた。あなたは彼に銃を向けた、ということなのですが、本当ですか？」

「拳銃ならまだ持っていますよ。でも、彼に銃口を向けたわけではありません。もし、あなたがそういう意味でおっしゃっているなら。ハリデイとヘイワードは家の中を調べにいったんです。ただ、それだけですよ」

「そして二人は、銃器室の窓が閉ざされ鍵がかかっているのを発見した？」

「彼らはそう言っています。わたしはその場にいませんでした」

「あなたがその窓から中に入ったとするなら、その事実をどう説明しますか？」

「説明などできません」

「あの家の鍵はあなたが持っているのではありませんか？」

「そうですよ」

「それでも、あなたは窓から入ったんですか？」

「まったく、もう！」わたしは苛立って言い返した。「あの家の鍵なんか持ち歩いていませんよ。そもそも、入るつもりなんてなかったんですから。ただ、窓があいていたから入ってみた。わたしがそうするつもりだったと思っていらっしゃるなら、断固として言いますが、そんなことはありません」

「あとになってその窓に鍵がかかっていたことの説明はできないんですね？」

「ええ。どうしてわたしが鍵をかけなければならないんです？　そこからまた外に出なければならないのに？」

グリーノウはしばし、その点を追及するのはやめたようだ。

「問題はこの点なんですよ、ポーターさん」と話題を変える。「あなたとハリデイが、例のナイフにかなりこだわっていること。あなたたちがあの家にいるときに、ゴードンがそのナイフを所持していたから、なんですね？」

「所持していて使うかもしれなかったから、です」わたしは言い直した。

「ゴードンはナイフを持ち歩いていたか二階の自室に保管していたと、あなたは思っていらっしゃる。でも、持ち歩いてはいなかったし、部屋にもなかったことがわかりましてね。彼自身も、ナイフについては否認していますし」

「ハリデイが見ているんです。ゴードンが嘘をついているんですよ」

「では、結局は戻ってくることになった今回のはた迷惑な外出中に、彼はその武器――あなたが、あの男なら使うかもしれないと思っていた凶器――を捨てたと思っていらっしゃるんでしょうか？」

「そんなことは言っていません。でも、可能性はあるでしょうね」

「どうしてでしょう？　なぜ、彼がそんなことをする必要があります？　家に入り込んでいる者がいることも、自分の部屋が調べられていることも、あの若者には知りようがなかったんですよ。たぶん煙草でもくわえながら戻ってきて、あなたとハリデイがホールにいるのを発見したんでしょう。窓ガラスが割られ、銃弾が床に食い込んでいるのを発見した。それはとても、自分の犯罪の証拠を隠すために外出していた人間の行動には見えませんが」

そのあとグリーノウは、わたしとハリデイが何年来の知り合いなのかとか我が家との関係について矢継ぎ早に尋ねてきた。そして、ロビンソンズ・ポイント付近で車のライトが見えたのでそちらに向かった、というハリデイの証言を攻撃し始めた。

「ハリデイ氏は――」と刑事は言う。「その車がベテル氏のものだと信じていたと言っています。それで、自分の拳銃をあなたに託し、あなたを一人残して車のほうに向かった。しかし、車は見つからず戻ってきた。この証言を裏づけるために、ハリデイ氏は入江に放置されたボートが彼の疑惑を強めたのだと言っています。オール受けが布でくるまれていたから、消音のためにオール受けを布で覆うなど普通では考えられないから、というのがその理由です」

「ボートが放置されていた場所自体、怪しいですよ」

「そうかもしれません」刑事は答えた。「でも、それを判断するのはハリデイ氏ではなく、わたしの仕事です。オール受けを覆っていたと彼が主張する布については、そこになかったとは言いません。しかし、翌朝、わたしがボートを調べにいったときには消えていました」

刑事が何を知りたいのか、さっぱりわからない。こちらを罠にかけようと思っているのか、グリーノウは不意に話題を変えた。これまでの犯罪がゴードンの到着以前から起こっているにもかかわらず、わたしたちが彼とその犯罪を結びつけようとする理由について。わたしが万年筆をなくしたのがいつだったのか。拳銃を撃ったときにわたしが立っていた正確な位置。安全装置を外したのがいつだったのか。ハリデイが窓を割ったときにわたしが立っていた場所。そしてそこから、質問は急に銃器室の窓に戻り、彼はわたしに、それがあいていることを発見し、そこから中に入った経緯を繰り返させた。「それであなたは――」と彼は言う。「あの青年――あなたが思うに堕落した殺人犯である青年――が屋内にいると思った。数分もすればハリデイが戻ってくるとわかっていながら、彼の到着を待つことはなかった。それでいいですか？」

「ええ」

「それから、あなたはおそらく、あの青年がナイフを所持していると思った」

「それはまったく思いませんでした。そんなふうに思っていたら、中には入りませんでしたから」

「でも、あとから彼が戻ってきたときには、二階に上がらせなかった。なぜなら、彼がそこにナイフを隠し持っているから。そうですね？」

このときの事情聴取を振り返ってみると、刑事は自分の推理を裏づけるためというよりは、わたしの証言を打ち崩したかったのだと思う。取り調べの様子を報告すると、ハリデイはずばりと言ってのけた。

「グリーノウは何もつかんでいないんですよ。あなたのこと以外には何も。そこで彼のやり方は頓挫してしまうんです。あなたが有罪ならうまくいく方法かもしれない。でも、無罪なんですから、まったく無意味なんです」

それでも、ナイフについてのグリーノウの質問に関して、ハリデイはかなり奇妙な話をつけ加えた（注記：スター巡査がゴードンを取り調べ、ハリデイとヘイワード医師が二階の若者の部屋を調べていたとき、わたしはその場にいなかった。巡査の到着を待っているあいだに、わたしは悪寒を感じ始めていたのだ。続く三日間、わたしを寝たきりにさせた病の始まりだった)。

「スターがナイフを見つけられなかったとき、ゴードンはぼくと同じくらい驚いていたんです。夢じゃないかと思うほど、彼にも信じられなかったんでしょうね」

八月十六日

一階で過ごす最初の日。

予想通り、ベテル氏はあの家を諦めるようだ。トーマスとアニー・コークランにそのように告げ、今夜会いに来てほしいというメモをわたしに送りつけてきた。

メモを持ってきたのはゴードンだった。たまたまホールにいたわたしが、直接、彼から受け取ることになった。

「ベテル氏からです」それだけ言って彼は立ち去ろうとした。しかし、ベランダで立ち止まり振り返る。「あの夜は実に汚いやり方でしたね」わたしを見つめながらゴードンは言った。「絶対に忘れませんから」

明らかに返事を期待するように、彼はその場で待っていた。何の答えも得られず、立ったままわたしを見据えている——これほど居心地の悪い思いをしたことはない。やがて彼は、いつもの人を小バカにしたような笑みを浮かべた。

「ぼくは怯えてなんかいませんよ」そんなことを言いだす。「自分の面倒は自分でみます。何の心配もしていません」

彼は両手をポケットに突っ込んで踵を返した。母屋のほうではなく道路に向かって進んでいく。門の近くで口笛を吹き始め、いかにもわざとらしく自分は平気なんだというふうを装いながら、オークヴィルへと向かっていった。

ゴードンがベテル氏のもとを去り、町に新たな仕事を探しに行ったと知ったのは、今日になってからのことだ。

あの若者には本当に困惑させられる。青年たちに関しては、このわたしもそれなりのスペシャリストだ。思い出せないほど長いあいだ、団体的にも個人的にも若者たちと関わってきた。しかし、彼はこれまでにない新しいタイプだと言える。

華奢な男——例えば、ハリデイの突き出た顎と比べても、彼には下顎と呼べる部分がほとんどない。人間性の完全な欠如——どこかで見た似たようなタイプに対する表現としては、真っ白な壁を背にしていても目立たず、性能のいい消しゴムであれば消してしまえそうなタイプ。身を持ち崩すほどの意気地もないタイプとも言えるかもしれない。

しかし、天はこうしたある意味無防備な自らの創造物に、身を守るための狡猾さのようなものを与えている。ゴードンにはそんな卑屈さが垣間見えた。

彼がエディスに惹かれていたとは思わない。ただ、自惚れの強い若い娘のほうは、相手が自分に夢中だと信じていた可能性はある。ゴードンはただ、自分が置かれた環境に存在するたった一人の若い女性として興味を持っていただけだ。同じ理由で、彼はハリデイを憎んでいた。あの夜のことは別にしても、自分が持っていないものを有する者の代表として。あるいは、自分がなりたい者の代表として。そしてまた、彼は世界をも憎んでいた。うまく協調していくことができないと感じさせる世界を。

しかし、自分の劣等感から逃れるために、あの若者はどこまで密かな欲求を抱き続けるのだろう？　犯罪に繋がってしまうまで？　その欲求が劣等感から逃れるためだとしても、彼にはそれだけの能力があるのだろうか？　卓越した犯罪者になりたいという夢を叶えることはできるのか？　わたしには、とても……。

ほかのことは以前と変わりなく進んでいる。三日間、何の進展も得られなかったグリーノウは、またしても町を出ていった。あの夜の母屋での出来事については、幸いなことに何一つ報道されていない。オール受けから消音用の布が消えてしまったボートは、いまだロビンソンズ・ポイントの向こうの入江に留め置かれている。消音措置に関する問題がまた浮上したとしても、その唯一の証拠であるリネンの切れ端はボート小屋に保管されている。割れたレンズやゴードンの暗号の切れ端、エーテル缶の小さなネジ蓋と一緒に。

我が家の恋人たちは二人とも、それぞれが相手のためと思える仕事に黙々と励んでいる。未来は不透明だが、彼らには互いが存在する。今朝などは、エディスが抱えていた縫物用の籠の縁から、ボタンつけが必要な明らかに男物の下着と思われるものがのぞいていた。言うなれば、相手が下着を脱ぐことを男女双方が慎ましやかに受け入れた二十年前とは、大いに時代が違っているのだ！

二人に時間を早回しすることはできない。ハリデイが絶望的な顔をしていることがある。エディスが一人両手を組んで座り込み、悲壮なほどの忍耐力を掻き集めて三、四年先の未来を見据えていることもある。あたかも、その三、四年のあいだに、あまりにも多くのことが起こりそうだと考えているかのように。

先日、彼女は突然、最近医者に診てもらったことはあるかとハリデイに尋ねた。

エディスとしてはちょっとした質問だったのだが、返ってきた答えは想像以上にはるか昔のことだった。執筆活動で財を築く。そんな彼女の夢が実現するのと同じくらい、長い時間を遡った昔のこと。ほかにもがっかりすることがあったのか、彼女の気持ちは沈んでいた。

しかし嬉しいこともあるにはあった。手紙が届き続けているのだ。それで思い出したのだが、昨日、奇妙な手紙が届いていた。ここに記している我々の状況と関係があるように思える内容だった。もっとも、すべてを真に受けるわけにはいかない。エディスの記事にはわたしの名前が出ているし、それ以外の情報にしても、プロの霊媒師たちの地下組織が行った何らかの調査で提供されたものかもしれないのだから。例えば、ジェインという名前にしても極めて簡単に説明がつく。

しかし、それ以外の内容にはかなり困惑している。ボートの件もそうだし、某紳士の奇妙な状態についても同様だ——最終的には正常な心臓が彼を見放し、支えてもらわなければ転倒していたということなのだろうが。しかし、気を引き締めてかからなければならない。セーラムからの手紙は偽物だったのだ。どうしてこの手紙が本物だと言い切れるだろう?

『親愛なる記者様

ロビンソンズ・ポイントの灯台で起こった不思議な出来事について、非常に興味深く読ませていただきました。それで、同じ夜、時差のことを考えてもほぼ同じ時刻に、ここで起こった出来事についてお知らせしたいと思った次第です。

わたしは降霊術者ではありませんが、ちょっとした夕食会のあとに、テーブル浮揚をやってみようという声があがり、夫の反対にもかかわらず場の準備がされました。

夫はいかなる意味でも霊的作用を受け易いタイプとは言えず、わたしたちの試みに退屈しきっていました。みなで暗闇の中に座って十分もしないうちに彼が眠り込んで荒い息をつき始めても、誰一人驚く者はいませんでした。

トランス状態に陥っているのではないかと言いだす人がいて、初めて夫を起こそうとしたのですが、できませんでした。その場にいた誰もがこんな状況には不慣れでしたし、夫が激しく唸りだしたので、わたしはひどく不安になりました。参加者の中にお医者様がいたのですが、脈は完全に正常だと言うのです。それで、わたしたちは、ただ静かに座って待つばかりでした。

やがて、夫が苦しげな声で『ジェイン、ジェイン』と呻き始めました。わたしの名前はジェインではありませんので、その場が少し和みました。特に彼が『彼女は眠っている。わたしには起こせない』とつけ加えたときには。でも、そのすぐあとで、『ロビンソンズ・ポイント』だとか、そこにあるボートのことなどを言い始めたのです（今であれば、あなた様が書いていた灯台のことだろうと思えます）。その後、静かになったので、もう彼を起こしてもいいかとみなに尋ねました。でも、明かりを点けた途端、夫は目をつぶったまま立ち上がったのです。テーブルの上に身を乗り出し、真向かいにいる紳士に顔を向けています（ルイスさんとおっしゃる、とてもすてきな方で、夫はたびたびゴルフをご一緒させていただいています）。

『わたしは自分の態度を変えたりはしない』それはもう本当に恐ろしい声で夫は言ったのです。『お前のこともお前の仕事も、わたしは認めない。お前のことなど恐れてはいない。それは本当にとんでもない計画で、社会はお前を警戒しなければならない』

そうそう、夫が何かを握り締めているかのように右手を固く握っていたことを書き忘れていました。彼は、それを投げ捨てるような身振りをしたんです。そして、ルイスさんを見ながらまた言いました。『警告はしたぞ。警察に電話をする』

ひどく興奮している様子で、息もできないくらいでした。夫が椅子に倒れ込むと、お医者様が手を伸ばし脈を測りました。心臓には何の問題もないのに、今は止まりかけていると言うのです。実際、先生が支えてくれなければ倒れていたことでしょう。じきに意識を回復した夫は、居眠りをしていたと思っているようでした。でも、次の日にはひどく具合が悪くなったんです。

あなた様には何の関心もない話かもしれません。でも、記事の中で語られていたロビンソンズ・ポイントという地名と、時間の近さが、わたしには奇妙な偶然のように感じられたのです。正直にお話ししていることの証として、名前は省略せずに署名します。でも、どうか、公表はなさらないでください。

イリノイ州エヴァンストン』

一九二二年八月

（注記：従って、名前は公表しない約束で、この手紙を使わせてもらう許可を送り主から得た……）

〝我々の思惑を超えて働くもの――魂、この不健全なる海〟とブラウニングは歌った。おそらくは、詩人の単なる着想。しかし、我々の哲学はすべて洗練された詩歌であると言ったのはモンテーニュではなかったか？

ペッティンギルなら大喜びしそうなことばかりだ！　ノートを片手にこちらをちらり、あちらをじっくり、来世の全貌をつかむまで駆け回ることだろう。しかし、本当の問題は、カメロンが何と言うかだ。好色なハドリイがいた教会墓地も――道路沿いのその場所は、心霊主義者たちの言い分が正しければ、彼が考えているほど適切な場所ではないようだ――動き回る薬缶も、カメロンには用はない。彼の冷静かつ科学的な方法。途方に暮れた霊媒師、縛られた手足、重しの割合、カメラにノート、証人たち。

ペッティンギルの来世への期待などカメロンには無用。しかし、糸につけられた小さな鈴で守られた狭い隙間、やって来る幽霊が気の毒にもすり抜けなければならない狭い隙間なら話は別だ。

カメロンを説得してここに呼んでみたら、どうなるだろう？

八月十七日

人は生き、学ぶ。

昨夜、ベテル氏がミステリーの種明かしをし、内部に潜む事情を少しだけ教えてくれた。結果としては、何の進展も得られないままなのだが……。

昨日、夜の九時になってベテル氏は電話を寄越し、会いたいと言ってきた。彼に電話が使えることを、わたしはそのとき初めて知った（注記：たぶん、この日記の中では、三軒の建物、つまりロッジ、母屋、ボート小屋の三軒が電話で繋がっていることを記していなかったと思う。のちに、この点が重要な役割を果たすことになるので、説明をしておく）。

訪ねていくと、ベテル氏は図書室に一人でいた。しかし、前回会ったときとは明らかに様子が違う。窓という窓は閉ざされて鍵がかかり、重いカーテンが引かれていた。ホールへ続く入口は正面も裏口も施錠されている。仕方なく呼び鈴を鳴らすと、老人がのろのろとホールまで出てきて、ドアの前で立ち止まる気配が伝わってきた。

「誰だ？」ベテル氏は大声で尋ねた。

「ポーターです」

わたしはテラスにいたのだが、老人は自由が効くほうの手で苦労しながらドアをあけた。中に入ると、わたしにそのドアを閉めさせ、自分はさっさと図書室に戻っていく。追いついたときには、以前と同様、手元に拳銃を置いて椅子に座っていた。異様で不吉な様相だったが、いざしゃべり出すと、最初に会ったときの愚痴っぽい肢体不自由者に戻っていた。

「この家は好きになれませんな、ポーターさん」前置きもなく吠えかかってくる。

「わたしも好きではないんですよ」仕方なく同意した。「保険金を上増しして、それなりの家賃にしようかと思っているんです。もちろん、あなたが出られたあとの話ですが」そうつけ加える。

その言葉に老人は冷ややかな笑い声を漏らしたが、すぐに攻撃態勢に戻った。彼のほうは、家賃の未払分に責任を感じているようだが、借家人が安心して住めないなら、こちら側に道徳的な非があるのではないか？　この家の歴史を知っているにもかかわらず、貸してしまったのだから。問題はその点だった。

「構いませんよ」わたしは答えた。「家賃の残りを請求するつもりなどありませんから」

しかし、老人はわたしの話など聞いていないようだった。以前のように、また何かに耳を傾けている。話し始めたときには、まったく別の話題になっていた。

「わたしがかなり警戒しているのは、あなたもおわかりでしょう」そんなことを言いだす。「この家には、わたし一人ですから」

「ゴードンはどうしたんです？」

「今朝、町に向かいましたよ。もう戻ってこない」

その口ぶりには、思わず相手を盗み見てしまうような含みがあった。

「永久に出ていってしまったという意味ですか？」

「ええ。そうしてくれればと心底願っていたんです」

その言葉の中に老人の恐れを感じた。そして不意に、この家中がその恐れを表しているのだと気づいた。あらゆる出入口の戸締り、薄暗い照明――机の上にランプが一つ灯っているだけだ――、拳銃。そして、縮こまり警戒の目を光らせている老人の歪な姿勢。

「わたしは彼を恐れていたんですよ、ポーターさん」ベテル氏は言った。「殺されるんじゃないかと思っていたんです」

「まさか！」

「そうならよかったんだが」

「彼を辞めさせることはできなかったんですか？」

「やってみたとは思わないのかね？」

彼の話は以下の通りだ。急に聞き耳を立てることで何度も中断した――一度などはわたしに外を見に行かせたほどだ――まとまりのないおしゃべりを話と呼べるものなら――。

老人は、ほとんど何も知らない青年を町で拾った。ここに着いたときから、まったく信用していなかったという。しばらくすると、夜、家を抜け出して車を使っているのではないかと疑い始めた。

「そのこと自体はおそらく何も悪くはないんですよ」と老人は言う。「しかし、一つにはそれで、わたしはここに一人残されることになる。人が決して一人ではいたくないと思うような家に」彼はちらりとわたしに視線を向けた。「もう一つには――まあ、どういう状況かは、わざわざお話しする必要もないでしょう」

最初のうちは老人も、若者が夜間抜け出すことにさほどの疑いは抱いていなかったそうだ。近所を人殺しが自由に歩き回っているときに、一人、無力なまま捨て置かれることに対する憤りは別にしても。それで彼は、若者が留守中の家や自分自身に対して向けるほど、ゴードンに対しては警戒の目を向けていなかった。

「もし、あの秘書がドアや窓をあけたまま外出していたら――」とベテル氏は言った。「侵入しようと思う者の意のままですからね」

老人の話によると、七月二十六日の夜の状況は以下の通りだ。彼が青年の部屋に行ってみると、そこはもぬけの空だった。ちょっとした口論のあとだったので、老人は階下（した）に下りてゴードンを締め出すことにした。

「わたし自身は中に籠ったままでね」とベテル氏。

そうするためにはかなりの時間がかかった。ひどく不安だったとも言う――家の中で物音がするからだ。特に、ダイニングルームから。どういうことなのかわけがわからず、そのせいでさらに不安が高じた。そして、キッチンにたどり着くころには具合が悪くなっていた。その場にへたり込まなければばならないほど。

ポーチから物音が聞こえ、何者かがドアノブを回したのは、彼がそこに座っていたときのことだ。その辺りから頭がはっきり回らなくなっていたのだが、何者かのこそこそとした気配から、恐れていたことが起こりつつあるのだと確信した。それがゴードンだとは思いもしなかったらしい。

どうにかオープンまでたどり着き、突つき棒を見つけた。そして、ドアがあいた瞬間、ありたけの力を振り絞ってその棒を叩きつけたのだ。

「自分がしたことに気づいたのは、あの若者がベルに飛びついたときでしたよ」

老人は震え上がった。若者の脈を探り、死んでいないことは確認できた。しかし、日時計の辺りで動き回る者の気配がする。それがさらに老人を怯えさせた。

「試されてみなければ——」と老人は顔をしかめて言った。「人は自分の臆病さに決して気づかないものなんですね。それからどうしたのかは、まったく覚えていません。唯一はっきりと覚えているのは、部屋の中にいる自分に気づいたことなんです。そこまでどうやってたどり着いたのかも覚えていません」

しかし——それこそが重要な点なのだが——若者は老人を疑っていた。確信していたと言ってもいいだろう。そのときから若者の態度が完全に変わったからだ。その変化を見ているうちに、そして、どうしてもそうしなければならないような感覚に駆られてゴードンを観察するうちに、こうしたことすべての背後に何かが隠れていると老人は感じ始めた。言い換えれば、徐々にあの若者とこれまでの犯罪を結びつけるようになったのだ。

「あれは気持ちの弱い人間です」ベテル氏は言う。「弱い上に不道徳ときている。同一化と呼ばれる奇妙な精神状態があるでしょう？——弱者は犯罪が強者によって成されると考え、強者を賞賛し、犯罪者を褒めたたえる。そしてやがて、そうした人間に夢中になる。ゴードンがここの羊殺しを賞賛し、ついにはそのシンボルとやらを拝借して、未知なる犯罪者と自分を同一視したのと同じように」

わたしは、ゴードンの怪我に関する新たな情報とこれまでに確認してきた証拠をすり合わせようと、注意深く耳を傾けていた。実際、あの青年に対する疑惑の最大の難点は、彼自身が襲われていることなのだ。それが、まったく感情を交えない老人の証言で解決してしまった。しかし、いまだ矛盾点も存在する。二十六日の夜の出来事を順番通りに思い出してみるまで、見落としていた点だ。それに今、気がついた。

「でも、あの青年が見たという、銃器室の窓から侵入しようとしていた人物についてはどうなんです？」

「まったくの作り話でしょうね。夜の外出がそのうちばれることくらいわかっていたと、わめき立てていましたから。あいつは、毎晩出歩きたくて仕方なかったんです」

今日の日記の最初の部分で書いたように、何の進展も得られない状況に陥ったのは、わたしの次の発言のせいだった。

「ロープについては何もおっしゃっていませんが、ベテルさん。あれはいつも——」

「ロープですって？」老人はゆっくりと訊き返した。「どのロープのことです？」

「発見されたとき、ゴードンは手足を縛られていたんですよ」

ベテル氏はわたしを見つめ、それから自分の役に立たない手に視線を落とした。

「ロープを結べた日なんて、はるか昔のことですがね」ぽつりと彼は答えた。

町からの最終列車が着く時間が過ぎても、一時間かそのくらいは老人と一緒にいた。しかし、ゴードンが戻ってくる気配はない。一晩母屋で過ごそうかと提案してみたが、老人はそれを断った。寝室に引き上げようともしない。それで仕方なく、手元に拳銃を置いた老人を一人残し、わたしは母屋を離れた……。

ベテル氏との会話の後半部分で、記録しておくべき重要な点がもう一つある。

老人と青年の関係性について、わたしが心に描くのは歪な図柄だ。互いに監視し合う仲に進んでいく。恐れおののく老人と退屈しきった青年。アニー・コークランがそばにいるときには、非常にうまくいっているように見える――口述筆記がなされ本が完成に近づいていく。しかし、ひょっとしたら、水面下では微妙に違っていたのかもしれない。一方は疑いを抱き、もう一方は憎しみと復讐心に燃えていた。

やがてゴードンは、自分の部屋に鍵をかけるようになった。それをベテル氏に知らせたのはアニー・コークランだ。そのときから、鍵のかかった部屋が二人のあいだにある種の作用をもたらすようになる――老人はその部屋に何が隠されているのかと疑い始め、若者はいつもの皮肉っぽい笑みを浮かべながらその鍵を静かに持ち歩く。たぶんその行動が、老人の想像力を掻き立てるようになったのだろう。一日に何度も秘書の部屋まで赴くようになる。ついには、その部屋のドアノブを確かめているところをアニー・コークランに目撃され、あやふやな言い訳をして立ち去ったりする。

しかし、ゴードンが夜間に屋敷を抜け出した日、わたしが階段の下で人影を目撃した日、アニー・コークランが帰宅前に、ある鍵を老人に手渡しているのだ。

「これがご入用ではないかと思いまして」と彼女は言ったそうだ。「ゴードンさんの部屋のドアにも使えるようですから」

家政婦が帰ったあと、老人は秘書の部屋に出向いて中に入った。そこでナイフとロープを発見し、持ち去った。

「あの夜、巡査が階下に下りてきて何もなかったと報告したとき、わたしは何を言えばよかったんです？　十分だか一時間後には、巡査を一人残してみんな引き上げてしまった。彼がわたしを見張っていたんです。あの巡査がみんな知っていますよ」

たぶん、老人の言う通りなのだろう。ロープとナイフについてどんな証言がなされようと、それがあの夜、ゴードンを逮捕する理由にはならなかった。十分か一時間後にみんな引き上げてしまったのなら、何が起こったかなどいったい誰にわかるというのか？

八月十八日

今朝早くゴードンが戻ってきた。朝食のあとすぐに母屋に出かける用事を作り出してみたが、ベテル氏は――いつものように――まだ眠っていた。明日の引き払いに向けての準備はすべて整っている。ゴードンが一階で忙しなく動き回っているあいだ、わたしとトーマスは家を閉じるために中を見て回った。一階の窓を覆う板を取り外し、ペンキを塗り直してくれるようトーマスに頼む。悪霊や幽霊もろともこの家を封印してしまうまで、わたしの心に平和は訪れない。

それでも、赤いランプを閉じ込めて鍵をかけたクローゼットを調べるために、屋根裏部屋まで上がるもっともらしい口実はしっかりと利用させてもらった。ランプは確かにそこにあり、使われた形跡もなかった……。

　ハリデイは今日、戦略的な意味でも少しのあいだ大人しくしているほうがいいと勧めてくれた。実際にそう言ったわけではないが、意味としてはそういう内容だった。

「ぼくの考えでは、スキッパー」と彼は言ったのだ。「グリーノウがこの件から手を引いたのは、単なる見せかけだと思うんですよ。彼の行動はすべて筒抜けですからね。ぼくの思い違いでなければ、別の名目でバス・コーヴ辺りにいるのを見つけられると思います。何日か前の夜に、彼のフォードを見かけたように思いますから」

　最終的には、彼がこの事件からわたしを排除したがっているのは、こちらの身を思ってのことだと理解できた。

「今はまだ――」と彼は言う。「こうしてぬくぬくとしていられますけどね。不運があと一回でも重なれば、彼は飛びかかってきますよ」

　笑みを浮かべているにもかかわらず、ハリデイの必死さがひしひしと伝わってきた。グリーノウはすぐそばにいると彼が思っていること、どういう理由からか不運がまた襲ってくると予測していることもわかった。この数日間で、ハリデイの頬はげっそりとやせこけてしまった。昼間に寝ているとしても、夜はほとんど眠っていないのではないか。

　彼とエディスのあいだには、不思議な相互理解のようなものが存在するようだ。しかし、少し前までは自由に推論を交わし合っていた三者会談も、めっきりなくなってしまった。

　否応なしに、わたしは無害無用の存在に追いやられている。

　ヘイワードは昨日から夏の休暇に入った。

八月二十日

午前四時。昨夜十一時から十二時のあいだにベテル氏が殺害された。ゴードンの消息は不明……。

午前七時。ジェインがやっと眠りにつき、わたしはコーヒーを淹れている。昨夜の出来事を記録し始めれば、少しは気持ちも落ち着くのかもしれない。結局のところ、人はどんなことをしても、こういった出来事を忘れることはできないのだ。唯一可能なのは、事実を表面に浮かび上がらせ、しっかりと向き合うこと。

しかし、わたし自身があの部屋に向き合うことはないだろう。

殺人。まさに邪悪な言葉だ。しかし、実際に直面するまで、その行為がいかに邪悪であるか人には理解できない。そんなものは書き残されるものではないし、目撃されてよいものでもない。存在さえすべきではないのだ。

我々は今回の殺人事件にすっかり巻き込まれてしまった。現場を少しずつ丹念に調べていく。ショックが容赦なく襲いかかってきた。争いの形跡が壁にも床にも家具からも見つかった。犯行に使われたナイフも発見された。我々の調査はさらに進んだ。犯人の足取りを外までたどり、私道沿いにガレージまで追う。そこからは車で、ロビンソンズ・ポイントを越えた海岸沿いの沼地まで。

それでもハリデイによると、もっとはっきりとした証拠を見つけなければ、法的な意味での犯人は特定できないそうだ。

ゴードンが見つかっても――グリーノウは必ず見つかると確信しているが――かつてはサイモン・

ベテルであった朽ちた肉体や血痕、骨の一部などが見つからない限り、彼を有罪にすることはできない。昼間からずっと、そういう意味での法の制裁というものについて考えていた。

処罰から逃れようとするなら、犯罪者は単に自分の犯罪をうまく隠せばいいだけなのだろうか？

それにしても、捕縛を逃れるための余裕がなんと少なかったことか！　数分の問題。ハリデイに電話で知らせ、テラスで合流するまでのあいだ。ひょっとしたら、二人が合流し、あのめちゃくちゃになった部屋に突入するまでのあいだ。本当に数分の問題だ。

一点だけ、ゴードンの犯したミスがある。しかし、それさえもミスとは言えないのかもしれない。彼は冷静に、自分のスーツケースを植え込みの中に隠していった。束の間、その場で立ち止まり考えたのかもしれない。しかし、結局はそこに放置することにした。

最大の後悔は、ベテル氏に警告してやれたのにということだ。そして、一番の失敗は、ハリデイに電話を入れたときにゴードンに立ち聞きされ、狡猾な算段を立てさせてしまったこと――〝やれるだろうか？　それとも無理か？〟そんな計算を胸にあの若者は……。

狡猾。あの年齢にしては、大昔から犯罪が存在してきた年月ほども、犯罪の手管に熟練している。恐ろしい船荷を遺棄するために海に漕ぎだし、自分の船を探すランタンの灯を見つめる。それが散り散りになると、自分を追って水上へと出てきたボートを確認する。そして、再びこっそりと入江に戻り、森を抜けて逃走する。

言葉では言い尽くせないほどの狡猾さだ。

八月二十一日

興奮状態がまだ続いている。事件以来、ハリデイの姿は見かけていない。彼は、警察――グリーノウに手を貸すために集まった多くの人々とともに行動しているのだ。物見高い人々が我が家の門の前に集まり、仕方なくわたしたちは門を閉ざして鍵をかけた。小道から敷地内に入ってくる強者(つわもの)もいるが、彼らはそこで昼夜警備に当たっている番人たちに追い返された。

門番をしているトーマスは、刑事たちや正式に認められた記者たちだけを通すよう指示を受けている。

入江では、捜索隊のボートで混み合う見慣れた光景が再現された。岬沖で海底をさらう作業が進んでいるが成果はなし。例のボートの見張りも捜索に駆り出されたため、その大部分が気味の悪い人々によって持ち去られている。そういう人々はきっと、自分の戦利品をテーブルや暖炉の上に飾り、満足げに眺めているのだろう。

精神に異常をきたした人間が常に自分は正常だと主張するのと同じように、まともな人間がしばしば異常な行動を取るのも本当だ。

これまでのところは何の進展もなし。

つまり、ゴードンの逮捕につながるような発見は何もない。ボートで戻ってきて上陸し、ロビンソンズ・ポイントの向こうの森に逃げ込んでから、あの青年は完全に姿を消してしまった。そこここで手がかりは見つかるものの、結果的には失望に終わっている。グリーノウは必ず発見できる、警察の捜査網から逃れることはできないと豪語しているが、わたしとしては……。

ほぼ四十八時間が経った今も、ジェインは電話の件について口を閉ざしたままだ。彼女の不気味な沈黙のせいで、わたしもまだ警察には話していない。

たまたま電話のそばにいて危険を察知した経緯を問われ、わたしは以下のように答えている。電話が鳴ったのでそばに行った。すぐに、ハリデイのところか母屋の受話器が外れていることに気がついた。電話線の向こうで衝突音が聞こえ、それが一、二秒続いたあとは静寂。次いで、受話器のそばからぜいぜいという息切れの音が聞こえたかと思うと、ぷつりと電話は切れた。わたしは半狂乱でハリデイに電話を入れ、彼が受話器を取るや否や、母屋で何かとんでもないことが起こっている、すぐにそこで落ち合おうと叫んだ。

しかし、この話を蒸し返されると面倒なことになりそうな矛盾点がある。我が家のような電話機では、どれか一つの受話器が外れているとほかの電話は鳴らないのだ。そして、単純な事実として、あの夜、我が家の電話は一度も鳴らなかった。

悲劇の夜に起こった出来事について、まだ順番に記していないので、これから書きだしてみようと思う。

ハリデイがここで夕食を摂っていった。ここ最近に比べるとずっと彼らしさが戻っていた。どういうわけか、母屋からベテル氏が出ていくと聞いてほっとしているらしい。そのときには理解できなかったのだが、彼が言った言葉を今でも覚えている。

「結局」と彼は言ったのだ。「起きてしまったことを元に戻すことはできませんからね。これで、すべて終わりになるでしょう」

夕食後、ハリデイとエディスはベランダに出た。ブラインドを下げに行ったとき、紙切れに何かを書き込んでいるハリデイの手元に、エディスがマッチの火をかざしているのが見えた。マッチはすぐに消えてしまったので、エディスの声が聞こえなければ、わたしもそれ以上は気にかけなかったと思う。

「それで、小部屋はそこにあるんでしょう?」

「部屋の角に」とハリデイは答えていた。

立ち聞きの趣味はないので、わたしはブラインドを下ろし背を向けた。

十時過ぎくらいにハリデイが帰り、エディスはわたしたちのところに戻ってきた。ジェインが縫物に精を出しているあいだ、腰を下ろした彼女はソリティアをするわたしを黙って見ていた。十時半くらいになってジェインが突然口を開いた。

「電話が鳴っているわ」

エディスもわたしも驚いて顔を上げた。電話は小さなホールにあり、座っている場所から十フィートも離れていない。鳴っているのが聞こえないはずはないのだが、わたしたちには何も聞こえなかった。

「ジェインったら、居眠りをしていたんだわ!」エディスが声をあげる。しかし、ちらりと視線を向けたわたしは、ジェインがおかしな具合にだらりと椅子にもたれかかっていたのを覚えている。顔色が真っ白で、わずかに目を凝らしていた。

「鳴っているわ」不明瞭な声で彼女は言った。

それがあの夜、わたしがたまたま電話のそばにいた理由なのだ。そして、ハリデイに電話を入れたことで、殺人者に逃げ出す機会を与えてしまった。

「拳銃を持って母屋まで来てくれ。わたしもすぐ行く」わたしはそう言ってしまった。「何か、おかしなことが起こっている」

電話をせず、直接ハリデイのところに行けば、犯人を捕縛できたのはわかっている。一つの家に電話をすることは、もう一軒の家の電話のベルも鳴らすこと。犯人はまだ、電話機のそばで喘いでいたかもしれないのに。その時点までは犯人も承知していた通り、悪魔の所業を終わらせるのに丸々一晩という時間があったのだ——死体を遺棄し、スーツケースに荷物を詰め込み、外で少し様子を見てから逃亡する。

しかし、わたしはハリデイに電話をしてしまい、犯人はそれを聞いてしまった。それで、残された時間がほんの数分しかないことを、彼は悟ったのだ。あの恐ろしいほどめちゃくちゃになった部屋で、彼は急いだことだろう。車はすでに小道に出ていたのかもしれない。エンジンを低くかけたまま小道の角でたたずんでいたのかもしれないゴードン。そこで、ハリデイが母屋に向かって駆けてくるのを眺めていた。おそらくは、いつもわたしをぞっとさせた、あのうっすらとした笑みを口元に浮かべて。

あとはただ——車に乗り込み、逃げ去っただけだ。仕上げに向かって冷静に、巧妙に。死体もなく、殺人も存在しない。ゴードンは浮桟橋に車を向けた。

彼が残した確かな手がかりは二つだけ——アニー・コークランがキッチンからなくなったものと認めたナイフ。そして荷造りが終わったスーツケース。今回の結末はゴードンの目論見とは異なっていたに違いない。彼にはリネンを始末する必要があった。それに、暗号文が書かれた日記も——そんなものが警察の手に渡ることを、彼が望んでいたはずはない。しかし、持ち主が消えてしまった以上、そんな日記に何の意味があるだろう?

八月二十二日

時が経つにつれ、様々な人がそれぞれに重要だと思う無関係な出来事を持ち込むことで、事件は複雑化しつつある。

例えば、以前オークヴィルでナイフを購入し、相当な騒ぎを巻き起こしたリヴィングストーン家の執事。彼は、ゴードンの人相書きまで手に入れ、こんな状況でなければ滑稽とも言えそうなミステリアスな様相を事件に与えている。

上等な身なりでがっしりとした体格の中年男に関する話もある。殺人事件があった日の深夜一時ごろ、リヴィングストーン家のそばの幹線道路をふらふらと歩いているのを目撃されたのだ。通りがかった車の運転手がその様子を見て車を停め、何かあったのかと尋ねた。

男は、一時間ほど前に車にはねられ、それまで道端に倒れていたのだと答えた。血と泥にまみれた姿がその話を裏づけていた。乗せてやろうかという申し出をその男は受け入れ、町行きの急行列車に乗るためマーティンズ・フェリーの駅で降りた。

似たような話が次々に出てきた。数えきれないほどの人がゴードンを見たと信じている。そして、二十歳くらいのこじゃれた格好をした若者たち——エディスが言うところの、エナメル革のように髪をてからせ、終始煙草を吸っているような若者たち——の多くが、たびたび肩を叩かれ警察署に連行されているそうだ……。

ほかの細々とした手がかりも、ほとんどが捜査の妨げになるようなものばかりだった。図書室にもホールの電話近くにもたくさんの指紋が残っていた。しかし、それについてもグリーノウは言うのだ。

「指紋で犯人が見つかるわけではありませんからね。犯人を特定するだけのものです」

それにもかかわらず、多くの指紋が採取され保存されていた。白い暖炉の上に残っていた血の指跡は極めて鮮明で、難なく写真に収められた。それほどはっきりしないものは、撮影の前に黒い粉がかけられている。図書室とホールについては、元の状態に戻してもいいという許可が出る前に詳細な写真が撮られ、それらは拡大されて隅々まで検証された。その中に奇妙なものが一枚混じっていた。

グリーノウが今日、その写真をわたしに手渡して言った。

「これは失敗作でしてね。よろしければ差し上げますよ」

それが失敗作なのかどうか、わたしにはわからない。下の隅のほうに、グリーノウが言うところの光の筋のようなものが入っているのだ。しかし、ぼんやりと写っているものの正体は、さほどの想像力がなくても理解できる。下の部分を占めているのはブロケード織の織物だ。

わたしは何も答えなかった。いったい何が言えるというのだ？

警察を悩ませている問題の一つは争いの激しさだった。ベテル氏は確かにそうしたのだろうが、いかに自分の命を守るためとは言え、彼に戦うことができたとは思えない。同様に、あの家を再調査し世間にも広く知らしめたにもかかわらず、警察が解決できないでいる問題点があと二つあった。

一つは、ベテル氏がこの夏手がけていた小説の原稿が消えていること。アニー・コークランは、図書室の机の引き出しに施錠のうえ保管されていたと証言している。ハリデイと二人であの家に行ってみたときには、引き出しは開け放たれ、原稿はなくなっていた。それは今もまだ見つかっていない。

しかし、最も驚くべき点は、この事件においてサイモン・ベテル氏に関心を寄せる友人や親戚が一人もいないことではないだろうか。ベテル氏があの家を借りる前にカメロンがラーキンに送っていた書類にも、借家人の過去については一切触れられていない。

「ポーター氏が以前話していた家の件ですが――」とカメロンは書いている。「借りてくれそうな人物がいます。数日前に、わたしの著作について照会してきた以外、面識はありません。しかし、物静かで何の問題もない住人になってくれそうな人物です」

殺人事件以来、久々に顔を出したハリデイが昨日、この問題を持ち出した。

「あなたも不思議に思ったんじゃないんですか、スキッパー？」と彼は言ったのだ。「ベテル氏の関係者が一人も現れないなんて」

「同世代の知人や友人の大方を失っても、人は生きていけるものだからね」

「あの人はまだそんな年ではなかったでしょう」そう言ったあと、彼はまったく関係のなさそうな質問をした。「彼と会って話をした二晩のことですが、どんな印象を受けましたか？　精神状態のことですけど？」

「最後に会ったときには、当然のことながら、ひどく怯えていたよ。彼自身もたびたび言っていたように」

「その前のときは？」

「自分では言わなかったが、多少警戒していたんじゃないかな。手元に拳銃を置いていたから。もちろん、どちらの場合もかなり危険な状況ではあったんだが」

捜査が進むにつれ、ゴードンの分が悪くなっているのは確かだった。グリーノウはずっと、以前わたしを疑っていたのと同じように、ゴードンの有罪を確信している。ベンケリーに至ってはもっとあからさまだった。今朝、テラス近くの芝生の上で交わされていた、彼とハリデイの会話がまだ頭の中でぐるぐると回っている。

ハリデイはずっと、〝行き止まりにぶつかってどうにもならなくなるまで、同じ方針で突き進む〟というグリーノウのやり方を批判してきた。

「もちろん」とハリデイは静かな口調で言った。「ゴードンが犯人だと決めつけることはできますよ。証拠はすべて揃っているんですから。でも、どうしても関係づけることができない事実を残すことになるでしょうね。少し前にゴードンを殴って気絶させたのはベテル氏だというのはわかっています。でも、誰がゴードンを縛り上げたんでしょう？　銃器室の窓付近で男の姿を見たという彼の話はどうなります？　ここにいるポーターさんが後日、その窓があいているのを発見し、一階にいる男の姿も見ているんです。それは誰だったんでしょう？　キャロウェイを縛ったのと同じ方法でゴードンは縛られていました。でも、ゴードンはそのとき、キャロウェイの発見現場は見ていないんです。それをどう説明します？」

「なら、ゴードンは今、どこにいるんだ？」ベンケリーはかなり冷ややかな口調で尋ねた。

「さあ、わかりません。もしかしたら、死んでいるのかもしれませんね」

ベンケリーは立ったまま考え込んでいた。

「言いたいことはだいたいわかった」しばらくして彼は答えた。「争いはベテル氏とその未知なる人物のあいだで起こったものだと、きみは考えているわけだ。若者はそれを目撃して巻き込まれたか、自分が疑われると思って逃げ出した。そういうことだろうか？」

「ぼくが言いたいのは、そんな犯罪を起こそうとしている者が、スーツケースに荷物を詰めたりなんてしないだろうということです。それを持って逃げようなんて」

正直なところ、その瞬間まで思いもしなかった考えだ。

この会話から、ベンケリーは少なくとも、事情聴取をすべき親類が一人もいない事実を説明する持論を発展させたようだ。すなわち、老人は偽名を使って隠れていた。最終的には見つかってしまったが、非情な敵の目を逃れ、探せる限りで最も人目につかない場所に隠れ住んでいたのだと。

ベンケリーがどのように、ベテル氏の隠棲とキャロウェイの殺害、マギー・モリソンの失踪をすり合わせたのかはわからない。しかし、そんな推測を生み出せる事実が何かあったのだろう。ベテル氏はある意味、謎に包まれた人物だった。支払いはすべて現金。持ち込んだ車も、やって来る数日前にやはり現金で秘書に購入させたものだ。身元を示すようなものもすべて、衣服から慎重に取り除かれていた。

加えて、ナイフに関しても謎に満ちた報告がある。顕微鏡で調べた結果、目の粗い薄絹の断片と一緒にリネンの繊維が検出されたのだ。また、小袋の布地を通り抜けたのか、細かな煙草の葉のかけらも付着していた。

しかし、ベテル氏は煙草を吸わない。

ならば、ある時点でナイフを手に入れたベテル氏が、襲撃者を切りつけたということか。冗談だとしても、それならどんな説明もできる。ただ、交通事故に遭ったと主張する男に、警察の目を向けさせる結果にはなったが。

しかし、この手がかりもまた行き詰まってしまった。暗い夜で、その人物を乗せた運転手にも、がっしりとした体格で不明瞭なしゃべり方をしていたということ以外、報告できることはなかったからだ。車の持ち主はその人物をマーティンズ・フェリーの駅まで送ったが、夜間急行の車掌にはそんな客を乗せた記憶はなく……。

グリーノウが今日、スーツケースから押収した日記を見せてくれた。水に浸かったのか、読み取れないページもある。もし、何も読み取れないという言い方が正しいなら、どのページにもわたしが好奇心から書き写した以下のような大文字と小文字のごちゃ混ぜが綴られていた。

『Trn g.K. GTRggUnMT aot LmGT MotrT.』

日記は毎日記されたものではなく、奇妙な考えや閃きが浮かんだときだけ書きつけられていたようだ。ゴードンがツイン・ホロウズにいたあいだ、ずっと飛び飛びに綴られており、最後の記録は八月十七日になっている。

丁寧に整然と綴られたページもある。しかし、怪我をしたあとの七月二十七日の記録は手書きで、書き直した部分があった。八月に入ってからは一、二度、一ページ以上になる長文もあったが、七月の記録はすべて簡潔だ。最後の日付には文字がなく、小さな魔法円が丁寧に書き込まれていた。

グリーノウは好奇心のためなのか、まだその日記を自分の部署の暗号分析チームに渡していない。わたしとしては、ゴードンを発見したときに報奨金を請求する材料として差し出すつもりなのだろうと睨んでいる。

ちなみにその報奨金だが、現在では一万ドルになっている。

八月二十三日

ベテル氏が殺された夜、ハリデイはあの家で赤い光を見ていた。たった今、彼から聞かされた話だ。わたしからの電話を受けボート小屋から走り出た彼は、芝生の裾野からその光を見た。しかし、すぐに消えてしまったそうだ。

屋根裏部屋の戸棚からあのランプを出してきて、今夜一緒に実験をしてみようとハリデイは言った。鍵はすでに渡してある。どうやら、その光が発していた正確な位置を確かめたいらしい。どうしてそんなことを知りたがるのか、彼の目的にはさっぱり見当がつかない……。

夜間あの家を見張っていた警備員たちも、すでに引き払っている。今後また、そんな警備員たちが必要になるとすれば、日中の物見高い野次馬たちを追い払うためだけだろう。

今日、アニー・コークランとトーマスは、最終的な閉鎖に先だってあの家の片づけに専念していた。もう二度とあけるつもりはない。トーマスはすでに窓を覆う板のペンキ塗りを終え、いくつかの設置も終えていた。然らば、内にあるべきものは内に、外にあるべきものは外にあらんことを！

八月二十四日

〝閉ざされ鎧戸が下りた窓を横切る小さな鈴がついた糸は、しばしば人の手ではじかれたように震えた〟（『ウージェニア・リッジスとオークヴィルの怪奇現象』より）

今となっては、昨夜の経験について理路整然とした記録を残すのは難しい。光り輝く陽光のもとでは、昨夜の恐怖などバカげて思えるからだけではない。最近の読書やあの家についての知識から、自分がありもしない恐ろしい化け物を造り出してしまっただけ、とも言い切れないからだ。

それにしても――なんという夜だったことか！

つい最近恐ろしい事件が起こったばかりの呪われた家で一夜を過ごそうとする者が、その直前に、他人がめちゃくちゃな想像力で生み出したバカげた物語に目を通すなど愚の骨頂だ。最新の理論からすると、低下した消化力から生み出された物語と言ってもよさそうだが。

消化不良に悩むポリー氏をみすぼらしい世界の間(はざま)に座り込ませ、世間を恨ませたのはウェルズではなかったか（H・G・ウェルズ著、『ポリー氏の人生』一九一〇年）？　とりわけ、ポークとスエットプディング、糖蜜にチーズ、ビール、ピクルスといった食事のあとに、自分の家庭を恨ませたのは。そして、〝後期印象主義者たちの並外れたナンセンス〟を彼らの血の中に流れるアブサン（ニガヨモギを香料の主成分とする強烈なリキュール）に帰したのは、フレイザー・ハリスではなかっただろうか？

そんなわけで、昨夜のわたしには精神的な消化力を向上させるために、ある種の毒が必要だったのだ。出版禁止になって然るべき本、あるいは、キャラメルの箱を片手に読書をするような怠惰で丸々とした女性だけに売られるような本が。それをもって自分自身を様々な情報で満たす必要があった――仮の命に与えられた不気味な性質の数々、異様な形態、黒ミサの儀式で呼び出された悪魔、そして、自分を殺した者への復讐のために甦った犯罪被害者たちの幽霊。

二階にあるクララの部屋で鳴り響いた時ならぬ目覚まし時計のベルにぎょっとする前から、わたしの神経はとがり始めていた。家を抜け出す準備を一つずつ進めていくたびに、精神的な準備が必要だった。わたしのような年齢の者にとって、きちんとした服装の上にパジャマの上着だけを羽織ってベッドに潜り込むのは、単にぴりぴりとした神経を誤魔化すための行為に過ぎない。あとからボタンが取れていたことを思い出したジェインがやって来て、わたしがまだ着ているシャツを要求したときには冷や汗をかいたが。

シャツは渡さず、なんとか彼女を追い返した。そして、家中が静まり返るのをひたすら待ち続ける……。

ハリデイはすでに母屋の鍵をあけ、赤いランプを書斎に移していた。窓には外から板を打ちつけてあるため、ランプを灯しても問題はない。ほんのわずかな明かりしか得られなかったが、漆黒の闇よりはずっとましだ。ハリデイは口数も少なく緊張している。家の中は蒸し暑く息苦しい。外の音が完全に遮断されているため、物音一つ聞こえない。わたしはマッチを擦り、図書室を覗き込んだ。床は剝き出しで、家具や絵画は再び白い布で覆われ、なんとも気味の悪い光景だった。

光を反射しているのはガラスのシャンデリアだけで、それがちらちらときらめくたびに、何かが密やかに動いているように見えた。

ハリデイはほとんど口を開かなかった。

「ぼくとしては――」やっとそう説明を始める。「あなたがここで人影を見た夜と、できるだけ近い状況を再現してみたいんです」そして、にっこりと笑った。「あなたとしては、階段を上ってててっぺんに立つなんて絶対に嫌でしょうけど、ぜひとも同じようにしていただきたいんですよ」

わたしは不安に駆られて上を見た。

「もし、どうしても以前と同じ状況を再現したいなら」と抗議する。「そのときのわたしが拳銃を持っていたことを思い出してもらいたいな！」

「あなたがそれを撃ったことも思い出すと思いますよ」彼はそう答え、にやりと笑いかけた。「ぼくに指を向けて〝バン！〟と言うだけで充分でしょう」

しかし、彼にもわたしにも気楽さなどかけらもなく、陰気な空気を束の間盛り上げることさえできなかった。悲劇の影が、目に映るものすべてにそのまま残っているような気がした。ハリデイも同じように感じたのか、「さっさと始めて早々に引き上げましょう」と促してきた。

自分が疑問に思うのは次の点なのだと、彼は話してくれた。発砲のすぐあとで人影が消え、書斎で灯っていた赤い光も薄れていったとわたしは説明していた。もし、それも可能だと彼が思っているように、この光がどういうわけか屋根裏部屋から降ろされたランプ、もしくは似たようなランプから発していたとするなら、わたしが見た男には、書斎に入ってランプを消し、それを隠す時間が必要だったことになる（なぜなら、のちにランプは姿を消していたのだから）。そして、図書室に戻り、ハリデイが明かりを点ける前にガラスの割れた窓から逃げ出す時間が必要だった。

「問題は時間なんですよね」とハリデイは言う。「銃声が聞こえたとき、ぼくはテラスにいたんです。椅子を持って窓に駆け寄りガラスを割るまで、十秒かそのくらいしかなかったはずです」

階段を上っていくのは恐ろしかったがなんとかやり遂げ、自分がいた場所に陣取った。ハリデイは下に立っている。

銃を撃ち――正確にはその真似だけだが――、ハリデイが件の人影の行動を再現する――顔をこちらに向けたままドアに近づき、くるりと背を向けて図書室に入る。彼が下で動き回っている音が聞こえ、明かりが消えた。闇の中、ハリデイは再び図書室に駆け込むとマッチを擦った。

「二十秒」そう声をあげる。

その声が次第に遠のき、影だけが書斎のドアからホールに向かって伸びているのが見えた。それを見ているうちにわたしの神経も怪しくなってきたようだ。ハリデイの影がまったく別のものに見えてきたのだ。どこから見ても、ガウンをまとった老人の影にしか見えない。やがてマッチの灯が消え、ハリデイが再びホールに出てきた気配がする。

「ちょっと前に動きましたか？」彼はそう尋ねてきた。

「動いたかだって！」わたしは叫び返した。「動いてなんかいない。なんてことを訊くんだ」

「変だな」そんな答えが返ってくる。「何か聞こえたような気がしたんですが」

彼は手探りで書斎に戻っていった。暗闇の中で赤いランプが煌々と輝いていた。ハリデイが再び図書室に入っていく気配がする。どうやらそこで立ち止まり、耳を澄ませているようだ。彼はすぐに戻ってくると、場所を交換しようと言った。

「あなたに気づくことがあるかどうか試してみましょう、スキッパー」

上ったときよりもずっと足早に階段を駆け下り、ハリデイがわたしのいた位置についた。こんなことが好きなわけはない。ただただ早く終わらせることだけを考えていた。ハリデイと同じ行動を繰り返す。図書室のドアへ向かい、くるりと背を向けて、ここでひと呼吸。そして、図書室に飛び込むと書斎へと通り抜けた。赤いランプのそばでぴたりと足が止まる。コードに足を引っかけ、差し込みがコンセントから外れてしまったのだ。たちまち、元の暗闇と静けさが襲いかかってきた。ハリデイはまだ階段の手摺りに寄りかかり、わたしが一連の行動を終えるのを待っているのだろう。突然の闇に、記憶も吹き飛んでしまうほどの恐怖に縮み上がった。

しかし、パニックに陥りながらも膝をつき、コードの差し込みを手探りしたのは覚えている。そして、その瞬間、極度の緊張のせいか、図書室の中で動くものの気配を感じたことも。今日、その気配の出所を考えてみてもわからない。図書室の家具を覆っていた布が滑り落ちたような気配。女性が扇子を揺らすような、たおやかで静かな動き。そしてそれに、シャンデリアのカットガラスがちゃりちゃりと鳴る音が重なっていた。ちょうど、いくつもの小さな鈴が鳴っているような。しかし、何が原因だったにせよ、それに気づいた瞬間にはすべてが治まっていた。あたかも、明かりが消えたことで、その力の元も消滅してしまったかのように（注記：後日、降霊会の席で同じ現象が起こったことは記述しておくべきだと思う。その現象に対する説明が得られない以上、今わたしが記した出来事にも未解決の要素が残っていることになる）。

膝をついたまま、顔中を冷たい汗で濡らして図書室のドアを見つめていた。目を逸らしたら、一瞬でも警戒心を緩めたら、そこから何かが入ってくるような気がしていたのだ。

つまり、自分の眼力で、その何者かを押し留めていたというわけだ。

ハリデイが動く気配はない。彼もまた、じっと耳を澄ませているのだろう。

昨夜、そのあとに起こった出来事をできるだけ正確に記すと、以下のようになる。屋敷の中は再び完全な静寂に包まれていた。物音の出所が変わったとき、ハリデイは二階にいて、わたしは図書室へのドアを見つめていた。前方は自分の目で警戒していたが、後ろから不意を突かれたことになる。背後の上方にある窓から何者かが侵入しようとしていたのだ。その手がざらざらと雨戸の木枠を探る音が聞こえてきた。気味の悪いやみくもな手探りのあと、ついにとっかかりとなるものを見つけたのか、雨戸ががたがたと揺すられた。

それで、わずかに残っていた自制心も吹き飛んでしまった。銃で追い立てられたかのように、ホールへと飛び出す。

「ハリデイ！」叫び声をあげていた。「ハ、ハ、リデイ！」

彼は階段を下りてきた。と言うより、飛び降りてきたと言うべきか。ハリデイによると、ホールの隅でわけのわからないことをしゃべっているわたしを見つけたのだと言う。確かにそうなのかもしれない。しかし、わたしとしては、はっきりとこれまでの経緯を説明しているつもりだった。その結果、彼はまた、わたしをあの恐ろしい場所に一人残し、外へと駆け出していった。そんな場所に一人で残される気などかけらもないわたしも、そのあとを追った。窓の外には誰もいない。しかし、つけられたばかりの緑のペンキ跡が残っていた。わたしが今日、精神異常者の保護施設に入らないで済んでいるのはそのおかげだと、ハリデイは言う。

これは明らかに人類の研究の成果だ。そこには単なるペンキの跡だけではなく、少なくとも親指やほかの指を備えた人の手形が残されていて……。

追記・さて、我々の推理はどこまで達しているのか？　わたしとしては、ハリデイの判断を是非とも採用したい。すなわち、わたしたちが図書室で聞いた音は、煙突から吹き込んだ東風の音、加えて、屋敷の古い部分が沈下したりきしんだりした音だと。

書斎のあいた窓の外に残っていた痕跡を、一日がかりで調べて戻ってきたところだ。

完璧な手形が残っていて、ずんぐりとした親指と曲がった小指の跡が確認できる。さらには、通常見られるはずの渦巻きや皺が完全に欠如していた。この手形を写して、例の石膏入りの器に残された手形と並べてみたらどうだろう。完全に一致するはずだ。

ハリデイはどこからか大きなヒントを得たようだが、わたしとしては気も違いそうなほどの状況だ。忘れていた記憶の片隅から掘り起こしておくべきだった。犯行直後に、自分の署名の代わりとして魔法円を残すなんて、常軌を逸しているにもほどがある。

八月二十五日

殺人事件から五日。我々は依然として、事件の解決からは程遠い状況にいる。

現在、すべての捜査結果は町中にある郡捜査局に集められている。副巡査は今でも日中は地所の見張りを続けているが、日が暮れる前には用心深く引き上げていく。入江の底をさらう作業も中止された。殺人者はゴードンの可能性が高いとして、ベテル氏の未知なる敵対者というベンケリーの推論は退けられたようだ。

しかし、我々のほうではいくらかの進展がないわけではない。

ハリデイは口にこそ出さないものの、不首尾に終わった先日の実験は、わたしの目撃した人物が図書室の割れた窓から逃亡したという仮説を否定するものだと感じているようだ。

「じゃあ、奴はどこから逃げたことになる?」わたしは尋ねた。

「そこが問題ですね」とはハリデイの答えだ。「その人物はどこに消えたんでしょう? その謎が解ければ、ほかのいろんな問題も解決すると思うんですが」

しかし彼は、仰天するような話を続けた。あの家に一時的に住むことにしたというのだ。

「あの夜、侵入しようとしたのが誰であれ、また戻ってくるかもしれませんからね」と彼は言う。そして、〝慣れてしまえば〟そんなに悪い場所でもありませんからと、わたしを安心させようとした。

「カントを読んでいるんです」そんな説明に何か意味でもあるかのように彼はつけ足した。

少しも気乗りはしなかったが、一応一緒にいようかと申し出た。しかし、ハリデイはにっこりと笑って断った。

「あなたは霊的作用を受け易いですから、スキッパー！」

そうは言うものの、彼がわたしにいてほしくないと思っているのは見え見えだった。

今朝、この会話が交わされたボート小屋をふらりと訪ねたとき、ハリデイはテーブルの脇に座り、目の前に布切れや暗号文、割れたレンズやエーテル缶の蓋などを並べていた。事件への関与からわたしがやんわりと締め出される前に、我々が集めた証拠品の数々だ。しかし彼はそのほかにも、つまらないものが入った小箱や手鏡まで用意していた。わたしが不意に現われたとき、彼はその鏡で自分の顔をまじまじと眺めているところだった。

彼は即座に釣りにでも行きましょうかと訊いてきた。わたしにはそんな気など少しもなかったが、おそらく彼としては、自分の行動を説明する準備ができていなかったのだろう……。

今日、事件を解決するものではないが関係のある新たな進展が、リアによってもたらされた。気の毒なベテル老人に、違う角度から興味深い光を当てる新たな情報だった。

こんな用事は彼の好みではないと思う。リアは何でも軽々しく信じてしまうことに極端な不信感を抱いているし、そこに妥協点がないこともわかっている。自分の理解を超えるものを彼は〝戯言(たわごと)〟と呼んでいた。リアのお気に入りの言葉だ。そして今日、彼はわたしを私道に連れ込み、ちょっとした説教を垂れることから用事を切りだした。

「休暇に来ているような男には見えないな」こちらの様子をしげしげと眺めながら、彼は言った。「ひどい目に遭っているのは知っているが、結局のところ、きみの責任ではないじゃないか」

「ぼくはあの家を彼に貸していたんだよ。そしてぼくには、誰にも貸してはならないことがわかっていた」

「戯言だ！」リアはそう言って咳払いをした。

わたしに歩調を合わせて歩きだしていた彼だったが、その瞬間足を止め、こちらに顔を向けた。

「いいかい、ポーター。いろんな噂が飛び交っているんだ。きみの友人にも、きみとジェインがなんでもかんでもあの家のくだらない評判のせいにしようとしていると言っている者もいる。そんなのは浅はかな判断だし、そもそもがバカげている。モリソン嬢だって、あの家で殺されたわけではないんだし」

「そうとも言い切れないんだけどね。少なくとも、彼はそうだったんだ。それにぼくは、二人とも同じ奴の仕業だと思っている」

「もちろん、人間の手によって、だよな？　まさか、それ以外のものとか――」

「ああ、もちろん人の手によってさ。でも、おかしなことが山ほどあるんだ。もし、あの家がまともだと思うなら、一晩あそこで過ごしてみるといい」

「まともだって！」リアはぴしゃりと言い返した。「もちろん、まともに決まっているじゃないか。そうじゃないのは、あの家にいる人間のほうさ」興奮状態でまくし立ててくる。「きみもカメロンもあの家に閉じ込められてしまえばいい。ついでにペッティンギルも」

話がカメロンに及び、彼がここにやって来た理由というのが……。

アディロンダック族の居住地から戻ってきた途端、釣り針でつけた手の傷からカメロンは感染症にかかり、寝込んでしまったのだという。留守中に溜まった郵便物に目を通すこともできないほどの重症。しかし、おとといになって、まだ充分に回復したわけではないが、届いていた手紙に目を通せるようになった。そこで、七月の終わりにベテル氏が寄越していた手紙を見つけたらしい。

その手紙の中で、ベテル氏はツイン・ホロウズの屋敷内で確認される〝異常な現象〟について言及していた。そして、できるだけ早く訪ねてきて、調査してくれるようカメロンに頼んでいたのだ。

「それで、彼は来たがっているのかい？」わたしはリアに尋ねた。

「病気で寝ているって言っただろう」リアの口調は苛立っている。「警察に見てもらうのはどうかと言っている。できるなら、巻き込まれたくないんだよ」

「その手紙、きみも読んだのかい？」

「ああ。今話したこと以外は何も書かれていなかった」

「その異常な現象については何の描写もなかったんだろうか？」

「ああ。でも、自分でも何度か実験をしてみたとは書いてあったな。それで、その結果を検証してもらいたいんだと」

「実験？　赤いランプを使って？」

「そんなことは言ってない」荒くなってきた口調でリアは答えた。「赤いランプだって！　一体全体、そんなものが不死の魂とどんな関係があるんだ？」

彼は腹立たしげに説明を始めた。ヘレナがこの夏の後半ずっと、「オーム、オーム」と一人で呟いているというのだ。そんな言葉を唱えながら眠りに落ちる。そして目覚めたときには、幽体離脱をしていたと言い張るらしい。

「彼女の理性に訴えることはできないとしても――」薄い肩をすくめながらリアは言った。「良識に訴えることはしてきたんだ。たまにとはいえ、すべての個人に許されているプライバシーに立ち入ることが正当なのかどうかと彼女に尋ねてきた。でも、無駄だったね。彼女は記録までつけているんだ。刑務所行きは間違いない」

カメロンに返せたアドバイスとしては、その手紙に関しては自分の判断に従ってくれということだけだった。個人的には、ベテル氏の手紙があの家に対する自分の考えを補強してくれるということ以外、どんな価値を持つのかはわからない。しかし、カメロンにこっそり、ここに来て調べてみてくれと頼んでみる価値については示してくれた。

彼もそうしたがるのではないだろうか。

八月二十六日

ここでの悲劇に対する避暑客の態度には、ずっと感心していた。次々に起こる事件がそれぞれに一時的な興奮を運んでくる――例えば、少しのあいだダンスが止まり、ステージ上でちょっとしたドラマが始まるというような。やがて壇上の幕が下り、楽団が演奏を始め、何人かのダンサーを欠いたまま次なる演目が目まぐるしく展開するのだ。

気の毒なキャロウェイの未亡人は髪を切り、海岸沿いのホテルで働いていた。アデノイド症を患う少年がミルクとチキンをここに配達してくれる。今朝、その少年が門の柱にチョークで魔法円を描いている現場を捕らえた。

閉ざされてがらんとした母屋。新たに着任した灯台守の補佐。そして、おそらくは部屋を閉ざし、悲嘆に暮れているであろうモリソン農場の人々――これらは単に、この夏の痛みを記すために残された目に見える傷跡でしかない。

今朝、ラーキンに会った。彼は、この地所をホテル用地として売却できるだろうと見込んでいる。それはつまり、あの母屋を取り壊すことであり、それが一番いい方法のように思える。

しかし、まだ記録していないもう一つの変化がある。

あまり大っぴらにではないにしても、愛情を込めた目でハリデイを観察していると、彼の中にはっきりとした変化を認めることができるのだ。まるで、内なる炎に照らされている男のようだった。おそらくは報復の炎。決意の炎であることは間違いない。そして、時々塞ぎ込むことがあり、以前の陽気さはすっかり影を潜めていた。自分の秘密事からわたしを締め出している。こちらを信用していないからではなく、わたしの身を案じてのことだ。この二、三日は、エディスに対しても同じだと思う。

事実上、こう言われているのも同然だった。

「手を出さないでください。危険なんですから。チャンスを窺っているんです。それに、あなた以外の人の安全も確認しておきたいんですよ」

それでも時々、思いを巡らせることはある。まさしく昨日、彼が言っていたように。「覚えておいてください。ぼくたちは犯罪を論じているわけではないんです。意図について考えているんですよ」

ハリデイは再度、ホーラス伯父の手紙を貸してくれと要求してきた。たぶん、それについても検証しているのだろう。

この夏の超常現象とわたしが呼ぶものに対してだけは、彼も以前のように打ち解けた態度を示してくれた。でも、そこで困惑している。カメロンを引き入れないというわたしの決断に失望したのかもしれない。しかし、それにはちゃんとした理由があった。カメロンの介入は、わたしたちにとって不愉快なニュースの拡散に繋がるかもしれないからだ。それどころか、関わるつもりなどかけらもない心霊主義者たちの一端に、我が身を連ねることになってしまうかもしれない。

今日になってハリデイも、言葉少なではあるが、わたしの決断を受け入れてくれた。しかし、そのすぐあとに、エヴァンストンからの手紙を見せてくれとエディスに頼んでいた。そして、しばらくのあいだ、その手紙を前に考え込んでいた。

「もちろん、少しでも想像力があれば――」と彼は言った。「ここの住人たちが何らかの方法で、去年この場所で起こった出来事を漏らしてしまったと考えることはできるでしょう。でも、どうしてエヴァンストンなんだろう?」少し間があいたものの、そのあとは淀みない弁舌が続いた。「もし、精神世界を認めるなら、当然のことながら時間や空間が存在しない、波動だけが重視される世界を認めなければなりません――それが何を意味するかは別の問題として。それなら――そうですね、無線通信と同じくらい簡単に――エヴァンストンと繋がることもできるのかもしれない」

しかし、彼は突然立ち上がり、「みんなどうかしている。中でも一番おかしいのは自分だ」と言いながら、立ち去ってしまった。

八月二十七日

リヴィングストーンは奇妙な男だ——身なりは小奇麗で潔癖症、無駄口はきかない。紳士過ぎるほどの紳士。口数の少なさは一部には用心のため——無意識なのだろうが、常にほころびや密かな低俗さが露見しないよう気をつけているという印象がある。たぶん、ジェインも同じように感じているだろう。

その彼が、どうして今日我が家を訪ねてきたのか、今もまだ不思議に思っている。クララがガレージまで彼の訪問を伝えにきた。小さな居間に急ぐと、彼は手袋とゲートルをつけたまま座っていた。奇妙な表情を浮かべ、うちのおかしなパーラーオルガンを見つめている。

「こんなオルガンを見るのは久方ぶりです」早口ではあるが、慎重な態度を崩さないまま、リヴィングストーンは言った。「いったいどこで見つけたんです？」

「ここに来たときには、もうあったんですよ」わたしはそう答えた。

再び腰を下ろす前に、彼はもう一度オルガンに視線を向けたが、そのあとは忘れてしまったらしい。しかし、完全にというわけではなく、時々そちらを見やっている。一度などはかすかな笑みを浮かべたようにも見えた。まるで、心のどこかに、そんな笑みを引き起こす愉快な記憶が残っているかのように。しかしすぐに、率直とも言える態度で話の要点に移った。

「あなたは判断力のあるお方だ」彼はそう言った。「考えることのできる方だからこそ、わたしはお訪ねしたのです」

「以前はそうだったかもしれませんが――」慎み深く頷いてみせる。「最近はどうだか――」

リヴィングストーンは身を乗り出した。

「その知力を使ってください」そう囁く。「霊魂などという戯言に振り回されないように。何が簡単かって、それらしく見せかけることくらい簡単なことはないんですから」

「そんなものに振り回されるつもりはありませんよ」

彼はふと黙り込み、もう一度オルガンを見やった。

「ああいうものを身近に置いて――」と話しだす。「暗闇の中で鳴らし始めるとします。すぐに薄気味悪くなってきますよ。連中はみんな、あれを使うんです。ああいうオルガンだったんですよ。今でこそ蓄音機に代わっていますが。連中が言うには、あれが波動を引き起こすんです！　まあ、具体的に言うと、あれがあなたの神経を興奮させるんですよ。ときには霊媒の役割を担ったりもして」

「そうなんでしょうね」一応、うなずいておく。

「関わらないことです」とリヴィングストーン。「決して関わらないこと」少し間を置いて彼は続けた。「確かに何かあるのかもしれませんが、関わらないことです」

理解する限りでは、それが訪問の目的だったようだ。極めて厄介な荷を下ろしたかのようにほっとした顔をして、彼はすぐに慌ただしく帰り支度を始めた。別れの握手をするときには、無意識にはめてしまった手袋を几帳面なことにまた外して！

昨夜、また何者かが母屋に侵入しようとしたようだとトーマスが報告してくれた。外の木の下に置いておいた剪定用の梯子が今朝、ゴードンの部屋の窓に立てかけられていたというのだ……。

追記・トーマスの話をハリデイがより詳しく補ってくれた。上の階で窓ガラスに何かが当たる音がしたとき、彼は一階で本を読んでいた。急いで二階に駆け上がったものの、足音を聞きつけられてしまったらしい。現場に着いたときには梯子には誰もおらず、家中を探してみたが何者も発見できなかった。

梯子がかけられていたのは、かつてゴードンがロープを使って家を抜け出そうとしたあの窓だ。

八月二十八日

今夜になってもまだ、昨夜の発見から何かしらかの結論を引き出すのは難しい。状況証拠は当てにならない。やましいことのない人間が、自分の家に身を隠す必要などあるだろうかと自問するのが関の山だ……。

昨夜十一時、ジェインがまたひどい頭痛を訴えた。わたしは車を出し、村の薬屋に向かった。しかし、店は閉まっており、途方に暮れる。非常事態の中で思い出したのがヘイワードの診療所だった。田舎で開業する医者の大方のように、彼もまた薬品棚を備えており、多くの処方薬を保管していた。それで、彼のところに向かい、ベルを鳴らした。

何度かベルを鳴らし、しばらく待っていると、やっと家政婦が起きだしてきた。無口な年配女性だ。ドアはあけてくれたものの、医者は出かけていると言い、すぐに閉めようとする。それを食い止め、なんとか彼女の脇をすり抜けてホールに入り込んだ。

「薬が欲しいだけなんですよ」と説明する。「奥に薬棚があるんじゃないんですか？」

「診療室に人を入れるのは許されていません」

「くだらない！」ぴしゃりと言い返した。「どんなに止めても無駄ですよ。入らせてもらいます」

家政婦はほとほと困り果てているようだ。聞き耳を立てているふうもある。待合室のドアノブに手をかけたとき、彼女の顔に緊張が走るのが見えた。自分でも耳を澄ませているのに気づく。奥の部屋で人の動く気配がする。すぐに、家のどこかでそっとドアが閉められる音。それを確認して、家政婦も肩の力を緩めたようだ。

「どの薬が必要なのか本当にわかっていらっしゃるんですか？」彼女は尋ねた。

「もちろんです」そう答えながら、待合室を抜けて診察室へと足を踏み入れた。後ろからついてきた家政婦は照明を点け、立ったままわたしの行動を見つめている。部屋には煙草の煙が充満していた。わたしがそれに気づいたことを察したのか、彼女は言い訳を始めた。

「夫がこの部屋にいたんです。秘密にしておいていただけると有難いのですが」

わたしは疑い深い質ではない。その説明に、この家では何かが狂っているという印象を受けただけで納得してしまった。薬棚から錠剤を取り出し、ラベルの貼られていない瓶に不安を覚えながら医者の机へと向かう。机の上には、ヘイワードが乱暴な文字で書き込んだ毎月の医療報酬の請求書がきちんと重ねられていた。一枚はまだ書きかけで、綴りから剝ぎ取られてもいない。

家政婦はまだわたしの様子を観察している。なんとかラベルを書き込み、瓶に貼りつける。そして、何も気づいていないふうを装いながら診療所を出た。

それでも、ヘイワードが自分の家に隠れていたという確信が、どうしても頭から離れない。真夜中直前にベルを鳴らしたとき、あの奥の部屋には彼がいたはずだという確信が。一日ちゃんと働いたのだから、夜に〝出歩く〟権利くらいあると、いくらハリデイが言ったところで。

「どんなに気に入らない相手でも――」とハリデイは言うのだ。「認めるところは認めてやらないと、スキッパー。懸命に働いているんですよ。どうして予定より早めに仕事を切り上げて、請求書を書く時間を捻出してはいけないんです？　彼だって生活しなきゃならないんですから」

　そうは言うものの、彼の口調はあまりにもずさん過ぎるような気がする。近ごろのハリデイには驚くことばかりだ。

八月三十一日

　結局のところ、人は存在しないところにも謎めいたものを見い出せるものなのかもしれない。ハリデイがなぜ、夜間母屋を見張る必要があると考えるのかは理解できない。加えて、リヴィングストーン夫妻の不可思議な訪問の理由についても理解できないでいる。

　回復期のジェインのそばに座ったリヴィングストーン夫人は、エヴァンストンからの手紙を読んでいた。そして、あの母屋でも似たような円陣を組んでみたいと言いだした。気の毒なリヴィングストーン氏は反対し、厄介なことになったという顔をしている。

「どうしていけないの？」夫人は言い張った。「完全に秘密にすればいいじゃない」

　この点で彼女は、エディスばかりか、熱心とは言えないにしてもジェインの後押しまで獲得していた。驚くような態度の変化だ。自分でももごもごと漏らしていたように、リヴィングストーン夫人はそうすることで〝手がかりのようなもの〟が得られるのではないかと愚かにも思っているらしい。そんなことをしては、ミステリー解決のための大きなチャンスを失ってしまう。そう確信したわたしは、憤然として異議を唱え始めたのだが……。

　追記・ハリデイもこの降霊会には賛成だった！　テーブルを囲んでのお遊びのようなものに彼が参加したがるなんて、ただただ驚くばかりだ。しかし、彼もまた、リヴィングストーン夫人とさほど変わらない期待を抱いていることには薄々気づいていた。その真の望みが、わたしを困惑させる事実の発見だったとしても。

「どうしてだめなんです？」その話を切りだすと彼は言った。「今回の事件では偏見抜きで向き合わなければならないんですよ。別の面ではもう、それなりの成果を得ているじゃないですか」

「別の面って？」

「ミステリーが被っているヴェールという意味ですよ」ハリデイは大真面目な顔で言ったものの、わたしの顔を見ると吹き出した。

「狂気には狂人にしかわからない喜びがある」彼はそう引用した。「すべての先入観から解き放たれて真実を探し求めなければならない。デカルトがそう勧めているって、あなたから聞いたことがありますよ。真実への道の途中で立ち止まってしまうっていうのは、どうなんでしょう？」

「それで我々は、暗闇の中でテーブルを囲んで真実を探すっていうのかい？」

「その通りですよ、スキッパー」突然、真面目な顔に戻ってハリデイは言った。そして、どうしたものかと考えるわたしを残して立ち去ってしまった……。

　母屋での殺人事件からすでに十二日が経過している。警察にも、二十日の朝にわかっていた以上のことは何もつかめていない。

　時折、門の外に車が停まることはあるが、物見高い人々の群れは消えていた。夜間に物好きな収集家が日時計の角を削り取っていくことがある以外、母屋は以前のままだ。すべて、過ぎ去ってしまったこと。わたしたちには何もわかっていない。

九月一日

これから行おうとしているような特殊な心霊調査において——これは決して冗談ではなく——厳粛さと陽気さが入り混じった報告など存在しないと思う。こんな目的のためにあの家をハリデイに使わせるのは、ジェインやエディス、リヴィングストーン夫人にとっては極めて真面目な行為だからだ。

各人の反応はそれぞれだった。ジェインは驚くこともなく冷静に受け止めている——まるで、最初からこうなることがわかっていたかのように。それでも神経質にはなっているようで、一日中、ほとんど何も食べていない。

エディスのほうは、奇妙にがんとした気丈さを見せていた。背後にまったく違うものが潜んでいることを知っているのか、ただ怪しんでいるだけなのかはわからないにしても。

ハリデイもまた、口数少なく厳粛な顔つきをしていた。ただ、テーブルを囲む座り方にはその参加者ほど興味を持っていない。彼が作成した参加者リストは——ヘイワード、リヴィングストーン夫妻、ジェイン、エディス、そして彼自身。ちょっとした除外——すなわち、わたしのことだが——を指摘すると、にっこりと笑って説明した。わたしの立場は律法学者（ユダヤ史において記録官と法律家、神学者を兼ねた存在）とパリサイ人（成文律法だけでなく口述律法も重視したユダヤ教の一派）の中間のようなものなのだと。

「律法学者というのはつまり——」と彼は言う。「あなたには赤いランプの脇に座って記録を取っていてほしいんですよ。記録はぜひとも必要ですから」

一方、リヴィングストーン夫人のほうは、嬉々とした顔でやって来た。午後になって現れた彼女は、暑さに少し息を切らせていた。ずっしりとした黒いカーテンを持参し、車を降りる前から金槌と手伝いを要求してくる。どちらについても適任者はわたししかいなかったので手を貸してやった。しかし、あとに続く母屋の準備ほど心の負担を軽くしてくれたものはなかった。

蒸し暑く薄暗い書斎の中で梯子に上り、絵を飾ったときほどの仰々しさもなく部屋の隅にカーテンを張る。小さなテーブルを小部屋に入れ、鈴を置く。屋根裏部屋から弦が二本切れたギターを引っ張り出して、そのテーブルに立てかける。そんな作業が、未知なるものと向き合うための心の準備にわずかながらも力を貸してくれたのだ。

しかし、人間とは不思議な生き物だ。準備を終える前には陽が傾き始めていた。作業を終えひと息ついたころには、夕闇が家の中に忍び込んでいた。薄闇が広がるにつれ――もちろん、自分の心の創造物なのだが――たった今自分が作り上げた小部屋に対する恐れのようなものがこみ上げてくる。ずっしりとしたカーテンの襞の背後では、何が起こっても不思議はない。そんな薄気味悪さが漂い始めたのだ。高みから威圧するようにのしかかってくるカーテン。それが、背後に潜む見えざるものの存在で揺れているように見えた。

小さなテーブルの周りに椅子を並べているリヴィングストーン夫人を残し、家の外に出る。準備はすべて完了した。リヴィングストーン夫人は蓄音機と、これ以上悲しげな音楽はないと思えるようなレコードをひと揃え運び込んでいた。夫のことを、生きているのか死んでいるのかわからない様子だと言う。

「拗ねたまま放っておけばいいのよ」と彼女は言った。「晩ご飯を食べれば気分も良くなるでしょうから」

こんな浮ついた調子で、我々の夜の集いは始まった。

〈最初の降霊会の記録〉

九月一日、午後十一時十五分。出席者：ジェイン、エディス、ヘイワード、リヴィングストーン夫妻、ハリデイ、そしてわたし。リヴィングストーン氏とエディスが屋敷を調べて回った。外部へのドアはすべて施錠され、窓にも板が張られている。小部屋の対角線上の向かいに小さなスタンド。その上に赤いランプ。わたしの椅子はその横だ。

午後十一時三十分。準備完了。リヴィングストーン夫人が小部屋の横に置いたテーブルに着く。彼女の左手にジェイン、ヘイワード、リヴィングストーン氏。右手にハリデイとエディス。ランプにかけられた赤いシルクのハンカチのせいで、光はかなり弱められている。指示に従って、わたしが蓄音機をかけた。曲目ははっきりと覚えている――『まもなくかなたの』。

十一時四十五分。テーブル上で小さなラップ音。続いて、両拳を叩きつけたような大きな音が一回。

十一時四十七分。テーブルがくねるように動く。それが治まるとラップ音が再開。

十一時五十分。小部屋のカーテンが動いたように見えた。しかし、ほかには誰も気づかなかったようだ。蓄音機を止める。

十一時五十五分。カーテンがリヴィングストーン夫人の肩に触れるほど舞い上がる。それは全員が目撃した。何かが右腕に触れたとエディスが言いだす。繋いでいた手を緩めた者がいるかと訊いてみたが、誰もそんなことはしていない。

十二時零分。小部屋の中の鈴がテーブルの上から叩き落とされる。カーテンの外まで転がり出てくるほどの強さだった。

十二時十分。鈴が落ちてからは何もなし。もっと暗いほうがいいかとのリヴィングストーン氏の問いに、テーブルを叩く音が〝イエス〟と答える。わたしはランプを消した。

（これから先の記録は闇の中でなされたため、あまり明確ではない。自分の記憶で補っている）

最後の書き込みのあとはずっと静かなままだった。図書室でネズミが走り回っているらしい。ジェインがトランス状態に入ったようだとエディスが言う。呼吸が荒い。さらなるラップ音。たぶん、図書室への入口のドア辺りだろう。寒気がして仕方がない。しかし、神経のせいだと思う。

図書室で何かが動くかすかな気配。覆いの擦れる音が聞こえてくる。シャンデリアのカットガラスが立てる音も。

座っている椅子がゆっくりと浮かび上がっているとエディスが言う。それはすぐに音を立てて床に落ちた。何者かの手がギターの弦に触れる。全員が寒いと訴えた。ジェインのことが心配になる。

再びハープの匂い。しかし、ほかには誰も気づいていないようだ（注記：この時点でもジェインの呼吸は荒いままで不安が増す。降霊会はここでまでとわたしは宣言した）。

九月二日

ジェインに昨夜の悪影響は残っていない。そして、明らかに直近の現象については何も覚えていないようだ。

「わたしったら居眠りをしていたんだわ」今朝になって彼女は言った。「なんておバカさんなのかしら！」

昏睡状態に陥っていた自覚はないようなので、わたしも何も言わなかった。

今夜、二度目の降霊会を行うという提案に、ジェインは渋々同意した。たぶん、やらなければならないことはどうしても避けられないのだと諦めているのだろう。今朝はお茶を少しとトーストを口にしてくれた。

ハリデイが見つけ出したいと思っていることについては、依然謎のままだ。ここで中止と意を決し、断りもなく明かりを点けたとき、参加者の様子は開催時と少しも変わらなかった。リヴィングストーン夫人の椅子が少し後ろに下がり、小部屋に近づいているように見えたこと以外は。

わたしに言える限りでは、ヘイワードの位置は変わっていない。ずっと礼儀正しい態度だったが、かなり落ち着かない様子で不信感が露わだった。一方、リヴィングストーン氏のほうは最初から最後までぴりぴりとした緊張状態だった。それでも、席を離れていないのは確かだ。

別に驚くことではないが、今日の彼は具合が悪く臥せっている。それでも、今夜の実験は彼なしで行われるようだ……。

発生した現象については、受け入れる以外どうすればいいのだろう？　リヴィングストーン夫人が精神世界と呼びたがっているものと無関係であることは確かだ。それが本物であろうと、参加者全員が完璧に騙されるようなペテンであろうと。

でも、誰がわたしたちを騙そうというのか？　それも、何のために？

演出が持つ心理的な影響についてのリヴィングストーンの言は正しかった。知らぬうちにその影響を受けていたように思う。音楽、薄暗い照明、それに続く闇。理解を超えるものに対して恐れつつも抱く奇妙な期待。あの家の歴史に加えられた新たな事実や最近の悲劇が、わたしたちの心にどんなことに対する覚悟をも植えつけていた。

小部屋のカーテンがうねったときは本当に恐ろしかった。いくら疑い深いわたしでも、その背後に何か恐ろしいものが潜んでいるのは感じられた。見てはならないもの。しかし、見えてしまうかもしれないものが……。

クローフォードやカメロンなら、そのカーテン自体に竿状になったある種のエネルギー――肉眼では見えないが、空中浮揚やラップ音、その他の現象を引き起こすもの――から彼らを守ってくれる力があるのだと信じているのだろう。外部の霊魂や〝支配霊〟がそうしたエネルギー体を利用しているのだと。わたしとしては――もし、そんな力が存在するなら――外からやって来るのではなく、霊媒の無意識から発生するものだと思っている。そうであるなら、ジェインが昨夜の催しの陰の作り手であることも可能になってくる。

リヴィングストーン夫人は、もし今夜、何か面白いものが得られたら、後日カメロンにも加わってもらうよう相談すべきだと言っている……。

〈今夜の降霊会の記録〉

九月二日、午前一時。大部分は記憶からの記録だ。と言うのも、会の後半はずっと暗闇の中で行われたからだ。しかし、終了後すぐに書き留めている。出席者：ジェイン、エディス、ヘイワード、ハリディ、リヴィングストーン夫人、そしてわたし。リヴィングストーン氏は不参加。

わたしはランプを部屋の隅から移し、ホールへ続くドアのそばに座っている。

書斎や図書室からホールへ出るドアは閉じられ、書斎から図書室へ入るドアだけがあけられている。

十一時十分。テーブルがすぐに動き出した。床から浮いているとエディスが言う。確かに浮いてはいたが、一本の脚は床についたままだ。

十一時十五分。全員が繋いでいた手を放しテーブルを押さえた。

十一時二十分。テーブル上で大きな音。照明を落とせという要求か。ランプにハンカチをかける。

小部屋のカーテンが室内に吹き込んできた。中でギターが倒れる。今は静かだ。

十分ほど何事も起こらない。ジェインはぴくりとも動かなかった。ヘイワードが彼女の脈を取る。速いがしっかりしているという。リヴィングストーン夫人がまだ明かる過ぎるのかと問うと、ラップ音が〝イエス〟と答えた。わたしはランプを消した（注記：ここからは、ほんの一言二言を書き殴ることしかできなかった。昨夜の経験から、暗闇の中で速記を試みるのは不可能だとわかったからだ。以後の記録は自分の記憶から掘り起こしたものになる）。

小部屋の中で鈴が激しく鳴りだした。飛び出してきた鈴は書斎を突っ切り、ホールへのドアに激突した。

ジェインの頭上一フィート辺りに、青白く小さな光が浮かぶ。それは一瞬瞬き、すぐに消えた。

それが今度は暖炉のそばで瞬く。

たぶんホールへのドアの外で、トントンという歯切れのいい音。暖炉の炉格子辺りでラップ音が一、二回。そのあとは静寂。

ジェインがトランス状態に入った。

ラップ音が図書室へ広がり、何かが動く気配がする。前回のように覆いの布が動いているようだ。シャンデリアのカットガラスが小さな鈴のような音を立てる。わたしが座っている位置から、図書室の本棚の上に小さな光が見えた。が、それもすぐに消えた。

またハーブの香り。

ジェインが呻き声をあげ、椅子の上で動き始めた。彼女と手を繋いでいることにリヴィングストーン夫人とヘイワードが苦労するほどだ。ジェインが大声をあげる。「ここよ！　ここ！」と激しく。

何かが肩に触れたとヘイワードが言いだした。「今、そばに何か浮かんでいるんだ」と。「左側だ。それがわたしの肩に触った」

テーブル上で衝突音。再びハーブの香りを感じる。再度、静寂。

ホールに何かいる。壁を手探りしている。わたしのすぐ脇のドアだ……。

記録はここで終了する。我慢も限界に達していた。すぐそばに照明のスイッチがあったので明かりを点けた。前回のように、リヴィングストーン夫人の椅子が少し小部屋に近づいているように見えた。ハリデイがホールと一階部分を調べるために出ていった以外、位置的な変化はない。鈴はホールに続くドアのすぐそばの床に転がっていた。そして、テーブルの上には『スミスの日々のエッセイ』。

覚えている限り、降霊会が始まるまでは図書室にあった本だ。

聞こえた音を説明するような出来事の形跡は図書室にもホールにも残っていない。しかし、リヴィングストーン夫人がホールから私道へと出るドアの鍵をかけ損ねていたのは残念だった。彼女は確かに閂をかけたのだが、ドアがきちんと閉まっていなかったせいで錠の役目を果たしていなかったのだ。

わたしたちが見たときには、ドアは開きっぱなしになっていた。

ヘイワードは不審げな顔をしていたが、だからといってそれが、今夜の異常な現象を無効にするものではない。

消耗しきったジェインのそばにはエディスが寄り添っていた。

九月三日

カメロンにはすでに会い、出向いてくれる約束を取りつけている。病気はかなり深刻だったようだ。それでも、わたしの詫びを退け、すぐに問題に着手してくれたのは、肉体よりも精神の力が勝っているためなのだろう。

それにしても、思い返してみれば不思議なものだ。少し前まで懐疑的なのはわたしのほうで、その反対の極にいたのがカメロンだった。それが今では、興奮しているのがわたしで、納得させられる側がカメロンなのだから。

「それで、きみの言っていたエディスという女性のことだけど」と彼は言った。「いくつなんだい？」

「二十歳だよ」

「神経質なタイプかな？」

「そうだとも言えるし、違うとも言えるな。ヒステリックなタイプではないよ。そういう意味で訊いているなら」

起こった現象の一部も彼を困惑させているようだ。肉体を持つ強力な霊媒が同席するなら、テーブル浮揚や光の出現は珍しいことではないとカメロンは言う。そして、その霊媒はおそらくジェインだろうと。しかし、本については特に関心を持ったようだ。わたしの記録のその部分を前に、長いあいだ考え込んでいた。

「その本がテーブルの上にどさりと落ちたと言うのかい？」

「まあ、そういうことになるんだろうね。図書室のドアの一番近くに座っていたヘイワード医師が言っているんだ。妻が〝ここよ！〟と叫んだ直後、自分の肩の脇を何かが通り過ぎていったんだと。彼の言い方によると、宙に浮いたものが肩先をかすめていったということらしい。ヘイワードはそれが本だったと考えている。それがテーブルの上に落ちたんだと」

「きみが聞いたホールでの物音のことだけど――そのホールは暗かったのかな？」

「ああ。家の中には一つの明かりもついていなかった」

「足音だったんだろうか？」

「いいや。行く手を探っているような音だった。わかってもらえると思うんだが……」

話が終わりに近づくにつれ、カメロンは背中を椅子に押しつけ、眼鏡越しにこちらを見つめた。

「なんだってこんなことを始めたんだ、ポーター？」

そうしてもよさそうなものだが、カメロンは以前のわたしの態度を責めることはしなかった。わたしときたら、彼らのような心霊主義者を冷ややかに鼻で笑っていたのに。大学にいるあいだ、彼の研究室に足を向けることなど一度もなかったし、こちらの家に招待したこともない。唯一、顔を合わせた数回の機会でさえ、彼やその信じるところを何の痛みもなしに拒絶していたのだ。

しかし、彼の質問には確かに非難の色が窺え、わたしは顔が赤くなるのを感じた。それでも、できる限りの説明をするわたしに彼は微笑みかけた。

「たぶん――」と彼は言った。「人が死ぬときには、生きていたときの関心を保てなくなるんじゃないかな。もっともっとそれを押し広げたいたいと人は願うかもしれない。でも、復讐の願いを抱き続けることはできないんだ」

わたしが話したことの中で、とりわけ彼の関心を引いたのはエヴァンストンの件だった。その手紙を前に彼は長いこと座り込んでいた。何度も何度も読み返すうちに、ほとんど髪の毛のなくなった重たげな頭が手紙の上に沈み込んでいく。

「奇妙だな」と呟く。「これから何がわかる?」

「そりゃあもう山ほどのことが」わたしはそう答え、机の引き出しの裏で見つけた手紙のことや、ホーラス・ポーターの死に関する見解について詳しく説明した。伯父の手紙も持ってくる。カメロンは先の手紙と同様、じっくりと目を通していた。

「〝とんでもない計画〟」その言葉を彼は繰り返した。「これはまたずいぶん辛辣な表現だな。それに、警察を呼ぶとまで脅している! この〝計画〟というものについて、きみに想像できることは?」

「まったくないね」わたしは素直に認めた。

「もし、よければ、この手紙をしばらく預かりたいんだが」最後にカメロンはそう言った。「町に知り合いの霊媒師がいるんだ――おっと、忘れていた。きみはそんなことは信じないんだったよな!」

「何を信じればいいのかもわからないよ。でも、その手紙のことなら構わない」

それでやっとカメロンも、明後日こちらに来てくれることを承知してくれたのだ。

九月四日

『スミスの日々のエッセイ』の二十四ページ、〝面倒を起こす〟という言葉の下にうっすらと線が引かれている。これがゴードンの暗号を解き明かす鍵になった。全文は以下の通り――〝面倒を起こしながら世界中を歩き回っている人間は、悪意の持ち主というよりは独創的であることが多い〟

これをもってすれば、我々が抱えているミステリー、少なくともゴードンの日記のある部分については、数時間のうちに解決できる。この記録の八月二十二日のページに記した文も、この鍵によってすでに解明済みだ。とは言え、次の一文がなければその解釈も不可能だったのだが。

〝昨夜、G.P. の問題が大ごとになった〟

同様に、うちのガレージで見つかった紙切れに書かれていた〝スミス　P.24〟という部分の説明もつく。エディスの唯一の間違いは数字だけだ。彼女の記憶では28になっていた。

上述の G.P. について、ハリデイはジョージ・ピアスのことではないかと言っている。しかし、その関係性については説明できないままだ……。

彼の見解には興味深いものがある。二度の降霊会のある部分については、「普通のことですね」というコメントを発した以外ほぼ受け入れているようなのだ。わたしとしては、こんな状況で〝普通〟という言葉は使えない。あの本については決して普通のこととは思えないからだ。

「あの夜の降霊会で本が現れた経緯には、きっと何かあるんですよ」ハリデイは手招きのような仕草をして見せた。「奥さんが呼んだから、あの本は飛んできたんです。犬みたいに」そう言って、わたしが笑っているかどうかを確かめるように、こちらの顔をまじまじと見た。

それでも、その本と、突然我々の真ん中に出現した現れ方には興味があったのだろう、彼はずっとその点について考え続けていたようだ。かくして、図書室にからくりがあるのだろうと思い至った彼は、そこに説明を見つけようとした。しかし、成果は何も得られなかった。

「そこで頓挫してしまったんですよ」と彼は言った。「本棚の裏の壁を調べてみましたが、何もありませんでした。そんなものが飛び込んでくるはずがないでしょう？　絶対に不可能です。それに、その本が自分に触れたとヘイワードが言ったとき、彼の両手は隣の人物によって繋がれていました。つまり、本をそこに置いたのは彼ではないということです」

彼自身もずっと、バカらしいと感じていたのだろう。〝ちょっと滑稽〟だと思っていることをわたしにもわからせようとしたのか、時折間を置いたりする。ハリデイはそんなことなど信じていない。自然界で何か起きるときには、それを説明する自然法則が存在する。たぶん、人が念動とか呼んでいるようなものが。

「でも、あの本については何か〝原因〟があるはずなんですよ」ハリデイは言い張った。「あの場所に座って、じっくり考えてみたんです」

彼は暗号のキーワードを町に持ち込んでいた。そしてちょうど今（午後二時）、捜査局が暗号の解析に取りかかったと電話をしてきた。

「数時間はかかると思うんです。時間を要する仕事ですから。でも、結果が出たらすぐに連絡しますよ」

九月五日

理路整然とした記録を残すには疲れ果てた一日だった。昨夜、地方検事の事務所で過ごした四時間で消耗しきってしまったのだ。そのため、今夜のカメロンの訪問も中止にしてもらった。

例の日記によって、謎は解決するどころか深まるばかりだ。少なくとも、わたしが読み聞かされた部分については。どうして自分が尋問されることになったのか理解できない。こちらに向けられた質問の趣旨自体も。警察はまたわたしを疑い始めたのか？　ハリデイはまだ町から戻らない……。

追記・ハリデイの帰還についてはエディスがわたしの不安を鎮めてくれた。彼から電話があったそうで、メッセージを伝えてくれたのだ。

「心配することはないって言っているわ」彼女はそう報告した。「この件については、彼も警察と一緒に動いているの。もう二度と、伯父様を煩わせることはないだろうって」

エディスの顔は真っ青で、ジェインの具合も悪そうだ。ジェインには事の次第をすべて話してある。昨夜の不在である程度の覚悟はしていたのだろうが、わたしが晒された拷問にも近い尋問の話を聞くと怒りを爆発させた。

「どうしてそんなことができるの！」彼女は声を荒げた。「いったいどうしたら、そんなことが考えられるわけ？」

「潔白が証明されるまで疑うのが彼らの仕事なんだよ」そう言って妻をなだめる。「たぶん、ゴードンもそう思っていた。そのことを覚えておかなきゃ」

今日になってもなお、ハリデイが警察に持ち込んだゴードンの日記以上にはっきりしていることはない。そのことがおそらく、わたしに不信の目を向けさせたのだ。

九月六日

ハリデイはまだ町にいる。わたしには、心配で胸を潰し、あれこれと想像を巡らしながらじっと待ちわびる以外、なす術はない。

我が家の女性陣は持てる限りの愛情でわたしを支えてくれている。ジェインは昼食にスイートブレッドを出してくれたし、隣に座ったエディスは、信頼の証として時折そっとわたしの身体をさすってくれた。

しかし奇妙なことに、そのエディスに元気がない。ほかにいい言葉が見つからないのだが、わたしたちが楽観性と呼んでいる、彼女の中の小さな炎がすっかり消えてしまったようなのだ。口数が少なく表情も乏しい。そんな状態が昨日からずっと続いている。

どうやら、わたしたちが日記を読み解く鍵を警察に渡してしまったことに腹を立てているらしい。

「そんなこと、しなければよかったのに」今日になってエディスは言った。

「ほかにどうすればよかったんだい？　事件の真相を解き明かさなければならないんだよ」

「それでどうなるのか見当もつかないわ。混乱がひどくなっただけじゃない」

ハリデイによる事件の解決を夢見ていたのでなければ、彼女の気持ちは理解できない。しかし残念なことに、今となってはその見込みも消えてしまった。ハリデイが町に泊まり込んでいた二晩、スター巡査が密かに母屋の見張りに当たっていたと彼女は教えてくれた。しかし、その理由を知っていたとしても、彼女は明かさなかった。

「あの人、怖くて中に入れないのよ」エディスは蔑むように言うのだ。「テラスに座って煙草をふかしているだけ。もし、誰かが後ろから驚かせでもしたら、入江に飛び込んで溺れてしまうでしょうね」

わたしが二度とこんな目に遭わないようにハリデイが守ってくれる――彼女は恋人の能力を絶対的に信じているようだ。しかし、わたしのほうはそれほど楽観的にはなれない。高速道路を走る車の音が聞こえるたびに、脈拍が鋲打ち機のように高まった。数分前にモリソン農場のトラックが遅めのバターミルクを届けに来たときにも、立ち上がってコートのボタンをかけ始めたほどだ。

排水管の裏にある小さな世界でのわたしの居場所。大きくもなく重要でもないが、そこに自分が存在しない様子を想像するのは難しい。

〝最悪の事態を想像してみましょう〟マシュー・アーノルド（英国の詩人、批評家。一八二二―一八八八）はチープサイドから来た恰幅のいい宝石商に言った。〝あなた自身が被害者になることも含めて――そんな心配は必要ない、いい、いい……世間はこれからも動き続けるし、あなたのお屋敷の砂利敷きの散歩道も伸び続けます。配当金はこれからも銀行に振り込まれ、乗合馬車も走り続けるでしょう。フェンチャーチ通りの角では同じような衝突事故が繰り返され……〟

今日は六日。ならば、あれは四日のことだ。ハリデイが町に出かけた数時間後、タクシーが家の前で停まり、グリーノウが降り立ったのだ。彼の態度はいつもよりわずかに重々しく、階段を下りてくるわたしをじっと見つめていた。対応そのものは丁寧で、事務的な口調で用件を告げる。専任者が一人、日記の解読に当たっている。作業が終了するときには、わたしもその場にいたいだろうと。「時間のかかる仕事でしてね」と彼は言った。「でも、全体を六つのパーツに分けたんです。八時か八時半までには完了するでしょう」

その時点で六時。我が家の早めの夕食はほとんど準備が整っており、彼にも一緒に食べていくよう誘った。和やかに食事を終え、オークヴィルからの七時半の急行を捕まえる。町の郡庁舎に着いたのが十時前くらい。そこに郡保安官のベンケリーの姿を認めて驚きはしたが、息を呑むほどではなかった。ほかに、地方検事のヘミングウェイを含めて三、四人のスタッフ。わたしたちが部屋に入ったとき、ヘミングウェイは手にしたタイプ打ちの書類数枚に注意深く目を通しているところだった。ハリデイは窓際に立ち、眼下の町を見下ろしていた。何かよくないことが起こっている――初めてその事実に気づいたのが、振り返ったハリデイの表情を見たときだった。

二度目の瞬間は、席を外すよう求めた警官に対する彼の態度を目撃したとき。

「ぼくはここに残りますよ」彼はきっぱりと答えた。「もし、それが受け入れられないのなら、ちゃんとした防衛体勢が確立されるまでは、ポーター氏には何もしゃべらないことを勧めます。どんな質問にも答えないことを」

「防衛だって?」わたしは訊き返した。「何に対して?」

「力にものを言わせようとする、この集団に対してですよ」ハリデイはそう答え、顎を突き出してぐるりと室内を見回した。

「わたしは逮捕されたのか?」

ヘミングウェイが書類を置き、眼鏡を外した。

「とんでもない」地方検事はそう答えた。「あなたのお若いご友人は少し大袈裟なんですよ。あなただって、わたしたちと同様、この謎を解きたいと思っていらっしゃるでしょう？　直接あなたの利害に関わることなんですから、我々以上かもしれない。罠なんてありませんよ、ポーターさん。わたしたちはあなたにいくつか質問をし、それに答えてもらいたいと思っている。ただ、それだけのことです」

「何か罠が仕掛けられた場合に備えて、ぼくにはここにいる権利があります」ハリデイが割って入った。

「罠にかけるような質問などしませんよ」ヘミングウェイは冷静に答えた。「事実が知りたい。ただ、それだけです」

検事がベルを鳴らすと秘書が入ってきた。口がからからに乾いていたわたしの前に、誰かが水の入ったグラスを置く。それから四時間、わたしは質問に答え続けた。それが終わって外に出たとき、少しふらついてはいたが、まだ自由の身だった……（注記：ハリデイが最近になって、速記で残されたその夜の記録を手に入れた。かなりのボリュームになるので、ここでは話を進めるのに必要と思われる部分だけを抜粋する）。

Q．お名前をお願いします。

A．ウィリアム・アレン・ポーターです。

Q．年齢は？

A．四十六歳。

Q．職業は――？
A．大学の――英文学教授です。
Q．オークヴィルにツイン・ホロウズと呼ばれる地所をお持ちですね？
A．ええ。一年以上前に、伯父であるホーラス・ポーターから相続しました。
Q．伯父上の死によって、その地所を相続できることはわかっていましたか？
A．二人のあいだでは了解済みのことでした。わたし以外に相続人はいませんから。
Q．過去にベテル氏との面識はありましたか？　あの家を彼に貸す前という意味ですが。
A．いいえ。あの家に越してくるまで彼に会ったことはありません。家のことは彼の秘書と話をしていましたし、交渉自体は代理人を通して行っていましたから。
Q．ベテル氏との会話から、彼が生前のホーラス・ポーター氏と知り合いだったと思ったことはありますか？
A．一度もありません。
Q．あの家を貸したとき、どこかの鍵をご自分でお持ちでしたか？
A．地所内の鍵はすべてわたしが保管しています。
Q．では、あなたがあの家に立ち入ったことは？
A．保管している鍵を自分で使ったことはありません。もし、そういう意味で訊いていらっしゃるのなら。
Q．七月二十六日の夜、ベテル氏の秘書がキッチンドアの外で襲撃され、気を失う直前にそこにあったベルを鳴らしています。ベルが鳴ったとき、あなたはどこにいましたか、ポーターさん？

A．その件に関してはわたしの供述を取っていますけどね。日時計のそばです。
Q．ヘイワード医師は自分の車に乗って路上にいた。あなたは屋敷のそばの日時計の近く。彼が駆けつけたとき、あなたはあの青年を発見したばかりだった。それに間違いはないですか？
A．問題はその点にあるんじゃないかとわたしは思いますが。ヘイワードはあの夜、幹線道路にいたと言っています。でも、自分で思っているよりもずっと屋敷に近いところにいたんじゃないかと……。
Q．確か、ボートをお持ちですよね？
A．地所と一緒に相続しました。スループ帆船です。
Q．ご自身で操縦されるんですか？
A．船については何も知らないので……。
Q．ベテル氏との会話の中で、彼があの家の性質について話していたことはありますか？　つまり、あの家が持つ奇妙な性質という意味ですが。
A．ええ。彼は気づいていましたよ。
Q．ベテル氏が、この町にいるカメロン氏に宛てた手紙について話したことはありますか？　心霊研究協会のメンバーですが、あの家に関して？
A．いいえ。でも、手紙のことは知っています。数日前にカメロンが話してくれましたから。
Q．降霊術については信じますか？
A．以前は違いましたが、最近は――（注記：ここでハリデイから警戒を促すような視線を受け、言おうとしていた内容を変えた）。

最近では、そういうことに対しても偏見を持たないようにしています。

Q．最近というのは、どういうわけで？

A．一つには、ベテル氏があの家の奇妙な点に気づいたからです。それで、彼の秘書も……。

Q．その秘書を昼食に誘った日のことですが、目的はその間、ベテル氏に彼の部屋を調べさせることだったんでしょうか？

A．ベテルにですって？　違いますよ。

Q．では、ゴードンの日記のある部分を読んで差し上げましょう。（以下、読み上げられた文章）〝今日、ポーターが昼食に誘ってきた。Bがおれの部屋を調べることができるように。ナイフはそのまま残されていた。でも、少なくとも奴らは、おれがナイフを持っていることを知っている〟

A．でたらめだ！　わたしが彼を昼食に誘ったのは、ハリデイが彼の部屋を調べられるようにです。ナイフを見つけたのもハリデイですよ。彼に訊いてみるといい。

Q．その点については、ちょっと保留にしておきましょう。続いて、ポーターさん、あなたがあの家でハリデイ氏に見つかった夜のことに移ります。

A．ハリデイに見つかってなどいません。わたしたちは一緒にあの家に向かったんですから。家政婦のアニー・コークランが、ベテル氏とゴードンのあいだで口論があったと報告してきました。そのあと、ゴードンが出ていってしまったとも。わたしたちがあの青年を殺人者として疑っていたのは、あなたたちもご存知でしょう。心配だったんですよ。だから、ハリデイを訪ねていったんです。

Q．家政婦から話を聞いたのは何時ごろですか？

A．七時半ごろ。もしかしたら八時くらいだったかもしれません。

Q．それで、あなたがハリデイ氏のところに向かったのが？
A．十一時くらいだったと思います。
Q．そんなに時間があいたのはどうしてなんでしょう？
A．彼女は怯えていたんです。だから、家まで送っていったんですよ。帰ってくると客が来ていて。
Q．そのあいだにベテル氏とは会いましたか？
A．いいえ。
Q．ゴードンは警察に向かったのかもしれないという考えは浮かびましたか？
A．そんなことは思いもしませんでした。どうして彼が警察に行かなければならないんです？
Q．ベテル氏はそう思っていたのでしょうか？
A．言いましたよね？　わたしは彼には会っていません。
Q．ツイン・ホロウズで殺人のあった夜、あなたはどうしてその犯罪に気づいたのですか？
A．電話のベルが鳴っているのを妻が聞いたんです。それで、電話機のそばまで行ってみました。三軒の建物は電話線で繋がっています。母屋の受話器が外れていました。衝突音のあと、荒々しい息遣いが聞こえてきたんです。
Q．それで怪しく思った？
A．ベテル氏とゴードンのあいだで諍いが起こるのは予想していましたから。
Q．どうして、そんなふうに思ったんです？
A．二人が仲違いしているのを知っていたんです。ゴードンを殴ったのは自分だとベテル氏から聞いていました。強盗と間違えたんですよ。そして、ゴードンが老人を疑っていることも。

Q．ベテル氏からその話を聞いたのはいつごろですか？

A．正確には覚えていません。たぶん、事件の三日ほど前だったと思います。

Q．会話の内容は思い出せますか？

A．はっきりと。彼は若者を疑っていると言っていました。気持ちが弱く不道徳で、たぶん犯罪にも手を染めているだろうと。若者が夜間に出歩いていることにも気づいていました。ゴードンが外出した七月二十六日の夜、彼はなんとか自力で階下に下りてきたんです。キッチンドアに若者がいる気配を感じて殴りつけた。でも、相手を縛り上げてはいないと言っていました。わたし個人としては、その通りなんだろうと思います。彼は片手が不自由ですから。

Q．自分の疾患についてベテル氏が大袈裟に言っていたと思う理由はありますか？

A．大袈裟にですって？　どういう意味です？

Q．彼が自分で言っていたように無力だったと信じているのですか？

A．そんなふりをする人間など想像もできませんが……。

Q．では、ポーターさん、あなたは母屋の電話の受話器が外れていたとおっしゃった。その受話器越しに、おかしいと思われる物音を聞いたのですね？

A．そうです。

Q．電話が鳴ったので、あなたは近くにいったと？

A．はい。

Q．ほかの受話器が外れているのに、どうしてあなたのところの電話が鳴るんでしょう？

A．実を言うと、わたし自身は電話が鳴るのを聞いていないんです。妻が鳴ったと言ったので、彼女を納得させるために……。

Q．秘書のゴードンですが、金のことであなたに相談したことはありますか？

A．金ですって？　質問の意味がわかりません。

Q．あなたに金の無心をしたことはありますか？　あるいは、金が必要だとほのめかしたことは？

A．いいえ。今の仕事を辞めるというようなことは一度聞きましたが……。

Q．ゴードンについてあなたがベテル氏と話していた夜、彼はどこにいたんでしょう？

A．この町にいたんだと思いますが。

Q．そしてベテル氏は、彼が警察に駆け込むかもしれないと思っていた？

A．ゴードンには警察に相談することがあったとほのめかされるのは、これで二度目ですよ。まったくわけがわかりません。もし、警察を避けたいと思う人間がいるなら、あの若者こそ……。

Q．ハリデイ氏があの家であなたを見つけた夜のことに戻りますが――。

A．彼はわたしを見つけてなどいません。わたしたちは一緒に出かけたんです。

Q．階段の下で人影を見かけ、それに向かって発砲したとおっしゃいましたね？

A．発砲するつもりなんてなかったんです。

Q．それが誰なのか、わからなかったんですね？

A．ええ。

Q．ベテル氏ではありませんでしたか？

A．ベテル？　まさか。彼は自分の部屋に鍵をかけて……。

Q．あなたは心霊主義者ではないんですよね？

A．間違いなく。

Q．心霊的な実験など一度もしたことはないと？

A．一、二度、降霊会に参加したことはありますよ。

Q，いつです？　最近のことですか？

A．この数日間に二度、母屋で開催しました。

Q．あなたが初めて魔法円について聞いたのはいつですか？

A．今回の一連の事件についてなら――。

Q．それ以前のことです。いつだったかグリーノウ氏に、別の集まりでそれについて話したことがあるとおっしゃっていたと思いますが。

A．黒魔術に関する古い本の中でたまたま見つけたと、彼に話したことがあります。そして、女性たちのグループを相手に話したことがあると。完全に冗談のつもりだったのですが。

Q．今回の犯罪にそれが使われたこととの関連について、説明できることは？

A．一連の事件にそれが使われていた事実は公式には知らされていません。羊殺しのときだけです。

Q．でも、使われていた事実はご存知なんでしょう？

A．使用された一件については知っていますよ。グリーノウ氏は気づきませんでしたが。

Q．それはどこで？

A．モリソン嬢のトラックが発見された現場の近くにある木の上です。キャロウェイのボートにもあったと聞いています。もっとも、そちらのほうは見ていませんが。ハリデイ氏が襲われたあと、自分の車にはっきり残っていたのも見ています。

Q．車の中にですね？　ベテル氏の仕業でしょうか？
A．ベテルですって？　どうして彼がそんなことを？　ゴードンの仕業だと思っていたんですよ。彼の暗号文の切れ端を近くで見つけましたから。
Q．ずっとゴードンが犯人だと思っていらしたんですか？
A．そうは言っていません。様々な証拠が彼の有罪を示しているというだけです。ハリディ氏はずっとゴードンを疑っていました。
Q．ゴードンを殺害したのはベテル氏だと思ったことはありませんか？
A．一度も。彼にそんなことはできませんよ。
Q．でも、協力者がいたとしたら？
A．ベテルがゴードンを殺したと言っているんですか？
Q．何者かがゴードンを殺害したと言っているだけですよ、ポーターさん。今朝、彼の死体がバス・コーヴに打ち上げられました。

九月七日

この夏中をかけて集めた情報を提供することで、ハリディはわたしを逮捕から救ってくれた。いかにも彼らしい物静かな態度で、わたしに人生を、自由を、そして、文学との結びつきを返してくれたのだ。

昨日の夜遅くに戻ってきたので、まだ眠っているだろう。気の毒に、彼は長いあいだまともに眠っていない。

わたし自身も今朝は体調が悪く、ヘイワードにベッドに押し戻されてしまった。グリーノウがやって来る前にわたしの布団をきれいに整えながらエディスが言った。

「ウィリアム伯父様ったら、本当にやせ細ってしまって。足が出ていなければ、そこにいるって誰も気づかないわ！」

この午後のグリーノウとの会話を詳細に記録することは不可能だ。実に一時間以上にも及んだのだ。いくぶんばつが悪そうに、ひょっとしたら少ししょんぼりとした様子で、彼は部屋に入ってきた。彼に椅子を勧める。腰を下ろしたグリーノウはハンカチで顔を拭き、前かがみになって、かなりうんざりとした様子で靴の泥を拭き始めた。それからようやく身体を起こすと、まっすぐにわたしを見つめた。

「まったくもって教授殿」と話し始める。「この世の中、おかしなことばかりですな。こればかりは否定しようがない」

「世の中は正常なんですよ。騒ぎを起こしているのは、そこに住む人間のほうで」

「犬についた蚤みたいだ」ぼんやりとした様子でグリーノウは言った。そして、かなり前にやって来て擦り切れた封筒の裏に魔法円を描いたときとまったく同じ仕草で、ポケットを探った。その動作で、彼がわたしと同じことを思い出したのかどうかはわからない。しかし、ちらりとこちらを見ると笑いかけた。

「あなたには、ずいぶん遠回りをさせられましたよ！」そんなことを言いだす。「でも、この日記が手に入る前から、真実にはかなり近づいていたんです。大いに役立ったことは確かですけどね」

彼はゴードンの日記を手にしていた。

「もちろん」と、その日記を指さしながら彼は続けた。「あなたの若いご友人の情報は貴重でした。それを軽んじたりはしません。例えば、窓の覆いに残された手形にしても、遅かれ早かれわたしも見つけただろうと思います。でも、時間の節約になったことは確かです。それに、ここにいる若いお嬢さんですが、彼女も本当によくやってくれました。わたしには、この辺りのことを知り過ぎているというハンディキャップがあったんですよ。スターは役立たずだし」

最後の言葉をグリーノウは吐き捨てるように言った。ハリデイとエディスがいなければ、何の手がかりもつかめなかったという負い目を感じているのだろう。どのみち、自己弁護的な言い訳に過ぎない。

「確かに」と彼は続けた。「ゴードンの日記を入手できたことで、ある一点が明らかになりました。ベテルは一人で動いていたのではないということ。彼に関する知識からすれば、可能だったはずがないんです。助けなしには逃げ出すことさえできなかったはずなんですから。唯一の問題は、その協力者が誰だったのか、という点です」

「それで、あなたはそれがわたしだと思ったわけですか？」

「まあ」グリーノウは顔をしかめて答えた。「この夏中、トラブルに足を突っ込んでばかりいたことは、あなただって認めるでしょう！　実際は、あなただなんて思っていませんよ。ゴードンです」彼は、わたしの腕時計を見た。

「一時間しか時間がないんです。あなたの姪御さんが、ストップウォッチ片手に階段で座り込んでいるものですから。内容をすべて読み上げることはできませんが、概要ならお話しできます。本当に盛り沢山なんですよ」

つまり、その日記の内容が、わたしの立場を一時的に悪くしていたというわけだ。警察が目を通し終えたとき、すぐにわたしを逮捕すべきだと主張したのはベンケリーだった。公表はしていなかったものの、彼らはすでにゴードンの死体を発見しており、その殺害者がわたしだと睨んでいたのだ。

しかし、ハリデイがそれを押し止めた。

「まずいことになりそうだと感じていたんでしょうね」グリーノウは説明した。「のらくらするばかりで、わたしたちを苛立たせていたんです。手がかりを持ち込んだのだから、警察が見終われば自分にも読む権利があるとハリデイは言い張りました。そして、実際に読んでみたら、今度はどうすればいいのかわからなくなってしまったんでしょう。

最終的には、警察側の空気を読んで取引を持ちかけてきました。あなたを呼んで尋問させるということになったんです。あなたの形勢が不利になりそうなら、自分が持っている情報を提供して援護に回るということで。状況はおわかりでしょう？　報奨金が絡んできますからね、彼も自分の情報を少しばかり隠していたんです」グリーノウは掌を振った。「当然のことですよ。そのことで彼を非難するつもりはありません。でも、重要なのは、彼が取引を持ちかけてきたということなんです」

取り調べに関しては、わたしの答えにヘミングウェイは大いに満足したらしい。その一方で、ゴードンの日記の中で繰り返し語られていたわたしへの疑いに加えて、グリーノウ自身の疑いも存在する。しかし、彼はその点についてはあっさりと受け流した。

「あなたに不利な証拠を摑もうとしていたわけではないんですよ」彼はそんな言い方をした。「実際、あなたにはハリデイを襲えなかったでしょうし。ここにいなかったんですから」

「もちろんです」大真面目な顔で答える。「わたしはここにいなかった。もちろん、いたとしても――」

グリーノウはちらりとわたしを見たが、すぐに取り調べの夜のことに話を戻した。

「問題は、あなたを拘束するかどうかだったんです。取り調べが終わったとき、ヘミングウェイがハリデイを外に連れ出したことは覚えているでしょう？　ええ、彼が取引を持ち出したのはそのときなんです」

ゴードンのほうが被害者だったという事実に警察は驚かなかったようだが、わたしにとっては驚愕だった。あの夜、グリーノウは伏せていたのだが、顕微鏡調査で一つの事実が判明していたのだ。ナイフの刃と取手のあいだに、短い髪の毛が一本絡まっていたらしい。顕微鏡はそれが、若い人間のものであることを難なく割り出した。ゴードンの髪の色と類似していることも。しかも、ポマードがたっぷりと付着していた。かわいそうなゴードンの整髪料でぎらぎらしていた髪だ！

しかし、グリーノウは当初、犠牲者は一人ではなく、二人だと踏んでいたらしい。

「人が死ぬというのは」と彼は言った。「スープ皿から指を引き抜くようなことではないですからね。必ず、何らかの痕跡を残すものなんです」

しかし、痕跡は残らなかった。ベテルが死んでしまったのだとしても、誰一人、彼の死を悼む者はいないようなのだ。時が経っても、どこからの照会もない。事態は不気味な様相を帯び始めた。まるで彼が、偽名を使って逃げ隠れしていた人間でもあったかのように。

ベテルには身を隠さなければならない敵がいて、結局はその人物に見つかってしまったのではないか。そんな考えが広がり始めていた。

「それで」とグリーノウは愛想のいい顔で言ってのけた。「あなたは容疑者リストから外されました。でも、決して姿を消すことはないんですよね。カメラマンがいると必ず見かけるタイプの人間っているじゃないですか？　いつもカメラの前にしゃしゃり出てきて、写真に納まってしまうようなタイプが」

「〝王と言えども猫を鞭打つことはできない。それでもわたしは、そのしっぽでも打たなければならない（『THE HOUSE OF COMMONS 1660-1690 Basil Duke Henning』より）〟わたしはそう引用した。グリーノウはきょとんとしている。

　話はやっと日記のことに移った。ゴードンは間違いなくわたしを巻き込んでいた。それも、警察が思いもしなかった方向で。つまり、老人の敵としてではなく、共犯者として――ベテルは、わたしの協力であの屋敷に隠れ住んでいた。そして、二人で――たぶん、ベテル氏が首謀格で、わたしがその手足として――あの若者でさえ想像もできないような邪悪な計画を練り上げていたのだと。

〝それがどんな計画であれ〟と、モリソン嬢の失踪直後にゴードンは書いている。〝あの年寄りには外部の協力者がいるに違いない〟。そして彼は、それがわたしではないかと疑っていたのだ。しかし、確信していたわけではないようだ。別のページでは、ベテル氏が見かけほどの身体不自由者ではないのかもしれないと疑っている。ひょっとしたら〝何でも自分でできるのではないか〟と。しかしのちには、その考えも放棄していた。トーマスを疑っていたこともある――わたしに疑いの目を向けていた時期でさえ。

　しかし、ベテルが彼を恐れ始めていた。自分がボートを発見したことをベテルは知っているのだとゴードンは思っていた。警戒を強め、ナイフを購入する。〝自分の身くらい自分で守れる〟。あるページでそう綴っているが、単なる強がりでしかないだろう。その後、老人が時折、夜間に三、四時間ほど、部屋に鍵をかけて閉じ籠っていることを知る。ゴードンはロープを買い込み、自室に隠した。それからの出来事は急速に展開する。

ある夜、銃器室の窓があいているのを発見したゴードンは、その窓を監視するようになった。そんな夜に、ベテルが彼を殺そうとしたのだ。

〝昨日、奴がおれを殺そうとした〟。七月二十七日のページにゴードンは書いている。そして、〝あの老人におれを縛り上げることはできない。たぶん、ポーターの仕業だ〟と続けていた。そのときから、彼はわたしを疑い始めたのだ。

ベテル氏もゴードンを監視していた。図らずも露呈してしまった、肢体不自由者と若者のあいだの関係性ほどドラマチックな描写は、この日記の中でも見当たらない。互いが互いを監視し、相手に対する警戒心を強める。使用人が同席しているときだけ、その警戒心が弛む。若者は向こう見ずにも老人を嘲り、老人はほくそ笑みながらチャンスを窺う。

何が語られたわけでもない。若者は町に出かけ拳銃を買おうとした。しかし、新しく施行された法律のせいで買うことができなかった。持っているナイフをあてにするしかない。町にいるあいだに警察に行こうかとも考える。報奨金が高額になっていた。ゴードンは綴っている。〝一万ドルあれば世界一周だって可能だ〟。しかし、彼の論拠は完璧ではなかった。外部の協力者が必要だ。わたしを疑っていたが、〝確証と言えるもの〟はなかった。

それがわたしではないかもしれないと認めている部分も何カ所かあった。ある夜、ゴードンは何者かが屋敷に侵入しようとしている物音を聞く。赤っぽい明かりが灯り、書斎に入り込もうとする者の姿が見えた。しかし、〝ポーターではないようだ〟。ベテル氏は自分の部屋で眠っている。それで、ゴードンは途方に暮れてしまった。夜が明けるまで階段の近くで粘ってみたが、怪しい人影を見ることは二度となかった。

〝明るくなってから書斎と図書室を調べてみた。窓はすべて閉じられ鍵がかかっている。どういうことなのか理解できない〟

ベテルは自分を監視しているだけではなく、別の火種からのトラブルも懸念している。ゴードンがそう信じ始めたのも、このころだった。夜、書斎に忍び込む人影を見たと話してみたところ、老人は怯えていたというのだ。

〝奴ともう一人の人間は仲違いをしたようだ〟とゴードンは書いている。〝それで、ベテルはその人物を恐れている〟

しかし、ゴードンが家に戻ってきてスターとハリデイ、そしてわたしの姿を発見したとき、彼のわたしに対する疑いは凄まじい勢いで再燃した。彼は、ベテルとわたしのあいだで争いが生じたのだと確信していた。そして、わたしたちのどちらかが、もう一方に向けて発砲したのだと！　彼のナイフは持ち去られていた。それでキッチンからナイフを盗み、入念に研ぐ。わたしたちの姿を発見したときほどの驚きは感じていない。ベテルとわたしの仲は決裂した。〝年寄りのほうなら、自分一人でなんとかできる〟

しかし、事態は急速にクライマックスへと転がり始めた。ベテルが屋敷の借用を諦め、秘書を解雇しようとしたのだ。ゴードンが自分でそのように仕向けたのかもしれない。そしてさらに、自分の思惑を臭わせている。

〝警察に知らせて一万ドルを手に入れることもできるし〟と彼は綴っていた。〝黙っていることの代償に二万ドルを要求することもできる。どちらでも好きなほうを選べばいい〟

今や優位に立っているのはゴードンだった。もう一人の人間はもはや問題外。彼らは仲違いをし、ベテルは何の後ろ盾もなく、一人取り残されているのだから。若者はあちらこちらに罠を仕掛けた。しかし、屋敷に侵入しようとする者はいない。〝殺人協定〟は決裂し、老人は一人座り込んで、じっと考えを巡らせている。

「脅迫っていうのは嫌な言葉ですよね」ゴードンはかつてそう言った。

「殺人ほどではないにしても」そうつけ加えた言葉を、日記にも満足げに残している。

〝殺人〟という言葉が、そこに記された最後の言葉だった……。

グリーノウの用向きは、我が身を案じるわたしを安心させることだけだったようだ。親しげな態度にもかかわらず、それ以上の情報は決して与えようとしない。

「容疑者は絞り込めているんですよ」と刑事は言う。「お話ししてもいいんですが、証拠がまだ見つかっていないんです。見つかるかどうかもわかりませんし。はっきりしたことがわかるまでは控えておきましょう」

九月八日

ハリデイの態度がひどくおかしい。極端に無口なのだ。打ち解けた会話は一切しようとしない。そのことについては、今朝、ジェインも言っていた。

「わたしのことを心配しているのよ。それに、エディスのことも。今、行ってみれば、ボート小屋のベランダを神経質に歩き回っているはずだわ。一時間もそんな調子なの」

正直、彼の様子には困惑してしまう。グリーノウの用向きは、わたしを安心させることだった。しかし、ハリデイが警察に与えたという証拠については一切口を開かなかった。

「ぼくたちが追っているのは外部の人間なんですよ」ハリデイはそう言った。「捕まえようとしているのも、その外部の人間なんです」

しかし、その容疑者が誰なのか、わたしにも知る権利があると主張してみても、刑事が言ったことを繰り返すばかりだ。

「法律的に有効な証拠がないのは、あなたにもおわかりでしょう？　やったのが誰なのかを突き止めることと、それを証明することは、完全に別物なんです」

それでも、警察がそれを証明することには確信を持っているようだ。立ち去る前に、わたしの車の型と金額を尋ねたくらいなのだから。彼が報奨金を当てにしているのは明らかだった。

一方、まだはっきりしないこともある。

ハリデイが警察に与えたと思われる情報は以下の通りだ。

（a）ホーラス伯父が未知なる人物に宛てた未完成の手紙のコピー。
（b）窓の覆いに残された手形の写し。
（c）『ウージェニア・リッジスとオークヴィルの怪奇現象』に載っていた、同じ手形の挿絵。
（d）内容はわからないが、リヴィングストーン家の執事による証言。
（e）ゴードンの日記に記されていた出来事に対する彼自身の分析。

（f）やっかいな寄稿者から寄せられたエディス宛の手紙（あとで追記の必要あり）。
（g）何者かが母屋に侵入しようとした二度の試みが、慌てて逃げ出したときに身元や有罪性を示すものを屋敷内に残してしまったせいであるかもしれない事実。

しかし、わたしの知る限り、夜間の見張りがあの屋敷から撤退した日以降、自分が監視していたことをハリデイは警察に話していないと思う。

言い換えれば、殺人事件の直後——秘書が殺された夜、ベテルと、ゴードンが言うところの〝外部の人間〟が逃げ出したとき——から、犯人を示す何かがそこに残されていることを彼は知っていたに違いない。たぶん、それが何で、どこにあるのかについても。しかし、グリーノウには話していない。

さらには、リヴィングストーン家の執事による証言も警察に差し出された証拠の中に含まれている。これで、警察がリヴィングストーンを疑うこともなくなるだろう！

九月九日

カメロンの訪問を口実に、もう一度降霊会を開こうというのはハリデイのアイディアだった。降霊会という名目のもとに、屋敷内に残された犯罪の証拠を取り戻そうとする試みが再度成されるかもしれないと信じているのだ。はっきりと、そう言ったわけではない。しかし、二度目の降霊会でわたしが聞いたホールでの物音についての質問は、その方向を示していた。

「あなたがハーブの香りに気づいたのは、スキッパー」とハリデイは訊いたのだ。「部屋の外での物音を聞く前のことですか？」

「少し前だな、確かに。でも、香りがしたのは部屋の中なんだよ。物音が聞こえたのはドアの向こうだ」

「では、両者を関係づけてはいないんですね？」

「その点については考えてもみなかったな。でも、関係はないと思う」

「足音は聞こえましたか？」

じっくりと思い出してみなければならなかった。「足音ではなかった。床を擦るような音だ」

「それで、その音について口に出した途端に止まってしまったんですね？」

「その通り」

何もかもがわからないことだらけだ。この降霊会がリヴィングストーン夫人の提案によるものだった事実は無視できない。二度目の集会でホールのドアの鍵をかけ損ねたのも彼女だ。それにその夜、リヴィングストーン氏が体調の悪さを理由に出席しなかったことも忘れてはならない。こんなことはやめたほうがいいと遠回しに忠告してきたのも彼だった。

「関わらないことです」とリヴィングストーンは警告した。「決して関わらないこと」

ハリデイに関して言えば、もう一度降霊会を開くのは、正直なところ気に入らないが必要不可欠だと思っているようだ。屋敷の中にも外にも警察を配備するからと、わたしを説得にかかる。それでも、何らかの危険が発生する可能性は考えているのだろう。ジェインとエディスを引き込むことには不安を抱いている。

「こんな感じなんじゃないでしょうか」今日、ハリデイは言いにくそうに説明した。「ある意味、ぼくたちは今回の事件の分岐点にいるんだと思います。このまま放置して、いつまでも被害者を要求する非情で有害な思想の持ち主を世に放つこともできます」彼はわずかに肩をすくめた。「と言うより――世間の人間が普通に持っている常識がひっくり返ってしまうとでも言うか――」彼はぴんと背筋を伸ばした。「確かに危険は存在します。でも、話が外に漏れなければ、かなり小さなもので済むと思います」

以前と同じ参加者。意識的ではないにしても、ハリデイはヘイワードとリヴィングストーンに重きを置いているようだ。もっとも、わたしの思い過ごしかもしれないが。

かくして、義務と恐怖の間に立たされながらも、わたしは自分の義務を遂行することになった。ヘイワードにしろ、リヴィングストーンにしろ、あの家に再び近づくことを許されたことになる。この状況下では、それも多少は好都合ということになるのだろう。でも、いったいどちらにとって……？

追記・わたしは自分の役目を果たした。カメロンにはすでに電話済みだ。明日の夜、こちらに出向いてくれるそうだ。

九月十日

今夜の計画に対して、ハリデイは考えられる限りの用心を講じていた。我々にとっては降霊会を始める前にあの家に赴くのが常だったたし、カメロンのほうは普段とは違う入念さで取り組むであろうから、会が始まるまではグリーノウもその配下の人間も近くには置かないことにした。そのためハリデイは今日、キッチンで鳴るベルの紐を例の部屋からガレージに設置したブザーに繋いだ。明かりを消した時点でベルの紐に触れる。すると、グリーノウが配下の者たちをキッチンに侵入させるという段取りだ。

わたしたちのこれまでのやり方にカメロンがどんな変化を要求するのかは誰にもわからない。しかし、最初はいつも通りに進行するよう言うだろうとハリデイは予想していた。どんなことがあっても、わたしは照明のスイッチのそばに座っていなければならない。ハリデイが明かりを点けるように要求したとき、すぐにでもスイッチに手を伸ばせるように……。

八時三十分。すべての用意が完了した。しかし、わたしはハリデイのことが心配でならない。今夜の自分の身の安全について、彼はちゃんと考えているのだろうか？

カメロンを迎えにいく車を出す時間よりも一時間も前に、ハリデイはうちにやって来た。紙とペンを請い、ヘミングウェイ宛に長い手紙を書いている。何を書いているのかはわからない。しかし、駅へ向かう途中で投函するため、彼はその手紙を持って出た。

（ポーターによる日記はここまで）

結　末

第一章

一九二二年九月十日の夜の出来事に新聞各紙が飛びついた。翌日の新聞に溢れたのは、この夏四度目、最後の悲劇となった事件についてだ。この日記の冒頭に記した会話部分で、あのペッティンギルが触れていた出来事になる。

彼が不満げに言っていたように、この悲劇をもってすべてがふつりとやんでしまった。本当にぴたりと消えてしまったのだ。あの状況下で一番いいのは、そのまま風化させてしまうことだと我々は感じていた。改めて死者を鞭打つことなかれというように。

話を世間に公表したところで、失うものばかりで得られるものは何もない。忘れてならないのは、当時、降霊術、むしろ心霊主義というものの波が国中に広がっていたことだ。戦後の精神病質者もまだ多く存在していた。行われた実験の性質そのものが、非現実的な想像力を刺激し、火に油を注ぐようなものだったのだ。決して世間一般の人々に勧めていいものではない。

むろん今では状況が違っている。研究が進み、たぶんいつかはこんな方法ではなく、もっと論理的で科学的な方法で魂の残存というものが解明されるのかもしれない。わたしにはわからないし、さほどの関心もない。結局のところ、クリスチャンであるわたしの信仰は、死後の命に基づいているのだから。しかし、魂がこの世に踏み留まってしまう事実については認めている。その証拠を求めることはしなくても……。

では、九月十日の夜のわたしたちの状況を描き出してみよう。日記が終わり、まだ見ぬ事実が明らかになるのを待ち構えていたときのことを。ジェインは縫物を手に取っては下ろしていた。どうしても震えてしまう手で鼻先に白粉を叩きつけているエディス。ハリデイはカメロンを迎えに、車で鉄道の駅に向かっていた。そして、少し離れた森の中では――ロビンソンズ・ポイントの突端から、十秒ごとに灯台の赤い灯が警戒信号を瞬かせていたのだが――グリーノウと六人の警官たちが待機していた。

全員が揃ったときの様子――まだ包帯を手に巻いているカメロンは、その夜の出し物の登場人物一人一人に、順繰りと鋭い視線を向けていた。おしゃべりばかりで落ち着きのないリヴィングストーン夫人。夫のほうは真っ白な顔をして、見たことがないほどぶるぶる震えている。わたしたちの中では、ハリデイだけが普段と変わらない様子だった。ヘイワードの様子も普通。と言うのも、彼は常にぴりぴりしているからだ。

カメロンがどう思っていたのかはわからない。たぶん、自分たちの理解を超える世界とのちょっとした接触に興奮する、際物好きのグループ程度にしか思っていなかっただろう。驚いたことがあるとすれば、その中にわたしが加わっていたことだと思う。

彼自身、あまり真剣には捉えていないようだった。わたしに頼まれたから来ただけだと言っていた。

自分のやり方ならまったく違う形になることも、はっきりと説明する。たぶんエディスにだったと思うが、何か準備するものがあるかと問われたときにも、笑い声をあげて頭を振った。

「眠気覚ましにコーヒーを飲むくらいですよ！」彼はそんなふうに答えた。

私道を歩いてきたときにはリヴィングストーンが一緒だった。わたしときたら、彼が自分にすり寄ってくるように思えただけで、何も気づかなかった。ほとんど口をきかず、罠でもあるのではないかと疑うように木々のあいだに目を光らせていた。左側にいた彼が尻ポケットに手を入れたのを見たとき、あまりにも驚いて躓き、転びそうになった。銃を持っていると確信したからだ。

「気をつけてください」リヴィングストーンはそう言った。

ゆっくりと母屋に向かう途中で彼が発した言葉はそれだけだった。ひどく強張っていて、呪いの言葉のように聞こえたくらいだ。

カメロンとエディスがすべてを取り仕切っていた。堂々と事に当たる彼女の声が聞こえてくる。あとで判明したのだが、惨事に終わるかもしれないことを、ハリデイを別にすればほかの誰よりも知っていたのに。ヘイワードは一人でわたしたちの後ろを歩いていた。ゴム底の靴は私道を歩いていても音を立てない。それがどういうわけか、わたしを不安にさせた。無音の歩み——どこか秘密めいていて、人を狼狽させる。リヴィングストーンも同じように感じたのか、一度足を止めて振り返っていた。

その時点でも、わたしの疑いはリヴィングストーンに傾いていた。カメロンの到着を待つあいだ、はっきりしないことばかりで——今でこそ理解できるが、あのときは本当にそのことで苛ついていた——バカな行動に出ないよう、わたしは二人をまじまじと観察していたのだ。リヴィングストーンのほうがそわそわしていた。加えて、かなり重要と思われる点がもう一つ。ロッジを出る直前にリヴィングストーンが水を求めたのだが、グラスを持つ手がぶるぶると震えていたのだ。

そして、水の入ったグラスを持つその手が、わたしの疑惑に拍車をかけた。グラスを持つ手。小さくて幅があり、短い親指と曲がった小指を持つ手！

その瞬間から、わたしの意識はリヴィングストーンに集中していた。説明を求めて様々な考えが駆け巡る。事件に関わるリヴィングストーンの姿なら容易に想像できた。何の証拠もないが、ゴードンが言うところの〝邪悪な計画〟をベテル老人と押し進めているリヴィングストーン。彼なら、この辺りの事情にも詳しいだろう。その知識を使って、ホーラス伯父が社会に対する脅威と呼んだ計画を発展させていたリヴィングストーン。思考が目まぐるしい速さで画像を作り上げる。嵐の中、マギー・モリソンを呼び停める様子さえ想像できた。彼の姿を認めたモリソン嬢がトラックを停める様子まで。しかし、ウージェニア・リッジスや彼女の石膏入りのボウルとの関係までは理解できなかった。奇妙な話だがそれが事実だ。その繋がりを知るには、ジェインの嗅ぎ薬が必要だった。エディスの部屋でペーパーウェイト代わりに使われていた、小さな緑色のガラス瓶が。

先にも述べたように、妙な気分で私道を歩いていたあいだ、わたしの疑惑はリヴィングストーンに向けられていた。しかし、決してヘイワードを除外していたわけではない。

彼はわたしの後ろを、変にこそこそとした様子で歩いていた。言葉にしなくても伝わってくる不安げな面持ちで。

感情というものはすべて波動なのだと思う。わたしは彼が発する恐怖を感じていた。耐え難いほどの凄まじい恐怖を。

母屋の中でも、ヘイワードに対する疑惑は弱まるどころか増大するばかりだった。例えば、カメロンに屋敷内を案内する役目を申し出てハリデイに却下されたのだが、客を連れ去られたことにかなり憮然とした顔をしていた。ホールにある階段の下にたたずみ、爪を嚙みながら二人が家の中を歩き回る音に聞き耳を立てていた。

わたしはその様子を書斎から見ていた。一度は階段を上りかけたものの、わたしの視線に気づいて諦めてしまったのだ。

ジェインがめまいを訴え、ロッジに嗅ぎ薬を取りに戻ったときのことだ……。

ハリデイが間違いなく警察に見せていた手紙が、エディスの机の上にひらいたまま置かれていた。緑色の瓶を重石代わりに載せている。薬瓶を取り上げたとき、その手紙がひらりと床に落ちた。わたしはそれを拾い上げ、目を通した。

第二章

あの夜の驚くべき結末に向けて起こった出来事――降霊会の詳細――について記述することは難しい。

と言うのも、メモを取っていないからだ。わたしは今回初めて、リヴィングストーンとジェインに挟まれた円陣の中に座っていたのだ。発生したことを書き留めるべく、ランプのそばに陣取っていたのはカメロンだ。

「当然のことながら」と、参加者が席に着くとカメロンは話しだした。「実験的な降霊会とでも呼ぶべきものに対して、通常の用心はされていません。わたしたちが目指しているのは、過去二回の降霊会とできるだけ近い状況を再現することです。なので――」彼は、ちらりとわたしを見て微笑んだ。「もし、ポーター氏の参加で差し障りが出るなら、抜けてもらうこともできます」

どんなことがあっても騒がないようにと彼は求めた。直接言葉で指示しない限り、繋いでいる手を放さないようにとも。

「もちろん、インチキを疑っているわけではありません」そう、つけ加える。「ただ、こうした状況ではそれが通例だというだけです」

照明が赤いランプからのかすかな光に絞られたとき、ハリデイがそっとベルに触れた。わたし以外にその現場を見ていた者はいないはずだ。

最初は、テーブルが確かに動いたのと、その上ではっきりとしたラップ音が響いたこと以外何も起こらなかった。それ自体は驚くほどのことでもない。ここで起こることのすべてが、根源的な状況を何も知らないジェインが原因であることも。隣に座るリヴィングストーンの手は緊張のあまり震えている。向かいにはヘイワードと並んだハリデイ。薄闇に目が慣れるにつれ、両手の自由を奪われた彼が激しく頭を振っているのが見えた。

これがどんな結末に向かっているのか想像もできなかった。手を放せというカメロンからの指示がすぐに出されてもいい状況だ。わたしが予想する結末がやって来たとき、完全な闇の中でハリデイは何が起こるのを期待しているのだろうか？

テーブルはまだ動き続けている。それがカーペットの上で横に滑り始めた。リヴィングストーンと繋いでいた手はすでに緩んでいる。揺れの激しくなったテーブルに対してできたのは、しっかりと押さえつけることだけだった。どんな結果になるのか、行く末が見え始める。しかし、テーブルの揺れが収まったとき、参加者の輪はそのままだった。

その直後に闇を求める合図。カメロンはランプを消した。すぐに、小部屋の近くにいたエディスが、カーテンが吹き込んできて自分に触れたと言いだした。次の瞬間、以前と同じように、小部屋の中のスタンドから鈴が落ち、ギターの弦がかすかに震えた。

断りもなくカメロンがランプを点ける。カーテンの動きは静まり、何の音もしなくなった。明らかに満足した様子で、彼はランプを点けたまま、しばし辺りの様子を調べ始めた。結果、テーブルがきしんだり何かが当たった音がしただけだと結論づけ、再び明かりを消す。しかし、再度カーテンが吹き込んでくると初めて席を離れた。懐中電灯を手に小部屋の中をじっくりと調べて回る。壁までもが子細な観察の対象となった。

その作業が終わったときには、彼の態度が変わっていた。インチキを疑っていたのだろうが確証はない。かなり厳しい口調で彼は言い渡した。自分は誠意をもって事に当たっている。夕べの楽しみを提供しようとしているわけではない。何かおかしな動きがあれば報告してもらいたいと。

「これはゲームではないんです」ぴしゃりとそう言ったものだ。

ジェインは非常に静かだった。しかし再び、以前のトランス状態、もしくはトランス状態として知られる自己催眠状態のときに発する荒い息遣いが聞こえてきた。

「誰です?」カメロンが低い声で尋ねる。

「ポーター夫人です」ハリデイが答えた。「みんな、静かに!」

部屋の中は真っ暗で、ジェインの荒い息遣い以外何も聞こえない。一瞬、その場の目的を忘れてしまったのは奇妙だった。家中にグリーノウや彼の配下の人間が散らばっていることを忘れてしまったのは。そう呼んでも構わないなら予感のようなものを感じていた。我々は今、凄まじい心霊現象の縁に居合わせているのだと。説明することはできない。今でも、どれほどの目に見えない力がそこに結集していたのかわからない。ジェインと同じように、わたし自身も催眠術にかかっていたのだと認めてもいいくらいだ。

そのとき、二つの事が同時に起きた。

図書室で何かが動いていた。柔らかな足音。わたしには、どこか不規則なように思えた。まるで、部分的に麻痺した足を引きずってでもいるかのような。そして――リヴィングストーンがそっとわたしの手を放した。

その手を摑み直すと、彼は苛立たしげに囁いた。

「放していろ、バカめが」

次の瞬間、リヴィングストーンは拳銃を引っ張り出し、音も立てずに立ち上がった。引きずるような足音はホールに向かった。拳銃を手にしたリヴィングストーンはわたしの脇に立っている。テーブルの向こうでかすかな動き。カメロンも気づいたと思う。しかし、何も言わなかった。闇と静寂の中、足音はホールに出て、そこで消えた。

時間の感覚がなかった。十秒なのか一時間なのか、リヴィングストーンはわたしの脇に立ち続けていた。十秒後なのか一時間後なのか、グリーノウの声が階段の上で響いた。

「こっちは大丈夫だ。階下は気をつけろ」

リヴィングストーンが動いた。赤いランプに向かって突進し、明かりを点ける。ヘイワードの姿はない。やはり拳銃を手にしたハリデイが小部屋を見つめていた。

「照明をもっと」そう叫ぶ。「明かりだ！　早く！」

　みなの様子に困惑していた。小部屋のカーテンを引きあけるハリデイ。中に人がいる。壁際に二人。銃を持った見張りのようだ。二階で慌ただしい動き。閉まっていたはずの書斎からホールに出るドアが開いている。どこか離れた場所で、人が倒れたようなどすんという音。あとは恐ろしいほどの静寂。

　すべては、わたしが椅子を回ってドア近くの照明スイッチにたどり着くまでのあいだに起こったことだ。そして、そのとき――落下音に続く息を呑むような静けさの中、スイッチを見つけて明かりを点けるまでの刹那――赤いランプが放つ光の中で、わたしは再びそれを見たのだ。階段の下で上を見上げている人物の姿を。

　確かにこの目で見て、はっきりと認識した。その人物が振り向き、動かない目でこちらを凝視したことを。突然、冷たい風が周囲で渦巻き、半狂乱で明かりを点ける。人影は、煙が空に消えるように薄れていった……。

　小部屋のカーテンの背後では、誰かが壁を探っていた。エディスが真っ白な顔で、まだ奇妙なトランス状態にいるジェインを支えている。リヴィングストーンはしっかりと自分の妻を抱き寄せていた。

　これが、意気揚々と階段を駆け下りてきたグリーノウが目にした光景だった。報奨金はどうやら彼のものになるらしい。刑事はぐるりと部屋を見回した。信じられないという目で見つめているのはリヴィングストーンで、ほかの人間には目もくれない。

「上出来、上出来！　で、そこにいるのは誰なんだ？」

　そう言って彼は、小部屋の奥の壁を指さした。

母屋での殺人事件をハリデイが解明していったステップと、それに先立つミステリーは、実に興味深いストーリーを構築している。三度目の降霊会の準備が整うまでに、自分の資料が地方検事の手に渡っていることをハリデイは確信していた。そしてそれは、グリーノウに渡した資料とは別のものだった。

まず、先立つミステリーを解明するためには、母屋の古い部分について考えてみる必要がある。周知の事実ではあるが、あの時代の建物の多くには持ち主が消費税局から身を隠すための秘密の通路が備えられていた。かつて、ジョージ・ピアスもそんな試みの最中（さなか）で命を失ったのだ。

しかし、現在は書斎になっているかつてのキッチンからその上階（うえ）の部屋にあるクローゼットに続く通路は、長いあいだ塞がれていた。建設者は亡くなり、時は流れ、通路の存在は忘れられたままになっていた。

しかし、一八九九年にウージェニア・リッジスがその家を買い、修繕を行った際に古い通路は発見された。詐欺的な行為のためにその通路を使ったことはないと彼女は主張しているが、ハリデイもわたしもそんな話は信用していない。壁は漆喰で塗り固められている、というのが彼女の言い訳だ。しかし、ハリデイが説明してくれた通り、壁の裾板部分は内側からしか施錠できないものの、外に引きあけ容易に小部屋に侵入できる作りになっていた。

とは言え、ハリデイも最初から、二階に通じる梯子を備えたこの通路について知っていたわけではない。純粋に推理を積み重ねることでたどり着いた結論だった。

「そういうものがなければならなかったんですよ」彼は慎ましやかに認めた。「それが実際に見つかっただけで……」

それでも、ゴードン青年がキッチンドアで襲われるまでは、ハリデイもまったく途方に暮れていたのだ。つまり、疑わしさは感じられるものの、それ以上はどうしようもないという状況。例えば、うちのガレージで見つかった暗号文入りの紙が、アニー・コークランが適当な言い訳をつけてゴードンから手に入れた紙と同じボンド紙だったという程度の。

しかし、彼の本当の疑念はゴードンが襲われたときから始まったのだと言える。少なくとも、彼はその瞬間から、これまでの犯罪と母屋を結びつけて考えるようになった。

「何か胡散臭い感じがしたんですよね」ハリデイはそんな言い方をしている。

そして、ベテル氏の話——ゴードンを襲ったのが自分だと若者に気づかれているという恐れから発した話——が、その〝胡散臭さ〟を拡大した。

「ゴードンは打ちのめされたんですよ」ハリデイは説明した。「それだけでも充分なのに、実際はそうじゃなかった。意識を失っているあいだに縛り上げられているんです。つまり、その人物は大急ぎで家の中に逃げ帰るチャンスを自ら手放した、ということになるんです」

ハリデイに疑念を持たせたのは、その〝時間との闘い〟だった。

もちろん、彼にも長いあいだずっと隠れた動機についてはわからなかった。それを彼は単純に、最初は犯罪と屋敷を、次には犯罪とベテルを結びつけることで明らかにしたのだ。ハリデイは常に、未完成の手紙の写しに執着していた。しかし——。

「あまり助けにはなりませんでしたね」とため息混じりに言っている。「殺人がほのめかされていただけです。そして、ぼくたちは実際に殺人事件に巻き込まれてしまったわけですし」

彼の手元には三つの証拠品があった。二つは確かなものだが、もう一つは当てにならない。確かな証拠品の一つは、ボートのオール受けから回収した布切れ。母屋のシーツを引き裂いたものだ。もう一つは、暗号文が書かれた小さな紙切れ。当てにならない証拠品は、排水路の外で見つけた眼鏡のレンズのかけらだ。

ハリデイは母屋の見張りを始めた。不審な現場でゴードンを〝押さえる〟ことはできなかった。そんな状況さえ存在しない。ゴードンが怪しいと確信できる証拠は何一つ存在しなかったのだ。しかし、わたしに呼びつけられ、ロビンソンズ・ポイントに向かった夜、母屋に戻ってきたときに銃器室の窓から侵入しようとする人影を目撃する。それは間違いなくゴードンではなかった。銃器室の外にたどり着いたときには、窓は閉ざされ鍵がかけられていた。

途方に暮れるハリデイ。周囲にわたしの姿はない。こちらの姿を探しながら屋敷をぐるりと回る。わたしが発射した銃声を聞いたのは、テラスまで来たときのことだ。そのときから彼は、一連の事件とベテルを関連づけるようになった。ただし、単なるブレーンとして。

「ひどいやり方ですからね」とハリデイは言う。「でも、いつも彼の身体の障害にぶつかっていたんです。第三者の手助けが必要だと」

従って、問題の夜にもずっと共犯者が家の中に隠れていたのだろうと彼は考えた。自分が到着し、スターが駆けつけたあとにも。この時点でゴードンの潔白は確信していたので、翌日には秘密を打ち明けてみようかと思ったらしい。しかし、ハリデイは若者を警戒していた。信用できずにいた。〝あの若者は自分のゲームを楽しんでいるだけ〟そんな思いが拭いきれずにいたのだ。

でも、あの夜、共犯者が家の中にいたのだとしたら、どこに隠れていたのだろう？

ハリデイは書斎が怪しいと思い始めた。そして後日、ホーラス伯父のために書斎のパネル張りを請け負った職人の名前をスターから訊き出した。長い話ではあったが、彼はそこからヒントをつかみ取ったようだ。

パネルを張るために以前の裾板を引き剝がしていた職人は、たまたま二階の部屋に繋がる古い通路を発見し、ホーラス・ポーターに報告した。それが老人の興味を引いたようだ。年代物の品々を保管しておくにはぴったりの場所だ。伯父はそこにスライディング・パネルを作りつけた。さして技術を要する作業ではなかったが、役には立った。伯父はそのことを誰にも話さなかった。少なくとも、わたしには。

禁酒法が施行されるまで、伯父がその空間を利用していたかどうかはわからない。やがて、自分は飲まないにもかかわらず、伯父はそこにささやかではあるが選り抜きの酒を貯蔵し始めた。そのいくらかを、わたしはのちに発見することになる。そして、わたしのホールでの発砲から一両日後には、そのコレクションの中の一本がハリデイの命を危険に晒すことになったのだ。

アニー・コークランからキッチンドアの鍵を借りていたハリデイは、真夜中過ぎに屋敷に入り、書斎へと向かった。そのときの様子についてはあまり話したがらない。屋敷の様子が尋常ではなかったのだろう。

「そういう感じってわかるでしょう？」彼はそう言うのだ。

しかし、問い詰められると、図書室からかすかではあるが奇妙な物音が聞こえたのだと白状した。

椅子が動いているような音。一度などは、背後のドアにかかるカーテンが室内に吹き込むのを感じたという。振り返って見たときには、もうもとの状態に戻っていたが。

件(くだん)のパネルは難なく見つかり、ハリデイは細心の注意を払って中に入った。しかし、酒瓶の一本に触れてしまい、床に落としてしまったのだ。

「そんなに大きな音はしなかったんですよ」彼はそう説明する。「でも、それだけで充分だったんでしょうね。老人は目を覚ました。身体が不自由だろうがなかろうが、ぼくが逃げ出すよりも早く上階(うえ)のクローゼットまでやって来て、床の隠し戸をあけようとしたんです」

ハリデイには身を隠す時間もなかった。あったとしても、周りはあの忌々しい酒瓶でいっぱいなのだ。彼は息を潜めて立ち尽くし、どうなることかと待ち構えた。

「冷や冷やしましたよ。あの老人がいつマッチを擦るかわからないんですから。そんなことになったら大変でした！」

しかし、ベテルにマッチの持ち合わせはなかったようだ。老人はじっと耳を澄ませ、下にいるハリデイは息を殺して待ち続けた。やがて老人が動く。隠し戸をあけたままその場を離れ、明かりを点けにいったのだ。ハリデイはその隙に抜け出し、音を立てないようにパネルを閉じた。

だが、そのときに、ベテルが普段装っているほど無力ではないことがはっきりした。ハリデイは共犯者の存在という考えを捨て、老人一人に意識を集中し始めた……。

アニー・コークランが協力してくれた。何が目的なのかはわからなくても、ハリデイが頼むことなら快く引き受けてくれたのだ。彼女の疑いはすでに固まっていた。ゴードンが怪しいと信じきっていたのだ。それでも、ある朝、ベテル氏の眼鏡をわざと壊して、そのかけらを持ってきてほしいというハリデイの頼みに抗うことはなかった。残骸はストーブに投げ入れてしまったと言い訳をして実行してくれた。

そのころにはベテルも、疑い深くなり警戒の目を光らせていたのだろう。アニーは嫌な思いをすることになった。しかし、ここで重要なのは、ハリデイがそのレンズのかけらを町に持ち込んだことなのだ。結果、そのかけらと排水路近くで見つけたかけらが同じ処方箋から作られたものであることが証明された。

それでも、以前から臭わせていた脅しを実行に移そうとしたゴードンが、哀れなキャロウェイ同様、情け容赦もなくあっさりと殺されてしまったことを考えれば、ほんの小さな発見に過ぎない。

「二十四時間以内だったら――」とハリデイは悔しそうに言う。「助けてやることもできたでしょうに」

しかし、二十四時間後、ベテルはすでに姿を消し、すべては終わってしまったかのように見えた。

それでも、ハリデイにとっては、ベテルがベテルであったときから、その存在は消えていたのだが……。ハリデイは一人で動いていたわけではない。かなり早くから、協力者が必要だと気づいていた。それも信頼の置ける協力者が。アニー・コークランの協力は常に指示を受けてのものだ。しかし、ゴードンが襲われた夜以降、彼は求めていた協力者を獲得した。ヘイワードだ。実際、近づいてきたのは医者のほうだったという。

「彼はあなたのことを心配していたんですよ、スキッパー」にやりと笑いながらハリデイは言った。「無能な学生相手に英文学を論じていて、頭がおかしくなってしまったのかもしれない」と。

そして、イギリス人が〝論争者〟という大学生レベルの単語を獲得した所以もそこにあるのではないかと思い悩むことさえ、〝きっぱりと〟止めてしまったのだ！　と。

ゴードンが襲われたとき、医者は衝動的にハリデイのボート小屋に向かっているところだったのだ。

「彼はあの夜、もうちょっとであなたを監禁するところだったんですよ」とはハリデイの言葉だ。

その後、ヘイワードはハリデイに会いにいった。ハリデイは直ちに彼を自分の仕事に引き入れた。機敏ではないが熱意に溢れた正直者で、すぐに役に立ってくれた。母屋で殺人が起こった夜、ヘイワードは休暇に出ていたはずだが、実際には違う用事で家を離れていたらしい。それをハリデイが電報で呼び戻したのだ。

しかし、ハリデイの要請で戻ってきたのは、リヴィングストーン家に身を隠すためだった。彼はそこから、母屋を見張るハリデイに協力するために通っていたのだ。ちなみにそれは、殺人事件のあと主（あるじ）が家に何者かを匿っていたという執事の証言を生むことになり、グリーノウを本来の捜査から大いに脱線させることになった。

リヴィングストーン夫妻は事件に巻き込まれたのだと人々は言うかもしれない。しかし、引きずり込まれた、というのがハリデイの言い方だ。医者との最初の打ち合わせで、どうしても彼らの存在が必要だという結論に至ったのだ。

「夜間――」ホーラス伯父の手紙のコピーについて、ハリデイはヘイワードに尋ねた。「ホーラス・ポーターに接触した可能性のある人間は誰なんでしょう？」

「わたしの知る限りではいないな。リヴィングストーン夫妻なら可能だったかもしれないが」

「では、老人が手紙を書いていたときにやって来た人間は、リヴィングストーンだったかもしれないということですか？」

「彼ならあの夜、具合が悪くて臥せっていたよ。わたしが一緒にいたんだ」

「じゃあ、リヴィングストーンは除外ですね」ハリデイはそう言って話題を変えた。

「ある計画、ある悪ふざけが老人に示された。彼はそれに怯え警戒していた。それなりの経緯がなければ、人はそんな計画など打ち明けたりしません。こんな方向から探ってみましょうか。最後の数年、あるいは数カ月、ホーラス・ポーターが最も興味を持っていたのはどんなことでしょう？」

「降霊術かな。彼がそれに取り組んでいたのは知っているよ」

「一人でですか？　人は普通、一人でそんなことはしないと思いますが」

「もしよかったらリヴィングストーン夫人に訊いてみよう。彼女なら何か知っているかもしれない」

医者は夫妻に尋ねにいった。その結果、ハリデイは初めて本物の手がかりを手に入れることになり、それをもとに大胆な推理を組み立てたのだ。九月十日の悲劇の夜、秘密の通路で梯子からの致命的な落下という結果に終わった推理を……。

その間ずっと根底にあったのは、ただ一つの推測だ。ヘイワードは最初鼻で笑っていたが、のちには協力してくれた。リヴィングストーン夫妻の態度はもう少し頑なだった。

「あの二人は巻き込まれたくなかったんですよ」ハリデイは説明する。「でも、エディス宛にある手紙が届いてからは、多かれ少なかれ手を貸すことになりました。もちろん、リヴィングストーンが母屋に侵入しようとして、窓の覆いに手形を残してからは、介入せざるを得なくなりましたけどね。それ以前は、秘密の通路のことなど知らないと言い続けていたんです。でも、ぼくと同じように、彼はその存在について知っていました。いや、ぼく以上にかな。だから、ベテル氏にだって知るチャンスはあったし、それを使う機会だってあったはずなんです」

先に書いたエディス宛の手紙というのは以下の通りだ。

『拝啓

あなた様の記事をとても興味深く読ませていただきました。それで、このような状況下であれば、強力な霊媒師が非常に役立つかもしれないことをお伝えしようと思ったのです。

この国一番の霊媒師が、あなたのお住まいのすぐ近くに存在します。すでに引退していますが、今は別の名前でオークヴィルの近くにいるはずです。確か、彼女の夫は結構な財産家ですが、それでも喜んで協力してくれるのではないでしょうか。

わたしが知っていた時分はウージェニア・リッジスと名乗っていました。旧姓なのですが、そのまま使っていたようです。夫の苗字はリヴィングストーン。名前のほうまではわかりません。

絶頂期に引退したのですが、彼女なら大いに興味を持つのではないかと思います』

手紙に署名はない……。

ハリデイは気にしなかった。以前から、そんなことではないかと疑っていたのだ。それでも、その手紙が背中を押してくれたのは間違いない。すでに一度、ベテルが屋敷に戻って侵入しようとしている。残された時間は少なくなっていた。もうすぐ町に戻らなくてはならないのだ。それなのに、ベテルがどこの誰なのか見当もついていない。町に戻ることは、事件の解決を断念することになる。

以前入手していたレンズのかけらの処方箋が殺人者のそれと同じだったという理由で、誰かを逮捕することはできなかった。あるいは、未署名の原稿が書斎の壁の奥に隠されていたという強力な証拠をもってしても。マギー・モリソンのトラックのタイヤに付着していた泥は、母屋への小道の鉄分を多く含む赤っぽい粘土と同一だった。だからと言って、ゴードンが疑っていたような実験の過程で彼女が死んだことの証明にはならない。ゴードンの日記のあちらこちらに登場するS.やG.T.という略語についても、ハリデイは自分の解釈の正しさを証明することはできなかった。排水路の中や近くで割れたレンズのかけらを探し、そこでわたしの万年筆を見つけたのがベテルであったことも。ゴードンが自分の日記に次のように記していたのだ。〝今となっては間違いない。昨夜、W.P.があそこで万年筆を落としたのだ〟

それでも、リヴィングストーン夫妻の協力があれば、そうしたすべての点を証明できるチャンスがあった。そして実際、リヴィングストーンの抵抗と怯えにもかかわらず、ハリデイはそれを証明した。「実際のところ」とハリデイは言う。「あの夫婦の立場も危うかったんですよ。彼らにもそれはわかっていたんでしょう。だからまたペテンを繰り返さなければならなかったんです！」

リヴィングストーン夫妻にとって状況は本当に危ういものだった。執事の証言が警察の疑惑を彼らに向けてしまったのだ。そして、わたし自身が身柄を拘束されたあの恐ろしい夜、ハリデイは警察の目をあの悲劇の大詰めに逸らすべく、必死で二人を利用した。

「でも」と、ハリデイは面白そうに説明した。「ぼくが警察に漏らした情報の中で、彼らにとって不利になるのは微々たるものだったんですよ。グリーノウ曰く、すべて目の前に揃っていたんですから。手形まで！」

しかし、彼は決して警察を近寄らせなかった。彼らの目を偽りの手がかりの方に逸らし、自分は再び思う存分、本物の証拠を追った。そして思い通りに事を運んだのだ。それが決して損得勘定でなかったことは、ハリデイが自分でも言っているし、わたしもそう信じている。

「状況は本当に微妙だったんですよ」ハリデイは言う。「ほんの小さな失敗でも、かすかな疑念が心を過ったただけでも、犯人は逃げてしまったでしょうから」

容疑者に対して、彼は再び気を引き締め、用心を強めていった。最大限の注意と慎重さ。それを徹底するには、作戦からわたしを除外することまで必要とされた。

「あなたには、何も知らないままでいてもらわなければならなかったんですよ、スキッパー。ある意味、すべてはあなたにかかっていたんです。それなのに、あなたときたら何もかもぶち壊しにしてしまって」

二度目の降霊会のことだとハリデイは言う。犯人が実際に罠にかかり、屋敷に侵入したときのことだ。その夜、リヴィングストーンは二階で見張りをしていた。そのときで、すべてが終わるはずだったのだ。

「でも、あなたが台無しにしてしまったんですよ！」ハリデイはそう言ってわたしを責めた。

降霊会は最初から、ある目的のために考案されたものだったのだ。そこで起きた現象のいくつかも、そのためのペテンだったのだろう。しかし、リヴィングストーン夫人のほうは、説明できないことが〝起きた〟と言い張っている。例えば、図書室での物音や光、本が突然テーブルの上に現れたことなどについて。

しかし、それがペテンであれ本物の心霊現象であれ、最終的には彼らの目的は果たされたことになる。わたしは三度目の降霊会を招集し、ミステリーは解き明かされることになったのだから……。

最後の場面でのわたしの記憶が曖昧なのは、少しも驚くことではない。警察を除くすべての参加者のうちで、周囲で起こっていることの意味をまったく理解していなかったのはわたし一人だったのだから。エディスは承知の上で、果敢にもほかの参加者たちと一緒に危険を分け合っていた。愛するジェインでさえ少しは理解していたはずだ——彼女が気つけ薬を必要としたのも無理はない。

正直なところ、あの混乱した状況の中でわたしが覚えているのは二つの映像だけだ。

一つはリヴィングストーンを凝視していたグリーノウの姿。その後彼は、小部屋のカーテンを乱暴に引きあけた。中ではハリデイとヘイワードが壁のパネルを外していた。天井から下がる赤い電球が点くと、二人は梯子の下に横たわる人物のそばに屈み込んでいた。

もう一つは、階段の下にいた人物の姿だ。

今であれば、そこにいたはずのない人物だったことがわかる。梯子の下で、首の骨を折ってこと切れていたのだから。計画についてはすべて聞いた。しかし、実際に起きたこととのすり合わせができない。どうして、そんな想像ができただろう？　壁の内側に誰がいるのかも知らなかったのに。

わたしは心霊主義者ではない。しかし、どんな人間でも一生に一度くらいは、それまで理解してきた自然法則では説明のできない経験をするのではないだろうか。

誰にでも自分の幽霊が存在する。わたしにはわたしの幽霊が。

わたしは今でも断言できる。赤いランプのぼんやりとした光の中、パネルの背後ですでに死んでいるにもかかわらず、階段の下に立ち、こちらに顔を向けていた人物の姿を見たと。カメロン、またの名をサイモン・ベテルと称していた人物の姿を。

彼について論じることなど誰にできるだろう？　死は存在しないと心底信じているなら、その証明のために人を殺すのもさほどのことではないはずだ。

人類にとって、魂の残存の証明に比べれば犯罪など取るに足らないもの。彼はそう信じていたのかもしれない。書斎の壁の裏にこっそりと隠されていた原稿からすると、間違いなくそう思っていたはずだ。

しかし、最後の数カ月、彼が完全に正気だったとは誰にも信じられない。残忍性は正気と狂気の間（はざま）の兆候。群居本能というものの弱体化もまた然り。亡くなる前の一年間、彼が極度の人間嫌いに陥っていたのは大学でも有名な話だ。

また、彼の場合、狂気というものが精神上のある活動の拡張だという理論も満たしている。そればかりか、この拡張に過ぎないものを、狂気と天才が非常に近い関係にあることを唯一示す偉大な知識人たちと結びつけた——荒廃した塔を見つめなければ仕事ができなかったカント。自分の論文を切り刻んだホーソーン。ワーグナーの周期的な暴力。

大胆不敵な変装や自分が演じている人間になりきる徹底ぶりは、人格の分離を示しているのだろう。終幕に向かっては、本当に二重の人格が存在したようだ。老サイモン・ベテルであった日々には、自由の効かない脚を引きずり、何の苦労もなく固まった手を痙攣させて見せた。一方、敏捷なカメロンであった夜には、銃器室の窓から夜の冒険へと抜け出し、信じられないような距離を歩いて移動した。

ゴードンの部屋のドアを見張り、相手を中に閉じ込める。ハリデイが事件に関心を持っていると知れば、彼を火事で追い出そうとした。ロッジでの滞在にわたしが怖気づいていることを早々に察知すると、オハイオのセーラムからの手紙で町に戻るよう脅したりもした。

彼は、わたしがロッジにいるとは夢にも思っていなかったのだろう。ラーキンはゴードンに話したのだろうが、若者はそれを雇い主に伝える義務を怠った。母屋に到着した彼に挨拶をしにいった日、彼が何を感じていたのかは想像できない。恐れなのか、怒りなのか。今でも、変装用の眼鏡の奥からわたしを見つめていた様子を覚えている。牛肉スープの素を片手に、待ち構えていた様子。そう、彼は確かに何かを待ち構えていた。

それでも変装はばれなかった。彼とはあまり面識がなかったこと、こちらの近眼と疑いを持たぬ呑気さが、彼には有利に働いたようだ。加えて、変装そのものの完璧さもある。ゴードンでさえ疑わなかった。あの若者が疑っていたのは、身体の麻痺のほうだ。

〝今日、奴は腕を動かした〞ゴードンは日記にそう記している。〝おれがそれを見たことに奴は気づいている。そして、それ以来、こちらの動向を見張っている〞

「曖昧な認識以上に外見を変えることなんて、簡単なんですよ」ハリデイはわたしにそう説明した。「特徴的な部分を隠して、反対の要素と取り替えるだけでいいんです。例えば、身体の一部が麻痺している人について考えてみましょう。その人の顔の片側はだらりと垂れ下がっています。それを真似ることはできませんが、反対側の頰に何かつけて、盛り上げて見せればいいんです。頭の禿げた人にはかつらを被せるとか。まだありますよ。今では眉毛だって――」

一度だけ、わたしも真相に近づいたことがある。しかし、チャンスはするりと脇をすり抜け、摑まえることはできなかった。ゴードンを殴ったあとで、彼がわたしを呼びつけた夜のことだ。あの夜、彼は怯えていたのだと今なら理解できる。疑いを抱いたゴードンが警察に駆け込むのではないかと。

あの夜、彼は自分の変装とこちらの反応を試したのだ。

彼がキリスト教信仰を攻撃したときの不快感を、わたしは記録に残している。はるか以前にも同じような話を聞いたように思ったことも。果たして、わたしは同じ話を聞いていた。カメロンと初めて顔を合わせたときに……。

悲劇の夏についての説明の多くは、当然のことながら単なる推測になってしまう。しかし、わたしの招きに応じてカメロンが三度目の降霊会にやって来たことには、何の推測も必要ない。彼の知る限りでは、我々はまだサイモン・ベテルの死を信じていることになっていたのだ。素朴で無邪気に見える降霊会が、実は巧妙に仕組まれた罠であるとは、夢にも思わなかっただろう。無知ゆえのわたしの気楽さは、こちらが彼ほどの必要性に迫られているわけではないという安心感を与えたはずだ。

しかし、たとえ何か不安を感じていたとしても、彼はやって来たと思う。屋敷に侵入して原稿を取り戻すという以前の試みは失敗に終わっているのだ。パネルの内側に潜むネズミの悪戯や修繕作業。そんなちょっとした不運で、自分の原稿が今にも警察の手に渡ってしまうかもしれない。独特な言葉づかいで以前の行いについて記録した原稿が。

秘めた必要に迫られ、彼はわたしの招きに応じた。わたしたちに想像できるとすれば、そのくらいのことだ。入念に計画を立てたハリデイは、最初から彼が応諾することを見越していた。

「彼が来ることは、もちろんわかっていましたよ」とハリデイは言う。「中に入りたがっていたんですから。ぼくたちはその機会だけでなく、望む行動が取れる暗闇まで用意してやったんです。来ないはずはありませんよ」

ここにきてハリデイはやっと、現行犯で犯人を捕らえる必要があったことを説明してくれた。彼が言うには、その原稿の執筆者がカメロンだというだけではなく、原稿をそこに隠したのもカメロンであることが証明されなければならなかったそうだ。

「それで彼の有罪を立証できるかどうかが違ってきますからね」というのがハリデイの説明なのだが……。

その点は別にしても、あの悲劇の夏に関する説明の多くはどうしても推測になってしまう。それでも、あれこれと状況を突き合わせ、以下のような推論を立ててみた。

例えば、リヴィングストーン夫人がカメロンに話していたように、ホーラス・ポーター老人が降霊術への興味を深めていたことは我々も知っている。しかし、その理由についてはわかっていない。あの屋敷そのものが老人をその方向に導いたというのは言い過ぎだろうか？　そうであれば、わたしの立場は危うくなる。リヴィングストーン夫人が赤いランプを老人に贈ったことで、それを使った実験が始まったのだと見なされれば、ますます悪化するだろう。

それでも、老人がカメロンに接触したのは、ランプを手に入れてから三カ月後くらいだったのは確かだ。夜間、母屋でのランプを使った実験が、カメロンに一連の騒ぎを引き起こさせたのかもしれない。

リヴィングストーン夫人は、二人のあいだにある約束が存在したのだと信じている。先に〝死んだ〟者が、可能であればこの世に戻ってくるという月並みな約束。本当かどうかはわからないが、ありそうな気はする。しかし、夫人とは違い、二人の研究を犯罪レベルまで拡大しようという提案が撥ねつけられたからといって、カメロンが突発的な怒りから老人を殺したとは、ハリデイもわたしも思っていない。

むしろ、自分が思い描く心霊的かつ科学的な実験にとって、あの家がいかに好都合かをカメロンがかなり早い時期から気づいていたと考えるほうが妥当だろう。彼はついにその計画を老人に打ち明けた。膨れ上がる恐怖と怒りでその提案が迎えられたのは、老人の手紙からもわかる通りだ。

二人の関係は同盟者から危険な敵へと変わった。脅しを伴う提案の拒絶は、カメロンを社会の敵として世間から締め出してしまった。カメロンは家に帰り、じっくりと考える。

「それでも諦めきれなかったんでしょうね」とハリデイは言う。「彼は母屋に舞い戻った。老人は机を前に座っていた。その夜のカメロンは危険な存在で、気の毒な老人は怯えていた。咄嗟に彼は書いていた手紙を手の中で丸めたが、カメロンはそれに気づかなかった。口論になり、カメロンは老人を殴り倒した。その後、意識を取り戻した老人は、なんとかあいていた引き出しに手紙を投げ入れたんでしょう。そこで心臓発作が起こり、老人は永遠に呼吸を止めた」

その点ではカメロンに罪はない。しかし、ほかの点では……？

実験という隠れた動機に注目すると、我々は再び推測に頼らざるを得なくなる。例えば、カメロンは初期の実験で、生前と死亡直後の人体の体重を測っていた。これは彼自身が記録を残している。しかし、自分の本の原稿では、人の生命力が長期の病気で弱められるという確信を明記しているのだ。健康だった人間が突然命を失った場合、幽霊となって現れる確率が高くなるとも。

また、殺された人々が復讐のためにこの世に戻ってくるという伝説の実例も多く引用している。しかし彼自身は、その甦りの能力も衰弱していない生命力の強さ――彼が呼ぶところの〝健康な〟魂

――に左右されると信じていたようだ。原稿には、あの夏発見できた成果については何も記されていない。しかし、あの屋敷に滞在中、そうした主旨の実験が一度ならず行われたことを示す記述が、数ページ加えられていた。

出歩いていた夜に、どんな獲物を捕まえていたのかはわからない。おそらくは、自分が失ってしまった世界のどこにも居場所を見い出せない、哀れな浮浪者だろうか。

そうした実験では、生も死もあやふやだったのではないかとハリデイは考えている。被害者は深い昏睡状態で捨て置かれ、命が危ぶまれる極限まで追いやられる。マギー・モリソンが命を落としたのも、そんな昏睡状態の中だったのではないのか。

後日、カメロンの書類の中から『生物に対するクロロホルムとクラーレ（インディアンが数種の植物から調整する矢毒）の影響に関する実験と、その過程における魂の実態』と題された興味深い手書き原稿が見つかった。

〝麻酔の作用によって魂と肉体は分離される。魂は命ではなく実態である〟

同様の実験がほかにも行われていたのかどうかは不明だ。ホーラス・ポーターから見せられた壁の裏にある空間を、カメロンは後日、実験に使用していた器具を隠すのに使っていたのだろうとハリデイは睨んでいる。

「ぼくが発見した夜にも」とハリデイは言う。「ごちゃごちゃといろんなものが詰め込まれていましたからね」

しかし、その後、追及の手が迫ってくると、カメロンは闇に紛れて少しずつそうしたものを処分していったようだ。たぶん、入江にでも投げ捨てたのだろう。それは、同じ年の秋、不動産業者と一緒にツイン・ホロウズを調べに戻ったときの、岸辺に打ち上げられていたカメラの残骸でも裏打ちされている。

フレームにレンズのかけらが残っているだけだったが、石英ガラスでできたレンズだった。調べがついた限りでは、石英ガラスをそんなふうに使うのは紫外線を撮影するためだったと思われる。言い換えれば、可視波長域の外、人間の通常の視覚域の外に存在する奇妙な世界を映像化するため。

彼は何か得られたのだろうか？　それは誰にもわからない。

でも、わたしは時々考えてしまう――魂の不滅を証明するために、自らの使命を全うした人間について。人の命を奪うことで自らの命を危険に晒したとしても、死後の復活の事実を世界に伝えることは、その人間にとってどうしても必要だったのではないだろうか。結果的には失敗し、あとには何も残らなかった。しかし、何の証拠もなくても、彼の確信は弱まらなかった。

だから、彼は自ら、目を輝かせて神秘のヴェールを突き抜けたのだ。揺るがぬ確信とともに世界の裏側へ。ひょっとしたら、単なる長い眠りの中へ。それでも彼は、覚醒と眠りのあいだの刹那に自分の主張を証明しようとした！　自分の説を立証しようとしたのだ！　自らの行いを正当化するために！

でも、本当にそうだろうか。

その瞬間、彼は残酷な皮肉にも気づいただろうか？　傷ついた手、ゴードンがかろうじて与えることができた打撃が、自分を真っ逆さまに永遠の縁へと突き落とすことになった原因の一つであることにも……？

カメロンが羊殺しの犯人だったのか？　一定の条件つきで、そうだと言うことができる。あのとき、彼が偽名を使ってバス・コーヴにいたことはわかっているのだ。おそらくは、あの辺りの調査のために。

ただ、ナイル牧場で最初の羊を殺したのが彼だとは思えない。たぶん、その直近に解雇された従業員の腹いせだろう。

しかし、その事件が彼の想像力を掻き立てたということはありそうだ。恐ろしい計画を練っていた彼にとっては都合のいい出来事だった。ある意味、その事件で付近の人々は警戒を強めることになったのだが、住人が目を向けたのは宗教的な偏執者だった。加えて、彼があの家に到着する前の出来事だったので、カメロンにとっては有利なアリバイにもなる。

わたしに容疑がかかるよう、わざとチョークであのシンボルを書き加えたのは彼だとジェインは信じている。わたしはそうは思わない。頭のおかしな人間の異常な着想に見せかけようとして、あとから石の祭壇を建てたのと同じように、ヘレナ・リアから魔法円の話を聞いたあとで書き加えるようになったのだろう。

キャロウェイの殺害は、準備段階における偶発的な成り行きだったのではないか。我々が知り得た事実を繋ぎ合わせてみれば、その過程をかなり正確に再現できる。

ライフルを手に動き回ることに疲れきった若者がいたとする。暗闇の中、彼はしばし銃を脇に置き、居眠りでもしていたのかもしれない。そこに殺人者が現れる。キャロウェイは自分のライフルを探し当てることができないまま、岸辺まで犯人を追っていく。

我が家の浮桟橋の下には殺人者が隠したナイフがあるはずだった。しかし、それは、ハリデイがすでに持ち去っていた。従って、静かな入江で相対することになった夜、二人の男たちはともに丸腰だった。加えて、証明することは誰にもできないものの、そのうちの一人は正気ではなかった。

武器は持っていないが一人は正常。しかし、カメロンにはオールがあった。彼はそれを使うことにした。

事が終わると、彼はひっそりとロビンソンズ・ポイントを越えて入江に向かい、ボートをそこに置くと歩いてバス・コーヴに戻ったのだろう。

そこの小さなホテルの主人は、客が夜間に抜け出していたとは夢にも思っていなかったようだ。「とても物静かな紳士だったんですよ」と主人は言っている。「いつも就寝が早くて……」

モリソン事件においてずっと疑問だったことの一つは、田舎の人々がぴりぴりと神経を尖らせているときに、彼女がトラックを停めた理由だった。しかし、夜間、道を歩いていたのが、がっしりとした筋肉質のカメロンではなく、身体が不自由な老人であったなら考えられるかもしれない。

稲光で道端に浮かび上がる弱々しい老人の姿。しかも、嵐は激しさを増している。彼女が車を停めるのに何の不思議があっただろう？　唯一不思議なのは、効果的な罠だと証明されたにもかかわらず、この方法が再び採用されなかったことだ……。

ずっと後回しにしてきたのだが、話はここでやっと、わたしが先にあの夏の問題でXと呼んでいた部分に到達する。我々は問題を解決した。声を大にして〝証明されて然るべき問題だった〟と言えるかもしれない。しかし、未解決の部分はまだ残っている。

当時、わたしに強い印象を与えたものの多くは、すでにその強烈さを失っている。日ごろから死後の残存など信じてもいないのに、人が幽霊を見るのは――そして、その多くが実際に見たと信じているのは――不思議なことだ。これは、わたし自身についても言える。

この日記を編集するに当たって、わたしは再び、あの恐ろしい夏に直面したのと同じ問題に向き合わされている。

わたしが肉体を持っているのか？　あるいは、この肉体そのものがわたしなのか？　言い換えれば、わたしという存在は一定の肉体に支えられた霊的存在なのか？　あるいは、一定期間、霊的存在によって動かされている肉体に過ぎないのか？

正直言って、わからない。

しかし、あの夏の超常現象をどのように分析しても、別世界から我々に働きかけようとする霊的な存在がしばしば見え隠れするような気がするのだ。まるで——。

以前にも書いたように、二度目の降霊会で本が出現したことや図書室での物音については、いかなる説明もできない。最初の二回で見られた物理現象の多くが、カメロンをあの家におびき寄せるためのハリデイの計画に基づいたリヴィングストーン夫人の工作であったとしても、この二点だけは説明がつかないままだ。

わたしが手紙を見つけたことや灯台での幽霊騒ぎ、エヴァンストンでの降霊会やジェインの千里眼による幻視についても同じことが言える。ちなみに、あの夏以降、彼女はそんな幻影など一度も見ていない。そして、そうした現象の多くが、事件の解決や理解に多かれ少なかれ関係していたのは事実なのだ。

ピーター・ガイスやスループ帆船の前方に現れた人影、パネルの背後ですでに死んでいるにもかかわらず階段の下に現れたカメロンの姿。そうしたものをどう説明したらいいだろう？

ジェインの〝目を介さない映像〟を、夜な夜な目をつぶったまま歩き回る夢遊病者の行動と同じように、さほど異常なことでもないと見なして受け入れるべきなのか？

認める？　異議を唱える？　それとも、はぐらかす……？

しかしながら、最初はかなり困惑したものの、しごく簡単に説明がついた事実もある。例えば、一度ならずわたしが耳にした咳だとか、ハドリイがオークヴィルの墓地で見た幽霊などについてだ。

ゴードンの日記にはいたるところにS.やG.T.という文字が見られる。ある部分には「昨夜のG.T.はすごいことになった」と解釈される部分も。

ゴードンは我々が言うところの霊媒だったのだろうとハリデイは信じている。カメロンがあの若者を田舎に連れていったのも、その能力が第一の理由だったのだと。従ってハリデイは、S.を〝降霊会(シッティング)〟、G.T.を〝本物のトランス状態(ゲニュイン・トランス)〟だと解釈している。G.T.のあとには必ず、〝今日は最悪の気分〟だとか〝もうへとへとだ〟などという極めて情けない言葉が続いているからだ。

となると、ハドリイが見た幽霊はきっと、〝本物のトランス状態〟とは注意深く区別される〝降霊会〟のための情報収集をしていたゴードンではないのか。自分に対しては正直だが、それ以外にはまったく不実だった気の毒な若者。ガレージにいた夜、わたしを驚かせるために仕掛けた乾いた咳も、おそらく同じ理由によるものだろう。

雇い主からの要求を笠に、ゴードンがずる賢く根底に潜む事情を探り始めたのも、そうした〝降霊会〟を通してだったはずだ。ホーラス・ポーターを呼び出し、相手の反応を見るための降霊会。自分がボートを見つけたことを相手に知らせるため。ぼんやりとした赤い明かりの中、向かいに座る男の顔が歪み引きつるのを観察するため。

相手をからかい、バカにするための試みだった。それが次第に、雇い主を脅し強迫するための手段となり、最後には、自らの命を失うことになってしまった。

しかし、どうしても説明のつかない部分もある。最も不思議なのは、ハーブの香りだ。これがわたし個人の主観でないことは、二度目の降霊会でヘイワードとエディスが揃って同じ香りを感じた事実からも証明される。心霊的な実験で花の香りが漂うことは珍しくない。事実、暗闇の中、実態のない手によってバラの花が鼻先で揺らされた話をウォレンがしている。

説明がつかないほかの現象と同様、この件についてわたしが言えるのは、そのときには何の疑いも持たなかったということだけだ。この原稿を作りながら思い出してみても、やはりまたそのまま受け入れている。しかし、説明はできない。

〝こうしたことに説明がほしいと言うのかね?〟とキケロは言った。〝結構……。例えば、磁石というのは鉄を引き寄せ吸着する物体だ。しかし、わたしにその理屈が説明できないからといって、きみはその事実を否定するんだろうか?〟

この記録の最後に、自分の日記からぜひとも以下の部分を抜粋しておきたいと思う。翌年の六月に書いた部分だ。

一九二三年六月一日

今日、わたしたちのかわいいエディスが結婚した。ヒャッホー。ヒャッホー、ヒャッホー。わたしはお決まりの務めを果たした。ハリデイのもとまで彼女の手を取って教会の通路を進み(あんな奴、ぶん殴ってやるほうがずっとましだ)、その場からも彼女の人生からも身を引いた。そして、情けない年寄りのようにハンカチーフをまさぐり、代わりに布巾を引っ張り出した。

大声で泣きじゃくる寸前だったわたしには、そのほうが好都合だったのかもしれないが！

自分の出費で賄われる人の幸福を、わたしたちはどれほど妬むものだろう！　家に戻ってきたとき、エディスの腰に腕を回し抱き寄せるハリデイをどれだけ憎んだことか。彼女の横を占有し、満ち足りた顔をしている花婿に腹を立てたりもした。ダイニングルームに用意されたご馳走に向かいながら、二人にキスをしたりお祝いの言葉を告げる興奮気味の客たちと、にこやかな顔で握手を交わしているハリデイに。

それにしても――二人はなんて幸せそうなのだろう。エディスの安全もこれで確実だ。

「いついかなるときも」とハリデイは誓ったのだ。「わたしの妻。アーメン」と。

古風なグラスに新しいグラス、陶磁器、銀器、リネン類。リア家から借りた燭台。家中に溢れる客と贈り物の数々――そしてジョック。しかし、当の二人には何も要らない。誰も要らない。周囲は、微笑み行き過ぎる影で満ちているだけの場所。彼らにとっては、互いの存在だけが現実なのだ。

たぶん、その通りなのだろう。なにはともあれ愛だけは真実。おそらくは、ただ一つの現実だ。

〝愛、その絶対なるもの。生と死を司る唯一の主……〟

二人が出ていってしまった今夜はジェインと二人だけ。なんの心配もなく静かで――孤独な夜。ああ、我が排水管の裏の聖地よ。

ヒャッホー！

訳者あとがき

赤いランプが灯ると何かが起こる。

THE RED LAMP
(1925,GEORGE H.DORAN)

本書はM・R・ラインハート（一八七六～一九五八）が一九二五年に発表した長編"*THE RED LAMP*"の全訳です。作者はアメリカ、ペンシルベニア州ピッツヴァーグの出身で、一九〇六年に初の長編小説"*The Man in Lower Ten*"を発表しました。一九〇八年発表の『螺旋階段』が大ヒットし、三度の映画化がされています。以後、シリーズ作品、長編、短編集と多くの著作を残しました。論創社からも『ジェニー・ブライス事件』、『レティシア・カーベリーの事件簿』、『大いなる過失』、『憑りつかれた老婦人』、『ヒルダ・アダムスの事件簿』が出版されています。

今回の作品は、英文学教授のウィリアム・ポーターが一九二二年の夏期休暇を、ツイン・ホロウズと呼ばれる地所で過ごした日々の記録です。同行者は妻のジェイン、姪っ子のエディス、その恋人のハリデイ。亡くなったホーラス伯父から相続した物件で、母屋、ロッジ、ボート小屋の三棟から成りますが、母屋は地元でも評判の曰くつきの建物。怪奇現象に事欠かず、ホーラス伯父の前に住んでいた女霊媒師が降霊会を開いていた場所でもあります。その集会で使われていた赤いランプは、ポーター一家がやって来た夏にも屋敷に残っていました。迷信深い地元の住人たちは信じています。そのランプには悪霊が封じ込められているのだと。

霊感の強いジェインが遭遇する不可思議な出来事。赤いランプを灯した夜に起こった羊殺し。現場に残されていた魔法円。そして、ついには殺人事件や近所の娘の失踪事件まで起こります。母屋を借りた老作家と得体の知れない若い秘書のあいだに生まれた確執や日々高まりを見せる緊張感。日記形式で綴られる物語には、なんとも気味の悪い出来事がこれでもかというほど盛り込まれ、ホラー色の強い作品になっています。

そのため、訳者にとっては仕事をする時間が限られる作品でもありました。なぜって、やっぱり怖いお話ですからね。昨今、調べものはインターネットで比較的容易にできるようになりました。それで、ある言葉の意味などを調べていますと、パソコンの画面上に突然バーンと出てくるわけですよ、エクソシストのリーガン・マクニールのような顔が（今、あの女の子の名前は何だったかとネットで検索してみたところ、やはり怖い写真が出現し……）。

蛇足ではありますが、二、三十年前に一度怖い思いをしております。翻訳の勉強の一環にリーディングという仕事があります。出版社が翻訳出版をして売れるかどうかを検討するための資料作りで、原書を読んであらすじなどをまとめる仕事です。まだ若く、気力も体力も充分だったころ、真夜中過ぎまで仕事をしていました。アラビアの悪霊ジンに関する話で、深夜の一時過ぎまで「悪霊が」、「悪霊が」、「悪霊が」……と、文章を打ち込んでいたのです。すると、突然……パソコンの画面がパラパラと動きだし、勝手に段落が移動したり……。それ以来、この手の話は遅い時間にはできません（単なるパソコンの不具合だという意見もありますが……）。この「訳者あとがき」も、明るい時間に書いています……。

本作のテーマ自体は不気味で陰惨なのですが、物語全体のトーンが重くならないのは主人公ポーター教授のキャラクターのせいなのかもしれません。本人としてはクールな皮肉屋を目指しながらも、実はかなりの小心者。慣れ親しんだ自分の小さな世界に安らぎを見い出すタイプです。羊殺し、さらには殺人の容疑までかけられ、精神的にもかなり追い詰められていくのですが、日記の中には常にユーモアが感じられます。加えて、鷹揚なのか無頓着なのか、事件解決のために仕掛けられた大舞台で彼が与えられた立ち位置については、思わず笑ってしまいます。すべてが終わったあとでハリデイから事情を明かされるわけですが、それについても特段腹を立てるわけでもないようです。少し間の抜けたところのある、愛すべき人物といったところでしょうか。

しかし、研究者としての厳しい姿勢が垣間見える部分もあります。ポーター教授は心霊現象などはなから信じていませんし、そんなことに真面目に取り組む学者のことも内心バカにしていました。それでも、自説の正しさを証明するために自分の命さえ危険に晒すことになった人物を、完全には否定できないでいるのです。その研究テーマがいかに非科学的で、実験の方法がどれほど常軌を逸していたとしても。

一連の出来事は、思いもしなかった惨事で幕を下ろします。事件を解明した者への報奨金を結婚費用にと考えていたハリデイによって、驚くべき事実が明るみに出されました。たたみかけるように続く事件の数々、不穏な空気、奇想天外な着想で描かれたミステリーを、じっくりとお楽しみいただけたらと思います。

ただし、くれぐれも本書を読む時間帯にはお気をつけて……。

板垣　節子

〔著者〕

M・R・ラインハート

メアリー・ロバーツ・ラインハート。1876年、アメリカ、ペンシルベニア州ピッツバーグ生まれ。株式市場不況の影響で生活が苦しくなり、家計を助けるため1903年頃から短編小説を書き始める。迫りくる恐怖を読者に予感させるサスペンスの技法には定評があり、〈HIBK（もしも知ってさえいたら）〉派の創始者とも称された。晩年まで創作意欲は衰えず、"The Swimming Pool"（52）はベストセラーとなり、短編集 The Frightened Wife（53）でアメリカ探偵作家クラブ特別賞を受賞した。1958年死去。

〔訳者〕

板垣節子（いたがき・せつこ）

北海道札幌市生まれ。インターカレッジ札幌にて翻訳を学ぶ。主な訳書に『ローリング邸の殺人』、『死の舞踏』、『白魔』、『ウィルソン警視の休日』（いずれも論創社）など。

赤(あか)いランプ

——論創海外ミステリ　273

2021年 9月30日　初版第1刷印刷
2021年10月10日　初版第1刷発行

著　者　M・R・ラインハート
訳　者　板垣節子
装　丁　奥定泰之
発行人　森下紀夫
発行所　論 創 社

〒101-0051 東京都千代田区神田神保町2-23 北井ビル
TEL:03-3264-5254　FAX:03-3264-5232　振替口座 00160-1-155266
WEB:https://www.ronso.co.jp

組版　フレックスアート
印刷・製本　中央精版印刷

ISBN978-4-8460-2073-6
落丁・乱丁本はお取り替えいたします